U0559146

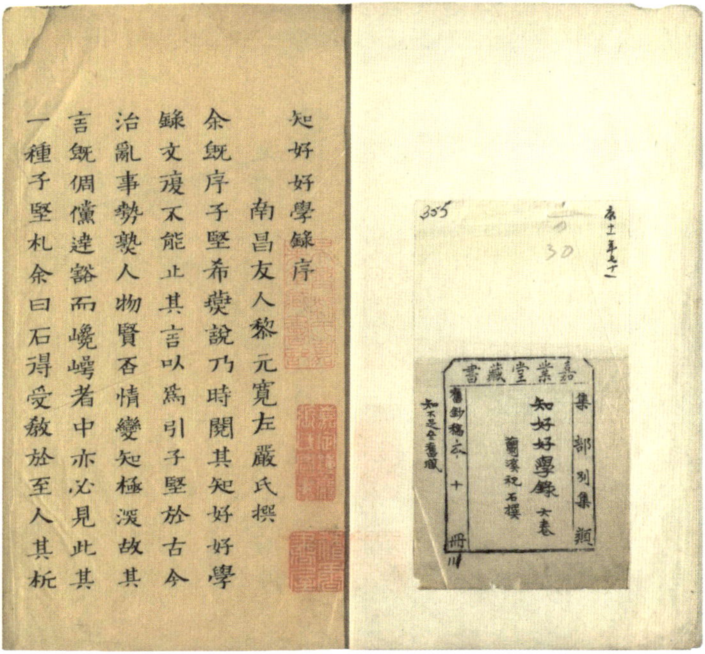
知好好學録序
南昌友人黎元寬左嚴氏撰
余既序子堅希夔說乃時閱其知好好學
録文複不能止其言以爲引子堅於古今
治亂事勢槷人物賢否情變知極深故其
言既倜儻達豁而巉巗者中亦必見此其
一種子堅札余曰石得受教於至人其析

355
30
嘉業堂藏書
集部 別集類
知好好學録 六卷
蘭溪祝石撰
舊鈔稿本 十 冊
知不足齋舊藏

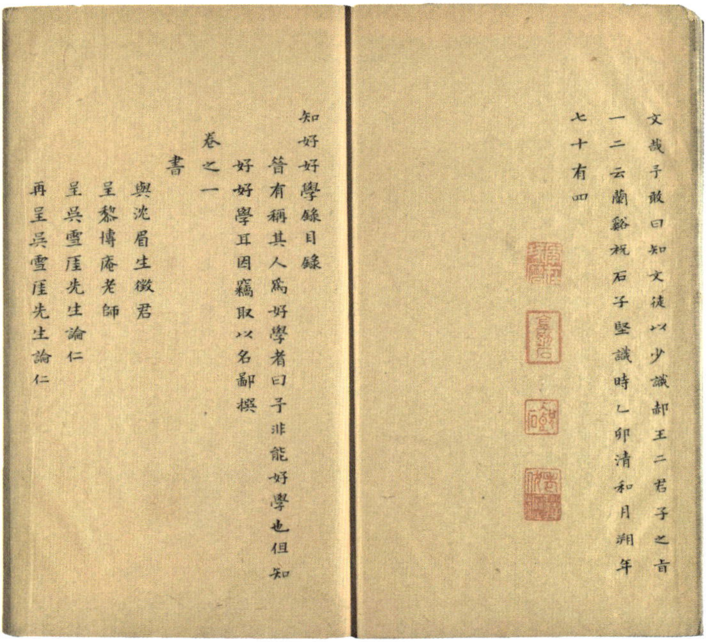
文哉予敢曰知文徒以少識郗王二君子之言
一二云蘭谿祝石子堅識時乙卯清和月朔年
七十有四

知好好學録目録
管有稱其人爲好學者曰子非能好學也但知
好好學耳因竊取以名鄙撰
卷之一
書

《知好好學録》稿本（柏克萊加州大學東亞圖書館藏）

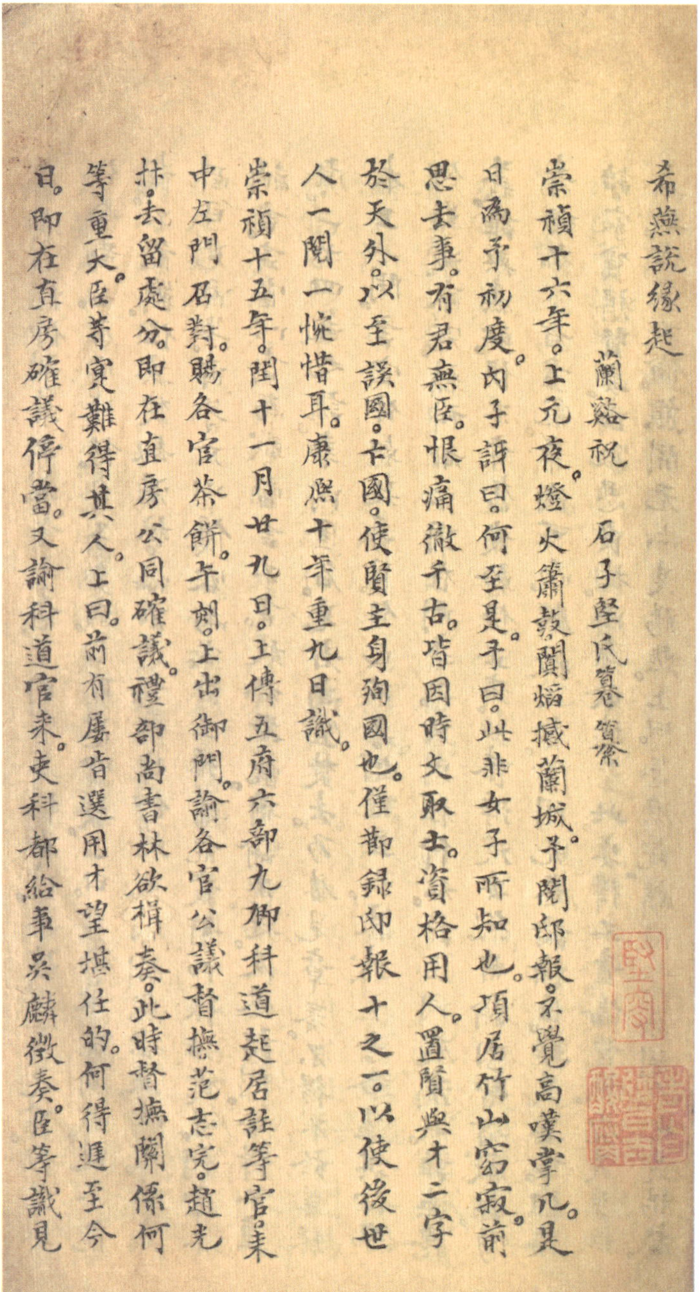

希燕説緣起

蘭谿祝石子堅氏纂　質除

崇禎十六年。上元夜。燈火簫鼓闐焰撼蘭城。予閲邸報。不覺高嘆掌几。是日爲予初度。內子誶曰。何至是。予曰。此非女子所知也。頃居竹山窈寂。前思去事。有君無臣。恨痛徹千古。皆因時文取士。資格用人。置賢與才二字於天外。以至誤國。亡國。使賢主身殉國也。僅節錄邸報十之一。以使後世人一閲一惋惜耳。康熙十年重九日識。

崇禎十五年。閏十一月廿九日。上傳五府六部九卿科道起居註等官。未中左門召對。賜各官茶餅。午刻。上出御門。諭各官公議督撫范志完。趙光抃。去留處分。即在直房公同確議。禮部尚書林欲楫奏。此時督撫關係何等重大。臣等實難得其人。上曰。前有屢旨選用才望堪任的。何得遲至今日。即在直房確議停當。又諭科道官來。吏科都給事吳麟徵奏。臣等識見

《希燕説》稿本（上海圖書館藏）

咸豐十年吴廷康摹刻朱大典“是岸”石刻

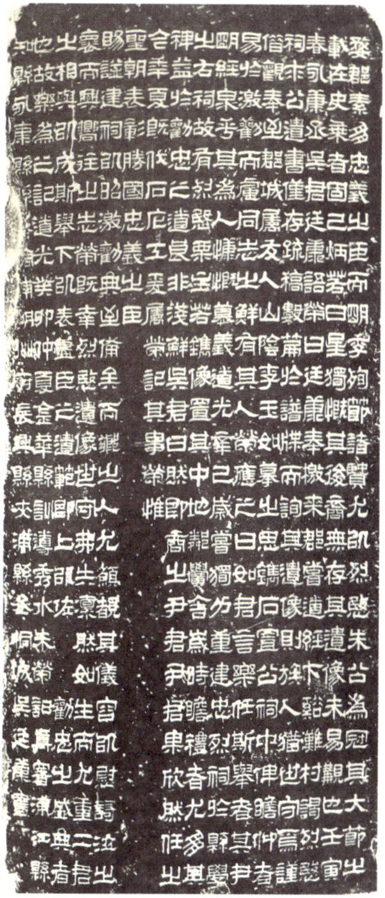

道光癸卯刻朱大典遺像碑並碑陰（今藏金華八詠樓碑廊）

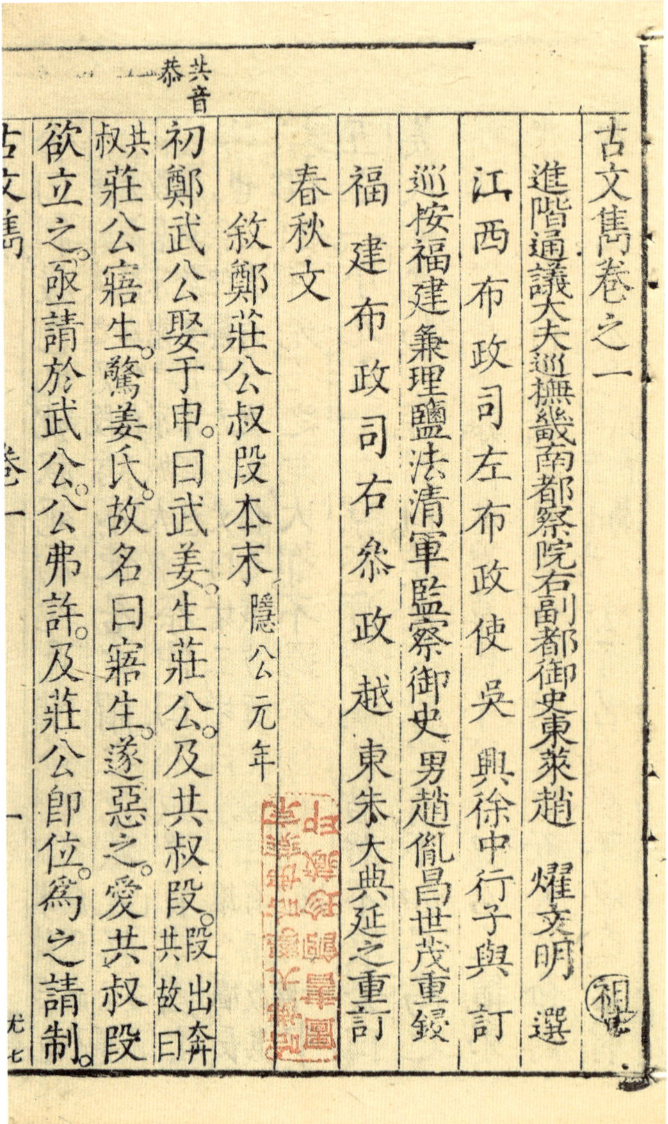
古文雋卷之一

進階通議大夫巡撫畿南都察院右副都御史東萊趙　燿文明　選

江西布政司左布政使吳興徐中行子與　訂

巡按福建兼理鹽法清軍監察御史男趙胤昌世茂重鋟

福建布政司右叅政越東朱大典延之重訂

春秋文

敘鄭莊公叔段本末　隱公元年

初鄭武公娶于申曰武姜生莊公及共叔段（段出奔共故曰共叔）莊公寤生驚姜氏故名曰寤生遂惡之愛共叔段欲立之亟請於武公公弗許及莊公即位爲之請制

共音恭

古文雋　卷一　一　尤七

朱大典重訂的《古文雋》十六卷

（崇禎元年福建趙胤昌刊本，美国哈佛大學哈佛燕京圖書館藏）

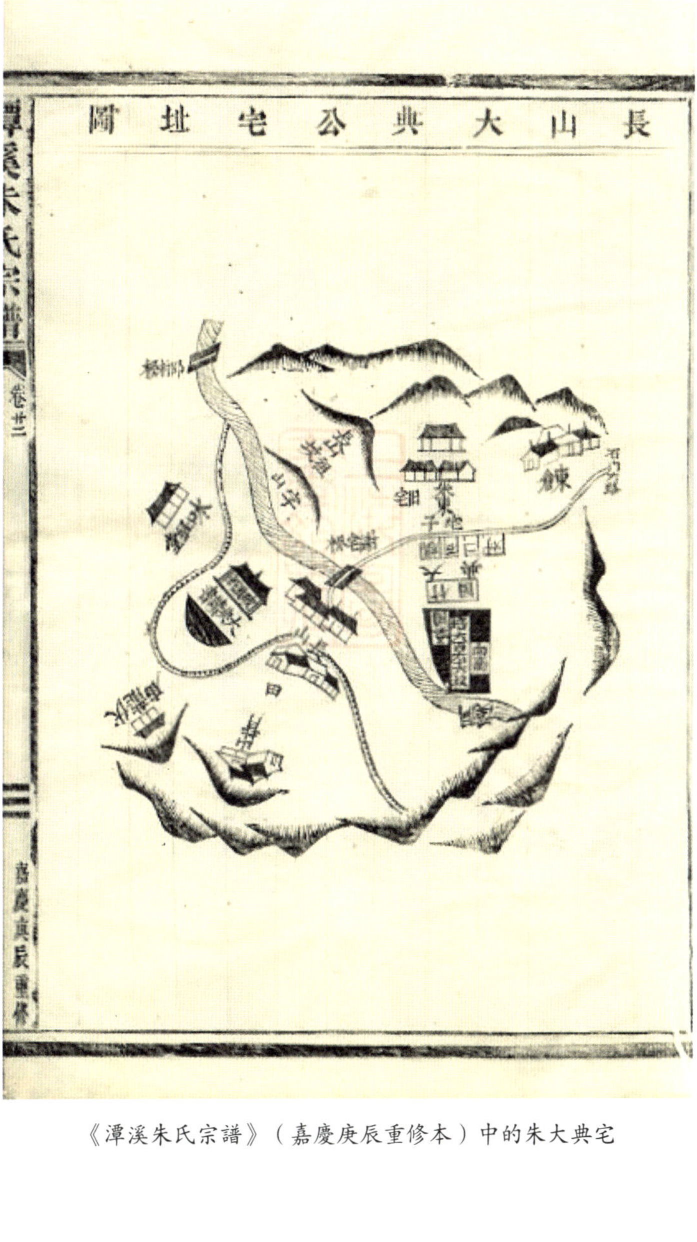

《潭溪朱氏宗譜》（嘉慶庚辰重修本）中的朱大典宅

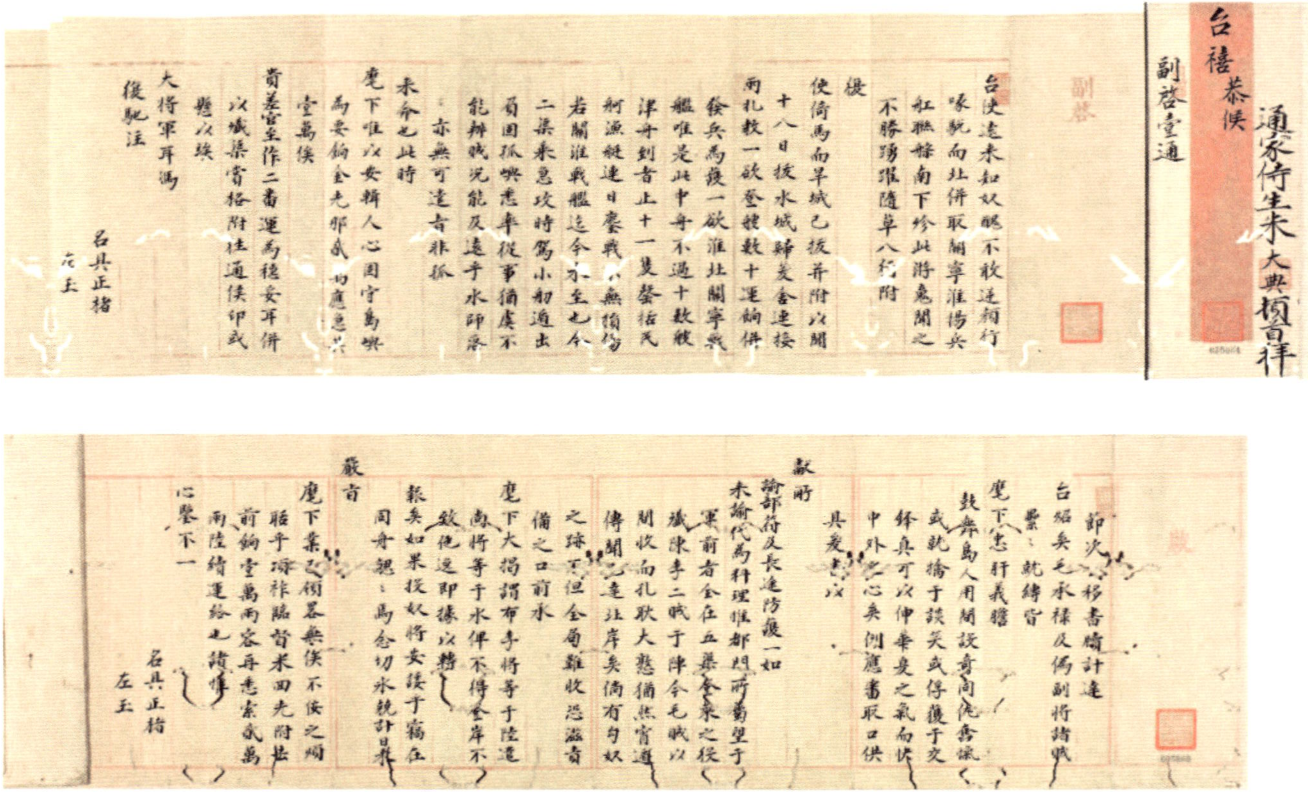

通家侍生朱大典頓首拜
台禧 恭候
副啓壹通

副啓

台使遠來知奴醜不敢逆犯行
啄豚而北併取關寧淮揚兵
舡艤艤南下殄此游魂闖之
不勝踴躍隨草八行附
候
使倚馬而早城已拔并附以聞
十八日拔水城歸炎金遠接
兩札數一欲登捷數十運餉併
發兵為援一欲淮北關寧然
艦唯是此中舟不過十數艘
津舟到者止十一隻發招民
船漁艇連日鏖戰亦無損傷
若關淮戰艦迄今亦至也今
二渠來急攻時駕小船遁出
前因孤嶼恚奉從事備虞不
能辦賊况能及遠乎水師孱
亦無可遠奇非孤
朱命也此時
麾下惟以安輯人心固守島嶼
為要餉金尤鄉氣而應急者
壹萬俟
貴羨官至作二番運為穩妥耳併
以璣渠嘗格附杜通侯印武
懸以俟
大將軍耳禡
後馳注
名具正肯
左玉

台 節次移書備計遠
娼矣毛承祿及偽副將諸賊
縈縈就縛冒
麾下忠肝義膽
鼓舞島人用間設奇向化歸誠
或就擒于鼓笑或俘獲于交
鋒其可以伸牽衰之氣而快
中外人心矣側應書取口供
具奏 以
聞 欽
諭部荷及長途防護一如
來諭代為料理惟都門所屬望于
麾前者全在五桌含衆之役
殲陳李二賊于陣今毛賊以
聞收而孔耿大懲猶然宵遁
傳聞已達北岸矣倘有句奴
之蹤 但全局難收恐滋寇
備之口前水
麾下大揭謂布李將等于陸遠
為將等于水俾不得登岸不
致他逸即據以轉
報矣如果從奴將安枝于窩在
同舟魏魏為念切水執計日待
嚴 旨
麾下業已搦畧無俟不佞之喃
賠手堵祚臨晉米田先附世
前餉壹萬兩客再悉索敝賦為
兩陸續運給也讀悉
心鑒下一
名具正肯
左玉

朱大典書信（台灣“中研院”史語所藏《明清內閣檔案》）

浙江省哲學社會科學規劃青年課題（22NDQN217YB）階段性成果

金華文化研究工程一般課題（23WH02Y）成果

金華市社科聯青年課題（YB2021057）成果

浙江師範大學中國語言文學一流學科建設成果

浙江師範大學出版基金資助

浙江師範大學江南文化研究中心成果

祝石集

附朱大典集

〔明〕祝石　撰
金曉剛　整理

浙江大學出版社
ZHEJIANG UNIVERSITY PRESS
・杭州

图书在版编目(CIP)数据

祝石集:附朱大典集 /(明)祝石撰;金曉剛整理
.—杭州:浙江大學出版社,2024.1
ISBN 978-7-308-23275-3

Ⅰ.①祝… Ⅱ.①祝…②金… Ⅲ.①祝石—文集
Ⅳ.①I214.82

中國版本圖書館 CIP 數據核字(2022)第 216893 號

祝石集(附朱大典集)
〔明〕祝石 撰　金曉剛 整理

責任編輯　蔡　帆
責任校對　吴　慶
封面設計　項夢怡
出版發行　浙江大學出版社
(杭州市天目山路 148 號　郵政編碼 310007)
(网址:http://www.zjupress.com)
排　　版　浙江大千時代文化傳媒有限公司
印　　刷　杭州宏雅印刷有限公司
開　　本　880mm×1230mm　1/32
印　　張　13.75
插　　頁　3
字　　數　338 千
版 印 次　2024 年 1 月第 1 版　2024 年 1 月第 1 次印刷
書　　號　ISBN 978-7-308-23275-3
定　　價　118.00 元

版權所有　侵權必究　印裝差錯　負責調換
浙江大學出版社市場運營中心聯繫方式　(0571)88925591;http://zjdxcbs.tmall.com

總目

祝石集

前言

明清之際是中國歷史上『天崩地解』的時代，在政治、社會、思想各方面均表現出極大的裂變。正是在這一時期，中西文化交流又一次迎來高潮。西方知識群體的入華活動，『對當時中國思想界曾經發生了一些刺激，在中國方面也引起了一些不同的反應』[一]。在這場中西文化相遇與對話的浪潮中，參與的士人非常廣泛，既有高居朝堂的閣部公卿，也有身處江湖的基層儒士。而以往對這些群體的研究，絕大部分聚焦於社會高層，對地方基層士人的關注相對缺乏。究其原因，主要是後者的政治地位相對低微，同時流傳至今的相關文獻嚴重闕如。

明清易代之際的蘭溪人祝石屬於基層士人，在當時的江南文人圈中頗負盛名。但由於其社會地位較低，著作長期湮没無聞，歷來鮮受關注。方豪、保羅、蔡予新等學者的研究只是簡略涉及祝石的奉教身份和交友狀況。[二]近來陳拓、余新忠二位先生利用美國柏克萊加州大學東亞圖書館藏祝石的文集《知好好學

[一] 侯外廬：《中國思想通史》，第四卷（下），人民出版社，1959 年，第 326 頁。

[二] 方豪《中國天主教史人物傳》（宗教文化出版社，2007 年，第 311—314 頁）和蔡予新《明末清初蘭溪天主教的流傳史跡》（《蘭溪文史文獻》2020 年第 1 期，第 109—117 頁）簡略介紹祝石的生平和交友； 保羅（Pablo Robert Moreno）《〈蘭溪天主教徒致羅文藻主教書〉考》（《澳門理工學報》2017 年第 4 期）主要考證祝石等人寫給羅文藻的一封書信的背景和內容。

録》，對其生平、交友網絡，匯通中西醫學的實踐，及其在漢文西書循環中的貢獻進行了深入闡發，〔一〕所論詳實縝密，但未覽讀祝石的《希燕説》，也没有涉及其儒學、天學思想。有鑒於此，通過對祝石兩部著作《希燕説》《知好好學録》的整理，希望有助於深化祝石這一個案的研究，進而豐富這一時期基層士人參與中西文化對話的考察。

一、『儒生』祝石在明清之際的活動

祝石（1602—1689後）字子堅，譜名一作德祚，〔二〕浙江蘭溪人，明清之際著名醫士、儒家奉教士人。從家族背景來看，祝石家族雖遠不如奉教士人瞿汝夔家族的累世簪纓，但在蘭溪當地也有一定的政治地位。據宗譜顯示，祝石之父祝大壯以恩貢授浙江象山縣訓導，後升江西袁州府教授。祝石的族伯父祝大舟登萬曆八年（1580）進士，官至陝西巡茶御史、巡按江西監察御史。〔三〕祝石生於明萬曆三十年（1602），早年居蘭

〔一〕陳拓、余新忠：《中西醫匯通先驅明遺民祝石考論》，《南開學報》2022年第3期；陳拓：《奉耶明遺民考：馮文昌、祝石的人際網絡與書籍世界》，《香港大學中文學報》第1卷第2期（2023年9月）。

〔二〕《太原祝氏宗譜》（光緒七年重修本）未記載祝石别名，《蘭江祝氏宗譜》（民國辛巳年重修本）則載其譜名『德祚』。

〔三〕參見《太原祝氏宗譜》卷二《世系》，光緒七年重修本，第35頁b、第29頁a。

溪城内，潛心舉業，好論平治天下之道。崇禎七年前後，〔一〕浙江提學副使黎元寬巡考至蘭溪，認爲祝石『博學』且奇於『制藝』，於是拔『爲蘭溪首』。〔二〕稍後，祝石又得到提學副使王應華的青睞，自述『科試兩首皆屬予』〔三〕，大致在此時取得諸生身份。但遺憾的是，祝石在此後的科場上並未春風得意，而是偃蹇不遂。據其自述：『朽老丙子年落第，即走都下具疏』〔四〕，可知崇禎九年（1636）鄉試落第後曾北上京師。他又稱：『丁丑人日，予與西蜀尹子，偶並轡出彰義門。』〔五〕丁丑即崇禎十年（1637），説明祝石在京不及一年即南歸。終明一代，祝石在科舉上止步於生員的身份。他曾透露，自己屢次科考，除了拔取功名外，還有一個重要原因，是『以難受科第人氣侮，必欲從科第以自見』〔六〕。黎元寬是晚明八股制藝名家，也是復社領袖之一。受黎氏的引薦，祝石與復社名士沈壽民、方以智等人多有交往。在崇禎十四年（1641）前後，祝石應福建漳州推官吴國琦（吴國琦曾任蘭溪知縣，與祝石相熟）之邀，赴漳州一帶活動，與當地名宦王志道、何楷等人有

〔一〕按黎元寬生平，只在浙江提學副使任上主持過科考，『當甲戌時，余尚操衡事』（黎元寬：《進賢堂稿》卷十七《聳聲國傳》，《四庫禁燬書叢刊》集部第146册，北京出版社，1997年，第334頁），故甲戌爲崇禎七年。

〔二〕黎元寬：《希燕説序》，祝石《希燕説》卷首，上海圖書館藏清康熙稿本，不標頁。

〔三〕《知好好學録》卷五《書王元長先生行之六世兄扇》，清康熙稿本，周欣平、魯德修主編：《柏克萊加州大學東亞圖書館藏稿抄校本叢刊》第16册，上海古籍出版社，2013年，第426頁。

〔四〕《知好好學録》卷二《與吴修齡》，第139頁。

〔五〕《知好好學録》卷四《放言序》，第284頁。

〔六〕《知好好學録》卷一《與馮硯祥書》，第101頁。

交往，深入瞭解了『明末三大案』等史實，爲其後來撰寫《三案竊議》奠定了重要基礎。〔一〕

順治二年（1645）五月，清兵攻破南京，南明弘光政權覆滅。時任兵部尚书朱大典率軍還鄉，固守金華。在此期間，祝石曾入其幕下效力，並從遊於朱氏。

順治三年（1646），清兵圍金華，朱大典在城破時引火自焚，但祝石並未與之殉國。清初王崇炳《朱大典傳》記載城破前朱、祝之間的一段對話：『城未破時，門人祝石入見曰：「敵兵勢大，孤城無援，奈何？」公捋其鬚曰：「今老矣，吾受國厚恩，效死弗去，他何計焉？」』〔二〕祝石未選擇與師一道殉國，當有其自身的原因。

一方面，對於許多基層地方士人而言，朝代的更替只不過是迫使其必須去重新安排個人的出處，一家一姓之王朝對未獲得功名、沐浴皇恩的基層士人而言，並不足以推動他們主動選擇殺身成仁的道路。祝石在明代只是諸生身份，未取得功名，所以在易代之際，他很快就調整出新的價值觀。王崇炳在《金華徵獻略》中，標注祝石的身份是廩生。〔三〕《光緒蘭溪縣志》卷六《選舉志》也顯示，順治朝的『歲貢』名單中有祝石。〔四〕可見在明清鼎革後，祝石已積極融入清代的生活。

〔一〕《知好好學録》卷五《三案竊議》，第387頁。

〔二〕王崇炳：《朱未孩先生傳》，《潭溪朱氏宗譜》卷一《文集》，上海圖書館藏清道光乙巳年重修本。

〔三〕王崇炳：《金華徵獻略》卷十二《文學傳》，清雍正十年刻本，黃靈庚、陶誠華主編：《重修金華叢書》第48冊，上海古籍出版社，2014年，第676頁。

〔四〕《光緒蘭溪縣志》卷六《選舉志》，《重修金華叢書》第67冊，第954頁。

另一方面，祝石未選擇自殺，還與其奉教士人身份有關。明清之際，在華耶教會爲避免因政治立場的判斷錯誤而危及傳教大業，乃決定不表態支持特定的政權。奉教士人韓霖，曾視闖軍爲寇盜，甚至積極參與平亂的工作，但眼見局勢已經無可挽回，立即投降李自成，而當李自成失敗之後，又附清爲貳臣。〔二〕因此，祝石的選擇，遵守了耶教『毋殺人，也不許自殺』的禁令。

陳拓、余新忠依據祝石與明遺民多有來往的情況，以及屈大均《寄祝子堅丈》中的『先求萬曆臣』詩句，將祝石定爲明遺民，似乎不確。〔三〕一是，祝石儘管與不少明遺民過從摯密，當時很多人也稱他爲『處士』（沈壽民）、『逸士』（曹溶），但所交群體的身份並不能證明祝石本人亦爲遺民。『處士』『逸士』之類的稱呼也更多指向祝石未出仕爲官。二是，屈大均本人爲遺民，屈詩也流露出遺民情懷，但『先求萬曆臣』只能交代祝石生於萬曆朝，並不能明確祝石本人就是遺民的身份。况且，祝石在順治朝入選地方歲貢，至晚年仍感慨『嘗思飽作時藝之士，至老不得一科第，亦悲阨塞』〔三〕，表現出對科舉功名的執著。而且，在與徐乾學的書信中，祝石尊稱康熙帝爲『聖明』，讚譽其統治『四海清寧』『升平歲稔』。〔四〕康熙南巡，其與弟子姜韜信中，又稱『聖駕』。〔五〕他自己又積極主動爲兒子科舉之事矻矻奔波。此外，《蘭江祝氏宗譜》記載祝石是『恩貢生』，

〔二〕黄一農：《鼎革世變中的天主教徒韓霖》，《兩頭蛇：明末清初的第一代天主教徒》，上海古籍出版社，2006 年，第 252 頁。

〔三〕陳拓、余新忠：《中西醫匯通先驅明遺民祝石考論》，《南開學報》2022 年第 3 期。

〔三〕《知好好學録》卷一《與胡彦遠書》，第 104 頁。

〔四〕《知好好學録》卷二《與徐健庵太史》，第 124 頁。

〔五〕《知好好學録》卷二《與姜子發》，第 184 頁。

其畫像身著清代頂戴。〔二〕祝石三子祝師泳、師泌、師正，分別是清代的邑庠生、太學生。〔三〕這些均可印證祝石對清朝的認同程度，雖不及那些出仕清朝的晚明士人，但與真正的明遺民身份存在較遠的距離。

金華、蘭溪被清軍攻破後，祝石與侄祝維裕携家避居金華山中，成爲八石溪祝氏始遷祖。〔三〕復社摯友沈壽民受邀來此避亂。等局勢穩定後，祝石一度赴閩，在耿繼茂〔四〕帳下數月。其間與毛文龍子相處，從而瞭解了有關明末遼東戰局的衆多史事，這對他解讀晚明政治有頗多幫助。但没過多久，祝石便選擇回蘭溪。祝石在晚年時，除大多數時間居住蘭溪、金華交界的玲瓏岩外，還曾有幾次遠遊：一是往三吴一帶，在吴興祚(1632—1697)、徐乾學幕下活動；二是受吴興祚招致，再度赴福建。

康熙二年(1663)至十五年(1676)，吴興祚任無錫知縣，十三年(1674)升無錫行人司。吴興祚喜與文士結交，公事之餘常『躡屐花田，泛舟珠海，與騷人墨客吟詠唱和』〔五〕。在署衙内，常『懷鉛提槧，與騷人雅士酌酒分韻』〔六〕。據祝石自述：『庚戌年季秋，予客於無錫吴伯成使君署。』〔七〕庚戌即康熙九年(1670)。康

〔二〕《蘭江祝氏宗譜》卷二，民國辛巳年重修本。
〔三〕《蘭江祝氏宗譜》卷十四，民國辛巳年重修本。
〔三〕《蘭江祝氏宗譜》卷十四，民國辛巳年重修本。
〔四〕祝石自稱『若皮島一事，朽老曾與其子，在老耿藩處，同朝夕者兩月』(《知好好學録》卷二《與林鹿庵》)。結合祝石行跡和耿仲明、耿繼茂、耿精忠祖孫三代鎮守福建的時間，『老耿』以耿繼茂最有可能。
〔五〕屠英：道光《肇慶府志》，《續修四庫全書》史部第714册，上海古籍出版社，2002年，第388頁。
〔六〕魯曾煜：《秋塍文鈔》，《清代詩文集彙編》第269册，上海古籍出版社，2010年，第371頁。
〔七〕《知好好學録》卷五《自題小像》，第445頁。

熙十一年（1672）〔一〕，祝石在宜興的舟上撰寫《知好好學録自序》。又據《希燕説序二》《希燕説序三》的落款，分别是『康熙癸丑花朝，祝石子堅識於漳邊竹下，時年七十餘二』『七十三老人祝石，上元日隨兩兒、諸孫雛，陟漳邊山岑，遠眺天末，倏思從中來，急歸成此，時康熙十三年』。『漳邊』非福建漳州，而是祝石所居蘭溪棠村一帶的地名，現名章里（一作彰里、樟里），説明康熙十二年（1673）、十三年（1674），祝石已回蘭溪，並非一直客寓三吴。

康熙十五年（1676）冬至康熙十八年（1679），名宦徐乾學在昆山爲母守制，其間，延聘朱彝尊、閻若璩、萬斯同、陳維崧等人纂修《讀禮通考》。而祝石『業《禮經》』〔二〕，又常在三吴一帶活動，亦受邀至徐氏府上，很可能參與了《讀禮通考》的討論。

康熙十五年（1676）十一月，吴興祚擢福建按察使，十七年（1678）擢右僉都御史，升福建巡撫。〔三〕由於祝石好談兵，多謀略，在福建任上的吴興祚又兩度邀請祝石赴閩。康熙二十年（1681）冬，祝石從蘭溪前往福建，但當時吴興祚忙於臺海作戰，所以『促膝者止得半月』〔四〕，十二月初三即返抵蘭溪。〔五〕由於吴興祚、徐

〔一〕《知好好學録》稿本作『康熙十九年九日七十一翁祝石識』。按祝石七十一歲爲康熙十一年。結合《知好好學録引》的時間，『十九年』當爲『十一年』之誤。

〔二〕《知好好學録》卷一《與陳伯璣書》，第62頁。

〔三〕佚名：《清史列傳》卷九《吴興祚傳》，王鍾翰點校，中華書局，1987年，第591—592頁。

〔四〕《知好好學録》卷二《與徐健庵太史》，第128頁。

〔五〕《知好好學録》卷二《與吴伯成總制》，第151頁。

乾學幕下多門客文士，所以在無錫、昆山、福建等地，祝石又結交了任繩隗、錢澄之、吴殳、陳維崧、萬斯同、屈大均、陳恭尹、陳玉璂、汪森等大量名士。

陳拓、余新忠認爲康熙二十年（1681），八十歲的祝石還親赴嶺南，拜會屈大均與陳恭尹。〔一〕這一判斷，恐有待商榷。其所據史料可能爲康熙二十二年（1683）陳恭尹《訊祝子堅因其婿邵重曦寄之》一詩中的『兩載天南信漸疏』〔二〕，以及祝石《與陳元孝》一函，相關内容爲：

弟之欲至粵者，豈挾刺干謁，作蠅營狗苟輩哉？實在欲晤台兄，與屈翁山及貴地之賢者，暢懷數月，兼得一析兩粵及海上情勢于制府，然後歸卧空山，以瞑其目，常人何解老革之心膽哉！制府實是當今丈夫，台兄與翁老不可不晤。弟已屢字相聞。〔三〕

『兩載天南信漸疏』確實易推出祝、陳於康熙二十年（1681）曾會晤。但據《與陳元孝》函，祝石赴粵與屈大均、陳恭尹相見，只是『欲想』而已，並未成行。否則，祝石無須去函推薦屈大均、陳恭尹與兩廣總督吴

〔一〕陳拓、余新忠：《中西醫匯通先驅明遺民祝石考論》，《南開學報》2022 年第 3 期。
〔二〕陳恭尹：《訊祝子堅因其壻邵重曦寄之》，《陳恭尹詩箋校》（下），陳荆鴻箋釋，陳永正補訂，李永新點校，廣東人民出版社，2016 年，第 802 頁。
〔三〕《知好好學録》卷二《與陳元孝》，第 114—115 頁。

興祚相識。而且，康熙二十年（1681）十二月二十四日，吴興祚才擢兩廣總督，〔一〕此前尚在福建巡撫任上，真正赴粤任職，已是康熙二十一年（1682）。因此，上述《與陳元孝》必作於康熙二十一年（1682）正月後。祝石如確赴廣東與屈、陳相晤，亦不可能爲康熙二十年。

祝石晚年不顧年邁，熱衷遠遊，除了延繼晚明以來盛行的結社交友風氣外，還有爲兒子祝師正謀前程的重要目的。在與徐乾學的信中，祝石稱『己未春，予携子師正走謁先生，叩以傳聞之同異』〔二〕，己未即康熙十八年（1679），而所謂的『傳聞之異同』，是指徐乾學慧眼拔取韓菼一事。〔三〕徐乾學本人爲康熙九年（1670）探花，又曾任順天鄉試副主考，是八股制藝高手。祝石携子向徐乾學詢問韓菼事，其真正目的其實是請教時文寫作之技巧。而赴福建時，在兒子的前程事情上，祝石也尋求吴興祚的幫助。

康熙十六年（1677），清廷因征三藩而軍餉見絀，詔令各省於定額外開捐生員，稱爲例生，或稱餉生、納生，從十七年開始到二十二年結束。捐納的方式無疑增進了士人對於舉業的熱情，但凡稍具財力，都易於獲取功名，遠較正規考試爲輕鬆。〔四〕面對這一有利政策，祝石也希望通過捐監爲兒子謀取科舉資格。在《與

〔一〕《聖祖仁皇帝實録》卷九十九『康熙二十年十二月二十四日』，臺灣『中研院』史語所，1966年，第1255頁。

〔二〕《知好好學録》卷四《徐健庵先生壽序》，第326頁。

〔三〕韓菼應童子試時，因文章不合時俗，被視作『劣文』遭斥黜。徐乾學因事抵蘇州，讀其文章，拍手叫好，收爲門生。韓菼順天鄉試落第，徐乾學又從落第遺卷中將其卷揀出，使韓菼中舉，這才有了後來韓菼連中會、殿兩元的可能。參見錢泳：《履園叢話》卷十三《鼎甲》，孟裴校點，上海古籍出版社，2012年，第232頁。

〔四〕馮賢亮：《明清之際的江南社會與士人生活》，上海人民出版社、上海書店出版社，2021年，第200—201頁。

徐健庵太史》中，祝石稱吳興祚『諄訂今春再往，已爲小兒師正納監，更爲贖廢産，娶孫媳』。〔一〕而《與吳伯成總制》云：『石返舍，即贖産，娶孫媳，府縣藩司取小兒師正入監結狀，種種皆翁臺之愛德也。』〔二〕可知康熙二十一年，在吳興祚的錢財資助及人脉運作下，祝石不僅贖回舊産，給兒子娶妻，還通過納捐，幫兒子順利取得監生的身份。此與祝氏宗譜中稱祝師正爲『太學生』相一致。

在地方上，祝石與金華、蘭溪兩地的官員亦有密切交往。如他與蘭溪知縣季振宜頗契合，共同討論古文詞章，〔三〕與金華府知府張藎、通判鄔象雲、經歷景于禮亦有往來。鄔象雲後來升任廣西思明府同知，祝石還請已任兩廣總督的老友吳興祚代爲關照、提携。〔四〕

關於祝石的卒年，相關文獻均未有明確記載。《蘭江祝氏宗譜》亦稱『生卒無考』〔五〕。據祝石所撰《姜子發紀略》文末落款：『丙寅中元已刻，八十五老人祝石燒黄熟，滌端硯而識』，説明祝石至少在康熙二十五年（1686）仍健在。在給姜韜的信中，祝石詢問：『不知聖駕三月幸杭否？』〔六〕據陳拓、余新忠的判斷，所謂『聖駕幸杭』是指康熙二十八年（1689）康熙帝第二次南巡，此爲康熙帝首次巡幸杭州，説明祝石當卒於康

〔一〕《知好好學録》卷二《與徐健庵太史》，第128頁。
〔二〕《知好好學録》卷二《與吳伯成總制》，第151頁。
〔三〕《知好好學録》卷一《與季滄葦明府書》，第85—92頁。
〔四〕《知好好學録》卷二《與吳伯成總制》，第154—156頁。
〔五〕《蘭江祝氏宗譜》卷十四，民國辛巳年重修本。
〔六〕《知好好學録》卷二《與姜子發》，第184頁。

熙二十八年後。〔一〕又據梁份《秦邊紀略》卷末耐安氏的《識語》：『康熙乙亥歲（按：三十四年），劉繼莊先生來謁學院顔公，假館於安樂窩。繼莊先生與外父祝棠村老友也，攜是《紀》相示，而外父已作古人，姜子發兄見而録之。』〔二〕祝棠村即祝石，耐安氏爲祝石外孫。據文意，康熙三十四年（1695），祝石已作古。因此，祝石卒於康熙二十八年至三十四年之間。

二、祝石與西方知識群體的交往〔三〕

晚明至清初時期，福建是來華傳教士活動的主要區域之一。據文獻顯示，祝石早在崇禎末年居留福建期間，就結識了在福建傳教的耶穌會士艾儒略。南明兵部尚書劉中藻在致福安奉教貢生、多明我會傳道員郭邦雍的信中提及：『艾先生與祝子堅云：「聖教之壞，恐自郭簡之始。」』劉中藻特引艾儒略與祝石的談話爲證，反映出祝石在福建教會中的重要角色，因此他很可能曾協助艾儒略傳教。〔四〕至於祝石此時是否已受洗入教，尚難定讞。

〔一〕陳拓、余新忠：《中西醫匯通先驅明遺民祝石考論》，《南開學報》2022 年第 3 期。
〔二〕梁份：《秦邊紀略》，趙盛世、王子貞、陳希夷校注，青海人民出版社，1987 年，第 523 頁。
〔三〕關於祝石與傳教士的交往，及其在漢文西書循環中的貢獻，陳拓《奉耶明遺民考：馮文昌、祝石的人際網絡與書籍世界》（《香港大學中文學報》第 1 卷第 2 期，2023 年 9 月）一文有較詳細的研究，可作參考。
〔四〕陳拓、余新忠：《中西醫匯通先驅明遺民祝石考論》，《南開學報》2022 年第 3 期。

崇禎十六年（1643），意大利著名耶穌會士衛匡國（1614—1661）來中國傳教，從福建轉入浙江，坐船經金華、蘭溪北上，後到達杭州、上海等地，杭州陷落後轉往浙江中南部和福建活動。當時鎮守金華城的朱大典，對西學深抱好感。〔一〕衛匡國在《韃靼戰紀》中稱朱大典是其好友。〔二〕而祝石爲朱大典門人，因此，衛氏很可能通過朱大典與祝石相識。清順治五年（1648），衛匡國在蘭溪付洗250人〔三〕，同年五月到金華、蘭溪交界的玲瓏岩拜訪祝石，並共同完成《逑友篇》，由衛氏口述，祝石筆録而成。從祝石爲《逑友篇》所作序中的『宜者，上主所定之公性也。不得不然者，愛也。愛者，上主所賦之仁性也。……明修德，自能事上帝』等語句來看，祝石此時明顯是奉教士人了。

晚明至清初，處於錢塘江水路交通綫上的金華、蘭溪是傳教士的重要佈道之地。如順治元年（1644），西班牙多明我會士閔明我、費理伯、白誠明、范理格、柯納等人從福建越過仙霞嶺至金華，在金華和蘭溪一帶進行傳教活動。在反教士人楊光先列舉的耶教教堂名單中，就有『浙江之杭州、金華、蘭溪』〔四〕的記載，當

〔一〕劉獻廷《廣陽雜記》記載：『姜子發云：「曾聞朱未孩言，火炮中子彈，必於沙中磨之極圓，出炮門後，空中之氣不能阻礙，其去必遠。搗蚯蚓成漿，以箭括淬之，其鋒之銛利，過於磨錯。」此二語，余所未聞者，拜教多矣。』（《廣陽雜記》卷三，商務印書館，1957年，第73頁）可知朱大典對西洋製器之學的深度理解。而且，朱大典曾被徐光啓視爲修訂曆法、仿製西洋大炮的合適人選。參見黄一農：《兩頭蛇：明末清初的第一代天主教徒》，第97頁。此外，朱大典還與耶穌會士艾儒略、潘國光交好，曾建議劉中藻邀請衛匡國協助隆武帝防禦清軍。參見陳拓：《奉耶明遺民考：馮文昌、祝石的人際網絡與書籍世界》，《香港大學中文學報》第1卷第2期（2023年9月）。

〔二〕衛匡國：《韃靼戰紀》，何高濟譯，中華書局，2008年，第373頁。

〔三〕金華市地方志編纂委員會編：《金華市志》第5册，方志出版社，2017年，第3355頁。

〔四〕楊光先：《與許青嶼侍御書》，《不得已》，《續修四庫全書》第1033册，上海古籍出版社，1995年，第1098頁。

地的傳教規模可見一斑。而祝石對耶教在蘭溪的傳播實起了重要作用。

據記載，順治十三年（1656），多明我會士黎玉範（Juan Bautista de Morales）與郭多明（Domingo Coronado）前往浙江傳教，先通過蘭溪某富人認識了八石溪一位由耶穌會士領洗的文士。此文士即祝石，洗名Lino。在祝石的幫助下，他們購置了房産，兼作居所和教堂，後來成爲蘭溪佈道的中心。〔一〕順治十八年（1661），六位多明我會士在蘭溪聖若翰教堂，舉行了禮儀之争史上影響甚大的蘭溪會議。受祝石的影響，其弟子姜韶也究心西學，並受洗入教。據保羅的研究，祝石還將自己所接受的耶教傳遞給家人、族人及朋友，包括女婿Domingo、女兒的很多女性親友、在蘭溪的一位富人朋友，以及Cio Simone、Cho Thomaso（祝師正）等教徒。〔二〕

祝石幼年身體孱弱，『即三伏中，必緊裹重衣厚被。否則，頭岑悶，鼻間吐血，夜復遺滑』，遂自習《素問》《靈樞》等醫書。但他發現中醫典籍中的很多療法，多有難以操作或缺乏藥效之處，因此轉向傳教士學習『太西異人醫術』〔三〕，吸收了西洋醫學中蒸露法、解剖學等先進治法，醫術愈加精湛。〔四〕他也以此行走江湖，並治癒了錢謙益、陳維崧、汪森等文壇名家的一些疾病，被他們譽爲當代『扁鵲』。祝石晚年常自稱『手

〔一〕 保羅（Pablo Robert Moreno）：《〈蘭溪天主教徒致羅文藻主教書〉考》，《澳門理工學報》2017年第4期。

〔二〕 保羅（Pablo Robert Moreno）：《〈蘭溪天主教徒致羅文藻主教書〉考》，《澳門理工學報》2017年第4期。

〔三〕 《知好好學録》卷二《與陳元孝》，第114頁。

〔四〕 關於祝石的醫學造詣，可參見陳拓、余新忠：《中西醫匯通先驅明遺民祝石考論》，《南開學報》2022年第3期。

尚不能釋卷，目耳益亮，健飯健步』〔一〕『石雖老，而耳目明聰，且健飯』〔二〕，即與他精通醫術有密切關係。當時多明我會士在蘭溪行醫，很多人在痊癒後入教。〔三〕祝石身兼奉教士人和醫士的雙重身份，對擴大蘭溪的奉教士人群體無疑有重要作用。

康熙二十三年（1684），八十三歲的祝石還與其他五位蘭溪奉教士人上書中國牧區耶教主教羅文藻，請求他來蘭溪宣教。這封書信的領銜署名者 Cho Xe，即祝石的音譯。這一年，負責蘭溪教務的多明我會士費理伯和白誠明離開蘭溪前往廣州，即信件譯本中所云的『Fi 和 Pe 兩位神父竟然離開了這裏，去了廣東』〔四〕，導致蘭溪缺乏耶教神父。當時羅文藻任巴西利塔諾城主教兼南京宗座，因此祝石等教徒期待羅氏能速來蘭溪傳教，給予靈魂上的安慰和支持。

祝石虔誠信奉耶教，在生活中身體力行，曾手録『《靈魂論》及《宰治萬物》』〔五〕，耄耋之年，仍每日必讀《靈魂論》和《超學性要》等書，『明悟向真，愛欲向善』〔六〕。對自己身體康健、交遇良友等幸事，祝石也歸功

〔一〕《知好好學録》卷二《與徐健庵太史》，第 127 頁。

〔二〕《知好好學録》卷二《與吴伯成總制》，第 152 頁。

〔三〕（美）富路特、房兆楹原主编；李小林、馮金朋主编：《明代名人傳 4》，北京時代華文書局，2015 年，第 1456 頁；保羅（Pablo Robert Moreno）：《〈蘭溪天主教徒致羅文藻主教書〉考》，《澳門理工學報》2017 年第 4 期。

〔四〕《祝石等人致巴西利塔諾城主教兼南京宗座代牧羅文藻主教書》，轉引自保羅（Pablo Robert Moreno）：《〈蘭溪天主教徒致羅文藻主教書〉考》，《澳門理工學報》2017 年第 4 期。

〔五〕《知好好學録》卷二《呈利再可先生》，第 119 頁。

〔六〕《知好好學録》卷二《呈南敦伯先生》，第 132 頁。

於上帝的賜佑。當閱讀到弟子姜韬的文章『復以精遂之理，出於高爽縱漩之句語』，祝石也認爲是『上帝之特佑』的結果。[一]在研讀西學典籍的同時，祝石還積極向友朋宣傳西學的深邃精妙。如他曾向徐乾學、姜希轍等名宦名儒推薦閱讀利類思、南懷仁刊刻的《超性學要》。

除了協助衛匡國完成《逑友篇》外，祝石還與其他著名傳教士有密切往來。在《知好好學録》中，有祝石致利類思、南懷仁的書信。從内容來看，祝石曾多次請求利類思刊刻《靈魂論》，後來利類思完成刊刻後即寄與祝石。祝石在閱讀其中的《形物之造章》時，發現有不少漏字，『且句讀多有圈誤者』，遂校訂匯總寄給利類思。祝石還希望《超性學要》全本和傅汎際、李之藻合譯的《名理探》及《寰有詮》付梓，『以便與好學具明悟之人閱讀』。[二]南懷仁同樣寄給祝石不少刊刻的耶教經典，祝石也認真研讀過南懷仁關於炮火製造的文章，並希望閱讀南懷仁的《格物窮理書》。[三]祝石還積極參與了多部晚明清初耶教漢文西學文獻的校訂活動。

如康熙十年刊刻的南懷仁《驗氣圖説》卷末，列有校訂者名單『後學蘭溪祝石、錢塘馮文昌、長洲周志全校』。康熙十二年刊刻的多明我會士賴蒙篤的《形神實義》，扉頁卷端題名爲：『泰西傳教會士賴蒙篤著，同會萬濟國、閔明我、白敏峨、羅文炤訂，值會萬濟國准。後學瀔水祝石、三山李九功閲，韓陽王道性、王

[一]《知好好學録》卷二《與姜子發》，第178頁。
[二]《知好好學録》卷二《呈利再可先生》，第118頁。
[三]《知好好學録》卷二《呈南敦伯先生》，第132頁。

道甡潤。』清初著名奉教士人李九功的《慎思録》，卷端的校訂者名録中亦有『瀫水祝石子堅』。〔一〕這些著者與校閱者、校訂者均是當時著名的傳教士或在東南一帶傳教活躍的中國奉教徒。賴蒙篤於順治十四年（1657）曾往浙江金華、蘭溪等地活動，很可能此時與祝石相識。祝石能與這些有影響的奉教士人一同校閲漢文西學典籍，説明祝石的西學造詣，深受入華傳教士和當時中國奉教士人的認可和推崇。

從婚姻制度來看，在傳統中國，士大夫在正妻外納妾以延續子嗣，或照顧其日常起居，是特别普遍的現象。但耶教『一夫一妻』的嚴令，又與中國這一風俗發生了劇烈衝突。事實證明，從明末的瞿汝夔、徐光啓、李之藻、楊廷筠、韓霖，以迄清初的佟國器、許纘曾等人，大多數士紳在奉教之際，都得在『天主』與『妾』之間做一艱難的抉擇。有些如瞿式耜，雖早年入教，後來因現實原因，先後置三妾，與耶教漸行漸遠。〔二〕關於祝石的婚姻，《太原祝氏宗譜》載：『娶徐石室女，生一女，適三泉庠生唐詩；繼娶王氏，生二子：師泳、師泌；又娶諸氏，生一子：師正，二女：長適黄溢庠生邵美儒子邵仲希，次適白竹庠生姜蕃之子姜翥。』〔三〕祝石自己亦云：『予先室王，病血絡疼，歷諸名醫治之而殁，今内子諸亦然。』〔四〕從這些表述來看，祝石應當是在徐氏去世後繼娶王氏，王氏去世後再娶諸氏，且未納妾，遵從了耶教所主張的一夫一妻制。

〔一〕陳拓：《奉耶明遺民考：馮文昌、祝石的人際網絡與書籍世界》，《香港大學中文學報》第 1 卷第 2 期（2023 年 9 月）。

〔二〕黄一農：《兩頭蛇：明末清初的第一代天主教徒》，第 464 頁。

〔三〕《太原祝氏宗譜》卷二《世系》，第 35b—36a 頁。不過，民國辛巳年重修的《蘭江祝氏宗譜》對諸氏所生二女的次序，記載不同，其云：『又娶諸氏，生一子：師正，二女：長適白竹庠生姜詡，幼適黄溢邵仲希。』

〔四〕《知好好學録》卷六《録醫》，第 505 頁。

三、祝石的實學與天學

明朝設科取士一以程朱理學爲準，導致不少讀書人只知記誦程朱之書，醉心功名利禄，常常學行分離。陽明心學崛起後，由於過度重視『心』的本體發揮，特别是左派王學宣導無善無惡之論，更加崇尚玄虚。在晚明日益嚴峻的社會危機面前，理學末流的空疏之弊，遭到衆多思想家的批判。

祝石一生仰慕豪傑丈夫的精神氣概，主張以所學用於世，專注於古今治亂的探討。他認爲明亡的原因，就是朝廷『皆因時文取士，資格用人，置「賢」與「才」二字於天外』〔二〕，無視人才的真實之學，並稱『古今苟安之世，其上大人多不喜聽真言，作實事。惟不喜聽真言，所以不作實事』〔三〕，痛批他們没有『力行踐實』的舉動。對於宋明理學家，他認爲『學非不好也，但治平之用則不切，因不宜』〔三〕。如他認可王陽明的用兵和事功，但對其心學和講學持批判態度，稱『陽明功業……能自樹立於天地間，……蓋一涉講學，覺酸腐之氣，澀人心鼻耳』〔四〕。他特别推崇張居正的治國之道，認爲『萬曆四十八年之天下康裕，張太岳德功也』〔五〕

〔二〕《希燕説緣起》，《希燕説》卷首。
〔三〕《知好好學録》卷一《呈黎博庵老師書》，第33頁。
〔三〕《知好好學録》卷一《與沈眉生徵君書》，第27頁。
〔四〕《知好好學録》卷一《與沈眉生徵君書》，第28頁。
〔五〕《希燕説·相》。

『古今經傑沉雄之相，三代不必言，惟李文饒、張太岳耳』〔一〕。在他眼裏，受學界讚譽的楊慎和黄道周，却是『於治天下大道則茫乎不知』〔二〕之流。爲表達他對張居正的敬慕，他甚至將第三子取名師正，字叔張。對於飽受訾議的張居正奪情一事，祝石明顯站在支持的立場，認爲大臣去留，應當視關係重輕爲準。在他看來，當時萬曆幼齡，國家病弱民窮，正需要張居正這樣的能臣輔弼。奪情秉政，無疑符合國家之需〔三〕。

由於重視學問的治平天下，所以祝石好讀《韓非子》《戰國策》等典籍，認爲兩書『不特行文頓挫疏宕，大爽人胸懷。……且可以精透世情』〔四〕。他自己專門撰寫的《希燕説》一書，分選相、取人、用人、法令、用兵、財賦等篇，提出君王如何治理國家的策略，正是希望以所學用於世的體現。

雖然祝石嗜好《韓非子》，又鄙斥理學，推崇管仲、諸葛亮、李德裕、張居正等人的相業，但在儒、法之間，他並非是法家，仍屬於儒家範疇。儘管他認爲『國家治興，在財裕而兵强』，但他又説『兵財之得强裕也，在君相之咸有一德』。而『德之首在仁義，君相心身，秉守仁義，……守義則人人行己，俱遵循禮法，不敢有惰有踰，此富强之本也』〔五〕。在選拔人才上，他也主張『分别德才，惟具德而兼才者爲上』，認爲只有内心『有所欽凜忻慕，力於爲善』，確保消弭邪念，以及外在奬懲制度的引導，兩者『内外交制』，才能真正有用

〔一〕《希燕説·相》。
〔二〕《希燕説·相》。
〔三〕《知好好學録》卷三《論紀·張太岳一》，第193—195頁。
〔四〕《知好好學録》卷二《與姜子發》，第169—170頁。
〔五〕《希燕説·取人》。

於治世。〔一〕所以，祝石思想中的『德』『才』並非彼此對立，而是互爲補充。只是在他看來，以前過於强調『德』的重要性，導致『才』被輕視，造成學問與現實的脱離。在晚明危機四起的特殊歷史情境中，祝石進一步凸顯『才』的重要性。所以當他見識了傳教士帶來的地圖、曆算、火炮、醫藥等技術有裨於富國强兵時，他很快就欣然接受，如稱湯若望的《坤輿格致書》『其言識辨認鑛法、開鑿畚取法、烹鍊法，種種皆極精妙，真奇書也』〔二〕，甚至認爲朱元璋、張居正『在今日，得見天學之書，其敬信當不知何如也』〔三〕。晚明徐光啓等人爲耶教辯護，很重要的理由，就是認爲國勢動盪之時，儒家在實用層面缺乏某些優勢，而耶教一定程度可以起到『補益王化』（補儒）的作用。祝石對西學的接受，也正是延繼了這一思維。當然，祝石對天學的態度，不僅僅局限於器物層面，而是擴展到對西方哲學、宗教的部分吸收。

從利瑪竇開始，大量入華傳教士爲了改變中國傳統倫理的等級觀念，撰寫了衆多著作，力圖在論證耶教倫理與儒家道德的一致性前提下，宣傳西方宗教平等觀念。利瑪竇《交友論》、龐迪我《七克》和衛匡國《逑友篇》中最重要的觀點，就是主張將朋友一倫作爲五倫的基礎，甚至以朋友之倫代替五倫的平等觀念。〔四〕祝石也屢屢强調朋友之倫的重要性，如《與陳椒峰》稱：『弟常思古今惟交友一倫，爲大爲重，榮辱歡愁，

〔一〕《希燕説·概言》。
〔二〕《希燕説·財》。
〔三〕《知好好學録》卷二《與姜子發》，第182頁。
〔四〕李志軍：《西學東漸與明清實學》，巴蜀書社，2004年，第202—204頁。

必友是藉。』〔一〕《山居之友》云：『況人生不能無事，事不能獨行，獨行多不成。設有急，豈得一已能解？故友在倫爲重，爲急，又爲難。』〔二〕在《逑友篇敘》中，祝石還强調交友之道有益於靈魂的净化，認爲：『愛者，上主所賦之仁性也。宣也，愛也，故人樂遵也。……願讀是篇者，惟求理之非是，勿以傲睨横衷。理是，則益身神。益者何，修德。明修德，自能事上帝。』〔三〕認爲『愛』是上帝賦予的仁性，交友則是遵循『理』的體現，將儒家的『道德修養』與耶教的『事奉上帝』緊密聯繫起來。

作爲信徒，祝石繼承了利瑪竇等傳教士對先秦儒學文獻中的『上帝』的詮釋。他將『古儒』經典中的『上帝』視爲人格神，稱『上帝生天與萬物』〔四〕，認爲『上帝』是天地萬物的本原，『明見凡人與諸世物世事，皆受於其生，而主以定之者也』〔五〕。不過，值得注意的是，與傳教士以及朱宗元等儒家奉教士人的觀點不同，祝石並未將『天』等同於『上帝』。在他的解釋中，『天者，猶人，稱人主，爲朝廷也』〔六〕，即『天』是世間的『人主』（皇帝），並非人格神，『則天之上，其所降命者，非上帝乎？』〔七〕，言下之意，在『天』之上才是主宰宇宙一

〔一〕《知好好學録》卷二《與陳椒峰》，第167頁。

〔二〕《知好好學録》卷五《山居之友》，第434頁。

〔三〕祝石：《逑友篇敘》，衛匡國：《逑友篇》卷首，周振鶴主編：《明清之際西方傳教士漢籍叢刊》第1輯《天主實録盛世芻蕘（外九種）》，鳳凰出版社，2013年。

〔四〕《知好好學録》卷二《與姜定庵京兆》，第135頁。

〔五〕《知好好學録》卷五《辨惑》，第398頁。

〔六〕《希燕説·相》。

〔七〕《知好好學録》卷五《辨惑》，第414頁。

切的上帝。在宋明理學的解釋中，『太極』被視爲萬物之本，是宇宙、人性、道德的根源，這與耶教教義相抵觸。在這一點上，祝石似乎没有延繼傳教士的觀點。他並未完全否定『太極』的本原意義，仍視『太極』爲天地之所以然的『底賴』，稱『太極此自開闢來，即爲生萬物之底賴。底賴者，萬物所賴以爲底之生，亦萬物變變化化所底之依賴也』〔一〕。從中反映出祝石的『太極』觀没有從根本上擺脱儒家的烙印，與同時期儒家奉教士人朱宗元的觀點有一定差異。〔二〕整體而言，在『合儒』思想的闡釋方面，祝石遜色於朱宗元。

關於人性的討論，祝石認爲人死只存人魂，而人魂爲無形之體。〔三〕他一直在尋求靈魂的『永久安頓』，尤其是生命的不朽、神魂的永存和鬼神主宰這三個問題。他認爲儒釋兩家均曾探討性命之學，但發覺『總皆憑空猜度，全不知靈魂爲何物』〔四〕，不能徹底解答，直到讀到西學著作《超性學要》《靈魂論》『方知認己，方知諸超性之理，……心懷即爲爽迴』〔五〕，才從中尋找到個體靈魂救贖與人生意義的終極答案，與其心靈的期盼絲絲相扣，稱讚此書『以開中國有天地來所未知之精理，則中華之大幸大幸也』〔六〕。

在社會危機及朝代鼎革的刺激下，明清之際的學界對宋明理學進行了深刻反省。他們認爲宋明理學

〔一〕《知好好學録》卷四《放言序》，第281—282頁。
〔二〕關於朱宗元對太極的認識，可參見莫錚宜：《明清之際浙東儒士朱宗元西學思想研究——兼與黄宗羲的西學觀比較》，《基督宗教研究》2015年第2期。
〔三〕《知好好學録》卷五《辨惑》，第395頁。
〔四〕《知好好學録》卷二《呈利再可先生》，第117頁。
〔五〕《知好好學録》卷二《與姜子發》，第169頁。
〔六〕《知好好學録》卷二《呈利再可先生》，第117頁。

受到佛、道的侵蝕，陷入空談、清虚之中，失去了經世致用之功能，因此，主張繞開宋明儒家箋注的儒家著作，而直接回歸先秦儒家原典，嘗試恢復古儒真面目。這種傾向，與晚明以來利瑪竇等傳教士所採取的『附會古儒』『批評今儒』的策略相一致。

祝石對宋明理學也展開衆多批判，如對理學所謂的『道』頗爲不屑，稱『不知此道爲何物』。對於宋明理學家將『理』當作宇宙的普遍規律的觀點，祝石也予以否定，認爲『理』不能獨立存在，須『依於事於物』，即只能依賴於物而存在。他還以『設無事父兄之事，則無孝弟之理。故孝弟之理，從其事父兄之事而見者也』[一]的例子進行説明。對理學家所云的『理氣即天』的命題，祝石也與傳教士的觀點契合，予以批判，稱：『夫理者，依於事物，以見於人心者也。禽獸之明不靈，故不知事物，因不知理，是理依明於人心之證也。氣者，靡漫在天之下，手扇口噓即見者也，而乃云理氣即天，通乎？』[二]祝石對漢儒注解儒家原典的觀點也有批評。在他看來，董仲舒的《天人三策》有助於治理國家，已然『有功』，明顯與『明道不計功』自相矛盾，稱『仲舒之言，於理不全』[三]。對於漢儒講解的五經，祝石質疑『果是聖人删定之五經哉？』並引用劉歆的觀點，批評他們解經『脱簡龐雜……專己守殘，離於全經遠矣』。被後世推崇的賈公彦、鄭玄等人的注疏，在祝石眼裏，也是『交出已意爲多，非盡聖人之經義也』[四]。此外，祝石一方面推崇張禹、匡衡爲『漢之才能名

[一]《知好好學録》卷一《復沈治先書》，第93頁。
[二]《知好好學録》卷五《辨惑》，第413頁。
[三]《知好好學録》卷一《呈吴雪厓先生書》，第40頁。
[四]《知好好學録》卷一《與沈眉生徵君書》，第26頁。

臣』，另一方面却批評他們『多有不解經者』〔一〕。由此可見，他對漢代以降的儒學，主要肯定的是『實用事功』『補益王化』，而擯棄秦漢以來諸儒對儒家經典的闡釋。

傳教士們認爲佛、道對宋明理學的侵入，使得原始儒學失去本義，所以對佛、老持全面排斥的態度。這一方面，祝石的確表現出堅定的辟佛立場。在他眼中，佛教一方面『談空説有，自云悟徹生死』，另一方面又『諄諄求吉壤以葬燒骨』〔二〕，明顯自相矛盾。耶教反對民間盛行的風水、算命、楮錢、火葬之風，這一態度在祝石身上也有鮮明體現。他以衆多典型歷史事例，予以駁斥和批判，稱這些均是『謬誕可噱』之物。〔三〕黄宗羲門人唐彪曾給祝石寫過一封信，要求祝石删除文集中的一篇文章，認爲『其集中有大辟風水篇，急宜删去，恐以不純之文而爲萬世之口實』〔四〕，反映出祝石對耶教視爲迷信的風水之學的深惡痛絶。

總體來説，祝石對漢宋諸儒的學術基本持批判態度，有『漢儒諓諓』『宋儒迂拘，更過漢人』『明之理學淳厚則同宋人，而寱語亦不少異』〔五〕等不少訾議。在與弟子信中，祝石甚至説：『我輩學問，不出「大學之道」四句』〔六〕，鮮明道出他對儒家的認同，只限於先秦儒家經典。這也説明，祝石在道統論上主張繞過秦漢

〔一〕《知好好學録》卷一《與沈眉生徵君書》，第26頁。
〔二〕《知好好學録》卷五《辨惑》，第412頁。
〔三〕《知好好學録》卷五《辨惑》，第403頁。
〔四〕周召：《雙橋隨筆》卷九，文淵閣四庫全書本，黄靈庚、諸葛慧艷主編：《衢州文獻集成》第105册，國家圖書館出版社，2015年，第615頁。
〔五〕《希燕説·相》。
〔六〕《知好好學録》卷二《與姜子發》，第170頁。

以後的儒家，而接續孔孟之學，已經顯現出『復儒』而非『補儒』的思想傾向。因爲利瑪竇等人的『補儒』在某種程度上仍承認『今儒』的權威，只不過在某些方面要恢復到『古儒』。祝石雖未直接提出如清初儒家奉教士人所宣導的『超儒』『復儒』口號，認爲傳教士進入中國後，儒家道統才得以恢復，但已初顯『復儒辟佛』的傾向，逐步越出利瑪竇『合儒補儒』的思想範圍。

祝石信奉耶教的原因，一方面源於他服膺西洋火炮、醫術等技術的精湛，另一方面則是晚明以來理學在社會現實面前顯示出自身的不足，而天學在某些方面正好可以彌補儒學的缺罅。祝石對耶教的認識，延續了利瑪竇、衛匡國等傳教士以來累積的傳統。當然，祝石對天學的理解，與他們也存在不同之處。

按照一些學者的分析，晚明第一代儒家奉教士人，在某些時候可能會選擇回到儒家的價值觀，而放棄耶教，甚至違背耶教的教誡。對於第二代、第三代儒家奉教士人而言，尤其是隨著禮儀之爭的展開，他們日益覺察到儒家與耶教之間存在的罅隙，選擇耶教信仰就意味著在某些方面要放棄儒家價值觀。〔二〕作爲第三代儒家奉教士人，祝石服膺儒家倫理，但對宋明理學多有批判，主張以西學的製器之學補充儒學中相對欠缺的經世之學。他大體認同耶教對『古儒』經典的闡釋，且對儒家的五倫排序進行重新調整，表現出『合儒補儒』的思想特徵。但他又似乎尚未形成耶教身份的唯一認同，在儒學和耶教之間的定位並不特別清晰，徘徊於『補儒』和『復儒』之間，未完全達到『超儒』的地步。

〔二〕 肖清和：《天儒同異：清初儒家基督徒研究》，上海大學出版社，2019 年，第 3—4 頁。

作爲一介寒士，祝石没有功名，却能與錢謙益、徐乾學、姜希轍等名儒名宦有密切交往，又能得到艾儒略、南懷仁等知名耶穌會士的推崇。其中原因，除了早期黎元寬等人的引薦以及得享高壽外，最重要的應當是祝石因信教掌握了精湛的醫術和相當深入的天學思想，即：一方面向傳教士研習泰西醫術，進而融匯中西醫術，另一方面精讀天學經典，洞悉天學知識，爲其構建廣泛的交友網絡提供了重要的通道。而從交友對象的思想傾向來看，與祝石交往的好友，既有奉教士人以及對西學抱有好感者，也有如錢謙益等抨擊耶教者〔二〕，還不乏佞佛的黎元寬等人。祝石的個案，一定程度反映出晚明至清初地方『小讀書人』〔三〕的交遊與思想的複雜性，他們的生活與思想世界並非僅僅局限於地方，遠超出我們的想象。而通過對祝石思想的解讀，可以發現這一時期儒家奉教士人在思想上存在從『合儒』『補儒』到『復儒』的過渡特點，其内部也存在思想程度不一的差異。

〔二〕 錢謙益在致黄宗羲的信中，曾痛斥耶教是世間三大『妖孽』之一，並稱如果不除此三者，則『斯世必有陸沉魚爛之禍』。參見沈善洪主编：《黄宗羲全集》第 11 册，浙江古籍出版社，2005 年，第 389 頁。

〔三〕 『小讀書人』的概念，源於張藝曦教授的《歧路彷徨：明代小讀書人的選擇與困境》（陽明交通大學出版社，2022 年）。按作者的定義，所謂『小讀書人』是指地方上的一般士人。這類士人多半只有中低級的功名，或是没有功名的布衣處士。以此定義，祝石明顯屬於『小讀書人』群體。

四、《希燕説》《知好好學録》的編撰與遞傳

祝石一生著有《希燕説》和《知好好學録》，兩書的編撰都在晚年。據《希燕説》四篇序言的落款時間，分别是『七十六老人祝石子堅氏識』(《愬閲希燕説先告》)、『康熙十年重九日識』(《希燕説緣起》)、『時乙卯清和月朔，年七十四』(《希燕説之由》)、『康熙癸丑花朝，……時年七十餘二』(《希燕説序二》)、『時康熙十三年』(《希燕説序三》)，可推測此書大體完成於康熙十六年(1677)前後，這與祝石所云『七十外，纂有《希燕説》』[一]『石年七十時，……纂爲一書，名爲《希燕説》』[二]相契合。《知好好學録》前的《自序》和《引》，分别寫於康熙十一年(1672)[三]和康熙十四年(1675)，説明此書與《希燕説》基本完成於同一時期。在編竣兩書後，祝石還命人抄繕多部，寄送黎元寬、惲日初、吴興祚、郝浴等名儒名宦，邀請他們爲集作序，有些(如黎元寬、惲日初)應其允撰序，有些則未有回應。

由於經費支絀，兩書均未曾刊刻，祝石自己對此甚爲憂心，不無遺憾地感慨：『惜力不能授梓，恐弟歿

[一]《知好好學録》卷二《與陳元孝》，第114頁。

[二]《知好好學録》卷二《與吴伯成撫軍》，第147頁。

[三]《知好好學録》稿本作『康熙十九年九日七十一翁祝石子堅識』。按祝石七十一歲爲康熙十一年。結合《知好好學録引》的時間，『十九年』當爲『十一年』之誤。

後，湮没不傳，必謂當明末代，無人識古今治平之大本耳。』[一]他不斷邀請名家撰序，就是希望他們的序言『後日刻入大集，庶異代知有八十老生祝石耳』[二]。除寄送上述名人外，祝石還將兩書寄給汪森、曹溶、陳恭尹、姜希轍等人，或許想通過名家表彰、入藏名家書房等手段，來達到保存著作的目的。祝石去世後，其子祝師正和門人姜韜又重編《知好好學録》，在祝石生前所編基礎上增加了不少篇目，但亦未刊刻，只是以抄本形式流傳，且傳播範圍殊爲有限。如王崇炳在編纂《金華文略》時僅收録祝石文章一篇，並稱：『嘗讀其《希燕説》。……著書不一種，予獨見其《希燕説》云。』[三]清代纂修的康熙、嘉慶、光緒三種《蘭溪縣志》均未言及《知好好學録》，可知此書流傳確實寥寥。

《希燕説》與《知好好學録》，《中國古籍總目》只著録中國社會科學院文學研究所藏《知好好學録》一種，《重修金華叢書》則均失收。其實，兩部書至今尚存，且不止一種稿本。《知好好學録》現存兩種稿本，一部藏美國柏克萊加州大學東亞圖書館，2013 年收入《柏克萊加州大學東亞圖書館藏稿抄本叢刊》（以下簡稱『《知好好學録》柏克萊藏本』）；另一部藏中國社科院文學研究所，未分卷，僅一册（以下簡稱『《知好好學録》社科院藏本』）。《希燕説》現亦存兩種稿本，一種未分卷，藏上海圖書館（以下簡稱『《希燕説》上圖藏本』），另一種分爲十卷，藏清華大學圖書館（以下簡稱『《希燕説》清華藏本』）。兩種《希燕説》由於基

[一]《知好好學録》卷二《與陳元孝》，第 114 頁。
[二]《知好好學録》卷二《與郝雪海撫軍》，第 166 頁。
[三]王崇炳：《金華文略》卷四，祝石《吴北魚詩序》末，《重修金華叢書》第 177 册，第 280 頁。

本未公開，均鮮受學者關注。

《希燕説》清華藏本共十卷，一函四册，[一]扉頁有『豐華堂書庫寶藏印』『國立清華大學圖書館藏』印章。豐華堂書庫即晚清民初杭州楊文瑩（1838—1908）、楊復（1866—？）父子的藏書樓。楊家藏書始自楊文瑩任職貴州學政時期，楊復秉承父志，利用家財大肆搜購圖籍。會稽魯氏貴讀樓、黟山李氏娱園的藏書均被整體購入，丁氏八千卷樓的藏書亦有少量流入楊家。楊復在1921年以後的幾年收書最爲可觀，但不久因入不敷出並欠債累累，不得不決定售書還債。1929年，清華校長羅家倫得知楊氏願全部出讓所藏，即電知學校，並派當時的圖書館主任洪有豐前往察看。經洪氏親手辦理，終以3.4萬元成交，入藏清華大學圖書館，計有宋版2種7册，元版6種24册（此宋元本均爲史部書），明版400餘種4859册，抄稿本200餘種2161册，清版及民國以後刊本4000餘種，總共47546册。[二]《希燕説》即屬抄稿本200餘種中的一種。

《希燕説》上圖藏本共一册，不分卷，有『俗難醫』朱文長方、『祝石之印』白文方、『子堅』朱文方、『堅叟』朱文長方、『老自强以去酸腐』『特主恩祐』圓章、『野棠邨』朱文長方等印章。這些章均爲祝石之印。除『上海圖書館藏書』的印章外，未有其他藏書印，難以釐清此本的遞傳狀況。

兩種《希燕説》稿本相比，清華本雖分十卷，上圖本不分卷，但篇文内容一致，所不同者：一是字跡及抄

[一] 陳先行主編的《柏克萊加州大學東亞圖書館中文古籍善本書志》稱『此書今惟上海圖書館藏有稿本，未見别本流傳』（上海古籍出版社，2005年，第300頁），所言不確。

[二] 劉薔：《杭州豐華堂藏書考》，《清華大學學報（哲學社會科學版）》1998年第1期。

寫行距不同，清華本每頁9 ×20 字，而上圖本每頁12 ×28 字；二是序文、目録的篇名、次序略有出入。如清華本《希燕説序》，下標『南昌黎元寬左嚴氏撰』，而上圖本作《黎博庵先生序》，下注『南昌黎元寬左嚴氏識』。清華本在《希燕説目録》後的序言依次爲《希燕説序》《希燕説自序一》《希燕説自序二》《希燕説自序三》《愬閲希燕説先告》《希燕説緣起》《希燕説之由》《治亂興亡之由引》《概言》，而上圖本的順序爲《黎博庵先生序》《愬閲希燕説先告》《希燕説緣起》《希燕説之由》《希燕説敘》《希燕説序二》《希燕説序三》《希燕説目録》《治亂興亡之由引》《概言》。綜合判斷，兩種稿本當是不同人所抄寫，因爲祝石及其弟子姜韜曾多次遣人抄繕書稿贈送他人。

《知好好學録》柏克萊藏本爲稿本，共十册，分六卷，卷端題『蘭溪祝石子堅纂，男師正叔張、門人姜韜子發仝較』。前有南昌黎元寬序，康熙十一年祝石自序、十四年乙卯自引。此書卷一至二爲《書》，凡四十二首；卷三《論紀》八首（目録脱《紀姜伯丁》一首）；卷四《序》十九首（目録脱《別陶峻餘》一首）；卷五《雜著》十首（目録脱《古器》一首），附《偶吟》十五首；卷六爲《録醫引》《録醫》《醫信》。此藏稿中，《自題小像》撰於『康熙戊午』，當時祝石年七十七，《三案竊議》撰於八十三歲（康熙十三年），《姜子發紀略》則晚至康熙十五年八十五歲時所撰，與康熙十四年自撰《知好好學録引》相去已逾十載。而且，《吴伯成先生壽序》《徐健庵先生壽序》等文後有其子祝師正題跋。《馮硯祥》文末有『黎博庵先生曰：古今人動稱我友，難哉！如硯祥、子堅，始可曰友』的評語。目録與正文標題亦多有不同，如目録中的《呈黎博庵老師論文》《呈吴雪厓先生論仁》，在正文中則作《呈黎博庵先生書》《呈吴雪厓先生書》。『論文』『論仁』係祝石與黎元寬、吴雪厓信中討論的主要内容，自然非祝石所寫。因此，這些顯然爲校訂時所擬。這也説明柏克萊藏本乃祝石去世後，其弟子姜韜與兒子祝師正的重編本，内容較初稿更爲完備。稿前後鈐有祝石印章十數枚，故爲謄清稿本無疑。董康《嘉業堂讀書志》判斷此稿爲『舊抄本』〔二〕，恐不當。

此藏本筆墨抄寫清晰無塗改，乃謄清本。書内鈐有『祝石』朱文方、『子堅』朱文方、『余家深竹』〔三〕白文方、『半山水屋竹樹深秋』朱文長方、『年在琢磨』白文方、『金剛石』朱文長方、『鋭石』朱文方、『老驥伏櫪』半朱半白文長方、『家在白竹居近棠邨』〔三〕白文長方、『光通超性』朱文方、『亦願此身爲大蓐』〔四〕白文方等印。這些印文除『家在白竹居近棠邨』爲祝石弟子姜韜之印外，其餘均是祝石自己的印章。書稿首頁自上而下有『吴興劉氏嘉業堂藏書記』朱文長方印、『嘉定鍾岩張氏圖書』白文長方、『祖香書屋』白文方，《自序》頁有『歙鮑氏知不足齋藏書』朱文方，第六册首頁自上而下有『結廬人境』白文方、『聽涼館』白文方、『松月夜寧處』朱文方、『祖香書屋』白文方。劉承幹在《嘉業堂藏書日記抄》『民國二年十一月二十二日』條記載：『與鄭長發購舊鈔《知好好學録》（蘭溪祝石纂）。』〔五〕可知嘉業堂於1913年始購得《知好好學録》

〔二〕　繆荃孫、吴昌綬、董康撰：《嘉業堂藏書志》卷四《集部》，吴格整理點校，復旦大學出版社，1997年，第1115頁。

〔三〕　祝石《姜次生印譜序》：『予友姜次生，樸粹君子，詩文酒外，喜篆刻。……其爲予作「門有古槐、清谿」「予家深竹」。』可知『余家深竹』爲姜次生所刻。

〔三〕　祝石《山居》一文中云：『予居紫岩鄉山村，名八石溪之棠邨。』《姜子發紀略》一文稱：『姜子發名韜，奇士也。雖住金華白竹，距予舍僅五六里。』可以判斷此爲姜韜之印。

〔四〕　此語源自張居正，張居正《答吴堯山言宏願濟世》云：『二十年前曾有一宏願，願以其身爲蓐薦，使人寢處其上，溲溺之，垢穢之，吾無間焉。』祝石平生景仰張居正，故刻此印。

〔五〕　劉承幹：《嘉業堂藏書日記抄》（上），陳誼整理，鳳凰出版社，2016年，第133頁。

抄本。《嘉業堂藏書志》亦著録此書。〔一〕『嘉定鍾岩張氏』即嘉定人張錫爵，錢大昕《潛研堂文集》卷四十八《鈍閑詩老張先生墓誌銘》云：『吾邑鈍閑詩老張先生春秋八十有二，以乾隆三十八年十一月廿一日卒。……先生諱錫爵，字擔伯，號中岩。』〔二〕可知張錫爵生於康熙三十一年（1692），卒於乾隆三十八年（1773）。『歙鮑氏知不足齋藏書』即鮑廷博（1728—1814）藏書印，從生活時間判斷，《知好好學録》很可能先由張錫爵收藏，後爲知不足齋所得。『祖香書屋』可能爲清代乾嘉時期蕭山人湯烈昜的書齋，其撰有《祖香書屋詩賦文集》。〔三〕又從鈐印順序與位置來看，『祖香書屋』僅次『鍾岩張氏圖書』下，故收藏很可能先於鮑氏前。『聽涼館』亦是張錫爵藏書印〔四〕，至於『結廬人境』『松月夜寧處』爲何人藏章，一時難以考證。繆荃孫受劉承幹之邀編纂《嘉業堂書目》，曾著録此書，載於《嘉業堂書目殘稿》。

據柏克萊加州大學東亞圖書館館長周欣平的考證，該館現存的嘉業堂舊藏主要有三大來源：一是

〔一〕繆荃孫、吴昌綬、董康撰：《嘉業堂藏書志》卷四《集部》，第1115頁。

〔二〕錢大昕：《潛研堂文集》卷四十八《鈍閑詩老張先生墓誌銘》，陳文和主編：《錢大昕全集》（增訂本），鳳凰出版社，2016年，第453頁。

〔三〕來新夏主編：《清代科舉人物家傳資料彙編》，第90册，學苑出版社，2006年。廣東順德畫家張嘉彝字祖香，曾用『祖香書屋』朱文方印章，但其生活於19世紀末20世紀初（參見陳瀅：《嶺南花鳥畫流變（1368—1949）》，上海古籍出版社，2004年，第158頁），故張嘉彝收藏《知好好學録》的可能性極小。

〔四〕鄧邦述《寒瘦山房鬻存善本書目》卷六著録：『《唐詩》七百十七卷，一百六十册，清季振宜輯。……又「嘉定鍾岩張氏圖書」「張錫爵」「鍾岩」「聽涼館」「爵印」「中岩父」諸印。』（引自段曉春：《季振宜〈全唐詩〉流傳經過新證》，《圖書館論壇》2002年第3期）這些印皆是張錫爵藏印，故可判斷『聽涼館』亦屬張氏。

1949 年艾爾温從上海商務印書館購得嘉業堂藏明清方志十六種和明刻本《道藏輯要》一種，共十七種；二是 1972 年從新加坡購得『賀蔣藏書』中含兩種嘉業堂舊藏的明刻本；三是 1950 年從日本三井文庫採購了其餘六十種珍貴的嘉業堂善本，包括宋元刊本、明清刻本、稿本、抄本、《四庫全書》寫本和另外一種民國期間的刊印本。〔一〕因此，從來源書目來看，《知好好學録》很可能從日本三井文庫購入。

1937 年至 1938 年南潯淪陷，嘉業堂藏書樓書畫箱被日軍打開，藏書開始外流。1942 年，劉承幹與張叔平訂立合同，出讓包括宋元明刊本、批校本、明抄本、四庫底本、名家抄本和清代及現代普通本 11 類書共 13.2 萬册，並交了部分書籍，含宋元刻本及明抄本、稿本、批校本等。後因張叔平不付全款，劉承幹提出解約，張堅決反對。張叔平得嘉業堂藏書後曾大量轉手倒賣。此後，劉氏在上海寓所的藏書又遭上海保安司令部及江寧路警察分局封存，大量書籍佚失。〔二〕在這混亂的過程中，日本曾派人在上海收購江南各大藏書樓古籍善本。包括《知好好學録》在内的大量嘉業堂珍品最後到了日本，被三井文庫收藏。

《知好好學録》社科院藏本，計一册，不分卷。〔三〕上有黎元寬批語，書前有黎元寬序、祝石七十三歲作的

〔一〕　周欣平：《書林探秘　海外覓蹤（上）——美國嘉業堂藏書源流》，《文史知識》2017 年第 7 期；《書林探秘　海外覓蹤（下）——美國嘉業堂藏書源流》，《文史知識》2017 年第 8 期。

〔二〕　周欣平：《書林探秘　海外覓蹤（上）——美國嘉業堂藏書源流》，《文史知識》2017 年第 7 期；《書林探秘　海外覓蹤（下）——美國嘉業堂藏書源流》，《文史知識》2017 年第 8 期。

〔三〕　此藏本，《中國古籍善本書目》著録『不分卷』，《中國古籍總目》著録『一卷』，經核查，以『不分卷』爲是。

《自序》、七十四歲作的《引》，凡書、序、跋、論諸文四十一篇。〔二〕正文每半頁十一行，行二十五字。與柏克萊藏本相比，除社科院文學所的館藏章外，集中印章只有『野棠村』『祝石之印』『子堅』三枚。而詩文内容遠少於柏克萊藏本，且無目録。綜合判斷，此當爲祝石生前所編的初稿本。

在避諱方面，《希燕説》和《知好好學録》現存藏稿中，『玄』字皆缺笔，『胤』『弘』字不避讳，说明這些藏稿均抄録於康熙年间。結合藏稿中均有祝石的印章，可證這些藏稿均爲稿本而非抄本。

由於客觀條件的限制，《知好好學録》社科院本和《希燕説》清華本，筆者無法通覽全帙。不過，從目前文本對比來看，《知好好學録》社科院藏本中的篇目文字，與柏克萊藏本大體相同。《希燕説》清華藏本與上圖藏本則屬同一系統，文字基本一致。所以，在現有情況下，此次《知好好學録》《希燕説》的整理，暫以柏克萊藏本、上圖藏本爲底本，《知好好學録》部分内容以社科院藏本爲校本，相關遺憾只能俟他日補足。《知好好學録》中有個别篇目，曾被其他典籍收録，如底本文字與之相異則出校。兩種著作之外，集末增加《附録》，搜羅關於祝石的資料：一是兩種著作外祝石的佚文；二是錢謙益、陳維崧、方以智、錢澄之等人與祝石的詩文酬唱；三是各類典籍文獻如方志、筆記中關於祝石的記載。此外，搜集到王崇炳爲祝石弟子姜韜《婺賢言行録》寫的序，和徐騰所撰姜氏生平行述，與祝石密切相關，一並附後。

陳先行先生説：『上海圖書館既訪得《希燕説》稿本，不意此稿猶存人間，蓋天不亡其書也。……今若有好事者將此兩書稿付梓流布，則子堅亦將入夢拜謝矣。』祝石於我爲鄉前輩，余今董理其稿，未敢抱子堅

〔二〕 柯愈春：《清人詩文集總目提要》（上册），北京古籍出版社，2001 年，第 38 頁。

先生『入夢拜謝』之奢望，只欲鄉先賢遺著之付剞，避免『湮没不傳』之遺憾，希世人知四百年前吾蘭溪有此奇絶人物。書稿整理過程中，王錕、許超雄、王榮飛、朱曦林、陳小龍諸師友曾予大力幫助，高情厚誼，特致謝忱。責編蔡帆學長再次編輯拙稿，勘誤不少，一並致謝。因鄙人學識謭陋，書中訛誤定有不盡，尚祈方家賜正。

子堅先生鄉後學金曉剛

識於浙江師範大學浙學研究院

初稿於壬寅孟春，定稿於癸卯孟冬

凡例

一、《知好好學録》《希燕説》的整理，以柏克萊藏本、上圖藏本爲底本。《知好好學録》部分内容以社科院藏本爲校本。《知好好學録》中有個别篇目，被其他典籍收録，如與底本文字相異則出校。

二、本書原稿中的舊字形、異體字、俗體字等，整理後一般改爲常用字，少量不甚生僻而爲古籍所常用者則酌情保留。

三、本書原稿中明確的錯誤（訛、奪、衍、乙），整理後一般徑改，个别需説明者，則出校加以説明。

四、本書原稿中因避諱改字或缺筆者，整理後一律改回原字。

五、爲方便讀者閲讀，一般依今日之文意理解，對原稿酌情予以分段，不盡依原書之舊貌。

六、本書原稿中如遇字迹漫漶者以『□』表示。

祝石集總目録

希燕説

目録

黎博庵先生序

南昌黎元寬左嚴氏識

往予校士東浙，拔子堅爲蘭谿首，時止以爲博學士耳，亦以爲奇於制藝士耳。後值流寇蹂躪雍、豫、徐、梁，屢接其長字，俱憂天憫人切切論。中有云『此時賊幸不據土，僅出混名，設有巨憝。知愛民守城邑，妄爲署置，竊觀天下人才事勢，殊岌岌也』云云。因寄吟曰：『無端净宇凑塵氛，官則爲先賊後云。即使亂亡猶貴在，誰能下第識劉蕡。』

再後，舒魯直罷公車歸，語予：『長安道上識祝子堅，一倜儻磊落偉丈夫，非書生也，知爲子所識録者。上書言天下事，不得達而返，孰謂當世無人？』復寄吟曰：『文章事業固同途，擲碎從來大桶箍。策渴論飢今日甚，長沙涕淚獨難枯。』此後，鼎革以來，亦書問不絶，皆念予老，及貧乏，及子幼也。

近郵二册：一《知好好學録》古文，此元次山、孫可之一筆手，但元、孫無此精理；一爲《希燕説》，義取郢書燕説矣，乃與古文如出兩人。遂寄吟曰：『開窗倏見老人星，何事芒稜逼射人？知爾老人星大意，更持光角豁賢明。』吟罷，顧語友人曰：『讀其書，矍鑠哉是翁也。』既而曰：『思之，此老倔强猶昔。』

懇閲希燕説先告

蘭谿七十六老人祝石子堅氏識

予雖山村老儒，然幸去學究之酸腐；雖書生，然非鑽入左史八家各籍，頭出頭没於紙裏，自謂斯文之在兹者也。年來撰《希燕説》，其中有言治亂興亡所以然之公義。公義者，止統言，無指謂也。有言古今人所由以治亂興亡或隱或現之事行，現則明，隱則人所瞢也。有從治亂興亡過後之推論，有援引古今人不可易之至言，有列古今人所行是非之析斷，總皆求實用也。伏願閲者，勿以理學王道相糾繩，勿以不知古文微妙而妄行措筆爲厭噱，則予之言，既非鴆毒，又非金弓玉矢矣。敢告曰：『願塵乙夜之觀。』

希燕説緣起

蘭谿祝石子堅氏纂

崇禎十六年上元夜，燈火簫鼓，闐焰撼蘭城。予閲邸報，不覺高嘆掌几。是日爲予初度，内子訝曰：『何至是？』予曰：『此非女子所知也。頃居竹山窈寂，前思去事，有君無臣，恨痛徹千古。皆因時文取士，資格用人，置「賢」與「才」二字於天外，以至誤國、亡國，使賢主身殉國也。僅節録邸報十之一，以使後世人一閲一惋惜耳。康熙十年重九日識。

崇禎十五年閏十一月廿九日，上傳五府、六部、九卿、科道、起居註等官，來中左門召對，賜各官茶餅。午刻，上出御門，諭各官公議督撫范志完、趙光抃去留處分，即在直房公同確議。禮部尚書林欲楫奏：『此時督撫關係何等重大，臣等實難得其人。』上曰：『前有屢旨，選用才望堪任的，何得遲至今日？即在直房確議停當。』又諭科道官來。吏科都給事吴麟徵奏：『臣等識見庸淺，不能仰副皇上求言之意。至同官姜埰聒瀆，本皆臣等之罪，但姜埰作令勤苦，居官清飭，身子多病，乞聖恩寬赦。』

上曰：『目今敵熾，既不能截，不能剿，任其焚劫淫掠，慘不忍言。』爾時仰瞻天顔，惻然垂淚，嘆曰：『朕無面目見爾等，爾等只以優容爲言。前王孫蕃能發奸，即依法處了，何常不納言？言官以言爲職，當言不言，敢於欺窺。前諭不遵，反來詰問，安得不重處？二十四氣之說，事同匿名，見者尚宜焚去，乃屢見章奏，不得不於姜埰本上一問。言官作朝廷耳目，自己不正，何能正人？文武大小，各盡其心力，何難滅敵寇？精神都不用在國事上，只用在行私。諸臣同處漏舟，誰無忠義，誰無廉耻，俱不肯奮發幹任正事，一味浮泛委徇。前諭內：智者獻謀，勇者效力，才者盡能，事尚可爲。』

麟徵又奏：『熊開元奏論輔臣，雖是妄言，但俗語「家貧想賢妻，國亂思良相」，國事敗壞至此，安得不責備首輔？總是姜埰無知，出言不倫，熊開元亦是腸熱。』上曰：『怎麽說？』麟徵奏：『熊開元也是腸熱。』上曰：『熊開元假托機密，陰行讒譖，前旨已明。』禮科都給事沈胤培奏：『皇上於臣子，猶天地父母，天下容有不孝子，必無不慈父母。督撫去留一節，有說不當用的，有方用又說不該用的，議論紛紜，通是可省。熊開元說，督撫不用京堂，止用監司，如今監司那個可用？滅敵寇，是目前第一要事。除此，都是第二件。』

御史楊若喬奏：『臣前疏言無間大砲，若陣前、城守、隘口，諸將點放得法，其雄烈實是無敵。』上曰：『城守器具，不可輕動。今各路將官、各地隘口通有銃砲，但要人用得其法。』左都御史劉宗周奏：『適聞楊若喬奏用火器，臣以國之大事，以仁義爲本，以節制爲師，豈專恃一火器？近來通不講人才，不講兵法，任敵到一處，殘一處，到一城，陷一城，豈無火器？反爲彼用，功效何在？』上曰：『火器是我長技，豈可不用？仁義爲本，也說得是。』宗周又奏：『總督范志完既縱敵入內，又借口入援，今日臣務要從頭整頓做起。』上曰：『從前已追不得了，今敵勢如此，從頭整頓做起，還該做那一件？』

宗周奏：『惟在皇上命吏、兵二部，慎選督撫將官。如今只說才望，不論操守，所以有今日禍敗。』上曰：『督撫自是要才守兼全。』宗周奏：『還須操守爲主。』上曰：『大將另是一段才幹，不是區區有操守的做得。』宗周又申救姜埰、熊開元，更奏：『臣又有説於此。前黄道周言語激烈，有朋友所不能堪的，皇上不但待以不死，且在起廢之列。今二臣戇直不及道周，道周何幸而遇破格之恩，二臣何不幸而不蒙法外之赦？』

上曰：『你説待言官有體，假使貪贓壞法，欺君罔上，溷亂紀綱的，通不該問了。』宗周叩頭請罪。上諭曰：『黄道周有學有守，用係特恩，豈得引他比例？似爾愎拗偏迂，成何都察院？卿等起來，劉宗周候旨處分。』輔臣同出班跪救，文武各官亦俱一一跪救，大意俱云：宗周老成清介，人才難得。詞雖過激，意實無他云云。上曰：『面諭甚明，不必申救。』上暫回暖閣，諸臣會議督撫去留處分，隨列單恭進聖覽。遂傳諭諸臣各退，召輔臣再入，傳旨：『劉宗周革職，刑部議罪即奏。』諸臣相顧失色。於是閣臣周延儒、陳演、蔣德璟、黄景昉、吴甡懇救再四，各有委曲云云。

及後蔣德璟奏：『唐太宗惡魏徵强諫，入宫，尚曰：「會須殺此田舍翁。」長孫后賀曰：「主聖則臣直。」』奏未畢，上遽曰：『唐太宗之才，朕所不及。若論閨門德行，朕似不然。』德璟奏：『皇上是堯舜，安比唐太宗？只是唐太宗巧於取名。』上曰：『如何巧於取名？』德璟奏：『人臣敢言的，用之，則名在人主，罪之，則名在臣下。唐太宗本不喜魏徵，故優容他以自成名。』各輔臣又復婉轉解釋，上遂取筆削去『刑部擬罪』數字，諸臣皆叩謝以出。

計彼時需督撫，何等緊急，何等重大。第一在諸相國、兵吏各尚書，及都察院給事、御史，皆當胸中確有其人。然必在平日多方覓求，時時延訪，如寒衣飢食。又必於其人之膽識才力，十分透徹，猶王晉溪於王陽明，此時方可推舉任用，既不可拘在進士，又不可泥定大僚，始能得其人。今舉朝皆患得患失之心腸，其所真真切切者，不過『富貴』二字，何曾有人動念在國事人才？及到此際，方曰總督責任重大，其人一時難有。古今亂亡之朝，常日必議論烽湧，及至急迫，皆面面相覷，彼推此諉，千百年如一轍。蓋天下惟有者方取可出，無，則將何以出手？况大將，乃豁大難、定大亂之雄傑哉！所謂七年之病，求三年之艾也。縱有清執君子，徒抱迂腐學問，而進士、門户二項，又横踞其衷，自謂國事人才，乃明德新民中本務，實則皆成夢夢。烈宗雖有天授睿質，奈無人爲析明其國事所以敗壞，人才因何無有之根，在時文取士，資格用人。緣所用非所取，所取非所用，即淚竭繼以血，何能挽回此時傾覆哉？且也，彼時亂勢已成，即伊周亦無能整畫，所謂雖有善者，亦無如之何也已。夫亂之勢已成，一時難返於治，興治之勢已成，一時難至於亂，此定理也。予豈空咎既往哉？蓋不禁鯁濍者不下於臍，此《希燕説》所爲纂也。

時在重九後望日，七十老人祝石再識。

希燕說之由

常見古經驗方略，此乃真實用之書也。縱有天時地氣，人身感受之不齊，總在明眼人神而明之，去取得當耳。而效每多奏，然其方豈能一一皆具哉？予之戢此册，意亦如此。宋羅大經曰：『古之讀書，上者用以繕躬撫世，下亦以資博識誨人，未有出口入耳，如今世之甚者也。』士非堯、舜、禹、湯、周、孔不談，非《語》《孟》《學》《庸》不讀，言必稱周、程、張、朱，學必曰修身治天下，計自三代來不得之盛矣。然豪傑不出，百姓貧苦，日聞學校逢掖所講論，幾如屠兒聲佛，勾欄説禮，爲可嘆也。何也？名也，虛與僞也。故宋之亡由此。予於明季所見聞者亦然。嗟乎！皆時文取士，資格用人者之毒。祈閱此册者，勿以亂道害世，背理學大正，與接李卓吾習唾相詈也。韓子曰：『鹵自賣衒而不售，士自譽辯而不信。』故欲得治天下真實之學，亦惟就事物之情勢而求確切其理耳。

蘭溪祝石子堅氏識。時乙卯清和月朔，年七十四。

希燕説敘

蘭溪祝石子堅纂

治天下實用之學，必出於實能用之人。蓋學之成也，或出其人未行之先言，或在其行時所發語，或言立於其行後者也。但天下情理，勢所化成之事，變生無窮，豈學能盡其尺度？《易》曰：『神而明之，存乎其人。』全在學者集思握斷，有先事豫立，有猝難迭應，《書》所謂『若虞機張，往省括於度則釋』者也。如此而天下焉有不治興者哉？鳳裘麟餔，於飢寒何與？儒者偏喜論説以燠飫人民。或曰：『子不過一安庸老生，所言皆上壁談耳。』予笑曰：『知之。處此健飯之日，老人何所事乎？』此所謂《希燕説》也。

希燕説序二

古今惟有實用之人，而後其文之實可用見焉，何也？言其心之所明也，德也。然與徒能明於言，不能行其明者自別。否則縱言理道經濟，皆影與似耳，用可得實哉？人生修身，則克己行仁在治世，非不督懋其精神於書史也，無所取益於其中。成能以應用，故即用亦必無成。身固難脩也，敢易言治世哉？《書》曰：『惟上帝不常，作善降之百祥，作不善降之百殃。』脩身治世無他，不過作善去不善而已矣。所謂實用者，力惟作善也難也。予悖眊矣，從前年時，空與併流，望道惰行，追悔切恨。且學既浮粗，更窮理不入精奥，何經濟也？況賤士無高位，縱得高位，豈能見其雄豁傑特之偉略於天地之間？故一二小文，猶寒蛩吁吁耳，敢云實可得用哉？而必欲見之於世者，亦如三家村老生，翼其兩肘，昂首敷論，謂漢何如我大也，夜郎王也。

康熙癸丑花朝，祝石子堅識於漳邊竹下，時年七十餘二。

希燕説序三

無所稱其名於没世，聖人之疾也。大都德之名成，必恂言蔼行，晉王道、宋王日類耳。立意在人人悦好，乃馬伏波云『鄉里稱善人』，唐末謂『温潤玉界尺』者也。才平心不焰，其學曰謹厚，此則多有其人以名世焉。然豈聖人所名大德哉？大德者，能致人主身心太和，天下人民康裕，國家法度明肅，精神强固者也。至於功者，從其有所授益於人之名，苟人無所受其益，則功無矣，何以名乎？然功之大小，因於其人之貴賤，與識膽才毅量以成。故自其或一世或一人，得安樂於其所以施，則曰功，自其人心身之所醖釀以發，則曰德，本一名二也。德、功，則有可見聞、不得見聞。若言倘無見聞，則謂嘿是言者，因人見聞而受名者也。德言言德，德俱在言分。在言之者，有當功成時，或成後之言；有言者未見功，或因其言得見功。即後世之知諸聖人，亦正在其言耳。

欲修德建功者，非得其言，何從啓其知，範其行，而不失於非邪哉？理是不能易，名至言。言爲至理，能發人悦愛，名名言。故言者，乃人心内理之形也。禽獸不知理，以無理得形，故上帝使其不能言。彼謂禽獸得氣之先，乃猜度妄語。杜鵑啼，南人作相，杜衍不在王安石之先哉？公冶長、介葛盧事，皆作《西遊記》等人之言，君子豈得爲信？因論言而偶及，非予《希燕説》本義。嗟乎！予豈知治道者哉！所言皆影也。影者，無光之處，世必有因予影以求其光者矣。所謂『希燕説』也，亦名心也。

七十三老人祝石，上元日隨兩兒、諸孫雛，陟漳邊山岑，遠眺天末，倏思從中來，急歸成此。時康熙十三年。

希燕説目録

希燕説

蘭谿祝石子堅氏纂

治亂興亡之由引

予生長東浙萬山中，一老枯樗耳，何知天下事，而敢侈言治平哉？交從史傳中謬爲測憶，遂自以爲確然。且從諸長德詢知隆、萬間事，及啓、禎時目見之行爲，因其治亂興亡，以推究其治亂興亡之所以然，遂妄言之，亦腐儒習也。至隨得隨紀，止取重事與理耳，故言無倫次，然有切喻。如建九重殿閣，但能言非柟樟之材質，不足當此重大堅劲任，乃令一舉手則茫然，此則必待大匠規畫也。蓋止有統明，無作行之專能也，即云才也。

希燕説

祝石子堅

概言

國家治興，在財裕而兵强，兵財之得强裕也，在君相之咸有一德。《書》曰：『天鑒厥德，用集大命。』又曰：『天難諶，命不易。』其君臣所諄切告誡者，惟有德始能克享天心，受天明命也。德之首在仁義，君相心身，秉守仁義，則天下有不秉守者哉？故秉仁則人心皆生相愛，凡愛中不能藏僞，必誠必信矣。守義則人人行己，俱遵循禮法，不敢有惰有踰，此富强之本也。雖然開創之主，其於天下事，物情理勢，皆所洞徹，所謂天授也。故用人行政，務得實得是而不失於虛，非若宫生之君，少長富貴，自非天授哲毅，則亦何能盡知時變之情理勢哉？是全係一雄傑偉人作相，但此相豈易可得乎？必膽、識、才、毅、量咸具，令四海臣民，習正業以樂其生，以得富强，此交係於用人行政，而國家治興，大命綰集，其本德也。故先言相之德器，而後略述其概。

希燕説

蘭溪祝石子堅纂

相

伊尹曰：『臣爲上爲德，爲下爲民，其難其慎，惟和惟一。』故正大沉雄而誠朗，相德也。膽、識、才、毅、量，則爲相器，其統理不外於剛明，首在求賢才。不務知人，不能知人，此愚在識。知不用，此無膽；用不任，任不訖用，此不毅也。古聖賢之已行，及巨憝所申言，交有去取從違，其宜否在情勢之所會成而定之爲理，不因其人而爲回惑轉移，此係識兼膽。且有爲他官則著偉績，作宰相乃平庸識小，不能展才也。事爲古今之未有，常人所畏怖，但理甚明灼，行則大治於國家，不行則失之，後莫可追，而必行之者，握其幾也。《易》曰：『知幾其神乎？』此係膽、識、毅、才無識，僅能求詳於瑣屑，膽不擴才，則成一拘謹之士，儘有論事理極精詳，出施則手縮，有識無才也。

亦有事到須遲之方能應，此謂才鈍；亦有事至立應，應必中節，此謂機警。凡事未來及事至，俱能握之定而不摇其主斷，更無勤始怠終，是爲毅識。古今人識膽才毅之難也，而在宰相則更難。若量者，秉其剛明，納受天下之智愚、善惡、憂樂、怨忌以成其變化，而使天下之精神整一而肅雍。蓋肩無不可承之鈞重，指無不能分畫之糾纏，人不能遁掩其耳目，口絶囁嚅難明之事理。至於愛重人才與磊落，而謙冲倜儻行惠德，即上所謂識、膽、才、毅者，皆其一量所函也，豈僅寶碎不問、輕嗤置之之謂哉？故邪者，正之反也。小者，大之兼也，具足以有臨五德於浩浩淵淵。苟當大疑大難到，即立决其好惡，準理而不任意，心懷洞豁，非淺薄躁浮者沉雄也。既誠且朗，必御行以實言，履言以應心，信生天下矣。是曰相之德器。

聖賢治天下，經與緯乏一，則治不成。經者何在？綜覈名實，賞信罰必，則緯也。若人才，雖舉世所推隆，群口爲笑詈。至政治，即三代之王道，才士之經濟，具名不實焉，豈得徇聲爲用舍哉？堯命舜曰：『詢事考言，乃言底可績。』皋陶曰：『率作興事，欽哉，屢省乃成。』總在事之貴有實效也。名實綜覈矣，若不緯以賞罰，猶舟檣已具，設無舵帆，其何以行乎？愛與畏，人性也，故聖賢持爲治天下之枋，使人不愛畏，則爵賞不慕，刑罰不懼，雖堯舜亦何以操縱一世哉？此太公之誅狂矞、華士，趙威后欲殺陳仲子也，爲亂治法也。故賞罰之信，賞非止不吝也，惟賞不可以行私濫得，而後人知其賞之公，皆斂其精神以趨於公焉。其嚴於罰者，知凡凶奸貪懶諸種罪惡，交不能遁於罰，因罰必當，罪人乃始去邪行正也。緣信者，乃固結人心忠義之紐，茂生公正，實行始本也。使民各知盡其自力以取相益，安其己分以免相害者也。故曰：『欲治天下，非經不緯，則治不成。』

剛明者，天德也，治天下事物之統也。君相本理以計事物，堅毅持循，不可易更，中必有因其情勢，變以通之。是故常議所當行，必力所定議。天下事之壞，在行前無確議，或議確不行，即行不有終耳。蓋剛即義，明即仁也。故君相用以爲治，猶之二目，視則恒同，而其視同，又在一物。仁、義二德，行能不分二，其所宜行，又獨爲一事，不能分二事以行也。故仁無義乃愚非仁，義不本仁，非義爲暴。

孟子言治必法先王，荀子則謂宜後王是因，實則各有偏也。而書生動曰『行王道』。嗟乎！即使其當位，能盡改今日相承之事，以行古王道耶？但晚近沿襲弊政，其毒害天下者，又豈可不疾爲更革哉！《易》曰：『通變以盡利。』《書》曰：『爲善不同，同歸於治。』從來治天下之大道，總在真實利民，因以利國耳，何先後王是拘哉？

伊尹、周公宰制天下則治興，盧杞、蔡京乃壞亂。蓋治興與亂之由，皆成於一人之握權也。議者以柔謹之相，雖於天下不振肅，然亦養和平。不知百姓柔謹則爲良民，宰相柔謹則相權萎矣。權者，治天下之準也，可哉？故狡鄙充位，法度廢弛，皆行私背公，積漸以抵成爲亂亡者，其罪正與奸惡等。晉文公曰：『蔿吕臣爲令尹，奉己而已，不意在民矣。』非宰相先背公行私哉？《易》以陽剛爲君子，陰柔爲小人，定理也。

今人動稱三代，此言其開國之聖王耳，其繼代之亂亡，與後世不異，讀《尚書》各本紀自見，書生何知論世？夫道德齊禮，聖人止言治效之盡善，非謂交能如此也。處困窮而力行仁義，惟顔、曾等賢耳，即士亦未必人人能也。今去政刑，欲止人邪非，是必天下皆顔、曾可也，豈通理哉！至《尚書》，若《臯陶》《伊尹》諸篇，乃豪傑而聖賢，與他聖自異。若《箕子》《疇範》，未免開漢人之附會五行及後世《皇極經世書》等類影響而且謬誕也。並附記。

人主之所重相臣者，爲其剛明也。明則燭私，剛則去邪。相臣剛明，則私邪者不得遂其懷矣。左右私邪者必多焉，得不朝夕奇譖於人主哉。此惠子告陳軫拔樹楊也。且朝與剛明之賢謀之，退復與左右計度，所謂智者決策於愚人，賢士程行於不肖者也。人主以其時在容悦也，必信此疑彼矣。古今人情與同好惡者，必愛喜者也。剛明之士，矯邪絶私，人主好惡，少有不樂邪厭正者也。如此，國家焉得治興哉？此伊尹曰：『惟尹躬及湯，咸有一德。』難也。

儒生必論治道，乃儒生之仁智耳，拘墟之見也。治天下豈可用哉？漢儒淺淺，一用於元帝，遂基漢亂亡。宋儒迂拘，更過漢人。獨陸子静、陳同父，耳目開闊，不等流輩。明之理學淳厚則同宋人，而竊語亦不少異。惟王陽明其才識本是英傑，惜多講學以爲蛇足。總之，諸儒用以教習子弟，則身心多可陶冶，於方正忠孝大節能守不移。若信其實秉伊周之學，用以治天下，其害不小。

天下之不得治興者，非人主盡不心切百姓也，蓋緣遠處一隅，又高居堂廟，天下人才賢否與天下事勢情實，何以能知？即天下欲陳言者，亦何從得面上哉？宰相處勢雖尊，然猶時接庶官，常見民士，此聖人所爲吐哺握髮，才相亦開閣延詢也。是以古之聖王，因爲巡狩，問耆老，百姓皆得上見論事，遏抑者戮，後世不行矣。此則全在君相知人善任，然非内秉剛明，行健不息，持以賞罰之信，確人即知，何得輕任？蓋剛明之德，乃啓聲瞽之鑰也。故曰：『明達四目四聰』，言四天下也。使天下不得不爲上視聽，又不敢不爲上視聽也。所謂不恃人之不我欺，恃我不可欺也。即如一邑民之幹力者，必欲向令詳明諸利弊。及至邑門，心已懈，其得至令前申，申以訴者，十不得一二，况君相哉！《詩》云『父母孔邇』，不得隨口讀去。

治平既久，庸鄙以畏懦患失之心任天下事，於祖宗用人行政交視爲習套，全不知因循醞釀其大禍亂也。譬猶殿閣柱梁彩斵，外尚耀燦，中乃腐朽久矣。倘得一剛明之相，以尊主安民，身任不顧怨悴，改易振刷，則治平可回。否則日延月積，事益謬虚，若一奸人挺呼，在處冰解，雖伊周止呼『奈何』者也。所謂雖有善者，亦無如之何也已。張太岳、高中玄屢爲申言，而痴愚及作無病之呻，卒成明天下亂亡之毒。

治天下，拂人性以行一己好惡，災必逮身，故宜順人情以發政。凡民難與慮始，止可樂成，是宜毋徇人以違大道，不以仁義教導而止恃賞罰，乃作人禽獸視矣。若止行教導而去賞罰，即治一家且不能，況天下哉？總在相其情勢而從，以定其是非而爲理。理者，宜也，古今有可得背理以治天下之君相乎哉？

君相謀斷，必須時相造膝者，非止爲機事之密也。蓋天下之事理情勢，奇變無窮，非人智識所能盡。以大舜之聖智，好於問察，始用其中，足見彼時君相之心思矣。蓋君相時時集天下賢才之策謀，必酌裁其中節者，斷以力行，庶凡事之理得。若僅從中人傳旨口奏，不特天下之事理格在天外，即君相之聰明，亦無從彼此當機開發，其關於治亂者豈小哉？且大臣之宣召，不宜拘例，一有裁酌，即當召對，都俞吁咈，非面乎哉？從來惟開國之主與大臣常相促坐，屏人謀議，猶之家人骨肉，蓋刻刻不可離，不能少也。若宫生之主，非天特授哲毅，必作套視，更厭若之矣。

忠之義，正也，真也，公也，實也，終始不二，且無所顧，無所留於衷也。乃大小臣工，當秉於心以事君者也。但他臣皆治己所任事，宰相則兼天下以治，故宰相之忠爲大爲難。宰相治天下，事事猶治其家事則忠矣。如家之某，其能可任某事，因任之，使得盡展其能，如某事行之則有利，某事行之則有害，交於家，得其實用者也。如此而家有不興者乎？子産曰：『政如農功，日夜以思，思其始而圖其終，行無越思，如農之有畔。』亦此義也。燮理陰陽，及牛喘是問，皆飾虚語耳。史傳中此類甚多，書生不察也。

格君心，何易言也？亦思人主其所朝夕者何人，相臣能時與造膝議論耶？且格心莫先父子，則堯、舜、文王，不當有朱、均、管、蔡矣。況周公猶假悟於風雷，伊尹至遷桐始悔也，皆天也。若英雄開創，其敬信大臣自不必論。苟在承平，於相臣所言，十能行其四五，亦可謂心非是格者矣。歷觀古人主，傲愎者必妄行，昏庸輩惟知嗜欲惰委，乃輕責相臣以格心。此三家村老之識，豈知古帝王之情理勢者哉？

宋高宗即位，李綱疏曰：『恭儉者，人主常德；英哲者，帝王全才。必英故心剛，剛則能斷大事，不爲小故之所摇；惟哲則見善明，足以任君子，不爲小人之間惑。』足見君相之宜一德。

唐之藩鎮，强悍不臣，魏博、盧龍、昭義、成德、淄青其尤也，雖在國中，猶同異域。李文饒相武宗，剪殪幾遍，惜其崖州行矣，跋扈如故。此等相臣，古今豈易多得。

北宋末，以王黼、李邦彦諸人當粘罕、斡離不，不可笑乎！及遼滅後，北兵壓境，則君臣對泣，敵少退，則張具會飲議事，至危難輒罷散，曰：『竢再議，後終復然。』用人必揀軟熟易制者，曰：『恐勁直者生事。』得災異及民間病苦，必相謂曰：『弗奏，恐聖主心困人。』曰：『今日恐心困，後日乃身困矣。』臨事不肯分明可否，低言緩語，互相推讓，名養相體，故送趙官家父子夫妻在五國城。金宣宗常責僕散七斤曰：『近來朝廷紀綱安在？』七斤退問郎官：『上問紀綱安在？汝等從來何曾使紀綱一見我？』嗟乎，此亦宰相也。

賢奸之能用賢奸，與賢奸之得盡展其能以效用，此治亂之分於兩者各能也。安禄山聞李林甫言，大夫好自檢較，即兩手俯據床曰：『死矣。』李文饒爲武宗專任，故諸悍藩盡力以平各跋扈。若宣宗繼志述事，則河北、山東交歸版籍也。楊順、路楷在宣大，其事非止殺一沈青霞，因嚴分宜柄内耳。及後高中玄、張太岳督撫宣大，用王鑑川、方金湖致俺答之凶猛，稽首以求貢市，邊鄙枚寧，民生樂業至八十年，此豈古今之所有哉？蓋大臣得君以操制大權，故鎮帥賢奸各爲出其才力也。夫俺答貢市成，其所全活人命，寧可數計，非高、張二大臣之厚德閎仁乎？豈止省國家億萬萬金錢哉！後人但能茹齋建寺，立放生會，造放生池耳，乃尚有詈二大臣者，人之無良，書生偏甚。

明太祖政法皆嚴定畫一，其中亦有數爲更易者，亦有任其偏見利害參者。雖不能監於有元，然常令儒臣誦古帝王賢愚事跡，以爲去取皆從己，明斷中度，量事之情，理勢所宜，以發施垂後，非尋常創業之主可同擬也。元治雖仁煦，然寬弛廢墜，故風俗偷惰。明祖力爲振刷，不特嚴且厲矣，其誅殺之刻慘，始王豈能及其二三哉？至太宗已反其十之四五，出宣廟一振，所謂『既能治世稱賢王，又擅清客絶佳事』，與宋徽宗僅可作清客帝王不同也。後復沿襲墮壞，肅廟欲爲振興，其如有君無臣，即張羅峰亦不得名霸佐。至神廟得一張太岳，力返太祖之治，惜止十年，然已享四十八載之安樂，此別有全論。譬人有子弟，久爲嚴師督教，及嚴師死，子弟何等輕快。後之爲師者，知子弟樂弛懈也，一切皆爲唯唯矣。此爲略喻，不知醖釀敗亡之毒，皆在太岳後之相臣。

論者以元末若無才，乃一時俱集於明太祖，爲能用與不能之驗，固也。且以比漢淮陰、留侯諸人，此則似不如。設果有其才，宋潛溪碑傳中模出矣。即劉誠意於陳曲逆且遜之，况子房？誠意佐石末宜孫守處州，明祖取處州，遁歸青田，命孫炎往招，以詩文士目也。西湖望雲、鄱湖難星過之事，細夫小説，豈真實哉？其一時從起之士，雖多悍猛，求如樊噲側盾撞入見項王事語，必不能也。所至忌者李察罕，讀其祭文自見。蓋明決雄傑，則漢祖似不猶；而豁達大度，則漢祖過之。閱《御制集》，凡值『上帝』，必題頭『知天下』，明爲上帝之所錫，非其一時人之才力可能取也。即三代君相亦如此，在《尚書》甚悉。否則以陳友諒之凶詐，張定邊之驍傑，非天喪之，豈易敵哉！古今開國帝王，好殺無有如明祖者。即胡、藍之叛，尚未必然，况李善長、廖永忠輩，知諸獷猛匹夫，富貴已飫，必緊保不放，懷忌生疑，以爲寧我負人，故相次誅戮，無一人肯出合縱舉事也。丞相汪廣洋何罪？以其匿智不言而殺，交列其誥，計作彼時宰相甚難，以多疑而忌。常開平不死，亦必不免因論相而并及。

秦始王，帝王中之雄傑也，其未常坑儒焚書，鄭浹漈就其本紀各傳中證辨甚明，其用人立政，俱簡確實當。倘始王能長治數十年，强宗悍族已靖，迂儒議論悉泯，繼世得人，則漢祖不過豐沛一布衣耳。夫胡亥固昏愚，乃扶蘇亦仁柔主也，豈能鎮奠戰國初平後之天下哉？漢儒止借詈勝國，以見奇於人主，而後人因之皆覩場識也。即如韓非子，必曰慘刻少恩，彼未目盡非子之書，又何知其慘刻與否？太史公曰：『申韓原於道德。』後人止據此言作標目，亦何曾見非子中之解老、喻老哉？君相不可不知。

崇禎先帝之英正，乃至亡國，此開闢來所未有也。交知有君無臣，此自不必言，但何以無臣，其所以然，尚未明也。蓋自負管、葛者，初亦怨不見用，後則任以當事於内外矣。及至當事，而管、葛仍在檻車、隆中，則知在下未得柄用之管、葛，切切譏誹人者，猶之鮑老與郭郎也。何也？交時文士也。時文雖自少習業，然既登第，即擲於天外，爲無所用矣。而國家乃欲出其所有以應用，則持何物可用者出以應哉？即有抱紙上之治道，臆憶之經濟，俱是以方枘入圓鑿也。上自大臣，下至邑令，平常言笑，指議泉湧，及至事到莫分劃，始怨尤天人。夫不怨尤，已莫能因於未學習。且在上不以此時所宜應用者，使人早爲學習以取人，是上失其道也。更主爵者，不問其人之能不能，而排次魚貫以授職，何懵懵也！此亂亡之由之本也。故流寇遇府州縣，無有不破，即握兵督撫，逢敵皆潰。人主非不以刑罰從事也，彼原不能而使之，且妄試以其能之事，是驅群羊於屠肆也，不慘哉冤哉！夫治之勢成，則一時難亂，與亂之勢成，則一時難返於治。張太岳、高中玄屢爲申言，誰人肯醒哉？焉得起彼時宰相而相詰責？計即詰責彼，猶然黄粱未熟時也。

子産治鄭，夫子稱爲惠人，又稱爲古遺愛。知凡民難與慮始，故力行不改其嚴。及鑄《刑書》，復叔向曰：『吾以救世也，苟利社稷，生死以之。』所謂君子之時中也。古知治道者曰：『無變古，無易常。』變與不變，聖人不聽，正治而已。蓋常古之無變易，惟在常古之可與不可也。凡人難變古者，憚易民之安也。襲亂之迹，適民心以恣奸行也。民愚不知治，上儒不能更，是必亂矣。聖人明能知治，嚴必行之，故曰：子産，君子之時中，深明情、理、勢者也。

情、理、勢者，非人之所能爲，發成於自然者也。故情有古今，人必同出於一者；有古今，人人各不同者，此非可作强解。若勢，乃時與情與事物相際而有者也。人情事莫能必，則勢豈能盡？必乎理者，因於情、於物、於事而見者也。故人情之所有，則爲人情之理矣；而事物與時適會，則見勢之理矣。是故聖王爲治，有先事豫立，知情、理、勢之所必至，時中也；有因時制宜，觀情、理、勢之所倏至，時中也。

君相爲治，務明正道而力行實政，誕術妄猾則必重刑，如《奇門》《選擇》諸類是也。君相不察而過信尊任，其害不小。即以戰論，兩軍相敵，必有勝負，是彼此各有選擇也。設詢以同有選擇，何以亦有勝負？必曰勝者通微，敗者有誤也，是矣。乃常見一人身經數十百戰，其勝敗不等，又設一人與此戰則勝，與彼戰則敗，必俱此奇人爲選擇也，又作何解？且古今凡戰，止用郭京之類作法，衝堅陣足矣，何以又須選將練兵？如曰兵將亦須奇人亦宜信，是則自相矛盾也，理哉！即諸葛武侯其戰多有勝敗，而言八陣奇門者，必謂本其真傳，如此武侯宜無敗矣。且開創之君，戰勝而平天下，亡國之主，戰敗而喪身家，豈祖宗不留此奇秘與子孫哉？總在明正道而力行實政與否也。子産曰：『天道遠，人道邇。』稗竈之言卒不聽。是以聖賢凡希怪幻言，悉置重罪，爲惑世誣人耳。觀孫策斬于吉，曹操拘左慈等，即知。

讀明諸史，神廟中年食肥擁寵，持其僻見，高居不出，一任衆臣如何，惟掠天下黄白入内庫而已。他處不盡述，止言陳奉在楚，高寀在閩，聞之真髮豎，其屠膾百姓，豈復有人道？民屢變，反以地方官下獄戍遣。蓋神廟之貪毒，夢寐止在金銀，凡人性命糞土不尤也。縱諸閹於天下凶剥，常税外更時進土宜，知其納賄同輩，族輩中飽得，即借事捲取，及撤閹歸，乃置刑而没入，自以爲算得也。人止罵桀紂，在當時計亦不過如此耳。黄石齋先輩有『農夫老死思萬曆』之句，蓋萬曆四十八年之天下康裕，張太岳德功也。不思太岳而思神廟，非食德而不知其功哉！若石齋者，其忠義伯夷也，博學楊升庵也，於治天下大道則茫乎不知，此百世後明識人自有定論。常思子產當鄭人欲殺吾與之時而忽殁，非吾夫子，孰知信其爲惠人哉？人能滌刮夙見，静氣讀《太岳集》，知其德功矣。

高中玄曰：『欲治天下，首在三人：首相、冢宰、臺長。首相得人，則平章天下無一人一事不得其理。冢宰得人，則進賢去不肖，百官皆稱其職。臺長得人，則風紀振肅，糾治天下之不肖猾奸。如此，則國家之精神振，元氣充。其他皆在三人分位下，已悉舉矣。三人中，關係全在首相。』

李吉甫入相，謂中書舍人裴垍曰：『吉甫流落江淮踰十五年，一旦蒙恩圖報，無他，惟在進賢。而少所接識，君有精鑒，幸爲悉言。』垍取筆疏三十餘人，遂選用俱盡，一時翕然稱吉甫得人。高中玄曰：『垍非銓衡之官，乃一問即疏三十餘人，又皆副用，固云精識，亦時時熱心在求人才也。今銓衡名品，隲人才，一問能疏出三十餘人否？即疏出，能皆副用否？』

高中玄曰：『朝廷之上，不可無忠誠剛正之重臣。彼其識見高，心術正，故當大事不懾；力量大，學問裕，故平大難不驚。猝遇緩急，國賴以安矣。若以奸巧細窶之人充位，無事則結援蔽主，有事則顛頓倉皇，鄙夫可與事君也與哉？』此中玄自道也。惜爲相止數年，其攝服俺答，爲古今未有之鴻勛，並處水西、粵潮，皆見絶世識力。彼時張太岳尚在次輔。

高中玄曰：『《周禮・荒政十二》終曰「除盜賊」。除者，嚴治之謂也。迂腐有司務爲煦煦之政，荒年賊搶，則曰：彼飢極，搶亦無妨。是縱之爲亂也。徒使孱良無主，盜賊日熾矣。』

高中玄曰：『儒者以劉晏爲言利非君子之道，故受誅，是以桑弘羊輩視也。史稱晏死，藉録其家，惟雜書數乘，米麥數斛，天下皆嘆其廉。又稱晏理財以養民爲先，用兵二十年，斂不及民而國用足，是國民兩利者也。夫以理財之官爲言利，是居此官者不當舉職也，可乎？將使司國計者不以足國爲務，徒以不言利爲高，則國所用何出焉？嗟乎！兵以平亂，世俗徒曰兵者，老氏切忌，是使天下日亂也。刑以詰奸，世俗徒曰皋陶無後，以主刑也，遂有縱盜賊以爲陰德者，是天下無刑可也。龍逢、比干誅死，豈言利哉？愚儒不通理如此，明君相自知其謬。』

高中玄曰：『人臣修怨則負國，若於所怨避嫌不去，亦爲負國。蓋人臣當秉大公，如其爲賢，用之可也。如其不賢，而務遠嫌沽譽，用不肖以貽害國家，非大不忠乎？但世常以能用仇者爲賢，皆於道術不明也。』

或問俺答封貢事，中玄曰：『議者可否參焉者也。使果是而舉朝非之，是何愚者之多也？使果非而舉朝是之，又何愚者之多也。』當是時，不止識暗，莫究利害之所歸，實皆非真心爲國，意在發言相左，恐事不諧，莫道不曾説來也，豈真心爲國謀哉？予思高、張二公，此功尚在王陽明之首。

高中玄曰：『赦之害國，古人多爲申言。夫刑不明而赦，則平日之戕民已多；刑明而復行赦，則今日之縱惡也大矣。每見亡命奸宄遇赦回者，其毒害州里更甚，以爲既赦，無如我何矣，是放虎狼蛇蝎以爲仁也。』

張太岳曰：『三代立國，惟商之規模法度最爲整肅。成湯、伊尹以聖人智勇創造基業，其後賢聖之君六七作，故國勢常强。紂雖無道，周取之甚難。以文、武、周公之聖，世歷三紀，始得帖然，天下歸敫久矣。本朝立國，大略似商太祖，取前代之繁文苛禮、亂政弊習，刬削殆盡，周以下遠不及也。乃儒者不達時變，妄爲非議，此皆宋時賣國之餘習，臭腐之迂談，必不可用也。』此等議論，細實其心，讀《商書》、明祖《御制集》，方知其不易。

張太岳曰：『陸象山言「唐虞之時，道在皋陶，其所陳謨，至爲精粹」。「知人」「安民」二語，乃萬世治天下不易之準。以九德甄别人才，率作考成，保泰守業，無一語不切治道。禹十餘年在外，宅揆之任，必屬皋陶，故舜稱其功曰：「俾予從欲以治，四方風動，惟乃之休。」禹曰：「皋陶邁種德，黎民懷之。」後世見舜士師之命，遂言其終身刑官，殆不然也。禹之推讓懇切，必有以大服其心者。傳益時，必皋陶已没矣，後世惟伊尹可與並，若周公似不及。』

張太岳將每年庫銀所入與其所出者，開載揭帖，使神廟常置座隅，觸目省覽。疏中曰『聖王制國用，量入以爲出。計三年所入，必有一年之餘，以待非常之事。今一歲所出，反多於所入，設一旦有意外之災變，何以應給？此皆事所不可知，勢所必至者也。此時欲取之官，則倉庫皆虚，欲取之民，則膏血已竭。民窮勢蹙，計乃無聊，天下患有不可勝諱者，此臣之所憂也』云云。更於座右列屏十二扇，左則畫天下地形，右則開天下官吏。每五日，令中書書浮簽，粘换其陞黜遷調，以使人主通曉。其與人書云：『僕每日必心歷九邊河海，及巡察天下人才官員盗賊數回，即卧醒亦然。又漕河十日必申報云：此時某處糧船前後已到何地，及天下水旱，每月朔，巡撫必奏報其有無。』如此方可曰宰相之治平，方可曰忠。而癡愚毒口訢詈，且目之驕愎，又曰量窄。嗟乎！有胸無心，至今不少也。其相業在一部集中，賢智閱之，必不忍釋乎！

古今勁傑沉雄之相，三代不必言，惟李文饒、張太岳耳。高中玄勁傑矣，而少沉雄，更惜相止數年，讀其集自見。若孔明則當與子産並論也，書生不足語此。

張太岳《與應天巡撫宋陽山公》：『以大智大勇，誠心任事，當此英主綜覈之時，不爲國家建經久之業，更於何時？諸凡謗議，又何足惜？即僕舉措，多有言其操切者。自世廟以來，當國者政以賄成，吏朘民膏，以結權門。繼秉國者，又務一切姑息。夫賄政之弊，不過懲貪，至姑息之政，倚法爲私，割上肥己，國事尚有賴乎？故僕今杜絶賄門，痛創貪墨，所以救賄弊也。查刷夙弊，嚴治侵漁，所以砭姑息也。上損則下益，私門閉則公室强，官民兩足，根本之圖既壯，即令仲尼爲相，由、求佐之，恐亦無以踰此。今議者曰：「吹求太急，民且逃亡爲盜。」凡此皆奸人鼓説以摇上，止可欺愚暗，不可以惑明達也。夫民之亂亡，咸以貪吏剥民而上不卹，豪强兼併而民貧失所故也。今爲侵欺者，權豪也，非細民也。法之所施，奸宄也，非善良也。如此，則人無剥削之苦，皆安田里，何逃亡與亂之爲？公博覽載籍，究觀治亂興亡之故，曾有官清民安而致亂者乎？願公堅持初意，毋惑流言。異時當國者不爲忠計，甚者輦千萬金銀入其室，即爲人穿鼻矣。今僕不難破家以利國，隕首以求濟，豈區區浮議可得摇奪哉！』

張太岳復川撫：『凡頒布條約，總在道民以行不以言，必以身先之。約束既明，中令既熟，有不如令者，不問官職崇卑，出身資格，一體重懲，必罪不宥。如是即欲今之爲吏者，皆龔、黄、卓、魯可也。若止以言教責，雖舌破唇焦何益？且昔之治蜀者，皆以嚴效諸葛孔明、張乖崖，近則王浚川。語曰「不習爲吏，視已成事」，幸留神焉。』

太岳《與廣督殷石汀》：『凡人欲解組者，或不獲於主，志不得行，或主雖知而執政者爲排忌，或有石畫，而當事者不爲主持，使忠謀不售，此則宜去。僕屢奏主上，今南北督撫，皆臣選用爲國忠心者，主上宜加倍任，勿聽浮言，使得展佈。主上深以爲然，且加獎諭於僕。故自公當事，一切以便宜行事，雖有毀言，而屬任益堅，足見主上之信僕，而僕之信公也。嫉忌之口何足計，而不爲地方計久遠，以了此殘寇乎？此時人情豈能盡諧，他日必有尸祝公者。丈夫樹不朽之業，往往如此。』

太岳《與薊遼督譚二華》言戚南塘、李寧遠，中有云：『公幸常語二帥，大將貴能勇，又貴能怯，見可知難，乃可以建大功，勉之慎之。爲國任事之臣，僕視之如子弟，既獎率之，又寶愛之，惟恐傷也。』

太岳《與河漕王敬所》：『得報，知三月十一運艘已盡過淮，忻慰莫喻。今合計太倉之粟一千三百萬餘石，可支六七年。僕意欲十年之上當有處分，今未敢言也。』

太岳《止三詔亭劄》中云：『僕生平學在師心，不祈人知，不但一時毀譽不關於慮，即萬世之是非亦不計也，况侈恩寵以誇耀流俗乎？張文忠近時所稱賢相，然其聲施亦不因三詔亭也。僕雖不德，然其自許似不在文忠之列。使後世誠有知我，則不朽者固自有在，豈因一亭後傳哉？盛衰榮瘁，理之常也。時異勢殊，即吾第宅且不能守，况於此亭，不過十里鋪前一接官亭耳，烏睹所謂三詔者乎？急止之。』

太岳《與殷石汀》論平古田：『人心不古，好生異議，以媢嫉之心，持庸衆之見，惟欲偏徇己私，不顧國家安否。即如昨年那吉之降，舉朝駭懼，僕納之，而俺答稽顙，叛人盡得。貴州之事，撫臣請兵請餉，衆曰：「宜許。」僕曰：「彼叔姪争殺耳，豈可煩朝廷？古田密邇省會，蕞邇醜類，敢戕天子命吏，不可不討。」衆曰：「劇賊據險，兵力難加，即除之，非集數省之兵，五六十萬之餉不可。」僕曰：「不然，吾知殷公必能辦此，諸君但觀其成。」此三策者，大違衆議，僕獨身任其事，幸俱中矣。乃娼嫉者猶搜求破綻，阻毁成功，以快其私。嗟乎！人臣爲國忠計，果如此乎？』

太岳《與李漸庵》論治體：『明興二百年，人樂因循，議論蜂起，實績全無，所謂怠則張而相之之時也。僕以草茅孤介，擁十齡幼主，國威未振，人有玩心，若不舉祖宗故事，針砭沉錮，則庶事日隳矣。故僕惟衡以大公，正己肅下，法所宜加，貴近不宥；才苟可用，罪賤不遺。務在强公室，杜私門，省議論，覈名實，一以尊主庇民，亦知繩墨不便曲木，但義以死報國，怨誹何恤哉！』又曰：『庸人喜委徇，奸宄憚精覈。更有種腐儒，動引末季之事，以揺亂國是。大宋之宰相，卑主立名，違道干譽，僕豈爲之哉？』

太岳《與耿楚侗》有云：『嘉靖中年，商賈在位，貨財上流，比時情事，曾有異從前末世否？幸天啓聖明，雖幼冲，乃留神治理。每思太祖立國規模，章程法度，遠過漢、唐，至於宋之懦弱牽制，更難並語。故僕惟仰法高皇懷保小民一念，用以對越上帝，奠安國本耳。至於鋤强戮凶，剔奸釐弊，有不得已而用威者，總在安民而已。奸宄不便，猥云時政，苛猛以揺衆。而迂闊之士，動引晚宋衰亂之政，以抑損主德，矯捍文綱，哺糟食餘，毋俾實用，徒以惠惡賊善耳。世儒達治者少，雖勉尊主命，實未得於心也。』

太岳《與陸五臺札》：『古之聖賢，所遇之時不同，故其處之之道亦異。《易·大過》：「棟撓。」《彖》曰：「剛過乎中。」當大過之時，則有大過之事。然不如是，則不足以定傾而安國，棟撓而本末弱矣。僕以一豎儒，擁十餘齡幼主於上，威德未建於天下，綱紀倒植，名實混淆。僕乃布大公，彰大信，修明祖宗法度，一切以尊主庇民，振舉頽廢爲務，使天下知有君也。而娭之者乃倡異説，欲損主威，亂朝政，故不得不處一二人，以定國是，以一人心。蓋所謂剛過乎中，處大過之時者也。而丈以爲失士心，誤矣。僕但欲安國家耳，怨仇何足惜乎？今權璫貴戚，奉法遵令，俯首而不敢肆，狡寇强凶，稽首修貢而惟恐後者，獨以僕攝持之耳。彼讒人者，蓄謀極深極狡，上不及主上，傍不及中貴，而獨剸刃於僕，無能污衊，獨曰專擅云云，欲以悚動幼主，陰間左右，使疑僕耳。大舜疾讒説，孔子惡利口，去其人以安僕者，以安社稷也。僕爲國家爲士大夫之心，自省肫誠專一，其作用處，或不能盡合一時之流俗，要之成吾爲國家爲士大夫之心耳。僕近有偈：「横岡虎方怒，深林蟒正嗔。世無迷路客，終是不傷人。」丈深於佛學者，知此機乎？」

沈相國鯉序《太岳集》，中曰：『公之集，即公之相業也。當日主上十齡踐祚，舉天下大政一一委公。公感上恩遇，直以身任，思一切修明祖宗法度，綜覈名實，信賞必罰，嫌怨不避，毁譽利害不恤，中外無不奉法之吏，而朝廷亦無格焉不行之法。十餘年海宇晏清，四方賓服，非公之功哉？』即此數言，足見公爲社稷臣也。高中玄是大豪傑，但沉雄深厚則不如。

姚現聞先輩見内府録有張太岳告神廟曰：『可惜祖宗刀尖上挣來的天下，被書生輕輕把筆頭弄壞了。』想作語時，多少感忿之意，見於雄傑之聲氣。又記烈宗屢語諸相君曰：『卿等俱宜依張居正行事，皇祖止十齡，居正相十年，彼時天下何等太平豐豫。』言訖即發長嘆。但彼時相君，誰是有太岳之才、識、膽、毅、量者，惟熟於患得失之道法耳。

明太祖鑒元政皆襲宋靡文，故一切交削除更易，務爲確實。方正學徒佐建文，徇《周禮》之名以出政，不知其壞法害治也。得太宗、宣廟，稍復其十之四五，故雖有武宗之紛亂，而不至於亡。唐子西曰：『今世談治道者，動以宗周爲言，問以當代治法，則茫然不知。』惟其無得於此，是以有慕於彼。』明祖曰：『予創業之初，備嘗艱苦，閲人既多，歷事亦熟，與僻處山林書生自矜己長者不同。』又曰：『群雄之强盛、詭詐，至難服也，予服之。民經兵亂，務習奸猾，至難齊也，予齊之。』蓋俗儒多是古非今，惡吏更舞文亂法，自非博采衆長，即與決斷，則被其眩惑。明之宰相，惟張太岳深解此理。

凡宰相無不以敬天法祖望人主，但久相循習，止一套語矣。蓋開創之主，與群豪角逐，千危萬凶，心實明見，非上帝降命，豈人事力能有此天下？已分見《尚書》。其曰：『天者，猶人稱人主爲朝廷也。』乃儒者訓天即理也，氣也。夫理者，依於事物、於人心以見者也；氣者，口噓之，試扇動，即見者也。豈二者能？今人主有此天下，故人主郊天爲報，祈上帝也。今曰天即理氣，是人主報祈理與氣也，不特理不通，即文亦豈通哉？而昏者謂守死善道，明者又畏不敢申辨，總欲成一盲昧之世界而已。法祖者，開創之主，苦戰惡鬥而有之天下，其遇人與事，既多且奇，故於情、理、勢、經歷交甚明悉。其所立法度，自與庸人不同。後人縱有不得不因時會以爲變通者，亦不出其立法之本意。乃承平既久，泄泄人心，不知祖宗法度本義爲何物矣。非不請御經筵，又俱講三代之事，間及《通鑑》，亦是前朝與祖宗所立法度交茫然也。明天啓語内侍曰：『講官説甚麽，我全不懂。』此昏矇不得獨責熹廟。

綜覈名實者何？宰相於天下情理勢，識得透，持得定，乃廣求賢才，於凡富强真實之政事，斷以必行。但行者，名也。或飾忼慨勤敏之聲形，或賄買上下以邀譽，而四民不得安樂如故，國家不去貪弱如故。夫以天下之大，百姓復衆，人心之不一也，何以知其政事之非具名而踐實哉？此則在覈矣。覈非事事人人以覈也，即欲遍覈，而勢在不能，以情理無可能也，故在綜矣。《書》曰『如網在綱，有條而不紊』，綜也。『如農服田力穡，乃亦有秋』，覈也。故綜覈在人剛明，攝以賞罰，使賞罰不能竊，不得羈留，則剛明普洽矣。且無始則勤，中終有惰，則綜覈矣。蓋使賢才得見其賢才，使賢才不得不見其賢才也。《易》曰：『天行健，君子以自强不息。』如此，則宰相豈有晷刻偷寧也哉？

明自弘治後，人主與宰相常不相面，即至重大事理，亦止用疏揭，又必經内侍拆閲，然後進上。此豎牛所以餓殁，叔孫蔽其二子壬與丙也，爲明亂亡之由。且疏揭豈能盡其情理？况有必面相商論，然後情理乃發現者哉？内侍既不樂與宰相相面，以得行其私邪。宰相亦不欲人主時見，若卒然有問，茫不能應，以露其庸醜。倘張太岳再相十年，當必變此弊。乃太岳殁後，神廟豈止深處九重，其重且至有百千矣。及後張差持梃闖宫，倏然召對。方、吴兩相國既驟見天子，值其怒，不覺觳觫，牙相得得。神廟退謂光廟曰：『我看這兩個老兒，了我家事不得。』並記王太監語云：『烈宗震怒，黄石齋斥其爲佞。』時兩班皆讋攝，忽一大臣漸縮退至殿角，少間乃就列，甚不解。及朝退視之，見一白機軟紗袴出矢也。如此大臣，尚望其滅寇耶？此與李元平見李希烈同，畏極矢出耳。希烈駡曰：『盲宰相乃使汝當我！』予見烈宗中後年一二得權宰相，其目既盲，設值驚懼，即己亦必矢出者也。

凡人具强勇機智之能者，必不安心於貧苦。彼既眇視同人，皆出我下，富貴我易取耳。故聖賢必盡網羅此等，使畢竭其能以趨於正，以尊主安天下。且使前有高爵之榮，成味於心，以時思登陟，而喜亂肆惡之念交成一無矣。否則小爲毒郡邑，大必亡天下。乃柄國庸騃，日坐漏舟，行江海而懵懵也。大拙懦之人，没心貧苦而不爲亂者，非其心善也，以無行惡之能也。苟治天下者能握其幾，用此智勇，不特藉以成務，兼爲消禍於無芽。故同彼一時，亡國無才，興王多士，此爲人主宰相之首務。

蔡京謫長沙，門下皆散，止一吕辨送至謫所，間問曰：『公高明洞識古今，亦知國事必至此否？』京曰：『非不知也，將謂老身可以倖免。』明之亡也，宰相奸惡雖不猶京，而鄙庸患失，以至國事敗壞，則一。

宋欽宗自金營回汴，士民遮道迎謁，帝掩面大哭曰：『宰相誤我父子。』後世承平日久，宰相鄙下，哭之根不能鏟也，但未哭耳，又僥倖不至哭耳。故人主不可令日講諱此等事不講。但烈宗之亡，古來未有，其罪惡雖在宰相，而烈宗則不同徽、欽。

古今害治之相，約類有六：貪攫財勢，諂愚人主以毒殺天下，此禍國之明顯者也。再則性非剛毅，惟官爵是戀，行事必出於衆皆悦之，不顧國家大正，此賊德之鄉愿，乃日用不知者，反千百年誦言不已。再則以鄙拘學識，自謂伊、周，立身非不潔也，載籍非不博也，聲名滿天下，然迂拗害國，必至事後方知。再則人如風摇之葦，衷止焚灼於患得患失處，朝廷如坐雲霧，惟帶面具以任人詬詈，此誤國之明顯者也。再則自負管、葛，議論侃侃鑿鑿，無識昏瞀，過信推重，及至敗壞，始解其無實殘人。再則性術鄙黠，善結人主，左右於世，善惡兩行，喣嘔間作，仁義忠直語事以佞媚人主，家則堆窌黄白，以肥酣歌兒舞女，此亦誤國之明顯者也。

太史公謂：『自申屠嘉後，宰相備員，皆娖娖廉謹，無能發明功名著於當世者。』范曄以鄧彪、張禹、胡廣、徐防、張敏五人同傳，皆周密畏慎，飾情貌恭，庸碌保位而已。此止可在三家村舍稱守分善人，乃以作宰相哉！況衷俱深詐者哉！

明之後代，用宰相定由翰林。其取翰林也，則以詩文，即翰林之教讀也，亦以詩文。其於治天下大道，祖宗法制，及天下之廣大紛出之事理皆貿貿。韓子所謂『所用非所學，所學非所用』也，國家焉能得治？

唐德宗與李泌論即位以來宰相，曰：『盧杞忠清强介，人言杞奸邪，朕殊不覺其然。』泌曰：『人言杞奸邪，陛下不覺其奸邪，此乃杞之所以爲奸邪也。若覺之，豈有建中之亂，杞殺楊炎，擠顔真卿死，激李懷光亂，幸陛下竄之。不然，亂何由弭？』曰：『楊炎之罪由朕，非由杞。建中之亂，術士桑道茂曾請預城奉天，此蓋天命，豈杞所能致？』曰：『天命，他人可言，惟君相不可。君相所以造命也。君止言命，則禮樂刑政皆無所用矣。』德宗復述諸相，至盧杞曰：『杞小心敬謹，朕言無不從，又無學，不能與朕往復。』曰：『杞言無不從，豈忠臣乎？夫言「莫予違」，孔子所謂「一言喪邦」者也。』德宗尚稱明主，乃復如此，足見得宰相之不易。聖人曰：『其難其慎。』

陳壽曰：『諸葛亮之爲相也，開誠心，佈公道，盡忠益國者，雖仇必賞；犯法怠慢者，雖親必罰；遊詞巧飾者，雖輕必誅。善無微不録，惡無小不懲，庶事精練，物理其本，循名責實，刑法雖峻而無怨者，以其用心平而勸戒明也。』又曰：『吏不容奸，人懷自勵，道不拾遺，强不侵弱，風化肅然也。』此贊亦可謂循名責實矣。今人動頌孔明爲治，則大相背，非反剛明則爲柔暗哉！

宋尹源曰：『人臣之不忠，莫無過爲大，自宰相以至守令皆然。外修謹畏，而鄙詐則内益深。人主以其能循法度，因固其寵，久其權以遂其私，得顯其不敢擅主威以主天下事，曰：「吾知奉行典常，循故事爾，專則其罪也。」此大僚也。若守令視政之弊不敢革，民之利不敢興，曰：「吾知奉行典常，循故事爾，違則罪也。」若此者，不惟人主以爲無過，天下之人交以爲長厚碩德。苟非聖賢在上，終不能辨。』循至世亂國亡，皆此流醖釀也。若純忠大人則不然，一心公在國家，不以身之安危易其守。其行事也，或犯上之忌，或叢下之謗。若此者，不特人主以爲過，天下之人亦以爲過矣。苟能任之，得盡其道，則國享其利，民被其賜，此伊、周之業也。故忠臣之過小則必形，奸臣之惡大而日深，孔光、張禹所以亂漢也。後之相君，大忠偉業，惟管仲、子産、孔明、王猛、李德裕、張居正耳。

明崇禎元年，給事韓一良上言：『皇上面諭臣等「文臣不愛錢，則國治」，但此時何處非用財之地，何官非愛財之人？向以錢進，今以錢償。臣起縣官，居言路。以官言之，則縣官爲行賄之首，臺省乃納賄之魁。今言者但以守令不廉，然守令安得廉？俸薪幾何，上司督取，不曰無礙官銀，則曰未完紙贖。往來過客，動有書儀；考滿朝覲，不下四五千金。夫此金非從天降，非從地出，而欲守令之廉，得乎？科道號爲開市，乞皇上罪其猶甚者，庶使臣工視錢爲禍爲污，貪風庶可少止。』乃召對平臺，命一良誦前奏，嘉之，即擢爲僉都御史。如此英明，人主在上，宜貪風立革。然至後益甚者，以宰相庸貪鄙詭。是治本，乃愛財之根。根既吸財，如何使百官枝葉不貪財以滋潤其根哉？貪根不芟，雖烈宗立用千餘韓一良作僉都，亦何能使百官人人秉禮義、有廉耻也？

希燕説

祝石

取人

取人之至理，在分别德才。德者，韞於衷者也。德固多，僅言仁義，不善不爲不曰仁，見善必行是曰仁，秉義總分名於德内者也。能者於凡事雖未行爲，而具足以行爲，且足以有成之力本。故才者，就能之行爲成功之稱名也。治一家之事尚須才，况天下之大之難哉？惟才不易得也。故聖王曰：『敷奏以言，明試以功。』又曰：『詢事考言。』足見才難，不得徒以言信也。如此知人，敢輕言哉？知人之知，不特已難於知人，即己亦不能知己。如人立身，孰不欲爲君子羞行邪慝？乃值勢之所至，或榮利艷心，或禍害畏懾，情乃移矣，此言德也。如論才，孰不曰『我乃管、葛』，及至當位，則手縮其袖，因初之自負者，臆之所憶，不知天下之事，皆情、理、勢之所會極，可易言發施哉？即己之自知尚如此，况於人？此惟帝其難。

人之有才者，多不誠朴實輩。又交鈍拙，惟具德而兼才者爲上，故曰才難。是以聖王治天下，設之教學，使聰明秀傑，德才兩茂。蓋內則有所欽凛忻慕，力於爲善，莫敢萌念非邪；外則前有登陟爲榮，後有嚴罰足畏，内外交制，秉心不得不敦於忠信也。蓋攝舉世年少之英華，日夕以習修身治國，正實得用之學，以給異日之行爲，乃所學即所用，非泛濫於詞章。異日者，所用非前所學，又須再學之耳。人試俯思，從宰相以至邑令，居堂座，發施時，果能得從前所学者，以應糾紛奇變之用於迭出不窮乎？且學之尚多不能，況於不學？最矯誣者，莫過於宋趙普云：『以上半部《論語》佐太祖，下半部佐太宗。』書生至今猶牽搊不已也。

取其人而用者，必在先知其人也。夫孔子非古今所稱爲聖人哉？聖者，人之至也，苟非知之，何肯輕以稱焉？乃當時交少知之，知之而在後世，後世又在其所留之言而信之，因重之，故稱之也。使人易知彼時何以作東家丘之目，何以有喪家狗之笑，何以有栖栖爲佞之輕也？夫子貢謂『温良恭儉讓，以得聞政』者，亦智人善作罩蓋語耳，或問有然者耳。若人人盡然，天下大矣，孟子何得止稱『見行可際可供養之仕於三人』哉？大知之者，必信之也。孔子一生馳驅天下，止魯一用爲攝相，僅三月即已矣，是不信也，不信由不知矣。細計彼時全知之者，一顏子，再則曾子、子貢耳。夫能及門受教者，必知信孔子者也，何以有陳亢也？則其他何得盡爲全知孔子者哉？此勢也，理也，情也。

經書者，規矩也。規矩不特用於大匠，即拙工亦用之，何也？法一定也。孟子曰：『梓匠輪輿，能與人規矩，不能使人巧。』巧者，才也。取人必讀經書，老規矩也。但中論德者多，若才智，則遇事無論常變，皆能發必中，更中必成功，豈經書內可得盡哉？當別用書籍，能生發人才智者，使少年聚其精神以習學，庶後日得用耳。秦法以吏爲師，即進士觀政之意也。士不師，吏何師？但秦人立一定之拘法，豈得盡四方人情、理、勢之變異哉？況於三月之套乎？乃腐儒傳習已久，非有大英雄主持，必不能變通。

或曰：『德可學習，才由天授。』固也。但質既秉天授，又擴以學習，則其才不更宏深而鍔利哉？孫仲謀語吕蒙曰：『非欲卿窮經作博士也，在多識往事言也。』曹孟德曰：『予非有四目兩口，不過更事多耳。』又曰：『老而能好學者，惟予與袁伯業。』足見古人之才智，多在書册世事上鍛煉以出。至於愚拙者，又不在此論。

古今之聖帝明王，伊、周、孔、孟，不過一心熱人。再取人者，宜以熱心者爲上。蓋心熱者，才止中平，因其心不能冷，終至講求其行爲，必極於有成而後已。是以五分之才智，發涌爲十分也。即仁義忠孝之事亦然，始能憂人之憂，樂人之樂。故勤勞者，心熱者也。手足委懶，任倫類中如何，甚至視其生死不顧，止保其在我。孟子所惡無父之楊朱，無他，心冷也。或曰：『誤矣，此輩至熱心人也。』觀其自爲火，寧足喻乎？但熱己而不熱於人，故孟子視同禽獸。至於狂妄輩，又不可同熱心論，總在取人者之識别。

開國之主，其所與共開其國者，皆亡王之臣也。亡王既不知取，即欲取亦必不能。夫所謂能取者，猶磁石之吸錢，在其德也。故伊尹曰『咸有一德』。後世帝王人人能如此，則何敗亡之有？如情勢必不能何？

周初取人，大都循夏、商之舊，從黨庠術序，選其賢才，循次而升。其教之人，即其察舉之人。非一人舉之，是多人舉之；又非一日舉之，乃積時舉之也。蓋使舉者教，故教必嚴；教者舉，故舉必確。不特後世不行，恐不行即在康王之末耳。計啓後、太甲後，當亦然。

春秋時，士之賢才皆得仕於卿大夫，以其近而易知，所謂家臣也。惟子貢目既亮徹，才力復大，故不降心，以爲修其身以尊主安百姓者，聖賢也。功名不顧，况於富貴？必藉富貴始得建立。大功大名者，豪雄也。功名、富貴兩欲者，才士也。

思夏、商、周取人必在教學，而夏之亂爲甚。幸出少康，商則全在六七賢聖之君，周則八百年竟無君也。非無賢才治天下耶？古之稱三代者，皆在開國之主，非其繼代也，足見知人取人之難。惟漢世從邑令、郡守自行選辟，而公卿又有薦舉，其法則良，然亦必得賢明君相。

天下惟利害切己，則求人必真必確。今之取人者，皆視爲泛常，不過一套例之事，況有大利而無秋毫之害乎？唐人所謂莊田也，惟責在守令，使自求取以成己事，則事在不得不須。設非此等才，則不能成己此等事。否則不特事不能成，且有大害在其身與家矣。故漢守令於曹掾、尉史之類，皆使其自辟，何也？以其近而能詳察也，且少則察之精也。至於非常之士，自有別法以見知於上。

安民者，民得安也，不飢不寒，則民安矣。知人者，爲安民也，辨論官材，詢事考言，三考黜陟，總在安民，故知人爲急爲重。

識時務者，在乎俊傑。時務者，時所當務之宜也。倘周天子即用夫子作相，顏、曾、由、求爲佐，天下亦不能平，何也？使夫子而爲周初之政，且不能行於卿大夫，況於晉、楚？使夫子而僅從公侯之治，則是以天子而降爲藩封矣，豈可哉？故入周不見天王，情、理、勢也。此管仲所以用齊桓，夫子稱之爲人也仁也。或曰：『夫子何以曰「吾其爲東周」乎？』曰：『東周者，周公居於洛之治也，讀《洛誥》《君陳》諸篇自見。否則何不曰「吾其爲西周」乎？』而儒生必謂夫子一用，定行三代開國聖人之王道，所謂昧於時務。故夫子極嘆才難，而能知能取之爲更難。

薛宣語朱雲：『君且留我東閣，以觀四方奇士。』可見漢宰相皆開閣延士，不止公孫弘一人。

漢武帝屢詔丞相、御史大夫、列侯、二千石、諸侯相不舉賢者，皆有重罰。至末年，乃遣博士分行天下，詔曰：『獨行君子，徵詣行在。朕嘉賢者，樂知其人，使者之任也。詳問隱處亡位及寃失職者，舉奏。』開又置刺史部十三州，詔曰：『蓋有非常之功，必待非常之人。故馬或奔踶而致千里，士或有負俗之累而立功名。夫泛駕之馬，跅弛之士，亦在御之而已。其令州、郡、縣察吏民有茂才異等，堪爲將、相及使絶域者。』

漢武帝讀司馬相如賦，曰：『朕得與此人遊，死不恨矣。』又主父偃輩朝奏書，暮即詔見，曰：『若輩皆安在，何相見之晚也。』其於文士尚如此。

暴勝之隆禮雋不疑，即奏舉，遂爲青州刺史。

梅福去官，數因縣道上言變事，未假軺傳，詣行在所，條對急務。可見漢時求賢，人人可得奏達。

孝廉者，止善存己，無德及人，心可信矣，何益於用哉！

漢亂基於元、成，害由宰相張禹輩耳，乃當時所稱經明行修大儒也。宜朱雲請上方斬馬劍以斷患得失佞人頭以勵其餘。然郡邑取人之法尚在，止君相庸鄙，奸人操權，法度廢弛耳。故曰：『雖有治法，全係治人。』

張敞《與朱邑書》曰：『事在各達其時之英儁，若必伊尹、吕望而後薦之，則其人未必因足下而進矣。』

明臨川舉人章世純，時文大名士也，至今尚誦其制藝立論。『以今取人之文章，皆昏憒夢語，迂腐無用之談也。以功業責人，乃以無用文章取之，即間有立功業者，亦其人性才所成之事，豈從文字中來哉？登第後皆束置不顧，彼自尚不用，而人主顧乃用之乎？動曰求道，不知此道有何奇異，而須一生精神業之鎖棘求之也。況種種不肖皆出其中，又遵何道也？然則朝廷之爵禄，止爲士人之富貴。苟富貴矣，又何功名是求乎？始則以文字當才德，後則以陞遷當錫功矣。』又曰：『今之科目，以爵禄爲招，至售之以詞章，乃責重在功業，舛哉！蓋盡少年之精力，止用於詞章，則功業者，乃意外之事也。及至當事，不又當別有所學乎？』一部《柳州集》，議論多如此，而時文則清幽微妙。大明之時文，尤唐人詩也，其佳者自流於後世，但用以取人立事建功，則誤耳。

人試降心平氣而論，從宰相以至縣令，在堂座私署發施圖，維時應用，可得一句時文否？設云可以應用，則當位者宜置時文，同律例常檢閱矣。崇禎朝，天德王道之精微，正盛於時文時也。天下諸推重能時文者，正昂首持論赫赫時也。流寇屠膾，兵財兩潰，談忠説義，不知何處矣。侃侃經濟，絶其影矣。且俱不論，何至使烈宗持數尺帛急走煤山哉？非先輩晉魏八大家、時文名士致之乎？宋真宗澶淵渡河中流，党太尉曰：『此處好叫宰相吟兩首詩也。』嗟乎！德自德，才自才，詩文自詩文，明明具在，治天下者何得混視？韓子曰：『緩則寵名譽之人，急則養介胄之士，所用非所養，所養非所用。』此言即夫子能易之哉？以時文取人，其義亦然。

有惡予持此論，厲色盛氣欲相難者，予笑曰：『若以予言爲謬妄，則唯唯直承；若欲晰理之是非，則全在彼此駁正。蓋重在正理，非拗愎一己識見也。何也？使五臣、十亂、伊、周、孔、孟諸聖賢在今日果能皆中科甲哉？古今稱聖世，莫過唐、虞、三代，乃諸聖賢皆非時文所取士也。明此，則不必欲殺欲割老生矣。』

治天下必藉德才。時文論德，或可聽，止不可信耳。若論才，不特不可信，且不必聽矣，乃用以治天下乎哉？

人之賢與才，再試以事，尚多不得其真實，乃以一日無當之浮詞，以定其人終身之事功，何易於視賢才？且視治平亦甚易易，而人之身命亦輕而不必重矣。至於科目中賢才，間有偶值耳。設果可羅致，則一房中所取，當人人賢才矣。又房房皆宜如此，科科皆宜如此矣，乃奸惡庸蠢者亦出其中，又何也？即一房中乃有或賢或奸者，又何也？設時文果可得人，則各省解首乃時文之上駟，會試取元，宜即省首。今觀省首，不特不發元，且終身一老鄉科，又何也？時文取賢才，豈得據爲有定準之法？

凡鎖棘搜檢，硃墨謄録，總防奸也。俱以盜賊待士，又何五德之諄諄提唱哉？且賢才在人心膽，今形貌且不識，但據其一日之時文，况賢才者，見之事行成功之稱也，時文何所見據，而遂與以爵禄乎？

儒者多以曹孟德《求賢令》爲非。夫孟德，雄傑也，其識見豈儒者可能知其萬一？蓋人非聖賢，在窮阨時多行非義，其人必才智加人數等，及後富貴，豈復肯爲窮阨時行哉？所謂『富則好行其德』『人富而禮義生焉』者也。孟德知此等才智，非常人軌跡可相繩墨，故急求以濟天下大事。因此等才智，豈肯甘心庸賤？又必羞其目前所行，不得已不欲爲之事，必力圖所以奮身，以見其奇偉於當世，於天下情、理、勢，必審計精徹，策謀深熟，所謂困心衡慮也。一日忽遇知己，推其心腹以相委任，有不建大功立大名者哉？所謂『細瑕不足以累大節』，儒生豈足語此？

漢取人何以足法？凡才必在縣令，即辟以授事。縣既有才，郡守及御史大夫、宰相俱即爲辟，各爲己事而求，故官無虚設。人少不才，爲己事取人，其功有無易明也。才雖散見，事雖郡邑，合之則世少遺才，事少不治。

漢法，每邑有亭長、三老、嗇夫、遊徼，布於四鄉，令則總其綱。郡之考課惟在令課，考係事成，必藉才，故人不得不取之確守操令。御史大夫操守，宰相操朝廷天下，輔佐人主，其節既短，故知之不難。爲守令者，顧忌掣肘既少，且有賞罰生其忻畏，自然於民盡其心力也，大小總主在民之治不治也，此吏部之所以不設不必設也。漢循秦制如此。吏部始於晉魏，唐吏部侍郎魏玄同奏以天下之大，士人之衆，而委之數人，力與照交有所窮，以視明之銓選盡於一郎，不更可笑。至於殿試及糊名，皆始於武后。八月、二月鄉、會試則始於元仁宗，從李孟之言。明皆依行，故取人止用紙上空言，其法已誤。而取人者，其責任已竟，不必顧其事功，但付於用之者排次而去。初則掣簽，後則論俸。凡取與用者，以爲我職事已完，乃赴其取與用者，以爲我理合如此。重大官職，如責券取償，何從動念於民於國？間有動念者，久之，情、理、勢不行，仍不能矯俗以現其天良也。或得某地某官，有發怒生喜者，交在於財勢耳。即爲勢，亦多從財起耳。不知治者，謂立法已善，不知乃百姓、國家之不幸。

李文饒沉雄博大，偉人也。以任子作相，其文學，豈文士能及？彼時取任賢才，俱不拘資格，故能平最凶悍跋扈各藩鎮。及謫殁海南，作詩吊者，有云：『天下孤寒齊涕泣，一時南奠李崖州。』

明王凝齋《曹掾名臣録》：『自太祖用王愷計起，共十二人，大者官尚書，下則太守，其人皆建樹功名，未易才也。至成化後，此途遂廢。』

明蘇州守况鍾，宣德從吏員擢用，特與專敕令，凡利弊得先行後聞。其政治仁義並施，爲天下第一。偶同一巨宦至孔廟，巨宦謔曰：『認得此人否？』况曰：『認得，他是不曾做秀才、中科甲過的。』

張太岳曰：『高皇帝取人之途極廣，僧道、皂隸咸爲九卿，廕子交至八座。自宣德後，獨重進士，雖科貢莫敢與抗。科貢、廕子極大者，不過邊遠郡守而止。故卓犖奇偉之士，受阨抑者不可計量。』

明太祖以儒生王本等爲四輔官，諭曰：『古者三公四輔，論道經邦，朕視卿等皆高年積學，故告於太廟，以卿等爲四輔官。』按本等起布衣，即拜輔相，與版築莘野何異？此皆胡惟庸後事，足見無相名，有相道也。

馬端肅，鈞州人。鈞州守缺，用例貢李彦爲守，人皆相怪。抵任，廉明嚴幹，迥出甲科。州同某以主事謫，州判某以御史謫，皆進士，不敢不唯唯。州中大治，人始服端肅之精於取人。

張太岳曰：『宋議論繁多，文法牽制，不能用磊落奇偉之士。張乖崖有王伯大略，惜當時用之，未盡其才。』

高中玄曰：『今人講治平真實之學，則群起揶揄。夫孔子，非匹夫而談帝王之業者哉？乃積漸已成痼疾，至使聖賢之學不明，治道皆苟然而已。』

漢公侯皆重舉賢才，使陳湯不得富平侯，終身爲狼疾人矣。

高中玄曰：『見學究粘有宋真宗《勸學文》：「書中自有黄金屋，書中自有千鐘粟。書中車馬多如簇，書中有女顔如玉。」誠如此訓，則所成者，必多淫佚驕侈、殘民蠹國之人，而云帝王勸學哉？』

明太祖始則爲僧作丐，後云『投軍者，其主不過一盗耳』，豈志在救民者哉？故曰：『昔朕在軍中，常笑主將所爲。』及居金陵，始得行帝王之事，皇陵碑、御制諸文不諱也。蓋大英雄胸懷如海，兩目天空，從前此等不特不足少爲其瑕疵，且益見其磊落雄傑之概。意以帝王青衣執蓋，泣嘆盧溝水則羞，若以寒賤特起作帝王，此則開闢後所希見，豈尋常賢主可能及哉？不諱寒賤，與不認文公族，及止祭二代祖陵同其胸目。是以所取賢才，交不問其歷履，惟求其人能與此事之合宜與否。故事成功建，以開一統之天下。大英雄高視闊步，古今如此，後人騃愚，不守其事法，與明祖何與焉？

三代諸侯，以閭師、族黨所察士升於司徒。又諸侯每歲貢士於天子，一謂好德，再謂好賢，三則謂有功，乃加九錫。一不貢則黜爵，再不貢則削地。其於取士之重如此。然《尚書》《左氏》《通鑑前編》並不見載天子將此所升、所貢士用於王國，及外諸侯之爲鄉大夫士也。且三代繼體之主，其亂而不振，猶之後世，則其所升貢者，未必盡賢與才，抑賢才貢不用也。乃書生動則援引三代，夫目前之人與事尚不能知，即知亦多不真不實，况於古人古事哉！故君相治天下，事事當求其真實，不得徇夫虛名而取人，猶爲第一重大政。

崇禎末年，忽詔《小學》《孝經》出題取士。建此議者，必三家村學究也，而宰相遂從之。此等人當國，國焉得不亡？

常思至輕賤難堪受者，『東家丘』一言耳，其視夫子爲鄉鄙最細陋之人也。乃後世稱以聖人，郡州縣皆廟祭，而人讀其書以應取治世，且子孫爵列上公，至邑令博士，代傳不絶，更人主幸學以釋奠，視當時云『東家丘』何如哉？今呼傭保而力事者，不用知，止用信也，以全信不必知也。當時魯人於夫子，彼實無所可知，因原無得知之能，焉得而知之？况信之？設夫子值聖賢在上，其爲尊任，固不必言。即遇豁達雄傑，有不握手恨晚見哉！大欲民安國治，雄傑與聖賢一心也，必智仁信義兼者，方負此能，此豈易事？則其人能亦豈易得？譬人常思其欲得之物，復思此物何從可得？蓋見得真，識得透，一旦得之，喜樂寧可言喻？其誠如此，惟賢才能知其誠、感其誠，猶磁石吸鐵，但可思其德，不能形爲言，所謂『非獨君擇臣，臣亦擇君』者也。故韓信久阨塞，漢祖一旦推心，雖有武涉、蒯通之痛言，彼全不動，信豈昏愚於二人之言哉？誠結於衷，不可解也。范蠡、尉繚初因勾踐始王之誠，遂借以抒其英略，既因其誠盡，遂奉身而退。曹孟德使蔣幹説周瑜，瑜曰：『丈夫遇知己之主，外託君臣，内結骨肉，言行計從，禍福與共，雖使蘇、張復生，酈、陸再出，猶將撫其背，折其詞，豈爾之所能移乎？此中甘苦，不足爲外人道也。』皋陶曰『在知人』，伊尹曰『咸有一德』，君相所宜首知。

宋〔一〕大儒王柏曰：『糊名之法行，而士進退一決於三日之虚文，故至不肖之人皆得與也。既已登科，則高官厚禄如執券取償，朝廷雖欲不與，不可得也。取士之法至此，豈復可言！雖有名德間出此途，蓋同行而異情耳，非法之果善也，乃法之倖幸也。以一二人才之偶得，遂謂千萬人之皆然，不亦誣乎！凡鄙稚庸拙者皆中選，而抱道者屏黜，是豈士之不幸，乃國家之大不幸也。是以取士之法不復古，則天下無可治之理。』

校勘記

〔一〕宋　底本作『元』，按王柏卒於南宋度宗咸淳十年（1274），不可稱『元大儒』，故更爲『宋』。

希燕説

蘭谿祝石子堅氏纂

用人

周之取人、用人，見於《王制》。乃《封禪書》以『漢文帝使博士諸生刺《六經》，作《王制》』，故其中駁瘠者多。即就《魯論》，其取用之法，並不見於經書。且周之卿，初亦用監於方伯，後則無矣，更不見有人仕於王朝。雖孟子止言班爵禄之典，亦不言如何取人用人也。足見凡事不可執古人一二影響傳聞，以發抒一己僻見。且《史》《漢》交無取用人書志，治天下極重大首務，乃如此忽之哉！即歐文忠《五代史》亦然，此作史者之失也。聖人曰：『周因於殷，禮可知也。』論治必監於近代，以參酌情、理、勢之宜，何得高談隆古，以作金弓玉矢也哉！

天下之大，萬民情勢之不一，非藉賢才，何能治乎？賢才有大小，概具《皋陶謨》矣。治平之難也，以非此賢才則不能任，則不可任。不可任者，以治平之事不成也。然必知之乃用之。知與用，其始不分二也。

但多有知之不用者，有用之不知者，有知而用，用不任者，又有即任不盡其用，或不終其用者。常在後人每爲嘆惜。

　　夫子以孟公綽爲趙魏老則優，不可以爲滕薛大夫。又曰：『使人器之。』又述周公曰：『無求備於一人。』又曰：『有德者必有言，有言者不必有德。』又曰：『君子不可小知而可大受，小人反是。』又曰：『君子不以言舉人，不以人廢言。』此等皆用人不易之矩則。

　　凡豐興巨室，其用人必揀其心與才，始分任各事，故事事幹辦。蓋知與用俱在一人，非知者一人，用者又一人也。況以天下之大，治亂興亡所係，俱在所用之人哉！漢人必論秦事，猶周人必監有殷。予止言明事，明以時文取人，意在知其人以得其用也。時文但可謂用以取人，不可謂之能知其人。至於用人，循次遷選，但可謂之排資格，豈得曰用賢才？冢宰高坐堂座，選人魚貫進掣簽，此起於萬曆中年孫冢宰。若論資格，在唐宋已然。而計年俸，則始於明代。既隨資俸淺深以授職，凡六部大僚，皆挨次而至，不問人之賢否與能不能矣。即户部，此富國之大本也。尚書以天下錢穀付之司官，司官付之書吏，已則皆昏瞀不知其所職。平日極口詈劉晏，今則較之，幾如土偶木馬，其毒害國家爲何如哉！至於兵部，此强國之本也。某可用爲督爲撫，某可爲大將，某將可衝鋒，某將能教練整飭營伍，某處之兵强弱如何，合用於某地，天下關隘道里如何，水兵船隻如何，一切敵人兵將情勢，皆了了於胸中，尚有事變不應心計之虞。今則任官後方行學習，初亦鑿鑿自謂知兵，不知皆紙上之臆度，冥悻之妄行，卒至殺人自殺且不必論，而國家亦隨以覆亡矣。至於吏部，此第一關紐，天下治亂興亡之大本。故冢宰之職，專在求賢才、用賢才，他非所司。一人耳目幾何，首務詢訪得人，以分寄其所。詢訪其人，猶枝分派别，必人人仁智勤誠全具，而後賢才不至或遺。然豈易言也？故奏言試功，考核真僞，皆尚書一身之事。乃冢宰止憑司官，司官止憑書吏，名曰用賢才，不知何賢何才是用？不特何賢何才不知，即身貌亦俱不識。不過據三年所中之甲科，依次除授遷換。若乃鄉科，必在邊遠或佐貳而已。蓋取中時文者一人，選陞爵級者一人。兩者俱係萍逢，散則莫顧。主司曰：『我止據時文中人，我職已盡。』選司曰：『我止憑資格選遷，我職已盡。』中者曰：『我分宜作官耳，何知報國與因何設官之故哉？』首部如此，他部可類推也。總是取成套例也。嗟嗟！套例而可以得賢才、用賢才也哉？天下事如此其重大繁難也，而可以一套例治之哉？蓋心不在取賢才，而在行套例也。不特受官者，無由見其賢才於授官者。即授官者，亦無從見其賢才於受官者矣。

寇萊公爲相，兩府欲擇一馬步軍指揮使。方議，吏以文簿進，問故，曰：『例簿也。』公曰：『如此安用我輩？只隨例足矣。壞國事者，正由此耳。』司馬温公與吕惠卿論新法於上前，公曰：『三司掌天下財，若其人不才，必黜之。今爲制置三司條例司，何也？宰相以道佐人主，豈可用例？若用例，只一胥史足矣。今爲看詳中之條例司，何也？』惠卿極口辯，竟不能出理。

漢宗均爲尚書令，常曰：『國家喜文法廉謹之吏，意足以止奸，不知文吏習欺謾，廉吏清在一己，無益於百姓流亡、盜賊毒害也。』

仲長統曰：『世選三公，務在清慤謹慎，循常習故者，是乃婦人之檢柙，鄉曲之愿人耳，烏可以居此位，振作天下？』

宋趙葵《疏》曰：『爲官擇人，即是爲人擇官，用之當，任之久，然後可奏其功效也。』

王陽明計擒浰頭大盜首謝志珊，問：『汝何以能集得許多人？』曰：『真正不容易。平生見一好漢，決不放過，時其緩急，順其好惡。既已牢縛其肝膽，及一旦有事，乃告以心腹，故得其死心塌地。』陽明述語人曰：『設宰相能如此，國家焉得不太平？』

韓子曰：『已與智者謀之，復商之愚者；已與賢者計度，再咨詢於不肖。所謂智者决策於庸人，賢士程行於不肖。如此用人，其國必敗。』

儒者皆喜言治，而偏惡其所以治，皆惡亂，而不知其所以亂，何也？不覈名實也。夫據紙上之言，聆懸河之論，而遂信其賢且才也，任之以事，焉得不壞？故聖王必明試以功。

虞帝三考，黜陟幽明。漢宣帝詔御史察計簿，非實者按之。

明章世純曰：『周、漢設官，主於爲民，故促其節。唐、宋以來，設官但以爲官，故獨取階級之多，以便陞遷之路。』

章世純曰：『周之鄉大夫，已即爲卿。而三卿監於公，一人上即天子。漢之監太守者，止一刺史，故法舉而吏安心力於其治郡。』

章世純曰：『周、漢建官，在下者多，在上者少，分職者多，制馭者少。』

章世純曰：『今之府縣，其監制於上者既多之，又多其書吏、差役，更能興造禍福。至邊方要地，全恃專閫，其節制之者，豈但掣肘？直綑以縛矣。』

章世純曰：『多在於下，則職任分而事易奏功；多在於上，則僵仆人之四肢也。况官多則禄薄，禄薄則諸用不給，情勢不得不取於民耳。』

安禄山、黄巢、李林甫、蔡京之徒，皆有才者，使當時廟堂能懾其志，得悉心斂其技能以趨於正，則成爲治世之能臣也。王猛、張賓、韓延徽、張元、吴昊輩，使中國能用之，得盡展抒其才力，不可謂無留侯、鄴侯之績效耳。

明至後代，專重甲科。若進士爲令，雖罪惡山積，參語必曰惜其青年，甲科尚堪策勵，不過浮躁降謫而已。賢才二字，付之天外矣。即御史入境復命，理勢不得不參劾數人，亦不過佐貳二三員，科貢官生爲正印者而已，天下焉得不亂亡？

既爲地擇人，即是爲人擇地，義本一也。但於人地須洞透其心膽情勢，方可選決耳，難也。

高中玄《議處科目以興人才疏》中云『國初用人，但論賢才，不拘科目，至後偏重進士，於今爲極。苟係進士，則衆向之，甚至以罪爲功；苟係科貢，甚則以功爲罪。上司同列，炎凉盈面，可鄙可羞，亦不顧也。讀聖賢書，立賢無方之謂何？管夷吾、孫叔敖之舉之謂何？本在望其後日爲公卿，必出進士，不過崇尚勢利耳。如此，天下善政，舍進士則無人得與爲之，而民生奚由得安也？臣愚以爲欲興治道，宜破拘攣』云云。言雖懇切，直至國亡，更爲益甚。惟其益甚，國益促亡也。

范仲淹上言：『國家懷才抱藝之人，一落散地，必終身不齒。獸窮則變，人窮則詐，古人所以慎也。』後汪伯彦言：『范仲淹在政府，用人不考其素，苟可用者，雖狂猾無行之徒，亦日效下風。仲淹亦躬爲詭特之行，以振起之計。』彼時伯彦正在奔竄驚危，尚作此論，高宗焉肯從宗澤請以回鑾？

宋景德中，遼警飈熾，無一人敢攖其鋒。李居正官甚小，榷税一鎮，募丁勇，奮擊奪回男婦無算，人皆懽頌，然無人爲上聞。張乖崖乃密奏真宗，因大悦，立召居正爲閤門祇候。居正莫知所自，後方知自忠定。上謁不見，止傳入榜帖。忠定書於上云：『君臨財廉，臨陳勇，臨事勤，臨民惠，加之謹畏，此報國大丈夫也。

予爲國耳，豈在謝哉！』後竟無聞，畢竟廟堂不能任用。

惠子曰：『置猿於柙，則與豕同。故勢不便，非所以逞能也。』用人者宜知。

宋張仲友以下第舉子持空名帖，逾旬而解鼎、澧五州之圍。圍解而仲友終不肯爲宋用，此宋之所以亡也。

韓子曰：『造父駕四馬，馳驟周旋，得恣欲於馬者，擅轡筴之制也。然馬驚於突彘而車敗，造父不能以轡筴禁制之者，威分突彘也。』用人者宜知。

凡用人，既當爲官擇人，更當貯人以伺官。

王陽明平浰頭、桶岡、横水、思田、大藤峽及縛寧藩，皆用大計。壞縣丞龍光、驛丞王思、李中，與布衣雷濟、黄表、蕭禹、岑伯高等賢才，或以其計謀，或以其身入敵内作間諜，卒成大功。而輦上不一齒及，真一大恨事。

高中玄曰：『凡百鎖授，以其本開之匙，則立閉矣。亂授焉得開乎？設勉爲開，而鎖不壞乎？官各有本事，人各有所長，以所長作所事，人得展能，事得底績，天下豈無才者哉？事功不立者，亂授其匙也，然匙固在也。』

高中玄隆慶中攝吏部，故言當時吏部之弊頗悉。

高中玄曰：『官不久任，必無善政。然超擢法不行，小轉法不革，欲久任不可得也。』

高中玄曰：『用人者不取其大，徒以一眚棄之，故慷慨任事之人鮮。苟徒用其人之無過者，則委隨貪鄙之輩，習以成風，國事焉得不壞？梁主用段凝於河上，敬翔、李振曰：「易之宜速。」梁主曰：「凝無過。」二人曰：「待其有過，國事危矣。」用人者宜時思此言。」

高中玄曰：『用人不取其才，但取無過。非無過也，未用耳，用之則過出矣。』

張太岳《與薊督談二華書》云：『築臺守險，其利害不待智者後知。奈何世間有一種幸災樂禍，嫉妒有功，阻人成事，好爲異説，以淆亂國是，又日望有事以信其言。愚者不明，又從而和之。數日來，僕隨事破妄，因機解惑，舌幾敝矣。昨巡關出，亦與極言其利害，又故以他事奬之，使其知所向往。自此後，彼輩諒無以鼓其喙矣。公之忠赤勞勩，人雖不知，祖宗在天，必陰護之。願堅持此心，保無他虞。僕在此一日，必爲國家肩一日之任也。』又《與戚南塘書》：『雖父子不能過，因愛惜之甚，故教誡之甚，乃保護之甚大。將得此，焉得不捧出心膽以報國？』予常思，設岳忠武生同太岳時，值其當國，其所立功業，正不知何如貫絶今古耳。

齊桓公問父老：『郭何以亡？』曰：『以其善善而惡惡也。』公曰：『是賢主也，國何得亡？』曰：『善善不能用，惡惡不能去故也。』

漢人賜卿相，動則黄金數十斤，則於凡任事者，其禄入必厚。夫欲人廉潔而盡力公家，必其人無身家衣食之營而後可。否則，雖孔、孟亦必先不凍餓其父母妻子，始得爲國宣猷矣。明末百官，動曰『捐俸』，俸至明可謂極薄，用實不給，情勢不得不取於下，而乃云『捐俸』乎？人人明知其敝而行之，是曰上下相欺相徇，國之所以亡也。

子産爲政，必擇而使人，故少有敗事。夫子聞，答然明不毁鄉校，言曰：『人謂子産不仁，吾不信也。』此乃初年人欲殺子産時之語。及子産復子皮不使尹何爲邑，後云：『吾聞學而後從政，未聞以政學者也。』又譬以射御云云。子皮曰：『君子務知大者遠者，小人止知小者近者。我小人也，衣服附吾身，吾知慎之。大官大邑，所以庇身也，我遠而慢之。微子言，我不知也。自今雖吾家，請以聽子行。』子産曰：『人心不同，如其面焉。吾豈敢謂子面如我面乎？抑心所謂危，亦以告也。』子皮以爲忠，盡委以政，故鄭國大治。後世設官，皆以政學者也，國焉得治？

資格用人，起於後魏崔亮、唐裴光庭。辨其害國者，宋孫洙、陳亮。

宋唐子西曰：『今士大夫識事情、才警敏者，豈曰乏人？至於明大道、通大體、氣力度量，足以持久而任重者，未之多得也。是豈無有？有則不容於時也。今建言者率皆薄物細故，非天下所係以安危治亂，而士大夫亦不過修飾一切辨治之容貌，不能有實益於朝廷者也。學術小，故無大識見；力量狹，故無大功名。以爲上世亦然。然則從前治平天下，豈若此哉？』

宣德時著三法：一不次遷擢，一不拘出身，一久任。

王陽明知寧藩必反，請以提督軍務，得便宜行事。大司馬王晉溪知其意，覆奏：『王厶有本之學，有用之才，伏乞給與旗牌，得便宜行事。一切大小緩急賊情，悉聽王厶撫剿。』時舉朝多受寧藩重賄，而晉溪却之。故陽明之功，晉溪成之也。乃嫉妒者於兩公交有訾誹，人之無良，一至於此乎！事詳兩公集内，而陽明與晉溪共計十五簡，用人大臣，豈可不日讀一過？

王晉溪覆允陽明欽給旗牌，便宜行事，鎮守太監畢真奏監其軍。晉溪疏云：『兵忌遥制，若南贛用兵，必待謀於省城鎮守，斷然不可。惟省城有警，則聽南贛策應。此等兵樞，方是同心爲國。若後之張寉皋、熊芝岡惟知嫉殺，快意置人主國家天下性命於不問矣，此亦古今之一大恨。』

錢德洪云：『予與王晉溪婿潘高爲同年，因述晉溪公與陽明師感遇之奇。師在贛，每疏至，必稱奇才。平生兩不識面，索師像懸之一室，置几對坐，左手抱孫，右手執奏，讀至闢棨，必擊節嘆賞，顧兒曰：「生兒當如此，方爲奇男子。」次晨入朝，必盡行其疏内之請。南贛賊平，師奏繳旗牌，覆奏不允繳，時人未之知也。卒平寧藩。寧藩反，疏至，舉朝震慴，獨晉溪大聲言曰：「有王厶在，自能剿平。」蓋公身在朝，心則在師左右，一德相成，如桴應鼓，故除大難，立奇功，有以也。如此大識膽偉人，凡奇男子焉得不索其像千叩？』漢武帝，其識立昭帝固已奇絶，乃拔任霍光、金日磾，卒使漢天下幾危而返治，非帝王中之大豪傑哉！其識力逼射人精神，豈一二才智可及？

神廟初年，閲山東撫臣言昌邑令貪酷，且怒且笑，語張居正曰：『此等人與盜賊何異？』居正曰：『若要天下太平，須是官不要錢，則百姓安靖。』神廟曰：『此人乃進士出身，何無耻如此？』居正曰：『惟自恃進士，故敢如此，不然亦不敢。今後皇上用人，惟當考其功能，不可拘資格。若奉法治民，雖異途下僚，亦當顯擢；若貪污壞法，雖巍科貴公，亦當嚴處。』神廟初年，政治如此。

『用人之大患，在日進前而不御，遥聞聲而相思』，至言也。

季札語叔孫穆子曰：『君子好善在擇人。子好善而不擇人，任大政而不慎舉措，禍必及子。』

況鍾，字律伯，江西靖安人。爲户部吏，尚書吕震薦授本部主事，轉郎中。宣德特擢爲蘇州守，專敕以便宜行事。初涖任，佯若不解事判牘，故左右顧問，聽吏書行止，因盡得其奸蠹，合郡皆笑其愚。通判趙忱肆侮如不知。兩月餘，忽命具香案，呼集合屬官吏士民聽宣敕。敕内有『凡僚屬不法，徑行拏問』，趙忱始悚然。宣畢，乃陞座，告諸里老曰：『吾聞郡中多豪惡，害善良，今列一簿，汝等即報以善惡，毋畏，必不遺禍及汝。善者，吾優視吏禮，請其賢者與鄉飲。惡者，吾殺之，以除害毒也。』已乃召諸吏書悉前，大聲數其某日某事，某作奸受財壞法云云。命引出，揀隸有力者四人，擲二人空中，攧殺之，不死，大怒曰：『吾爲百姓殺賊，鼠輩不力投使死，吾使鼠輩則死。』於是立擲殺六人，尸於通衢，罪其至貪猾者十餘人，擇十餘柔懦者去之。合郡股栗，謂太守神威，遵法不敢犯。剔除宿弊，痛繩暴悍衛卒，令民婚喪以禮，不得過侈。蘇賦極重，欲改減，夜焚香祝天，始具疏，卒得請。與周文襄畫收糧法，設濟農倉，置綱運簿，防運夫侵盜；置館夫簿，防使役需索。凡事綜理周密，行之又不甚難。大抵治道專在扶善誅惡，若人有片長，無不取用。朝覲，賜宴賜詩。九年滿，百姓上疏乞留者數十萬人。楊文貞贈詩，有『十年不愧趙清獻，七縣重迎張益州』。竟卒於任。鍾性剛果敏達，不畏強禦，然度量廓如也。既廉且介，真合軌古賢。使古今知人能薦如呂震，任用賢才如宣廟，世非無況鍾也，國家有不治興者乎？

明王廷相曰：『迂儒強拘，不識古今之宜；鄙儒依阿，不顧國家大計；俗儒淺陋，不達治安之幾。』

吴伐楚，昭王逃於雲中。盜擊王，王孫由於以背受戈，王奔鄖。由於徐甦，亦奔王所。吴師去，子西乃國於脾洩。王使由於城麇，子西問高厚，勿知。子西曰：『不能，宜辭。』曰：『固辭不能，子使予也。人各有能不能。遇盜受戈，袒而示背，曰：「此予所能也。城脾洩，予不能也。」』用人者宜首知。

章世純曰：『爵以少貴，禄以多厚。』又曰：『歸於吏者人以德，吏歸於例者人以功，天而人主之權與勢皆無矣。』

章世純曰：『平日學習其事，至臨事，即以所學習者應之。胸有把柄，方臨事有條有理，行之不錯，否則事至茫然，如何分晝？故用人宜預貯其才於平日，庶不至臨事有乏才之嘆。』

章世純曰：『夷、由、曾、史，德過於才者也。今之用人者，在藉其才耳，而求其廉潔不取，是德才兼者也，世焉得盡是其人乎？人生身家所必需者不能斷絶，無則苦矣。使其受苦以力國事，是必人皆夷、由、曾、史可也。故聖賢治世，在通人情，省官重禄，厚恤其私，而後得安心供事。況人情謹狹者必不足有爲，開大者乃可以成事。』

宋楊億曰：『今之禄不及周之上農，何以給九人之食？』

管仲曰：『惟知人不能舉，舉不能任，任又雜以小人，誠爲害事。』

李文饒曰：『省事在省官，能簡冗官，則爲治本。』

唐房玄齡於軍中，凡有勇略者，必深相綰結，使其爲太宗盡其死力。

陳亮曰：『士以尺度取，官以資格進，大臣充位，胥吏坐行條例，而百司逃責矣，故人才日以闒茸。夫程文之士、資格之官，豈足以荷國事哉！』

能致民效力以成富强，與人主得享其富强以愛養此百姓。握幾雖本於一相，但處勢既不能遍及，故全在庶官之各得其賢才。

韓魏公、范文正兩人，用人亦儘破格，但終帶書生氣，覺雄傑之概，不如李文饒、張乖崖，此難爲小儒道也。

荀彧語曹操曰：『與公争天下者，惟袁紹耳。紹外寬内忌，任人而疑其心；公明達不拘，惟才所宜。紹遲重少決，失在後機；公能斷大事，應變無方。紹御軍寬緩，法度廢弛；公法度既明，賞罰必信，人雖少，皆争效死。紹憑藉世資，從容飾智，故士之寡能好名者多歸之；公以至仁待人，推誠心不爲虚美，行己謹儉，而與有功者無所吝惜，故忠正效實者咸願爲用。』後世隨聲詈孟德者，亦讀此乎？操兩《表》諄切，言彧宜渡止其退軍，又止其南征劉表，先定河北，且曰：『彧二策，以亡爲存，以禍爲福，謀殊功異，臣不及也。古人重幃幄之謀，次攻戰之捷，前所賞録，豈足以副其功云。』觀二《表》，曹公心膽若此，舉大事焉得不成？

曹操語荀彧、鍾由曰：『荀文達非常人也，吾得與計事，天下當何憂哉！』後攸死，操言及則流涕。好賢如此，曾多聞見其人否？操每曰：『文若進善，不進不休；文達去惡，不去不止。』能用此等人，焉得不成伯業？

郭嘉謂袁紹謀臣辛評、郭圖曰：『本初徒欲效周公之下士，而不知用人之幾，多端寡要，好謀無決，欲與共濟天下，難矣。』用人者不可不知。

郭嘉語曹操：『袁紹繁禮多儀，公體性自然，此道勝；紹外寬内忌，用人必疑，公外簡易而内機警，用人必信，惟才所宜，不問遠近，此度勝；紹揖讓高議，以收名譽，士好浮飾外者多歸之。公以至心待人，推誠而行，不爲虚美，以儉約身而與有功者必重賚。士之忠正遠見而有實者，皆願爲用，此德勝紹；大臣争權，讒言惑亂，公御下以道，浸潤不行，此明勝；紹是非不可知，公所是進以禮，所非正以法。』荀彧、郭嘉，智謀士也，其瀉心委力孟德者言如此。蓋孟德精神逼射於天下智勇心膽，而後天下智勇心膽交萃攝於孟德精神，此伯王大業所以成也。庸愚何能知之？即其《樂府》，皆作文字讀矣。噫吁！

苻秦王猛曰：『得人在審舉，審舉在核真。』

宋唐仲友曰：『古之取士必曰真賢實才，後世乃專以無用之虚文。古之用人必曰度德定位，後世乃自百職以至三公，更進迭爲。』

唐憲宗與李絳言，用人勿私親故。絳曰：『非親故不諳其才。諳者尚不用，不諳者豈得用之？若其不法，自有三尺在，孰敢徇私？』

漢京房問元帝曰：『幽、厲何以危亡？所用者何人？』曰：『君不明，所任者巧佞。』曰：『知其巧佞而用之耶，將以爲賢也？』曰：『賢耳。』曰：『然則今何以知其不賢？』曰：『以其國亂而君危知之。』曰：『若是，任賢必治，任不肖必亂，必然之道也。幽、厲何不覺悟而更求賢，曷爲卒任不肖以至於亂？』曰：『臨亂之君，各賢其臣，令皆覺悟，天下安得危亡？』房因免冠頓首曰：『陛下視今日爲治耶亂耶？』曰：『亦極亂耳，尚何道？』曰：『今所任用者誰與？』曰：「幸其愈於彼，又以不在此人也。』曰：『前世之君亦然耳。臣恐後之視今，猶今之視前也。』上良久曰：『今爲亂者誰哉？』曰：『明主宜自知之。』曰：『不知也，如知之，何故用之？』曰：『上所最信任與圖國事，幃幄之中進退天下賢士者是矣。』房指石顯，上亦知之，謂房曰：『已諭。』然卒不去石顯。故漢之亂始於元帝。夫元帝豈幽、厲列？而用人則同。故宣帝知其必不能治，常曰：『亂我家法者，太子也。』

岳珂輯其祖忠武遺事，名《金佗粹編》，内有黄元樞所記數版，蓋其父爲忠武幕中機密，惜失其名。中云：『靖康初，張所爲河北宣撫，趙九齡兼幹辦。忠武彼時始從軍，九齡即識爲奇士，忠武亦欽其智謀。後討楊么，辟九齡進幕。九齡適不得行，乃薦元樞之父，數言忠武，即任以機密。』故其所記者交失在正史。陳同父作《中興遺傳》，今止存一序，言趙九齡、龍可其珍惜感慨，讀即欲泣。人主、宰相及當位與士人有心治政者，不可不日讀一過。中有辨士邵公序諸人，亦見於《粹編》中。公序名緝，有上執政一書，議論磊落而豁達，非書生所能。惜序中列俠士、智謀等人，無從可考矣。且云：『有薦九齡於吕丞相，尼之者曰：「此人心志不可保，用則爲曹操。」』嗟乎！彼既不知次張，又烏知孟德哉！唐、宋、明以文詞資格取人用士，其抑失奇偉傑特輩不可數計，國家亂亡，皆因於是。孟子以不祥之實爲蔽賢，《詩》以『邦國殄瘁』『爲人云亡』。每閲史傳，及聞時事，未嘗不戟手於彼彼也。

朱文公云：『國家賞罰明，辛稼軒、陳同父皆可用。』

范文正用人，必闊略細故，如孫元規、滕子京，皆其所重。常曰：『惟武侯能用度外之人。惟能用度外之人，然後能成大事。』又常曰：『凡用人者，非不欲盡天下之才，但患任一己好惡而不自知也。』如劉滬輩素無節行，每云：『到得要做成大事時，須要此等人用。』

明孫月峰曰：『隆慶時，張江陵作相，序在後，凡有大用舍、大興革，必待之決。』或曰：『豈以其勢方張乎？』曰：『非也。此老胸中人物多，情勢熟，識見透，人自出他範圍不得。』

陳平初事漢王，絳、灌讒之，高祖以讓魏無知。無知曰：『臣所言者，能也；陛下所問者，行也。今有孝信之行，而無益於勝敗之數，陛下何以用之？楚漢相距，臣進奇謀之士，顧其計足以利國家否耳。』漢王復讓平，平曰：『臣事魏王，魏王不用臣説，故事項王。項王不能信人，其所任愛，非諸項即妻之昆弟，雖有奇士不能用。聞漢王能用人，故歸大王。臣躶身來，不受金無以爲資。顧臣計畫有可采者，大王用之；使無可采者，金具在，請封輸官，得請骸骨。』漢王乃謝，厚賜，拜爲護軍中尉，盡護諸將。諸將乃不敢言。此與蘇秦之答燕王同義，用人者所宜首解。

『意忌信讒』『多疑少決』兩言者，用人之賊也。

司馬德操曰：『儒生俗吏，豈識時務？識時務者，在乎俊傑。此用人者第一大權衡。』

馬伏波對光武：『此時非獨君擇臣，臣亦擇君。』蓋針鋒相湊之微妙，真非言説可形似，用人者不可不知。

觀從前治亂興亡，所用之人則清徹，在己偏茫然。所謂亡國之主，各賢其臣也。此蔽恐千百年後，亦不能盡無。

能飭躬守己，此易見者也。若才者，必經事制物，始足立效。故才者，其始處於未見，正名曰能。天下惟未見之事，成與敗兩在。孔明於街亭、箕谷之敗，《疏》曰：『臣明不能知人，悉事多暗。』真偉丈夫光明心膽。若韓魏公，則委罪任福，違節制矣。

孔明曰：『劉繇、王朗各據州郡，論安言計，動引聖人，衆難塞胸，群疑滿腹，遂使孫策坐大。』又曰：『曹操智計，殊絶於人，其用兵也，彷彿孫、吴，常多有敗。任用李服，李服圖之，委任夏侯，而夏侯亡敗。先帝每稱操爲能，猶有此失。』二事，用人者不可不知。

唐裴光庭死，太常孫琬議：『光庭以資格用人，失甄別賢否之道，宜謚曰克。』其子稹訟之，玄宗改謚忠憲。治天下大樞紐如此，焉得不大亂？

先主領荆州，龐士元爲耒[二]陽令，不治，免官。魯子敬遺先主書曰：『龐士元非百里才也，使處治中、別駕之任，始足以展其驥足。』孔明亦言之。先主遂與言，乃大相器重，敬愛同孔明。

初，楊洪爲李嚴功曹，嚴未至犍爲，而洪已爲蜀郡。洪以書佐何祇有才策力幹，舉郡吏，一年即爲廣漢太守。時洪亦在蜀郡，是以西土咸服孔明能盡人能器。

唐德宗時，沈既濟上言：『選用人法，三科而已，德也，才也，勞也。今選曹皆不及。夫安徐非德，藻詞非才，累資非勞，執此以求天下士，豈得人哉！』其言用人之弊，正與後代同。又曰：『諸道節度使，自判官、副將以下，皆自選擇，縱其間雖有情故，十猶七全。則辟人之法已見於今，但未及州縣耳，利害之理較然也。』

德宗問關播爲政之本，曰：『必確求有道賢人，任之爲理。』上曰：『朕比下詔求賢，又遣使廣加搜訪，庶幾得人。』播曰：『明詔所求，使者所薦，惟得文詞干進之士，安有有道賢才肯隨之而進乎？』

高中玄曰：『三國多可與權之才，乃時之使也。彼時三國互相吞噬，存亡之機，間不容發，故其君臣相親相結，絶無疑阻，機合即行。有不必告於君者，有不以語人者。蓋謀在密時，不可失也，故可與權。且其便習已久，智計愈出，人之肯爲謀者日益衆，故見其多才耳。承平既久，法例把持日深，即有忠計，君不爲主，人之苛妒如灼，是以務爲形跡虛名，非循故例昭著人耳目者，必不敢行。習以成風，雖有權之士，亦湮没而已。一旦有事，則徒相目視，嘆世之無才也。』

唐陸贄上德宗曰：『求才貴廣，考課貴覈。往者則天欲收人心，進用不次，非但人得薦士，即人亦得自言其才。然考課既嚴，進退皆速，是以當代稱知人之明，累朝獲多士之用。』又曰：『則天舉用之法，傷易而得人，陛下慎簡之規太精而失士。』後世無不以賢才稱宣公，其頌則天知人如此，又豈得隨口詬李卓吾哉？蓋則天惟淫殺爲可憾，其識士愛才，自不可没。至中宗之庸惡下流，彼所洞矚，設終作廬陵王，豈有韋后之禍？然不見此亂，何以徵則天之知人？

扈載有才，周世宗愛之。王朴薦於宰相李穀，穀曰：『非不知其才，但命薄耳。』朴曰：『公爲宰相，以進賢退不肖爲職，何言命耶？』卒拜知制誥。宋周必大長身瘦面，狀若野鶴。壽王燕居，忽曰：『好一個宰相，只福薄。』一老璫徐奏曰：『官家所嘆，豈非周必大乎？』曰：『然。汝何以知？』曰：『臣見所畫司馬光像也如此。』上爲一笑，遂用爲相。故命與相，皆用人者之毒賊也。

齊威王召即墨大夫曰：『自子在即墨而毀言日至，吾視之而即墨大治，是子不事吾左右以求譽也。』封以萬家。召阿大夫曰：『自子守阿而譽言日聞，吾視之而民益加貧苦，是子惟剥民以求譽於吾左右也。』即烹阿大夫及左右。此與西門豹治鄴有異有同，惟烹左右而病根始去，但恐將來左右又是此等左右耳。惟在用人者既剛且明，則病根絶矣。

宋徐僑曰：『臣在開禧時有兩語：廟堂乃交易之地，臺諫爲囊橐之所。』明自成化起，間以弘治，至正德後則代代皆然。嚴介溪時則臺諫之鋒少息，高中玄、張太岳則兩語絶無矣。烈宗極欲去此害，奈如以肉去蟻，總皆時文資格所盤錮，所謂同舟遇難，胡越不異其心也。陳啓新拔而群相擠逃，甚至科貢特用，亦何益於國事哉？

掣簽選官，爲防奸也，與爲朝廷、爲百姓確求賢才之意，竟若天海。夫奸與賊，雖所爲不同，而同一爲惡。則防奸與防賊，雖所防者不同，而設防之局則一。若是賢才，必不作奸賊，非奸賊又何用設防哉？用人者何不明至此？常見簽得肥地則喜，得瘠地則愠，其喜與愠在財也。夫設官，原爲朝廷、爲百姓也，今所設之官止在財。財者，民命也，取其財，是取其命也。命無矣，毛錐與矢槊何異哉？如此用人，國家焉得治興？

宋楊萬里著《選法》二論，足見宋時多與明同。誠齋，通儒也，大不猶於彼拘鄙。

明之王威寧、王晉溪、胡梅林，皆英傑也。議者以梅林賄趙文華、嚴分宜爲比匪，不知此時之理勢不得以不如此。蓋梅林欲用其才以救東南半壁，故用賄以用二人，使得展其雄才偉略，否則何能得爲三省總督，以憑臆行事，不一掣其肘哉？此自豪傑作用，與纖小書生不同，即威寧、晉溪亦如此，用人者不可不知。

校勘記

〔一〕末　底本作『來』，誤。

希燕説

蘭谿祝石子堅氏纂

令

設官所以爲百姓也。後世則昧此，其多以冗者，皆使人得富貴耳，豈從百姓起念哉？亦思國家所以富强者，全係於百姓，則愛養督教此百姓者，又全在乎邑令矣。蓋令與民，身相朝夕者也。故令才明剛正，則百姓安豐。《傳》曰：『爲治不在多言，顧力行何如耳。』令其一也，首在開導民錮習，使内心實有所昭事，乃不敢行，非念實有所愛望，而力勤作善，此治興國家大本也，不止由外懼法度也。且無奸强以啖愚弱，更室絶坐閑，則人人知當務安分矣。因人心定一，則孝友交明；因宄詐屏息，良懦始獲寧静。因男女不惰遊，故比户衣食俱足。

夫令精神全全醞釀於百姓之苦樂，而後百姓始得苦祛而樂生。苟令精神注於上，大人乃光武謯任延以善事上官，無失名譽者也。其不能盡心力於民者，情勢也。故君相剛明，則凡官皆謹守道法，作令者始得竭其智仁於民焉。古今再無百姓愁呻，國家得康靖者，雨暘災變歲不免也。若邑令及居上者，皆具才識正人，法度井然，則民不敢萌其非心。緣爲亂者，始必凶悍輩，柔弱人任其蹂躪耳，久則柔弱者畏殺趨利，則亦隨之矣。堯、湯水旱而人不敢動，元、明天下之亡，因淮南北、陝右之飢荒賊起，一鑑也。張太岳當國，令撫臣按月申報米麥價，一有水旱，即發常平倉糶拯。國無三年之蓄，曰『貧國』，此縣縣不可不設常平者也，後則漸無矣。上下居位者，心不在民，何曾計念及民之餓殍，何曾計念及國之治亂興亡？

令治邑，亦當如治家。夫人治其家者，爲愛其家也，因立法度焉。必擇人任事，家始得治。故令首務在知賢用才，當如漢法，選辟其真實得用之人，如曹掾史、三老之類，以爲耳目手足。蓋令於治下，其人賢否，既近易察，一也。其人即在本鄉，事之情勢，不難得真知，一也。又責任既專，是在己之事，不得不從實行爲，無可謝委飾詐，一也。且令在一邑，精神易遍，既得專行生殺，人皆知畏，一也。更選避者，從此以進，上至公卿列侯，人俱忻於立功顯名，則益務振履正道，一也。用既得人，則凡一邑之人情善惡勤惰，及可生財種殖，與情勢之苦樂興革，一一通明，而政教發施，自不背謬。故令首務在選求賢才。

儒生所謂寬仁者，豈寬仁哉？乃委弛不振，婦媪之煦煦也。苟罹法必重罪，則狡悍俱斂心好懶，非行者務生業，富豪不敢肆其貪剥。人皆奉公遵理，則刑罰不及仁，天何曠適也。邑邑如此，寧羡羲皇？陸象山《劄辛稼軒》曰：『遏惡揚善，舉直措枉，乃寬德之行也。』其全書更詳。

聖人之所謂嚴者，乃嚴於踰跋理道之人，非嚴於善良也。所謂寬者，乃使善良遊於化日，非縱宄詐肆其毒惡也。愚人昧此，乃曰刑名乎愷悌之義。《記》曰：『愷以强教之，悌以悦安之。』人皆接口愷悌，亦解其義哉！此非獨一令，人主、宰相、千官交宜明此。武侯曰：『治世以大德，不宜以小惠。』全閲《蜀志》，則知孔明之治理矣。夫子産、王景略、張乖崖，豈小丈夫哉？其政事可考也。

凡邑中背公行惡之事，皆諸奸宄集其深謀以嘗。令一人，猶張數千丈網，圍以羅鳥一目，少有能脱之者。即如訟，聽訟者非不察其牒，詳證其言，豈得信也？又駁發其無從布置，突然語以推通其心情，庶十可得其四五。至難斷决者，全在得人訪確此賢才。曹掾，任也，責也，然此等賢才得豈易，亦豈易爲用哉？其至要者，在令之心意，使人不能捉握，而後始去其敢之心，生其心之愛與畏，以得其真實焉。

十家牌者，商鞅、王安石皆祖管仲，非其創也。將合縣坊都十甲照牌抄成册簿置署，凡有事與訟，止按册查閲，一目即了，再無脱遺。稽善惡，察盗賊，知勤惰，移風易俗皆在焉。治術總要，莫便於此。王陽明《十家牌諭》末云：『其法甚簡，其治實廣。爲令者宜精思實究力行，毋徒作紙上空言，竟成虚文掛壁。』其全在集中可考也。故爲令者，不可不實行，不可作一套事，不可始勤後懈，總在其剛明有常耳。否則丞尉求行編點，其害更加。

明章世純曰：『今之人，動以守令不肯詳細問民所以地方利弊，不知予以徒以空言下問，不如責以身任其事，力行之也。此漢人所以有辟曹掾之法。』又曰：『守雖賢，令不得人，必無以爲功。以令得失爲守之賢否，守則以民苦樂爲令優劣。』

布政户部，計令終歲輸課，此綜覈也。或令借民欠侵匿，或實任刁豪頑賴，是既害國，又壞法也。但用人者，惟以足賦額作考成，苟令雖龔、黄，民果真窮，負賦額不足，亦必降黜矣。夫選賢才作令，爲教養百姓也，今皆置不道，惟以徵糧全完作上最，是驅令使殘酷耳。况更便不肖者，益得藉以恣搏擊充橐乎？凡亡國之末皆如此。但當國者具此等肺肝，則國事可知。

宋時郡縣正俸外，又有入庫公使錢，故守令一應用費，皆出其中，此極通徹人情之事。明朝上司行移郡縣，有『動支無礙官銀』，此窕言耳。何項官銀爲無礙者乎？是導之剥民也。人人明知而不言，是謂上下相徇。且明朝設大小官俸，原甚涼薄，使其闔門衣食、禮儀、威儀皆在此俸，雖有紙贖，何能敷布？情與勢不得不取於民。原其設俸初意，是欲凡爲官者皆伯夷、陳仲子耳，可哉！頃聞山右君子云：『李闖令俸極重，貪污者斬桃棗之蔭於街，幾如子產治鄭時，此亦盜賊之一得也。』故作宦而置田宅妾媵，開當囤賣種種之財，皆贓賄也。俸幾何而得如此哉？

旱蝗者，天行之所不能免者也。常平社倉，郡邑必不可少。古人九年六年之蓄，蓄於何處？非在常平社倉乎？常平係官，社倉乃四鄉民所義集，更關要重。然收散不得其人，不得其法，徒飽奸宄，貧弱仍饑卧也。陸象山、朱晦庵、劉須溪諸議與《記》，皆可酌用。蓋雖有治法，又全在治人耳。張太岳當國，令月月朔，各地方申報其凶豐及米價之貴賤，以便拯糶。朝廷有如此宰相，守令安敢不以民天作首務？故天下治亂，全本於縣令。

兵者，一日不可少者也。故古人必佩劍，必習射，以防意外急用。明朝每縣設民壯四五十人，其旗頭二人，亦皆披執，逢霜降令，則率以操於教場，雖虛套演陣裝塘，足見不忘武備。王陽明在江右剿盜、平寧藩，皆調取知府、知縣作將帥，率士兵衝鋒破敵，以成大功，其效也。然四五十人止宜中下縣，若大縣必得百餘，以衛城制鄉。但獷勇者情多不循理法，當日有習業以消其遊惰狂思，更當時爲教練，以使提警，勿致得捉摸令心，以成習慣。蓋令惟剛明，則賞罰確而生愛畏，所以去捉摸，所以爲提警，總作一要務。重大務，力行不怠，則一邑之精神强固矣。然此等令，何易言可得也。苟欲求得此等令，全在宰相一團精誠。

百姓者，天子之人也。得賢令以教養百姓，乃所謂事君以忠也。令者，天子之官也。百姓得智仁之父母，猶之沐仁恩於天子也。邑邑如此，乃聖王之世矣。

元魏辛雄曰：『天下守令得人則治，否則必亂。但郡邑選授，由來共輕，故儁才不肯居此。宜揀取才望稱任者，則補京官。如不歷守令，不得爲内職，則人思自勉。』明烈宗末年亦行之，總皆金錢用事，止富兩衙門大僚之貿易耳。

事爲史傳所不載，突如其來，茫無把握，所謂智勇交困者也。苟能揆之情、理、勢，内機一轉，發則立中，其樂寧可言宣？凡臣工皆有，惟令與宰則多，而相更重且大。

漢人察令，止一太守，故令心力得專在民，所謂『刺史不察黄綬』者也。刺史，御史也；黄綬，令也。後世爲令者，則牽項拽足，四方皆有羈紲，苦矣。其如求免苦之法物不遑，何哉！

高中玄曰：『守令，國本也。天下守令得人，太平即在此。太祖甚重此官，守令多不用進士，進士常爲丞簿。今則不然。夫初仕者，彼於民事既非素諳，守己愛人，處事俱無可考證，授以民社，及事敗始去，而民已受毒矣。是不以官治民，而以民試官也。且俗重甲科，其非甲科者，禮待既輕，前路又短。所謂甲科者，質多輕薄，視民猶草菅，任情殘虐。其間有稱善者，不過飾虛文以媚上，政止徇名，習套規進，而實政及民者少矣。蓋養之不俟其成，故用之多不才鹵莽，爲使人才可惜也。』

令重在清，此不必言，然明、斷、勤，一不可少。清矣而不明，其害更甚。清且明矣而不斷，猶之不明也。以明止在己，民不受其明也。清明能斷矣，後則心力懈弛，民寧永被其澤。故《易》曰：『君子有終。』蓋清者，德也，明、斷、勤者，作用也，即才也。此則千官宜如此，不止於令。

希燕説

蘭谿祝石子堅氏纂

守

安豐百姓既在令任，乃令一人心力止可及數百里，則天下之不得不多設令者，勢也。但令既多，復與朝廷闊遠，又理不得不設郡守統之，或數邑，或數十邑。苟不設守，即令之竭敝精神，真實治民，與下流庸拙者，皆無從上聞，以行陟黜，是使天下無所勸懲也。且凡挈令肘扼其吭，以不得盡展其奉公力正之能者，又勢也。非守令，孰是憑以發施其智仁信義哉？論者以民苦樂定令賢否，此交知也；以令賢否爲守賢否，此則更在所宜申重耳。是謂責也，任也，與以權也。必如此，而後守之心思耳目時在於令，實則在百姓也。故朝廷之上如挈領，而下皆振以齊矣。夫守，欲得正明之治，則全在用人。漢之太守，於丞史、曹掾之類，皆使自爲選辟，或取之邑所選辟之俊良。故守既正明，則其所選辟，必詳審而確勝其任，而後事立而功建。至其所用之人，事治不治，其功罪交守一人身荷，自與納銀排次交，不顧其才賢以進用，以朝廷大事作貨賣等者不同矣。故守之耳目手足，皆奉公力正。其賢才之奇績，交藉守以見，亦即守之自見其奇也。

而後卿相列侯，皆自此以上達。且隨其地所輸銀穀，首以上供，次則守身家之須，與丞史、曹掾之廪給，皆有定晝，用不縮袖，賢才得以益抒其長矣。兵則郡不可不設。漢之太守能剿寇羌者，是郡皆有兵也。用人生殺兵財，皆得從公正，是準是用，更無傍撓，屬邑尚敢有苦其百姓者哉？如此則守之精神止用於郡邑，他不顧矣。然則孰爲統攝？守者則爲撫按。撫者，所以奠一省之人才、政事、兵馬、錢穀、官民者也。按者，所以提警一省之官民者也。撫，則如山如河以鎮靖；按，則如風如雷以肅悚。其他冗員之不必設者，多之多矣。故曰『上大人多』，則守令精神分分矣，視百姓何如也？害在百姓，則國家根傷，豈能治興哉？

漢郡三十六，土地廣大，視今之府數倍，襲秦制也。秦則通變於周封建耳，蓋有不得不通變者，此張良所以闢酈生也。《易》曰『通變以盡利』，亦即此。乃愚生尚接漢人氣，詈秦以至今。

黃霸在潁川八年，即賜爵關內侯，未幾，即陟爲御史大夫，後即代丙吉爲相。漢之用太守如此。明後代皆以鄉科任子作川、廣、雲、貴守，不數年即壞，永無遷轉。是不因地用人，以賢才治百姓也。人知無上進，皆苟且從事矣。官不肖則民受害，其所以致之者，則在居高位用人者之罪也。

漢之諸王之國，皆置内史又名相，其職掌與守同，後皆可致三公。

漢之郡守，既可入爲三公，即三公亦出爲郡守，其任重固然。即唐、宋亦有出爲節度、宣撫者，至明此制遂廢。

章世純曰：『漢太守有以武顯，蓋權足以成事，權失而職失，職失而才能沒而不見矣。夫有才智者，孰肯悶死牖下？惟言之不得行，行者不得專，相牽相制，何以立功成事哉？』

明之後，太守爲贅設也。推官乃佐員縣令，其所部若係進士後，皆行取爲臺省吏部，故守常懼失其權，敢行統攝乎？若錢穀下止申報，或僅經由兵馬，則全不屬矣。况上大人踏其頭，勢紳縛其手，太守何事也？故曰贅職。古人重百姓，所以重令，惟重令，故重太守。

明隆慶時，潮州太守侯必登與推官來經濟相構，御史趙焞則劾侯直來。時高中玄當國，疏云：『士民則頌太守賢，各上官則云太守使氣。』云賢者愛民也；云使氣者，以來經濟現行取也，理竟是太守計。中玄彼時必别有耳目，故云云。潮州海南，宰相燕北，能透亮如此。此等人當國，方可曰平章柱國。

漢制，守以春月行縣，論課殿最，訪舉賢才，秋冬則以無害吏察囚，是察令止守也，而監守止御史。武帝改爲刺史獨治墨綬二千石，不察黄綬令丞尉，故令守各得盡其心力。

張敞治膠東，捕盜吏積功上名尚書，調補縣令者十數人。朱博爲左馮翊，以尚方禁能起發部中盜賊及他伏奸有功，乃擢禁連宰劇邑，事詳兩人傳。

王尊守安定，出教告令長丞尉：『凡爲民父母，宜抑强扶弱，宣廣恩澤，明慎所職，毋以身試法。』出教敕掾史功曹：『宜各自砥礪，助太守爲治。闟門不理，無以整外教，猶今之文移告示也。』不過數言，但言必行耳，故安定大治。

漢選郡國守相高第爲二千石，選中二千石後即爲御史大夫，任職者則爲丞相。

韋彪曰：『士以才爲先，不可用虚名。其要歸在選二千石，二千石賢，則貢舉得人。』

漢法，太守論囚，自爲斬殺，不必奏報。

漢之太守，如尹翁歸、張敞、趙廣漢、韓延壽、王尊、孫寶、何並、薛宣、朱博、黄霸、龔遂等，皆稱神明，全以剛明用賞罰耳。

孫寶爲京兆尹，署侯文爲掾，以賓禮進見，若布衣交。文，剛直士也。數月，轉署東部督郵，豪悍屏迹，京師大治。詳本傳，與何並交妙。

太守趙貢行縣，見薛宣爲不其丞，説其能，從以歷行屬邑，且令妻子相見。遷爲樂浪都尉丞，後爲左馮翊，俱大治。總是賞罰當用，法平而必行。常曰：『吏道可以法令爲師，至能與不能，自有資才，何可學也。』天下交傳其言。

漢宣帝凡拜刺史守相，必親見問，退考所行，必名實相應是務。常曰：『民之安田里亡愁恨者，在良二千石政平訟理也。』又須久任，乃得服從其教化。太守著治效，則璽書褒勉，增秩賜金，或爵至關内侯，公卿闕，即爲選用，故中興。

漢李廣、辛武賢等皆爲太守，是武臣也，然在邊郡。

翟方進、朱博議，以刺史位下大夫而臨二千石，輕重不相準，失位次之序，請罷刺史，置州牧。漢刺史即明御史，州牧即巡撫。漢之重守、重令，爲重百姓也。

漢太守猶古諸侯，古則傳世，漢雖改流官，然權亦如諸侯之重財用，雖不詳於《史》《漢》，知必能裕其手也。且上不壓縛其首足，故得罄其仁義信智之展抒。設明能如此，何至季年有到處屠膾之慘毒哉！或曰：『漢不有黄巾乎？』不知此東漢，非西漢也，有治法無治人也。或曰：『財則何從出以給用？』不知國家能盡汰冗官經費，約節生財大道，如開鑛通海販之類舉行，又何得致國貧哉？國不貧，守令之用自裕矣。種種治理，全在得賢得才，始可振行，否則不特不能，且有大害。

《記》曰：『安上全下，莫善於禮。』此盛王之制也，後世何能然？至使爲上者又有所以安其上，則下益不能全矣。且爲上者既有所以安其上，則下豈止不能全已哉？勢也。其苦令爲首，守則次，餘可類推。

希燕説

蘭溪祝石子堅氏纂

財

自孔子有『嘗聞俎豆』之對，孟子發『何必曰利』，首論小儒，遂置言兵財矣。明一道學，責張太岳曰：『予始以君當行三代王政，不意僅以富强自足，此面墻鄙生也。』亦思天下有可一事，無財兵能終歲不用者哉？五金者，非從天降，下愚亦知也，乃地受日之照，德結以成者也。而言理財者，必曰屯田，曰錢法。夫屯田止得穀，錢則銅耳，何能多携以通萬物哉？又曰：『鹽法亦不過刮此民間現財也。』古今稱善理財，莫如桑弘羊、劉晏輩，皆是設法巧取於百姓，非有他道也。况五金銷鎔數過，其化折必多，久則無矣。且近邊地數千年來之搶掠，及明西北界外之撫賞，財則日耗一日也。自有天地來，黄、白爲重，從前莫考。漢人動則用黄金數十百斤，其用白金不知始於何代，必是黄者少而後單行，白者此勢也。即北宋酒食肆，黄白盎盂，皆晃燦射目，《夢華録》足鑒。至後日趨窮乏，其故可推明矣。故黄、白鑛，與水銀、銅、鐵、錫鑛交出於地，則黄、白金非地無取也。或曰：『明萬曆使内監開採，與後鑛賊窃發，其流禍不小，何易言取鑛也？』不知内監一出都門，即隨路收奸惡，作爪牙。設至某處，知諸富人團居及其祖墓，令人日當發屋掘墳取鑛，不得已重賂之，乃止。其所至遍爲荼毒，莫可冤號。苟其地官長稍與拄抗，即疏云『阻開採』。神廟他疏皆留中，獨此輩疏朝上夕下，即將拄抗官嚴處。且凡鑛夫必少善良，多是凶悍，一不開採，必嘯聚作賊。如此乃取鑛法之不善，非鑛不可取也。據如或難，則金銀果從何出，何法得有，而使國家不貧且困哉？烈宗十三〔二〕年二月，西洋湯道未進《坤輿格致書》八册，其言識辨認鑛法、開鑿畚取法、烹鍊法，種種皆極精妙，真奇書也。烈宗喜極，取宣府錫鑛試驗，中國人每百斤止烹鍊得十一斤幾兩。道未取其烹鍊，過鑛再爲烹鍊，共得七十餘斤。將此八册發與大司農倪鴻寶，以賊來失去。聞今尚有稿本在人間，計求則必得也。閩、廣所以稱富饒者，以通洋船也。他邊海地不泊洋船，故交貧。

萬曆中，漳州舉人張爕著《東西洋考》，載各國俱出金銀貨寶可證。蓋各國交知取鑛航以貿易中國貨物，此閩、廣富之一也。且閩、廣舶主招接内地商賈，載貨以貿易於他國，因獲重利，此閩、廣富之二也。其主外國商賈者，名曰攬頭，必欺背其貨財，取索不得，恨極以至拔刃相剚。及至剚人乃群起曰『謀反』，總皆中國人之作惡，書生不詢其由，曰：『洋必不可通也。』此弊與開鑛同。明明之利不知取，而曰理財，正不知如何名爲財之理耳。

明之曾一本、林道乾等，海上大盜也，止劫掠中國，於他國則貿易。蓋中國易侮，若日本更畏焉。乃他國商舶，或遇風飄泊，或登岸取水，汛兵遂行殺奪，以至後日仇戮。此禍由中國，與他國何與焉？又如王直、徐海等，交久販日本，以信義固結薩摩島之憨猛者，率以寇盗中國，日本王不知也。日本性剛直，一言既許，必死不易，此海寇殺亂之概也。朱紈不知其情理，乃嚴海禁，閩、廣士大夫因與爲難，而庸人至今頌惜不已。嗟乎！愚人何足以計天下大事哉！

國家所經用，衆官所禄食，衆將之器甲廪餼，交出於田税，時所鞭朴呼號爲輸銀耳，曾有肩穀負錢上納者乎？勢必在銀也。且種種無限給費，而可以粟錢行之者哉？又勢必在銀也。亦思百姓之上納自何來，從未見有天雨金之事。故黄、白金非開取地鑛，必無他術。

古則雜用幣貝、貨布於金錢間，交難確考。至宋乃用交子、會子，元乃用鈔，皆楮紙也。今可用行哉。

宋沈括曰：『廣地非能饒也，其大商賈賴以富者，根在異國，彼知將困之，乃踔海而去，晝夜千里，復販他邦，廣遂不爲用矣。與其無事而失廣州，孰若捐尺寸之地爲百姓之多利也。』

《易》曰：『聖人之大寶曰位，何以守位曰仁，何以聚人曰財。理財正詞，禁民爲非曰義。』又曰：『利者，義之和也。』

《書》言『五福』，富其一，言『六極』，貧其一。

《記》曰：『國無一年之蓄，國非其國矣。』非止穀也。

或曰：『富而可求，雖執鞭士亦爲，故聖人不耻貧。』此必感於寒酸鄙夫、蠅營狗苟之輩之言耳，亦速貧速朽之論也。觀《鄉黨篇》，夫子之衣食，豈貧者可能？又曰：『夫子以不義而富且貴，於我如浮雲。』不知此亦有感之言也。設有義而富且貴，則夫子亦爲之矣。司寇攝相，非乎？《語》曰：『禮義生於富足。』即一人之身，朝衣暮食，非財不得，况以國家之重大，一日萬幾，苟無財，何以行事、集事、成事哉？故治天下之雄豪，先在講求真能富國、實足富國之理道，屯田、鹽法、錢法，止其一也。

元盧世荣自謂能理財，學士董文用謂曰：『此財取於右丞家，則吾不知。若取於民，則如牧羊者歲兩剪其毛，則羊無損。今月剪以獻，雖悦其得毛之多，然羊無毛以禦寒暑，必死且盡，毛又可得乎？民財有限，今右丞盡取之，其有月剪毛之患也。』至世榮言洋船宜通，銕冶當入官爲常平貯穀貲，此則不可易之論也。

校勘記

〔一〕十三　底本作『十八』，按崇禎無十八年，而湯若望進《坤輿格致書》在崇禎十三年，據以改。

希燕説

蘭谿祝石子堅氏纂

兵

國家亂亡，多在書生談兵主兵。夫主兵者之誤國，世交明也。或採其言，或入其議，以惑人心志，則在談兵者，其誤國亦不小，此予之所耳所目者也。蓋平常視武事作輕粗事，一旦有急，猶瞽人悵悵捫空以行，緣所用非所養，所養非所用也。若諸葛孔明、王景略、張乖崖、王陽明諸偉傑，此則書生中間見，亦值其適當位耳。

若不當位秉權，如陳同父《中興遺傳序》中諸人，不至今爲惜憾哉！故曰：『古與今不宜誣天下爲無士也。』即韓魏公、范文正公交稱其能兵，細觀之，無一陣得勝，即敗衂皆委以將違節制。二人相較，范似少優，以畏守不敢輕言戰也。總之，二公皆德厚君子，兵事悉非所長，當時及後史臣以其人正大仁信，即有疵必爲飾諱，以全善歸之耳。夫列十數里大陣，數十萬兵馬排山倒海而來，能足不動，目不瞬，攢鎗雨箭，身可承受，且能疊戰幾十陣如此，此則道與法當如何講究？豈兵論兵略，孫、吴、韓、岳如何與？謂精於六壬遁甲、望氣風角者之所能抵拄耶？兩陣相對，非彼即我，再無能相抵拄而不能殲人者，此其道法必宜深求其精微矣。且古止有石礮，其製已不可考。自金人攻汴，始用七稍等炮，炮之始見於此。近更用從古來未有之大銃，雖百萬浴鍈，止一銃，則三十里内所值無不成碎粉肉醢。此則雖孫、吴、韓、岳，在今日亦必别講求抵拄之道法也。凡治天下，事事俱宜踐實行爲，况兵乃人死生、國存亡之所係哉！總之無窮兵法，『不出能勝人，方不爲人所勝』之二言，必不可聽談奇説異之虚誕，以誤天下。

能行兵者，言兵之道法當如何行，此從其能以爲言也，蓋敷陳其内之能也。予之言，謂必如此方可謂具行兵之能。予既無其能，止得言其能之效，從外爲言也。即言收黄、白金，亦準此義。

營陣者，所以聯束步伍也。止四面，以四角合四面則爲八矣，必在平曠地。若敵人四面攻圍，須置陣以相對應，施放箭砲。至於八卦等名，不過借以立號。倘狹路山嶺，人馬難雙行，止延長一條，即云『長蛇陣』也。若云擊首尾相應者，亦當在平曠地耳。乃安營立寨，非有聯束習熟，分定部伍，則人馬雜亂，何以防敵或突來攻圍乎？故陣者，止是習人耳目手足，及行止扎營，不可無法之謂也。司馬懿按行武侯去後營壘處所，嘆曰：『諸葛君真名士！』

後唐莊宗見阿保機兵去，其宿處，環秸在地，方隅井然，雖去不亂，曰：『彼用法之嚴如此也。』排列隊伍當敵則曰陣，挑塹立栅則曰營，分名於動與息耳。至於决機取勝，料敵出奇，全不在此。而誕誑者曰：『我得神授兵書，敵進我陣，則迷不知出。』此乃演劇之陣，而人多信之。至於奇門、太乙等類，此與郭京同其誣妄，而人更爲尊奉。宋，遼人擾邊，太宗命趙延進、崔翰、李繼隆將兵以禦，賜陣圖，分爲八陣。師次蒲城，遼騎至，延進乘高以望，不見其際。翰等方按圖布陣，士衆見之，略無鬬志。延進急甚，謂翰等曰：『敵勢大如此，而我師星布，不如合擊，尚可取勝。』遂勒改爲二陣，前後相副，三戰大破遼人。夫敵人嶽崩濤捲而來，勢已不能站立，尚容我揀擇時日方向以出軍哉？何其不爲少思也？況大銃轟掃，逢則糜裂，何陣可抵？何生死門可趨避乎？予常曰國家之亂亡，在上人不喜聽真言，幹實事，兵其一也。

用兵之實着，先在選、教、練三者，三者全而後可出奇制勝，其他皆説龍肉鳳脯也。選者，擇其人二十歲外五十歲内，不在長大，止要肩膊闊厚，指掌粗大，足腓堅緊，如此則筋血結實，在陣能辛苦耐久。教者，馬上止射、打、斫、撧四者，此易教也。惟步兵教難，手足非習熟拳棒，則不圓轉輕捷。拳棒習熟，則他器械易教，止鳥銃、大砲須另學習。練者，齊其部伍，則在陣，彼此可相救相護，不至雜沓忙亂。宋岳忠武常令人披重盔甲，跳澗騰闕。元劉整在荆州教北人水戰，雖天雨亦居屋内，以布畫開，學舟上戰鬥，總在習熟耳。故曰：將欲如獅，獅一吼則百獸震懾；兵欲如鹿，鹿一動則登高涉水，如飛踹平地。此皆不易之定理。至云練膽者，已有精技藝在身，又有堅盔甲遮體，既不爲敵所傷，又復能挾精技藝以殲敵，何所畏懼而膽不壯大哉？此俱實着也。俚曰：『家當也，智、信、仁、勇、嚴，已在内也。』

知好好學録

目録

卷之二　書……一六六

卷之三　論紀……一九〇

卷之四　序

卷之五　雜著

卷之六　醫……二七一

知好好學録序

南昌友人黎元寬左嚴氏撰

余既序子堅《希燕説》，乃時閲其《知好好學録》文，復不能止其言以爲引。子堅於古今治亂事勢熟，人物賢否情變知極深，故其言既倜儻達豁，而巉崿者中亦必見，此其一種。子堅札余曰：『石得受教於至人，其析性命微渺之奥理，苦不得其萬億之一，與《楞嚴》《惟識論》有黑白之别，蓋真與左也。』故其言雖涉深窅，而理則高矚於天光，此又一種。子堅，東浙人也，余就其地山水作喻，一則如南宋人伐木而見雁宕，此則聞見中可曾先有；一則如登普陀，海天秋月，烟光空色，豈慧業文人可得形擬哉？蓋子堅之文，既不可與田舍入膏肓，面目生厭，自謂多學多才者讀，更不可與守一先生言。所謂嘵嘵之學，各習其師，捧河濱土以塞孟津，持一蠡勺以測滄海者讀也。余在西山，遠眺彭蠡，每長吁吁曰：『子堅，丈夫！丈夫！』因得句云：『四海總留英傑概，千秋開拓偉雄文。』又得句云：『傲氣雄文飛塞馬，道心深息並沙鷗。』

知好好學録自序

世所讚誦文名大家者，展讀猶荒岡蔓陌耳，文乎哉？其所嗤爲小文者，乃理情深折清遥，句之不得，且不能讀音逗。者也。彼不自反，學浮而思淺也。而評騭古今之文，陋鄙兩義，殆題目此流乎？且學之不知，又何知文？蓋學所以求明理也。理者，人之公師，命人得止其所向者也。但理有正者、實者，而我交茫然，必因古人之已明，學焉而始得其明，否則爲邪爲虚，非也，一也。又必藉古人之明，以引我思之緒，以變化我思之無窮，以除改我心之謬誤，以得明其正實者也，一也。是故人之於學也，其始思從於外者也。得引、得變、得除者，此我因學而自發於其神明，則從於内者也。故曰：學之詮有二，知此始可言學，乃可言文。予小文也，竊自喜中有洄漩頓轉宕悠之致，故存之。曹孟德曰：『老而能好學者，惟予與袁伯業耳。』予敢言好學乎哉？但知好好學也。

康熙十九〔一〕年九日，七十一翁祝石子堅識於陽羨西氿舟檻。

校勘記

〔一〕十九　底本作『十一』，按祝石年七十一當爲康熙十九年，據以改。

知好好學録引

元郝經即遺和宋，而賈似道羈於真州，繫詩雁足者也。有曰：『古人爲文，法在文成之後。辭由理出，文自詞生，法以文著，相因而成也，非先求法而作之也。後世之文，先求法度，而後措詞以求理，若握杼軸以求人之絲枲而織之，未措一字，鈐制天閼，惟恐不文而無法。法在文成之前，以理從詞，以詞從文，以文從法，是資於人以無我也。』至哉言乎！雖聖人能易之乎？

元王履《識華山圖後》云：『予自少喜畫，模擬四五家餘三十年，常以不得逼真爲恨。及登華山，見奇秀天出，非前模擬者所能及。於是弃去舊習，以意匠就天機出之。雖未能造精微，然天機之妙，或不致爲諸家畦徑所束縛。雖然，李思訓果孰爲授受哉？』此即作文一義也。

二論皆今昂首侃言，自負文爲大家者對症之劑。《文章正宗》《文章軌範》文體明辨，諸選論害文者也。觀其命名，則明其知識矣。蓋作文者之向如此，選文者之向則如彼也。猶佳山水雖雅，與俗共遊，乃其領受，則各各相分，以自行向取。夫彼以拘陋知識傲睨曰：『我於古人文，豈可不爲去取？』雖録選古人文，必猶嫌其内多疵。緣其始之所學者，乃其知識之所好，故以所學加其知識，更以知識進其所學，而傲成焉。其好即其傲焉，焉得有奇傑高深之理見於文哉？予敢曰知文？徒以少識郝、王二君子之旨一二云。

蘭谿祝石子堅識，時乙卯清和月朔，年七十有四。

知好好學録目録*

晉有稱其人爲好學者，曰：『予非能好學也，但知好好學耳。』因竊取以名鄙撰。

卷之一

書

* 底本目録中部分文章標題與正文標題有所不同。

卷之二

書

卷之三

論紀

卷之四

序

卷之五

雜著

目録终

知好好學録　卷之一

蘭谿祝石子堅纂

男　師正叔張

門人姜韜子發　仝較

書

與沈眉生徵君書

自戰國至漢，文帝、武帝始求五經。言《詩》，則申培公、轅固等。伏生使一女子口授《尚書》。高堂生言《禮》，田生言《易》。言《春秋》，則胡毋生、董仲舒。然果是聖人删定之五經也哉？脱簡龐雜，讀劉歆各傳自見。歆曰：『專己守殘，離於全經遠矣。』漢之才能名臣，多有不解經者。若張禹、匡衡輩，偏以經明行修薦舉，即賈、鄭諸人註疏，亦交出己意爲多，非盡聖人之經義也。

至宋儒遂有聖人殁，道已不傳，直至濂、洛、關、閩，始續其統。故陳同父《與朱晦庵書》中有『三三兩兩，附耳而語，有同告密。』自謂得不傳之絶學，亦過矣。足見此皆宋儒之自謂耳。總皆發己意於五經，因以暢其拘室之識見也，豈真聖人之大道哉！元之諸儒，遂力守宋人訓詁，以附於聖人經旨矣。

明太祖特起，既少識字，惟敬信《尚書》。及偶聽讀《四書》《通鑑》，他經書未暇及也。蓋彼時精神俱用在削平群雄，豈暇同經生繙閲？倘得繙閲，必有去取矣，何也？準於理以爲是非也。即成祖既不暇學問，乃命諸儒有《五經四書大全》《通鑑綱目》諸纂輯，諸儒皆恪奉宋人以成書，使經生守之，用以治平天下。如此，天下焉得常治哉！

夫宋儒、明儒皆忠信人也，非不學也，學非不好也，但治平之用則不切，因不宜。蓋所用非所學，所學非所用也。明儒王陽明，寧非有實用偉丈夫？緣愛講釋氏影響精微，遂飾之曰『致良知』，意在血食文廟兩廡也。夫陽明功業，即不在兩廡，原自不朽，豈藉不朽於在兩廡哉？況在兩廡者，能建陽明之功業者，計多未之有也。且豪雄能自樹立於天地間，豈藉此兩廡之在不在，以爲朽不朽哉？

蓋一涉講學，覺酸腐之氣，溷人心鼻耳。若唐宋詩文、明朝制藝，俱用以取士。其用以取與所以取者雖不同，實則一丘之貉也，何也？俱非治平真實之用也。間有得者，亦偶一遇耳。與今侃侃八家，苦心《左》《史》，洞析曆律、兵農者，皆以雪糗鮫綃、飽暖饑寒者也。尚自謂『管、葛學才，眼眶抹倒一世』，竊爲俯慚。用人之法，莫善西漢，不特司馬相如、主父偃輩，不可用以治世，即賈誼、董仲舒，亦何發政施仁之可用哉？皆文士也。其所用以奏治績者，俱非此流也，讀《史記》《漢書》自見矣。

或詰弟曰：『如子言，則經書可廢矣。』應曰：『謂經書可廢者，非愚騃，則莽狂之夫也。孟子曰：「大匠誨人，能與人規矩，不能使人巧。」經書者，規矩也。發其巧，則尚須史傳，脩身正心，則在經書。至於古之帝王將相、賢哲庸奸，其所以致使治亂興亡，又列在史傳。故君相欲致治興，雖本天授，然經史亦得半焉。多歷情勢，廣詢智才，亦得半焉。是以值大疑大難，猝然而至，膽識交困時，能分劃得開，應必恰當，不震不紊，復堅持定。雖值勢變，亦握固不移，豈經生可能也哉！』

愛弟者有二：一曰，子無横議；一曰，子毋自是非人。夫戰國之横議者，鄒衍、慎到之徒耳。即蘇秦兄弟、陳軫、虞卿，俱不可謂横議，何也？始終擯秦者也。當時兵强國富，孰敢肩秦？諸人偏不爲俯首，豈非傑特士哉？至秦人交，一切謝絶，止實實行其富强，遂得以并一天下。

弟於治天下大道，亦止求其確切，足國裕民、振武屏侮耳。忠孝弟廉、仁義禮信，已在其中矣。古今再無少陵長、强暴弱、奸欺成風俗，而能富强者也，何横議哉？天下惟在平常，則任其是非相混。若講明聖賢治平大道，不真實則貽害。有害，則不可用。不可用，則非矣。欲明其非，必見其是。惟是則真實，真實者可用。虚與謬，豈可用哉？故求可用以得真實，非分析其是非，則發施政治，天下必至亂亡也。苟具識、膽、才、毅、量丈夫，既少闚聖賢治平大道，肯慨慨没世，不一明其是非於天下後世哉？請降氣平心。閲弟《希燕説》，知我罪我，即任其兩行。

呈黎博庵老師書

石常謂古今苟安之世，其上大人多不喜聽真言，作實事。惟不喜聽真言，所以不作實事。然亦有止喜聽真言，實事不作者。行與言，原兩分也。聽者耳受在虛，作者力行踐實也。其不喜聽真言者，一以掩其情，不著其患得與失；一以隱其委隨，不揭揚其庸懦；一以遂己之驕慢；一以免刺痛其隱心。夫作實事者，首在求賢才，惟能作實事，始得見其賢與才。苟實事不作，則功不成，賢才何從得見乎？得人之難也。聖人曰：『其难其慎。』且作實事者，必於事之前後，思慮其情、理、勢，極深極熟。須確求其徵驗，然後始終堅持力行以至有成。故不明利害，止因循蹈襲，与築舍道旁而不想結局，止以文飾欺主欺世，不肯任怨任勞者，皆不作實事者也。《書》曰：『毋違道以干百姓之譽，毋拂民之欲以徇一己好惡。』此作實事之詮也。

晉王道、唐盧懷慎、宋王旦等，所謂言之似忠信，行之似廉潔者也，故衆皆悦之也。以云值事肯從實做，此则止得十之半也。夫大人所謂作實事者，革天下之私以從公，去天下之邪以行正者也。人情得遂其邪私，則樂。矯使行於公正，則必憾。且不遵行公正者，則有重罪。此謗詆之所必不免者也。子産初治鄭，夫子始攝相，其民謗頌足見矣。夫能聽真言、作實事者，必雄傑倜儻之丈夫。在鄉黨，已不如鄉愿之悦衆，況處朝廷而行其賞罰，一毫不可假易者哉？

適作小函，偶有客過，述古人謂讀李密《陳情表》而不下淚者，必非孝子，實則何語可以下淚？不過謂事陛下日長，報劉日短耳。此则三家村學究亦能之，何以割人心痛而淚下也？奉天赦文出陸宣公手，後李抱真歸朝，告德宗曰：『河北士卒，聽赦文，有涕泣者。』赦文今在，多係縟詞，計亦抱真或忻感人主知所悔改也。

至謂秦將聞魯仲連不帝秦，却軍五十里。夫退軍，必有所畏。凡畏者，爲有害也。不帝秦，何害於秦？以畏，故秦者，毋論六國帝秦不帝秦，彼交欲蠶食之者也，亦能蠶食之者也。夫帝秦，虛聲也。四十萬大兵，前尚破於長平，况此邯鄲，則滅趙實利也，秦亦何爲棄實利而得此虚號哉？且不帝秦，非同信陵君將大兵十萬以救趙，有誅晉鄙之先聲，以雄威讐懾人。如此，秦何爲退軍？此作《國策》者，甚敬愛魯仲連，故作此錦絢，以益其尊大耳。是亦石之道真言實事也。惟老師有以是非以教我。

呈吴雪厓先生書

聞有學者嗤石論仁，俱在形跡。在形跡者，實踐也。與彼垂目鼻端求仁，及眼前常見太極爲仁，并悟徹萬物一體是仁者，不同也，何也？此俱憑心結想之仁也。夫麒麟角端，非不名瑞獸也，然現在何處？即求而得，亦何所用？不如馬牛之可耕乘矣。明之大儒，常以孝弟論仁，動則蔓衍成數十萬言。夫有子以孝弟爲仁之本，非言仁即盡於孝弟也。以孝弟之心，純愛至慈，苟能擴拓其慈愛，以尊主安天下，非大仁哉？故曰爲仁之本。常見三家邨，非無孝弟之子，彼豈能熙載惠疇乎？足見孝弟原在仁内，非一孝弟遂足盡仁。

董子，大儒也，其三《策》可實用者不無，而人動引其『明道不計功』『知義不謀利』二語以論仁。然考論仁者，其所行必背其言。即以夫子證，期月三年，非計功乎？又何以巍巍成功稱堯也？且智者利仁，又或利行之，皆非耶？况仲舒三《策》，爲有利於人主天下，乃言之。凡有利於人主天下者，即功也，是仲舒在己亦已矛盾矣。故仲舒之言，於理不全。《記》曰：『無欲而好仁，無畏而惡不仁者，天下一人而已矣。』此則盡理之言也。夫堯、舜、禹、湯、伊、周、孔、孟，非苦心克己，勤勞其身，以求仁夫一世者哉？何曾閉門垂目鼻端，并眼前常見太極，及悟徹萬物一體，作仁論也？此皆起於釋氏所云木石中亦有我云云也。夫子明曰『鳥獸不可與同群，必斯人爲與矣』，萬物一體乎？若孟子後，道遂不傳，直至宋儒而道遂得相續，不知此道爲何物，而若此之不可得也。苟云仁盡於孝弟，則漢、晉之毛玠、王祥等，非孝弟人乎？而皆不得與斯道，則孝弟已不盡道內，并不盡仁內矣。

大言不慚，非昏愚，則狂妄，而人猶守之不易。爲宋、明之人主，皆束縛於其議論而不敢相非，亦苦哉！明分五德，今止一仁，仁又止一孝弟，通乎？且五德，俱從行爲於事物，而始分見以立名。惟智德，則有脱於事物，從人心，或直明，或推論，或兩取斷通而見者。總之，理道不求真實，止憑一己意想。及隨人脚跟，其誤世不小。行僻而堅，言僞而辨，聖王之所禁也，况其言僞而不辨哉！道已盡《大學》首一章，一章已盡首四句，後之講學謂道者，皆蛇足也。

呈吴雪厓先生書

老師之論仁，與王龍溪、羅近溪合軌者也，豈石所及？石亦有拙見，敢以奉正。德者，秉於心之統號，現於外則分五，皆因其事之所見以受名者也。止以仁論，儒者曰：仁，心德也。縱東支西蔓，不過言一仁心耳。設一村居，有一人或一家寒餒者，我室非無餘財粟也，但心發聲曰可憐，手則不爲出也，以至其人寒餒而殁。或人有事，小則罹於難，大則身殉，我可力爲分解者，乃俱縮匿袖觀，徒爲嘆惋，任其困亡也。如此仁心，何所用哉？聖人所謂克己復禮者，吝嗇與畏避，寧非己私而可不克者乎？復禮必在視聽言動，足見立達必行於人，始爲吝嗇畏避之克矣。故聖人之所謂仁，非迂闊之寱語也。伊尹一介之士，乃以匹夫匹婦不被澤爲納溝之耻，自尋常視之，不以爲狂，必以爲腐而可笑者乎？即夫子之歷周列國，若非心切救世，何苦終日奔馳？其奔馳者，心熱不忍也。使心冷，則爲沮、溺、丈人輩，視天下皆無與於己事，而以鳥獸之群待斯人者矣。

五倫中，心冷則不仁。忠臣孝子，非熱心仁人哉？但世人於妻子，則心熱者多，如君父、朋友、兄弟，交冰雪也。常思孟子以楊、墨並惡，殊不得其平。古人以墨子本禹，又曰孔、墨，原重在墨。儒者不詳究二子教理，止隨孟子詈焉。試俯首一思，自孟子後，百千人中，能有幾人愛無差等者？交口闢楊朱，而心銘其至教者也。若俠者，乃熱心仁人，憂人之憂，樂人之樂，使處朝廷，則一至忠之大臣也。但藏匿亡命奸人，則爲大憾。即孔、孟，非一聖賢之大俠哉！《傳》曰：『臨之以財，以觀其人之德。』故石於人之喋喋言仁者，多不信也。止試以數百文，顔回、盜跖立見矣。《傳》曰：『緩急，人之所時有也。』稍試以微微援手，而其人心之慈良與狠毒又見矣。故曰：心冷、心狠、心硬者，其人外雖藹正，立意必不行仁，其行亦必不仁者也。孟子曰：『今有仁心、仁聞，而民不被其澤者，不行先王之道也。』石每擴充此義以論仁，祈老師不惜晰教，以明此仁理。

與沈治先書

古今有一人不爲傲之昏者哉？即俗所稱爲長者，其每自謂曰：『我乃仁人。』又必曰：『我未嘗爲惡。』夫惡雖不作，乃仁則無也。夫仁須行，斯得有仁。否則，縱有念，仁徒存於心，於物何濟？而曰仁人，可哉？仁之行也，固有其大小矣。大小之行，隨於人性及情勢。性有好仁，行久而益高其能者，亦有久行而情倦者。惟本之於積學，且精思博問以弘擴其智，更於行也，固是敦焉。雖仁之行也，在因於勢，而仁之具本，則深遠矣。設遇人有事，爲其身家所係，非得人得財不解，兩者俱我所饒爲，仁也。苟阻勢不能，則思善策策之，不顧煩勞嫌怨，仁也，是語小也。若語大，則倜儻達豁，敬好賢才，切切援植人之困陷，以成其憂樂，而剛毅以持有終，甚則任己罪與耻於一夫之不獲於天下，毋論當位在田，在聖賢則曰仁，在豪傑則名俠，純與駁之晝也。總其理，一心熱耳。

居前不能令人輊，居後不能令人軒，狐狸猯貉可噉盡者，冷心者也。平居談道義，論古今，值人緩急，或曰守杜季良之戒，或曰寶儉爲德美者，冷心者也。在世一無可用，即己亦不欲爲人用者，冷心者也。泯忠絶孝，不義無節者，冷心者也。夫二帝三王，及諸大聖賢，非古今所推爲至仁者哉？其仁言仁行之在經傳者，昭昭也，欲仁天下何急也？惟炎炎其心也。設諸聖賢曰：『天下與我何與哉？』又設曰：『我一人之身，其如天下之難之大何哉？』心冷矣。凡物冷則堅，堅則勁。仁者，不仁之反也。不仁之詁釋莫盡，蔽之一言曰堅忍耳。或曰：常見心熱者，必僨害事。弟曰：此學具智本交無也，狂妄耳。故既仁且智，加以心熱，推而極之，則識高大，則膽張，則才開斷决。古今能具膽識才量斷者，謂其不欲不能仁一鄉一國及天下者哉！故曰：俗之所稱爲長者，其仁則無也。設有人，雖不恣行裂撿，然終日飲食高坐，一不急習務業，此乃動肉噓氣物耳，尚得名人乎？儒生曰：『仁，心德也。』此止從内言也，得半論耳。敢正高明。

呈吴雪厓先生書

五常五德，日夕諷吟，尚多背戾，况可不爲提唱乎？謂何必讀書者，乃憤懣惛言也。但瑣言悶論，展卷未盡數行，已爲欠申矣。彼曰：我論道也，然見四裔頑獷之輩，未聞此道。而五常五德，各各踐行，寧死不易，乃日夕聞道者，反有愧之者矣。石往避兵山中，見鄉愚匹婦，遇暴，以死爲歸者，十百莫紀，曾聞此道哉？石非謂道可不論不聞也，蓋欲言論真實而警亮，能開拓人，沉錮足矣，不必如處長夜漫漫，望其東光不得也。

嗟嗟！年少英彦，於修身治世真實可用之學，從未講求，徒費嘉日於紙上，逞其臆憶，曰『我所言者，管、葛也，程、朱也』，以至所用非所學，所學非所用。傷哉！時文餒氣矣！乃家擅古學，苟無實用，彼與此，猶一丘之貉耳。古今惟宋與明天下之亡，皆坐書生所醞釀。彼哉彼哉流也，必以石爲妄人，知有識，必不至河漢。

與胡彦遠書

承教《春秋論》，精妙在從前諸論上。弟以爲斷爛朝報，王介甫所云，似亦不錯，蓋非聖人之全書也。後人必欲穿鑿强解，既不得，則曰微文隱義，危行言遜以避禍。夫欲避禍，是不欲使人知其義也，則《春秋》

何爲而作？若謂以俟後世有知之者，夫後世既有知者，則當時豈無知之者哉？則微文隱義□爲也。况天道，豈人可用其能以知？非可知而人未之知也。自漢人又附會以五行，撏撦割剥，意曰使人主知戒警。夫戒警人主以理，則人主心以理折；若非理，則不以彼爲誕哉？雖一時偶愚，後必明也。苟明知非理，借徵應以壓人主，使知畏改，是自欺以欺大君；既不知天道，妄設徵應以立論，是自愚以愚大君。兩者無一可也。宋人拗立事應，曰：不曰霜隕，而曰隕霜；不曰夷伯廟震，而曰震夷伯之廟，此明明爲天意也。若然，後世不曰雨下，而曰下雨；不曰雪落，而曰落雪，豈亦謂天有意耶？

夏人以建寅月爲歲首，行朝會諸大典於建子月，則會計終年之務。周人則在亥月，乃必欲以周七八月爲夏五六月解《春秋》。《易》曰『君子以治曆明時』，使天下知從時作務也。如此顛倒，何以耕穫？久之，冬夏不易乎？魏了翁辨之已詳矣。非弟好駁也，準之於理非耳。總之解《春秋》，皆推董仲舒，但以災異推陰陽。至有求雨閉陽，止雨縱陰，造土龍之類，幾同兒戲，宜其弟子吕步舒，不知其師之言，復武帝曰大愚。及後，京房、李尋諸人，則益紛紛矣。胡文定傳《春秋》，志主復仇，義則大正，但有勉爲生扯，殊不合理。夫理者，惟就事物以見於人心，定於人心得名耳。故是則曰有理，非則曰没理。乃儒者奉一先生言，一倡衆和，頭出没於紙裏中，違心背理以相信奉也，此豈能哉？此豈可哉？

與沈眉生書

今人動云《六經》，經止五耳，何得六？云六者，以《樂》也。《樂記》見《禮記》，止鋪揚樂之效，未嘗細析樂之所以然，與何以闢合治道，及其作之之法度也。故後爲《樂書》《樂志》者亦然，是不可隨口曰《六經》矣。至曰百獸率舞，亦思虎豹獅狼，於聞《韶》作，能至安邑轉首翹足盤旋耶？若云在山，則百獸無長耳，樂亦豈有此凌空大聲哉？《五經》中交有難通之理，儒者必勉强附會解之。解之不得，即壓以萬鈞，曰：古先聖言，豈爾小生敢妄爲擬議乎？

常見頌人者，必曰兵農、禮樂、曆律、醫卜，無不洞徹。嗟乎！此等事，從何道法能得淵徹其理？不過從紙上傳言，經緯以一己聰明。用則不效，所謂徒讀父書者也。倘得平氣静心，真確讀書，以求實理，必不敢輕下此語。又見一名夙，最易憎詈人文。彼原未嘗深思其文之何如也，不過以傲慢之意，遥爲涉略。或以嫉妒作惡，甚至未閲其集，即生訾謷，一時人震其名，觀場唯諾，何以服天下後世之人心哉？

字已草竟，未得郵寄，因復思古人何以列《樂》於《六經》，緣其義以求其理。竊以樂雖經緯於古人，實本人性之本然，遂出於人情之固然，以作爲音器。蓋天之生人也，原欲人之悦暢，至憂悲怒憤，皆在人所值，以爲不得去之取。若所取者，久之成其積，則筋血僨張，而不循其故，斯疵癘不免矣。故置樂以喜樂人性情，使不至於疾夭。夫人聞歌，聽絲竹，觀騰舞，有不懽快而飲食加進，神明大旺者哉？此則樂之以也。故凡祭奠宴享，皆用樂也。夫子曰：『放鄭聲。』弟以聲者，猶之弋陽崑腔、邊關調之類。今聽邊關調，一彈再鼓，有不邪思纏綿，而沉沉神悦者哉？故曰鄭聲淫。淫之一字，極以盡矣。此魏文侯所問聽古樂則惟恐卧，聽新樂則不知倦者，亦淫也。《記》曰：『夔始製樂。』其使夫子聞《韶》，三月不知肉味者，夔之爲也。《易》曰：『先王作樂以崇德。』蓋和平静好，使聽之念中正而體怡愉，非靡靡其音而令人心明委頽也，故曰崇其德。若舞者何？《記》曰：『所以去筋骸之束也。』觀導引者可以怯小疾，非徵乎？夫人血筋各絡，得回旋轉折，則滯阻蕩豁。至其循節蹈頓，則在製樂者。予既不解音律，祇能言其作樂本爲之義概，惟高明是正。

與陳伯璣書

三代異尚，語起漢人，乃入《禮經》，已是非理，至云相救，則誕矣。文質相救，已是附會，乃質何以救忠？不更理不通耶？至以從古帝王以五行之德迭王，此益荒唐。其説始鄒衍，述於劉向，而宋人乃謂『唐得土德，故唐無水患，本朝以商丘肇國，至多火災』。此等星相誑扯，而出大儒之口，通理乎？今人設有一字與據證辨晰正理，則群起詈之矣。必欲成一胡塗不明理之世界，而後云此纔是也。亦思江左、中原、河北紛紛立國時，無不帝制而王自爲，將以何德建國哉？抑五德斷絶，抑各據一德，抑共一德，各分用也？至於赤帝子斬蛇、火光罩夾馬營之類，凡有帝王，必僞造以神其説，甚至白魚流烏以誣聖王，此與彭越狐鳴嗚，孫恩師魚躍舟何異？記往亂時，有立國一隅者，見其縉紳有某爲軍師，予思此人曾識之，乃説謊騙財之尤。豈獨士大夫以爲神？即孫相國亦信焉。不過談六壬、選擇、風角、望氣、郭京、何無忌流也。此輩乃名軍師，不二年國亡。軍師不知又在何地行術也？予業《禮經》，有與予辨獺祭魚、豺祭獸者，予曰：『君見之乎？抑有人歲歲見之者乎？此韓所笑爲書言之固然者也。古今大小之事，皆在準之以理。使非理，即蘇、張闡論，鬼神幻嚇，豈信之哉？』計高明必以弟爲太任己見，弟亦即以此言轉復。

復胡彦遠書

讀《禮樂論》，大開心目。弟往業《禮經》，《樂記》附焉，多漢人語，經之駁雜者也。愚以君臣大小，肅肅振振，交惟敬愛，自郡邑至山村，人人事事，遵法制而不敢惰奸，此即禮之實也。制度文爲，總以修飾其敬愛耳，正不必高闊談論也。樂者，即君臣大小，雍雍穆穆，自郡邑以至山村，人人事事，心和情睦，相成相勉於真摯，此即樂之實也。音律絲竹，總以啚悦人心情耳，正不必言神議鬼也。蓋過剛非禮，過柔非樂，惟中正和平，人事心情普洽，則萬國咸寧矣。魯兩生復叔孫通曰：『禮樂所由起，積德百年而後興，吾不忍爲公所爲。』此秦之儒者，足徵鄭浹漈辨秦未嘗坑儒之一矣。果若兩生所云，從高帝計之，必歷惠、文、景、武、昭而始可制禮樂，又必至主聖哲而方可也。則是百年内之朝廷上下，何以爲朝會享祭等事乎？迂鄙至此，而後儒多是之，此弟之所不解。

與錢牧齋先生書

古今人性一也，一於理也。性動爲情，情發於其所向，遂結成意，意豈有能不各異者哉？凡行事固然，即文亦因之。乃言文者，必首《五經》，亦思何經之語句相猶者乎？其同者理也。文則不同，即今之所謂八大家者，有一人爲同者哉？乃疊觀諸君子論文，必欲出一己之情意，以衡定古今，總在抑人高己，亦可謂陋矣。夫人之績句延章，皆在其情意之好惡以爲去取，而論者不言其論理道之淺粗是非，紀事寫景物之俗鄙抄襲，止於聲調求其影似，曰必如此，始爲大家耳。無理文章，味同蔗殼，何以折服天下人心哉？夫情意之不同也，不特作文，即閲文亦然。劉向、劉歆於《春秋》傳，雖父子亦各行其好惡。至於《史記》，漢之宣明，尚曰誹刺武帝。若曹魏明帝，又何解也？且八大家者，七人皆科目中人，使老泉不得二子，彼時亦何人爲讚其《嘉祐集》哉？金之周昂曰：『文可驚四筵，難於動獨座。』石見驚四筵者不乏也，獨座得動者，易言乎哉？

與惲遜庵書字仲升

常見高自標許者曰：『予文乃數十年心血在古人内，故得絶去纖細，少步大方。』弟竊不爲然，不過如茅鹿門評選八家，《送孟東野序》圈『鳴』字，及種種畫段之類着意耳。即如《左傳》，孰不謂精微，止在取事及語詞也。蓋左氏之佳，全在言語内外，見其理道。如周之末年，魯人往周見原伯魯。與語，不悦學，歸，告閔子馬曰：『周其亂乎！夫必多有是説，而後及其大人。大人患失而惑。』又曰：『可以無學，無學不害。不害而不學，則苟而可。於是上陵下替，能無亂乎？』夫學，猶殖也，不殖將落，原氏其亡乎？今之自謂數十年心血在古文者，交惟取『學』『殖』二字，不知其本理，全在國其亂乎？其亂之故，在大人患失而惑。大人一患失，必行私，居心惡正喜邪，非大惑乎？凡忠主安天下之大道大法，皆不顧矣。一切苟而可也，焉得不亂？夫學，所以袪惑也。大人不惑，則身心剛明，治天下之理道皆洞徹，主尊百姓寧矣。此學爲何如重大哉！夫人之德器，天授得半，學亦得半，惟績學，則識膽才毅咸具。惟學優，始正大沉雄是秉，而器力深厚，乃當大事大疑難，任應不惑也。不，則茫然矣。天下惟患失之人則惑，惟惑更患失。如此上大人，止知保富貴，患失此富貴也，天下焉得不亂乎？下之人多有是説者，舉國皆泄泄也。謂無學不害者，不見不學大害也，上下皆夢夢也。無限不學大道理，全在字句倒翻轉折中，彼皆作梘溜也。偶閲世所推大家文中有『學』『殖』二字，遂縷縷及此。

與錢牧齋先生書

來教似以石不喜八大家，石豈不猶心之人哉？總之，作文與讀書，不可没其自也。蓋人之知，始，則必藉書以開以通其界。久，則自之能，能發其精華，撤其界之限，益開益通其知矣，自出矣。夫八大家，各有讀書之本趣，始自具作文各行能，豈止在聲調畫段相承襲，如學啼眉墮馬裝哉？即蘇氏父子兄弟且不同矣。乃讀書者，既不得師承以求理於奥窔，以得其真其是。更人人挾夜郎王之心，既用於讀書，因即以行文。是其爲文，止得云套，不可曰作。

蓋作者，乃發其思，出其能，以行其所明者也。若割剥六朝、《左》、《史》，人易見也。至套襲八家，曰我文大家矣。鄙哉！文不發理味，則識者唾也。往有挺睁大呼，抽抹割剥者，文爲海内所遵循，其體非不開拓也，然蠻粗之氣，騰於篇中，苟非静深之士不知耳。總之，讀書與作文，其所以然原同也。書作於古人，讀者以其推求辨證，務在得其理之精微，此名曰作明。及既得理之不假與虚非者，在我之明，此之謂受明也。

若驕心淺思，讀人深遠之書，自謂一覽已了，則作無矣，何所得受哉？爲文者，其義亦然。或曰：文不必字句求雕刻。不知文之章，全在章其理於文也。即以句字篇法論，如一古木，妙在密直斜疏，不律而得清遥，豈同黄草荒荒哉？李北海論書曰：『學我者拙，似我者死。』子瞻云：『章七日臨《蘭亭》，必無《蘭亭》。』蓋無其自也，此即文作字之疏也。前見一名手序人集曰：『經營慘淡，於古人尺度，縷絲不失。』嗟乎！邯鄲步學也。杜周曰：『前王所是以爲律，後王所是以爲令。』惟其是耳，三尺安在哉？論文之理一也。

呈黎博庵先生書

古人於其文，晚年必爲改定。夫子成《春秋》，亦在耳順後。昌黎答張籍，欲於六十乃著《排釋老書》，何哉？此古人交自審，甚審也。因慮少健時，繙閱泛濫不精沉，更推論淺粗，且涉事物多易忽傲睨，懼見理之或非謬，或影響也。非謬則背是，影響則不真實矣。且經緯其字以成句章，以得其理之旨味於洄漩起伏提綰，而不同於肥穢侏儷。使人上舌即吐唾，與對之惘惘者，皆從冥思常哦咏以得之者也。夫古人之績字句爲章者，因理非字不形，非句與章，則字雖能形理，止形於一字耳，豈能明其理至全且盡哉？其於紀事寫景物亦然，更設虚間之字，如之、而、矣、也等類，使悠折其文者，總以宕㲼其理也。數千年之往，及後之在數千年，并遠在數十百千萬里之隔，與寰海億兆之莫能人喻，非字非文，何從知其理與事物如見也哉？天下之至深奥、極精微者，惟理耳。以人性之明推究，限其有際者也，何也？理者，無體可以見據，或依於人性，或依於事物者也。在人之即解，曰直通。或在人之發其思以相辨較，確有徵驗，始得恍然，曰推通。因無數得紀，非色無彰，易入影響非謬者也。乃論文者交不及此，何哉？

呈吴雪厓先生書

李後主論魯公書：『有法無佳處，正如扠手並脚田舍翁。』東坡鄙慎伯筠書曰：『此有何妙？但似篋束枯竹。』今之自負大家文者正類。石更有喻，如木雕漆魚，上加葱醢，下刊某代孫重修耳。味在何所？文之味，理也。理無矣，文言乎哉？即《史記》，惟有衆奇人奇事，故史公能模形使現躍。倘人事庸常，則其文僅成一平妥矣。且垓下之歌，自無纖酸氣，但彼時誰爲詳記，豈有幕中士逸出爲述耶？又韓淮陰携陳豨手步庭心言，孰能得聽？明係想當然語。葢史公心目高曠，此類所點註不少，讀者不一回思耳。《漢書》之佳，亦止趙充國、陳湯、孫寶、何並、張敞等傳，他已見《史記》者，固不必道。至《律曆》《五行》志，多囈語也，豈如董偃、淳于醫藥、許后、趙后諸傳，瑣雜中見妙乎？若《後漢》，則馬伏波、班定遠，惟因人因事，故傳佳耳。至《太玄》，乃影響精微。即《法言》，僅作拗句，全無至理。揚子雲好深湛之思，亦止深湛於影響。後之樊宗師《絳守居園池記》，縱多人句解，其佳在何處，猶譯滇蜀土司中人語，豈能並元次山、孫可之哉？至《榕壇問業》等書，亦如子雲《太玄》，不宜震於其名，遂爲聲喏。

葢理之奥粹，在從人深思，推論、確證而始得恍然，實則交在目前也，而後得真得實，不過名爲是而已。至寫景物與記人論事，雖其向與類不同，而在其人出手則一也。謹復。

與季滄葦明府書

前黎博庵先生過情獎許『子文，元次山、孫可之一筆手』，又云『次山、可之，無此精理』。石何敢承哉！石老矣，且膚學才鈍，不能集古綺織以成篇，乃私竊自喜亦在此。石少狂誕，妄欲因人以傳文，思得少有效用於世，或書或疏及他論著，交直行胸臆，大幹粗枝，以見其嶽嶽勁毅之傑概耳。今已耄頽，世既無所可用，石亦何能可以得用？自審，審也。山居閒日，聊以選字磋言，洄漩其篇章於一往，以味得於其少泳以自娱，庶後世或可因文以知石也。謹以鄙見陳左。

竊以古文，惟《商書》爲英潔而特肅，如其一時君臣之秉心與政治。葩經之佳，多誤於宋註。雖詩也，文矣，《檀弓》、左氏《序紀》絶爲精妙。至論理，則多摘詞。《國策》騁鋒豁辨，多曰誇詐。然其確切，寧盡得爲抹易也哉？况其嶔崎歷落之眉目也。若《史記》之記事，此則日月在秋春，每見使人大暢爽，精神覺一爲健上。然必得信陵、項籍、遊俠諸人，始可藉以见奇。若《循吏》等傳，班、歐皆能之矣。即如《韓信傳》，終是淮陰自將三十萬獨當項羽，然不詳其曲折，如破趙、濰水等戰，足見當時必失其傳。倘有所聞紀，則其語形不益雄豁生躍其傳中哉？是以有張中丞、段太尉，昌黎、子厚乃可以其文附傳。有柳州之山川，庶子厚因得以記，垂於不朽。而《五代史》，歐陽文忠亦止於王彦章、周德威七八人，稍得闡發。若他傳，不過於提綰折收處，見佳而已矣。

至於論古今人情事勢之實真而至者，惟《韓非子》一書。若李孝光之記雁宕，則就其所際之時，及日與夜月，并物景淺渲成閒閒蕭古矣。子厚豈得前寸趾哉？至於其文其意，竟如白黑，故嘉也。而論韓非者，曰刻薄少恩，乃論者自論，而韓非之確不得易者自在。故孔明令後主寫讀，云開長心智。孔明，非刻薄人也。盧杞，少恩之尤也，不知韓非之書爲何物矣。

至於古今論至理之書，多有讀即卧也。理者，體無者也，依於人性，與事與物，以成以見者也。就此事此物而論其理，謂之指謂，然皆得於推以通之，既無形色，又非得計數，一難也。脱於此事此物，而止統論夫事物之公理，此謂理之宗。理有獨有類，有殊，有依，各有詮解，明則恍然於現前，未明則見奥也，一難也。况性命之理，形體無而有神體者也。指以舉之，莫得指舉，惟無從指舉，止從神而明之耳。此能神而明之者，即所謂神之體也。耳目必藉聲光，始有見聞，又須界之相稱。設無聲光，及其界在遠，則不見不聞矣。又須相宜，聲色惡，則不相宜矣。又有定限，如光聲過盛，則量不能受矣。神體則無所不向，非如耳目止一見聞也，并無稱否之界，及相宜與承受之量。雖天高地博，去古後今，與海岳淵厚，人心幻奇，交推論明確，决以定之。故神體既無界，止可論其模。

今曰一悟徹，即得道不入生死。夫此悟徹者，乃神體自明其爲神體也，即可曰聞道不入生死乎哉？其精奇，雖大聖無從盡，以不可盡，不能盡也。乃自謂知道者，以影響誣其神妙，逞臆者又硬拗填之陋粗，一難也。世所競尚之文，不過衆口合尊，震於其名而不敢議耳，交不求之理也。夫信名之信，信人；信理之信，信己。信人者，在己茫然；信理者，灼見其真實是，相去豈不天海哉？一難也。故自諸名家外，古人之集，多有氣固而致秀古幽穆者，然多紀事與寫景物之篇耳。獨張太岳、高中玄集，皆治世之雄偉略，又不同於詞章矣。

夫歷代古人，其多不減於今，乃史傳之紀德才者，計可數也，是古人已盡不如古人矣。乃明人之德才，更有踰於宋人者，則從宋人等而上之，寧得曰：德才之英傑，一代不如一代哉？德才以用而見。不見，緣不得用也，非代之無也。若如論者，以世愈降則人益澆。如此，則後世之人皆禽獸也，豈通理哉？而謂後世之文必不能如古人者，亦竊疑非通理也。所以史遷欲以《史記》藏名山，班固、揚雄、柳宗元諸人，有目聽耳視之嘆也。

復沈治先書

承教欲啓弟痼癖，謝謝。但引古賢云：『雖無其事，實有其理。』此言大不謂然。夫古今之理，依於事於物，以見於人心者也。設無事父兄之事，則無孝弟之理。故孝弟之理，從其事父兄之事而見者也。至於問今年雷從何處起，答以從起處起。此乃雖有其事，實不知其理，抄襲和尚棒喝之應矣，而世乃誦味不已也。適聞諸友讚張羅峰去塑像用木主，又讚宋人祭不可用影像，謂有一髭髮不似，已是他人。予思古人用尸，豈止一髭髮不似乎？況即似，又豈真是吾親耶？此不過取見像以慰人子切思之心，乃所謂有影像設祭之事，以展孝之理也。葛藤不已，知取厭棄，如不能禁何？

與沈眉生書

惟知其人，方敢定其人。弟既耄愚，何敢妄爲論定，但述大豪傑之言，以報明問。高中玄曰：『古多聖人，以夫子爲斷案也。揚雄云：「夷、惠無仲尼，則一餓夫、一詘臣。」無仲尼，則湯、武之心難明，啓、箕之異同難定。惡乎仁聖？更不知天下謂何矣。』予以後世既無孔子，雖有其人，孰能識？又孰爲斷案？且後世未得聖人之道而好立言，其言一出，更不令人商酌。聖人廣大高明，豈如此執迷？而有志之士，纔言希聖，即已如此，此天下之鮮聖學也。

且湯、武、夷、齊，其趨不一，若非夫子斷案於前，後人稱湯、武，必貶夷、齊，稱夷、齊，必非湯、武，亦一隅之見而已。即宋儒窮理，未免强不知以爲知，自以爲是，居之不疑也。若道者，天下之公理，惟其是而已。苟求諸心而果是，安敢罔吾心隨人以爲疑？求諸心而果非，又安敢罔吾心隨人以爲信？故君子於先儒，其言不可易者，不敢妄議，其不得於心者，亦不可强從也。邵康節語伊川：『你道生薑樹上生，也只得依你。』陳同父論晦庵，謂『風痺不知痛癢』。故人於伊川、晦庵，當師其莊敬定力，方可與立。若伊川硬説硬做，晦庵硬説罵人，恐皆於自得之味少。是以其好善惡惡之心，昭揭今古，却有作好作惡處在。高文襄雖爲大豪傑，予亦惟是其理是而已。述其數言，以復下問。

與馮硯祥書

前一富貴人謔弟曰：『年七十，好奇計。』《亞父傳》語也。彼徒知富與貴耳，何能知人，乃挾其富貴之心以相天下士哉？西漢之見奇於張釋之、鄒陽、龔遂者，俱王生，俱老人也。從前如太公、百里奚、燭之武與侯嬴，俱老人也。太公甚至屠牛，釣渭以歷時日，百里奚乃媵秦，燭之武與侯嬴必少有見奇處，故爲人所物色也。

嗟乎！倜儻磊落丈夫，苟胸懷實有所據，必昂首展足於天地之間，豈能齷齪瑣屑，有所經營以銷此歲月哉？亦大可悲矣。魏孝文曰：『老者之智，少者之決。』曹孟德曰：『予更事多耳。』更事多，豈少年乎？詢於黄髮，何以詢也。凡老人之有心天下者，其於古人今世大事，目見耳聞，俱彙於其心計。蓋識得明，握得定，事到不至茫然。遇難事，不驚懾，不手足莫措也。故曰老成、老煉、老辣，豈三家村老之老哉？

四十年前，與茅止生亦論及此。止生，大俠也，見彼時盜賊已熾，人才俱庸鄙，上下交泄泄，對語必終夜，每撫几長嘆，真破家爲國，非綺語也。欲令數人持一二千金，隨弟行天下，訪求有實用人。會弟以難受科第人氣侮，必欲從科第以自見，故已之。其四十自壽聯曰：『四十無聞，姑作老農老圃；千秋定論，斷非負主負親。』亦見其人矣。鹿門孫，一岑子也，卒抑鬱以死。惜哉！痛哉！曹孟德《短歌》：『老驥伏櫪，志在千里。烈士暮年，壯心不已。』謹爲足下一賡。弟復爲自長賡。

牘已草竟。閲宋人《鼠璞》，記鬻熊年九十，謂周文王曰：『捕虎逐鹿，臣實老。使坐策國事，則尚少也。』楚丘先生語孟嘗君：『予耄矣，豈能追車赴馬？ 若深計遠謀，役其精神以决大疑，吾始壯耳。』古人尊事黄耇，止在乞言，非勞其筋力，强以事也。 若令盡瘁同群有司，則何補於其國哉？ 并及。

與胡彦遠書

弟往讀李忠定《靖康建炎紀》，知張所、傅亮俱爲磊落豁達丈夫。 彼時主如徽、欽，相如李邦彦、王時雍輩，縱忠定口破血，如何肯用？ 傅亮則在中原，不知其終；張所則往湖南，死於盗，惜哉！ 再讀陳同父《中興遺傳序》，知同時有龍可、趙九齡，俱奇士也。 龍可亂後莫考其踪跡，趙九齡則僑居陽羡以冥。 參政周葵屢爲同父言九齡，且曰：『我常薦之朝，諸公皆笑我。 因語之：吾儕平居談王道，説詩書，一日得用，從容廟堂，執持紀綱可也。 至於排難解紛，倉卒萬變，此等必不可少。 吾儕既不能辦，而惡他人之能辦，是誣天下以無士，而期國事必不成也，烏可哉！』同父又曰：『世之豪偉倜儻之士，沉没困窮，不能自奮以爲世用，或欲用而卒阻於疑忌，如二生者，豈有限哉？』

弟嘗思飽作時藝之士，至老不得一科第，亦悲阨塞；習學八大家文字及苦吟篇句者，至寒餒歿世，必多憤惋天人。 此皆止可怡悦，無與於人民，而爲此㤝憏者也。 若夫奇傑之士，彼胸中寶具有藴蓄，而不得一肆其開拓，以見其膽力。 眼眶確有所透亮，而無人信從，致使坐失事機，使不得建樹其功名。 蓋在一方，則可以拯援此地。 在天下，則可以挽回其凶危，不遇艱難糾結，何能見其分晝才識哉？ 其如不信不用，何也？ 乃使其牖下稿亡，此則如霜月落葉，彼其自傷，固也。 而知之者，苟不爲之歌《九歌》，非四足兩翼之物哉？

弟又思時當亂離，而英特異智之士疊出，足見世非無才也。彼時無科目資格爲厄抑，或彼能自奮，或附於知己之豪雄，故人得自現其胸懷也。是以帝王開創，其從龍之彦，交在勝國，不借於異代，亦此故耳。葉正則序同父集曰：『使同父晚不登進士第，則世必以爲狼疾人矣。』嗟乎！古今雄傑慷慨之士，其不作狼疾人者寧乏哉！弟再思明末中原大亂，必有奇士，惜其無成，亦無人爲記傳，足徵人止愛財，必不愛才也。或戒弟老人，不宜詈世，弟謝之。再申一言曰：兄觀古今天下，誰能易弟此語？

與馮硯祥書

承教，子弟宜時誦金人三緘爲第一義，此聖人之懷也。弟近有訓後人一條，録呈台覽。丈夫者，即豪傑英雄之統名也，非齷齪鄙吝，非藏頭於膝，非冷心硬腸之等也。馬伏波磊落倜儻，一生急於爲世爲人，乃緩急有用大俠。其《戒姪嚴與敦書》，開首即云：『聞人過失，如聞父母之名，耳可得聞，口不可言也。好議論人長短，妄是非政法，此吾所大惡也。寧死，不願子孫有此行也。』後重龍伯高，敦厚周慎，口無擇言，以杜季良憂人之憂，樂人之樂爲戒。此必因二姪才識庸下，妄欲爲俠，好譏非人物與當時治理耳。觀其愛少子能藏逃客，因字以客卿，非重俠哉？己則自少至老，以世人憂樂任於身，而乃戒姪，蓋各有當也。光武親識伏波容貌，遂輕之，不思其言動。後之俗士，其睿質同於伯高，何人爲讀《伏波傳》。即讀，亦不詳思也。吾後人宜各自審量，切勿畫虎不成以類狗。設有能具丈夫懷者，豈非一偉男子哉！愚見如此，敢正高明。否則伏波所教其姪者，乃一賊德鄉愿、無君楊朱，而謂磊落倜儻之丈夫，肯如此哉？

知好好學録　卷之二

蘭谿祝石子堅纂　男　師正叔張
門人姜韜子發　仝較

書

與陳元孝

接手教時，已日在暝，急令挑燈讀教後，即讀惠古風，循環者三。急呼小兒師正，復令三讀。每閱史傳，恨不能起其人，與相對語。今幸生同世，而不得一面，真恨恨。昔王晉溪未識王文成，乃令人圖其像懸於壁，時抱孫坐對，指以語曰：『此真豪傑也，汝長，不可不學之。』弟詢粤客，識台兄者，面目鬚眉，身長短，得其語，大喜。不獨此也。當神明頹鬱，必開讀惠詩，并《獨漉堂》佳什，即目豁眉軒，如登岳眺海，憤則平，鬱則開，怒則解，真能移老革之情，當與曹孟德樂府並鑣以馳。蓋豪傑之英概，勃勃傾騰，彼纖士書酸，何足語此。

嗟乎！丈夫胸懷，彼此自有沁洽者在。磁石吸針，此中精微，正非言語可形，亦言語無從得形也。無錫王礎臣，龐士元、陸賈、蒯通，埒也。往初晤，即問以當今豪傑，彼即曰無如東莞陳元孝。故弟時刻心膽，頃接其教，云與台兄已別十年，其識力氣骨，愈到愈堅，豪傑二字，自不得不推此公。古今文士，但以博覽能辭章自負，遂目渺一世，彼烏知所謂豪傑哉！讀太岳《隆慶辛未程策》，談英雄豪傑，亦已概見，彼蓋自寫其胸目也。夫所貴爲丈夫者，遇國家大疑難事，茫茫無所把握，人皆彼此推委，或作兩可言行，獨能出身立任，分劃無漏，更任勞任怨，絶無顧瞻，而後建無前大功，成不朽之名，此其膽識才斷，豈酸鄙書生所能哉！弟年雖耄，而伏櫪之志，尚耿耿不下。七十外，纂有《希燕説》，論古今治亂興亡之故。外有《知好好學録》，此則生平書序之類，惜力不能授梓，恐弟殁後，湮没不傳，必謂當明末代，無人識古今治平之大本耳。嗟嗟！烏得插羽屏侍豪傑，以開心眼，以罄懷抱乎！

弟前行遊三吴，欲得豪傑，與相暢對，挾太西異人醫術，少資旅費，且得以少資貧困老友。即慷慨禮士如吴制府，相與年久，從不干以一私，止贈則受。弟之欲至粤者，豈挾刺干謁，作蠅營狗苟輩哉？實在欲晤台兄，與屈翁山及貴地之賢者，暢懷數月，兼得一析兩粵及海上情勢于制府，然後歸卧空山，以瞑其目，常人何解老革之心膽哉！制府實是當今丈夫，台兄與翁老不可不晤。弟已屢字相聞，所頓足者，郝撫軍忽捐館舍。此公卓犖男子，弟亦曾作札頌台兄與翁老，今止有付之三嘆。

前荷屈翁老寄長函大集，司馬子長走半天下，故昔人以爲《史記》之奇偉，皆從此得，然晉、燕、齊、蜀與邊塞，皆未盡至也，况在南粤？今翁老足迹幾遍，不特篇什俊宕，而山川人物，事事皆現其中。奈來郵促迫急行，不及作報，晤間幸爲道意。門人姜子發，真奇士，前已略道其概。彼每欲作函并文上正，亦以郵急，不得索也。外拙集，台覽過，乞傳致翁山。苦子、藥亭、不偕諸君子，一穢其目。近年簡札，多未録入，亦可以少見朽老伏櫪之志之益壯而益遒上。不宣。

呈利再可先生

接台教，并諸刻籍，喜幾欲躍。石向之所歉歉者，以未得刻老師所譯《靈魂論》，蓋中國人未嘗不言性命也，但以釋氏所言《楞嚴》《成惟識論》爲精微，而儒者又以《性理》一書爲膠固，總皆憑空猜度，全不知靈魂爲何物。若得刻此《論》，正告天下，雖一時人未能閲讀，久之必相奉爲指南。故前屢作字求老師付梓，以開中國有天地來所未知之精理，則中華之大幸大幸也。今得刻就寄讀，且《超性學要目録》共有四本，今已漸次刻成一本。每一展讀，明悟愛欲，得真與善之向界，有不忻忻欲起舞者哉！惜石貧，不得盡將《超性學要》刻在江南，并《名理探》《寰有詮》，板已無者，亦重刻在江南，以便與好學具明悟之人閲讀。蓋中國人非無明悟，其不識至理者有故，一不得精微之書。

今得老師刻出，書有矣，一懶、一傲、一心粗，故石常欲作一論，刻以告天下也。近閲《形物之造》數章，内有失落字，且句讀多有圏誤者。夫以深奥之至理，人之明悟，多鈍多拙。若句讀有誤，則人益茫然不解矣。俟閲完詳考，開列寄上。《靈魂論》及《宰治萬物》，乃石昔年在堂中手録者，其校訂再三，竊謂不謬，今特奉上，以便較對鎸改。門士姜子發，讀《超性》諸書，能推通，更能晰斷，真中國之所少見者，敢聞以慰老師之愛德。

與徐健庵太史

屢得友人來山，讚頌山左全省墨藝，可步閣下壬子北闈，此俱藉閣下之開闢也。因思文字者，乃天下人心之精華，全在一居上偉人、握文柄者，爲滌除其塵坌，則光耀振灼以開萬物，而國家沴厲之氛屏消。此非迂遠之言也。觀日月昭明，而霁霧盡滅，非一大驗乎？自韓殿撰出，而聖賢之精微，人心清遐悠異之旨味始發。然非閣下之大識大力爲提擢，則韓殿撰一人之沉錮，固可悵惜也，其如國家禎祥善氣，不得導迎何哉！唐翼修荷閣下奬拂，山縣人士交起羡榮，人情大概如此。上候在邇，不盡願言。

又

常觀世之頌歐文忠者，止謂其文字與愛拔蘇氏兄弟耳，不知其識之大、力之毅，而才則足以拓之，讀其諸奏疏則知之矣。又如《五代史》，孰不誦讚，然止謂《伶人傳論》類耳。此不過文句之轉折見佳，豈能如劉知遠、柴世宗、孟蜀、晉家人諸論哉？其識力非韓、蘇可及也。

石自別閣下歸舍，覺從前以歐文忠相並，確真揆一，庸猥輩必以爲諂，此目聽耳視之流，何足與論天下士哉！善乎！修齡文人之論閣下曰：『凡人有匪慝，觸即了，但不言，此我之益懔戒慎也。』石以爲廣大精微，高明中庸，正見於此。語似腐酸，理則冒道。

夫所貴士之具實學者，以其所用于天下，得學之實也。使居位者，俱得展其用之實于人，此則名賢且才。苟得如此，則萬國咸寧矣。然而何可易言也？《書》曰：『若綱在綱，有條而不紊。』閣下提其綱，韓、翁諸太史既羅其網矣。從此源源而來，則天下之賢才益奮勵而起，此易所以有拔茅連茹之貞吉也。國家禎祥，孰逾于此？

當此聖明在上，揆席之登，知當不遠。夫子，聖之時者也，又曰：『君子而時中。』今四海清寧，乃百姓貧乏之已甚。閣下當位，必展平成偉略，何俟老生之腐迂？竊以此時拯得一方，或一事、一人，亦夫子所謂『吾其爲東周也』。不爲西周而爲東周，乃君子之時中也。當此昇平歲稔之世，作此闊遠之語，總老儒之積習耳。春和在深，惟希爲國爲民珍攝，不宣。

又

時藝者，乃援聖賢之言作題，因以深析理道，敷陳治法，以見其賢與才者也。石自有識來，見方孟旋、徐子卿、陳大士、羅文止、章大力諸君子，計十餘人外，餘皆庸腐陋演，一望猶荒蔓，然以掇科名，則若承蜩之技。夫張太岳，非古今一大雄傑哉？其兩程藝，凝重偉大，已見其學術，設應今日大小試，必在黜抹矣。如此，則士亦何必沉思讀古，以求理道治法哉？此石所以常云時藝不可以得賢才也。自閣下拔韓、翁諸太史，天下始知向讀書以作文，然不能盡變一世，必須揀選十五國之提學，與十五國之大主考房司，而後天下殊異之士，乃得與於甄録，然豈易言哉！局于時，阻于勢也。

每讀閣下所選山左翁太史録賞副卷，幾欲掀几，士何不幸而遇此按劍者乎？或有以地震變奇作駭者，石語之曰：無虞也，此上帝愛重聖明，故示警于天下，否則何以有健庵先生，出列朝端，而連茹所拔，復濟濟充庭哉？西洋利再可先生譯刻之書，至理也，實在目前，深邃精奥，非作數十回讀。讀以長思，則不得其解，真開闢以來所未有之册。已呈御覽，聖明大爲俞悦，閣下不可不一索讀。夫書，所以言理也。理者，天下古今之所公是者也。凡是從理見，無理，不特無是，亦無非矣。韓、翁諸太史，亦求告以取讀。石明歲八十，手尚不能釋卷，目耳益亮，健飯健步，慕義好德之心，覺益加遒上。又得閣下獎借，庶天下後世，或可知有蘭谿祝石老人也。

又

自包舍親奉一函并壽言小册後，兩年餘未得上候矣。接歲荷吴伯老兩邀，兼爲脂車。去冬始得發棹，值其將出海行征，促膝者止得半月，諄訂今春再往，已爲小兒師正納監，更爲贖廢産，娶孫媳，非特愛也，且加敬。丈夫所重感者，在人心目中存有其人耳，豈在區區哉？宋人云：『能入粗入細，方是經綸好手。』伯老之胸懷，不獨闊大，其入微處，真針罅不漏，且詩書之氣溢溢。此等豪傑，當於古人中相比擬也。其讀石爲先生壽言，擊手曰：『此等文，豈韓、歐得等埒乎？』此則石何敢承？即榕城諸名士，亦交曰：『可作健庵先生紀讚。』若果如所語，石荷附先生以不朽矣。

石常思時藝取人，以代聖賢口語發義也。乃所取者，俱蕪穢之章。聖賢之言，果如此哉？因曰：『時藝不足以得士。』自先生拔韓、翁太史，而天下士心目一開改，乃蕪穢者，仍千萬也。此自有故，然亦奈之何哉！近作五篇，檢舊稿一篇，録以上正，足見老腐不肯灰心如此。

呈南敦伯先生

違闊十數年，忽接大教并刻籍，喜幾欲舞。但時爲悵悒者，利師升逝太早耳。兼知其存殁，荷皇上種種優渥之恩，殊出格外，聖事諸微理。從前諸師雖有解釋，讀老師二刻，簡切而明暢，捧誦再三，明悟與愛欲，俱爲躍然。次讀製砲盛典册，又知老師之深心，智仁並茂也。寄姜門士函與各刻，已爲轉致。

頃閱邸報，見老師上《格物窮理書》六十卷疏，此則開闢來中國所未有之書，開闢來中國所未知未明之理。雖已蒙旨發覽議覆，但恐一時不易推通，而皇上又必詢問，其覆疏不知遲于何日也。石年雖耄，而耳目尚聰明，每日必讀《超性學要》諸書，明悟向真，愛欲向善。惟真則善，惟善則真。真與善，豈能止人之歡好而不日閱讀哉？若再得老師所譯六十卷刻成，使老朽石得一捧讀，其樂更非言説可得形矣。風便附候，有新刻，幸再寄讀。

與姜定庵京兆

接手教，敬而且愛。凡人有止敬不發愛者，終有畏存焉，蓋畏愛兩不相凝也。弟以僻拗拙纂，上正于先生，乃辱命掌記録存，足徵先生爲仁智交具，其德之大君子。往有愛弟者，告曰：『此書一出，世之詬詈者紛起矣。』弟曰：『任之。』昌黎曰：『文者，不行于今而行於後世者也。』倘以弟言爲中有是者，此則不必言；其以弟言爲非者，則後世寧不知有弟哉？則是與非，交可傳知於後世者也。與夫作不痛不癢之議論，不特無稱於歿世，亦何人爲詬且詈哉？故曰任之。

夫子曰：『君子和而不同。』子産曰：『人心不同，如其面然。』猶之製錦，惟五色不同，方顯其采耀。人從明與悟，輾豁其識見，以成其議論，以見其是非，是非從理爲準衡也。每有管窺，竊以理合如是，又以理必如是，又以理不可不如是。知我罪我，道並行也，物論焉得齊哉？前在吴伯老署中，值其往別淮上、江寧諸上位，從者檢諸書籍入篋，得見先生《左傳統箋》，匆匆讀十餘版，躍起曰：『有《左傳》來，無此定斷。』至其選註復精妙，頃得細詳三讀，其議論下懷得同十之九，不知《史》《漢》，交有《統箋》否？

弟于《史》《漢》，每季必讀三回，心喜孫月峰先生評閲。若得先生評閲，以開老朽心目，勝獲二十四考中書令矣。上帝生天與萬物，原爲人用，人奈何虚流其時晷，以其明與悟、愛與欲，不用于世之正與真與實也。大學之道，總見於明明德于天下一章。修身、正心、誠意，此一己之善。治國平天下，則行爲于世者也。史者，古今治亂興亡之驗效，猶之毉案也。心切好此。不肖無能見用于世，而耿耿不下臍之物，少見其二三于拙撰，故敢呈正。以仁睿敦文、才敷當務，如先生，恐今世大人，指難多屈。

弟幸生同世，地止隔五百里，往欲趨侍，又值榮任，今又苦乏從笥，真生平一大缺快也。讀佳什，正不必以三唐比擬，乃定庵先生之詩也。且奉天風景，多見其中。愚以奉天四方之山川、草木、人物、禽獸及道里之路數，得大筆輯纂一書，此真不朽之景物略，日在跂望。沈耕岩介孫典臣兄，欲一識先生丰采，并欲一候黃黎州先生。耕老墓誌，乃前歲黎老所撰。耕老往避亂弟山中，因弟而至也。黎州先生，今日之金仁山、許白雲也，乃文章則逾之。山中乏簡，不及通候，幸即以達先生此簡。致其穢目，下懷總不出此。

子發德器敦誠，而明悟光利，學入奥微，才又足以闡其正實之理，其力勤，真如古之撻壁焠掌。荷先生手書獎許，彼實深知己之感。韓昌黎曰：『身在貧賤，爲天下所不知，獨見知於大賢，斯足貴耳。』都中利、南兩師，刻《超性學要》數十卷，不知曾台覽否？惜人以異學相視也。書不盡言，情見乎詞。

與吳修齡

闊別六年，不特不得面受教益，即通問亦且杳然。初四日得接手示，真喜欲起舞。昔人云：『不見異人，必讀異書。』如老兄者，惟人異，故書異，何異哉？識見大，出筆爽塏，自非平常齷齪書生可及，故人與書稱異也。承諭《流寇紀》，又改加確實。楊武陵，朽老往少悉其人，惜不能詳。即如先朝宜與清朝講平，然後撤邊兵以剿内地流寇。朽老丙子年落第，即走都下具疏，亦諄諄道此，其如張通政不爲上達何？此事烈皇帝與陳司馬新甲曾如此計，已使馬紹俞相訂。其如周宜興嫉妒敗事，遂至僇陳司馬。其事詳細，武進老友唐君知有記，乃馬紹俞所詳言，惜未得抄録。此兄長弟二年，固窮，健鯁士。老兄覓便索抄其書，亦可以補入《楊武陵論》。

前在閩住一月，因伯老欲下海，即回。談及老兄，覺其意亦甚悵惋，足見此老之爲君子，而老兄之過于剛决也。朽老曾具健老一壽言，寄一赴選匪人，不知其曾到否？又聞此匪人將書改寫，亦不知真否？弟于凡好學自愛之士，則爲介紹。彼時欲寄壽言，故爾爾，後亦甚悔，乞老兄作字詢之。果亭、立齋二大人，前荷其垂拭，每欲作字相候，恐徒以空言相慁，晤間希致老朽之下忱。《三案竊議》呈教，并乞呈教于果亭、立齋。老兄《流寇紀·楊武陵論》，乞寄一讀，不特開豁老眼，且得以見偉人之五言垂世。讀竟，定覓郵璧上，决不敢使浮沉也。老兄贈弟四詩，閩中大名士高雲客見之，擊節曰：『焉得與此老一對晤哉！』足見世非無老兄知己也。胸中耿耿者萬千，嗣當續寄。不宣。

與曹秋岳先生

别後，日必作三四想于曹先生。即歸舟遇山樹村石，景色蕭清，及抵舍逢親友談讌，與空山凄雨讀書，亦無不欲與曹先生促對，此則真不可解。凡發人思者，必從愛出，愛則必欲，欲得之物，必愛者也。物之厭惡者必不欲，不欲生自不愛，焉得發人長思哉？人亦同然。

身處山中，不適意之境况時集，幸賴翻閱寫懷，日下復得纂貽曹先生序，每一讀一掀眉，伏乞先生得賜穢目，則知石之少知先生之十一也。此序若與今之作八大家文、談程朱理學者讀，則笑詈而擲矣。此輩何知天下事、天下士哉！

《三垣筆記》，夢寐在懷，乞向堯夫令姪一求，得付來手，則百朋之錫也。

拙纂二册，在汪晉賢兄處，如未奉上，乞索塵覽。石于經史，頗少開眼光，絶去曖曖姝姝之識論。計當世如先生及數偉男子外，必以申、韓亂道相目。知來禩甚長，必有以石言爲不可易者在。沈宏略，今日俊髦，實是少得，知先生素爲提奬，故敢及。

與吴伯成撫軍

憶昔辛亥孟冬，胥門舟中稱壽，石曰：『老親翁爲豪傑。』親翁即復石曰：『惟豪傑識豪傑。』石則何敢承也。三年前尚爲縣令，今拔授大司馬，與古板築魚鹽何異？雖老親翁偉略奇抱，足以推倒一世英才，然非聖主之明目達聰，與皋、夔諸大人之能爲子孫黎民計，何以得出此哉？後世清史中異政第一也。乃石推之，尚有不能盡展親翁之奇偉在？海澄之役，既建此洪勛。臺灣之舉，猶宜慎重。蓋功大則妒生，此古今人情之所必至。知豪傑自能洞徹，乃下懷則不禁熱湧耳。

石常思八十年來，無一可見於後世。惟知人之概，頗不後於古之賢達，竊以自喜，幸取從前與親翁之書劄閲之，可證也。頃荷徐健老都門二函，惓切懇摯，且欲爲石作八十壽言，此老真今日之歐陽永叔也。賤目貴耳，千古一揆，其識拔韓殿撰，述之真使人欲泣。文章在於讀書，開一世讀書文章之生面。此老之功，豈不與文忠並軌哉？郭博老來，接教，并惠清俸，感感。書不盡言，情見乎詞。

又

自郭博老後，未申問候者幾一年矣。閩海閩山，皆藉大豪傑以得寧謐，人民因以少蘇。石雖老，而欲奠安天下之念，時耿耿不能下於臍。人各有懷，石每自及生平，其欲與豪傑相傾倒者，百倍于貨利。苦于不得，則閲古豪傑事言，以豁心目，即荷老親臺十五年之垂拭，亦未得少申二三也。

石年七十時，自以既在老朽，無能見知于後世，因于古今治亂興亡之所由，纂爲一書，名爲《希燕説》，猶之醫案方藥，真實有用，非書生文詞也。從來人情貴耳賤目，若偉人則不然，孔明所謂『集衆思，廣忠益』耳。耑奉上，以少備親臺之末議。更有簡序論紀，仍名《知好好學録》，中大有不可磨滅論在，與抄套《史》《漢》八家者不同，并呈教覽。以親臺此時，而石欲以篇章穢目，不大腐迂可笑也哉！不知石不愚至此也。以大豪傑不世出，故欲以八十老人嘔出之心膽，以間取其一得，猶儲方書以備偶用耳。去歲議修《明史》，都下有齒及石者，已作書力辭，今亦中止。閲石《三案竊議》，則知老人自具手眼，不隨人口吻矣。中秋後，暑退凉生，當趨節下，以觀文武之憲。

與吴伯成總制

去臘初三日抵蘭，值王礎臣兄于舟次，因附一字以慰翁臺之懸切。石返舍，即贖産，娶孫媳，府縣藩司取小兒師正入監結狀，種種皆翁臺之愛德也。此石與古今人之心情，同其感佩者也。至于敬德加于愛德之上，非知我之深，何以能得此哉？此侯生所以輯其思志于信陵君也。丈夫之捧其心膽以許人者此耳，豈在他哉？石已爲翁臺撰一壽章，因吴中册版未至，故未得書郵。小婿邵爾晉父子，屢書感銘重恩，是石兒女皆渥鴻慈也。至於去冬卒卒而别，未盡下懷之百一。今鼎擢兩粤制臺，前呈《希燕説》財、兵二項，伏乞塵覽，此其大略也。石雖老，幸不衰，或能一趨左右，以晰東西洋考及天下事勢耳。東粤倜儻慷慨男子二人，陳元孝名恭尹，屈翁山名大均。觀其詩文，交非儒酸。或來上謁，希破格晉接之，願言不盡。遥瞻端嶺，不勝神溯。

又

春間一函，計已徹左右。石雖老，而耳目明聰，且健飯，乃上帝所特佑也。但悶坐空山，惟與諸古偉人事言作對，乃神情丰格，終從文士筆墨流露，豈能如與翁臺瞻言聆語，及從麾下左右？幕中吕弦績兄，詳種種奇大之才德，及事勢之所突來，應必赴節，爲古人之所未有，雄傑慨爽，生豁人精神于光天之下哉！譬鑒賞古名手作畫，豈能如見真山水花木之景光也。敝郡鄔糧府，嘔心理治，非科目中笨拙者所可及，今陞任思明，惟翁臺日月臨照提拭之。更有啓者，金華景經歷，名于禮，其人不特倜儻有勁骨，且明决，又機警，真有實用男子。人才難得，幸貯匧袋，以爲他日遇糾結事之需用。古人以人事上之義，石竊同此。

又

自思明鄔府附一函，遂曠于上候矣。石常思惟兩廣足以展翁之英偉雄略，若他地，縱有偉略，從何得抒發哉？兩粵之受屠掠，不下于蜀、滇、黔、楚，民之得少蘇者，惟藉東粵之海耳。西粵山峒土司雖獷悍，而信與義則服。東粵邊海，其制馭各有權宜，皆非書生紙版可泥拘，知盡不能出翁之明德也。明之制府，韓襄毅、譚襄敏、王文成，皆建大功于此地，公侯將相，寧不藉地與時哉？今以翁之高大，而出以精沉，繼三君子後者，惟翁矣。壽言謹上，伏希再四俯覽。竊以可少窺翁高深之千一，中有據小可推通於極大者，此非具大識見之人不解。《易》曰：『引而申之，觸類而長之，天下之能事畢矣。』此之謂也。石可附以不朽矣。兩廣前事，石頗窺一二，雖人事情勢不同，而人心則一。

石雖老，尚健飯，其格格不能去懷者，尚欲一陳于大豪傑之左右。值麾下後營吴協鎮并友人金石隱便，謹此上候。吴鎮，石素知其練達持重，祈翁拂拭之，彼自能竭出心膽以報效。戚少保之得稱名將者，以譚二華司馬、張太岳相國爲提扶耳。此石之所以爲吴鎮幸也。至金石隱者，乃節義士，非止以圖章見奇。前閩叛時，馬乾庵君侯在處州，以靚艷女人爲其續娶。合巹後，問女人出身，乃松陽縣士人妻，即惻然分寢。次晨，遂覓人遠往松陽覓其夫。夫到，兩相慟泣，其家爲兵罄掠矣。石隱，貧士也，傾橐給其夫婦歸。石隱不言，皆金華張太府、鄔佐府爲述其事。今二君子已爲成室，置居于蘭城，亦見二君子之好義重賢也。石隱今赴思明鄔府之招，吴鎮遂資其舟車以往，故石爲介紹。陳元孝、屈翁山兩君，實倜儻男子，真不易得，閲其詩文自見，不知曾晉謁否？山海風高，惟祈爲國爲民珍攝。

又

壽言一册，計達台覽。竊以壽言語語皆真且實，非濫諛詞也。昔謝玄以萬人破苻堅百萬，郄超決其成功，于從其履屐間，皆得其任。張太岳在翰林，凡四方入都門者，必携酒鋪就其審詢以彼地人物事情。徐存齋相國知其必能治平天下，後卒成萬曆四十八年之豐樂。龐德公、司馬德操之知伏龍、鳳雛亦如此。儒酸必以石無套襲昔人之祝頌相哂噱，彼豈丈夫之心目能知哉？憾無力授梓，不得以見于天下後世耳。尉佗語陸賈曰：『居蠻彝中，久無可與語者。』石居萬山，今亦猶此，幸得門士姜韜，每過以暢老朽之懷抱。海上情形，石少洞燭，他人計多未之知也。俟小婿旋，當來面悉。夏已漸深，嶺海風氣，異齊南北，惟希珍攝，以爲國爲天下。

又

仲夏一函，知達左右。石雖朽老，于古今治亂之略，時耿耿不下于懷。夫丈夫既具明悟，而得真實之學，不能行爲以見于當身，則留于文言以取用于後祼，譬猶治病而有不須方藥者乎？書生酸鄙，不知大道，羞言富强。嗟乎！富强何易言也！拙撰《希燕説》，伏希翁臺公暇時賜循覽，一字不作虚靡，今人稱許，多在陳同父。石年十四五，即喜閱其集，後識膽日開，知其多有文士逞意語，情、理、勢，于天下未之盡徹也。故石前則力辭朱未孩先生出幕，近則力絶閩逆遠招，寧甘貧窶，讀書萬山，以得享此耄耋之年也。否，則如旋馬紙燈，未見火焰，即行亂動矣。嗟乎！天下事何易言哉！翁臺以大豪傑之識膽，韞深器于詩書，兩奧鎮奠，人地洽宜，若在他處，何以得展其閎才偉略哉？門士姜韶，年幾三十，學求真實康濟，絶不猶尋常能文名士，處窮而絶無寒陋之氣，真奇士也。彼自有專書上候，翁臺閱其文，則知其人矣。小婿邵爾晉，屢書交頌大人有造。石之頂佩，曷可言喻？更祈羽便，時惠好音。

與林鹿庵

子發回，捧誦手教，過情之譽，何以克承？意者恐老朽意氣隳頹，故振植其神明耶？子發復云：『林先生精神遒上，朗直之概，爽絶人寰。』有德有言，猥鄙之息，宜其盡滌，何得輕爲比擬哉？長懷悠想，周覽極睇，且古雪盪胸，秋月迸目，先生之光顯其才於出筆也。十之月，山窅夜空，枕上忽聞墮葉，觸窗紙聲，此時神情，當復何似？既而曰：此林先生之文之况味。記西粤山水者，云群峰俱從平地拔起，矗天五六千仞，絶無連迤，洞壑皆可進舟遊行。色則大緑大青，或如天碧黝紫，至大清日霽，眉目分明，此則非文之所能申出。

今讀林先生文，恍然曰：此林先生之心手乎？近有作文亦清婉，止因穢套八家者坌集，遂覺其佳耳。若其言忠孝節義，無非盜名以嘬利，朽老知之甚深。子厚所云『柔筋脆骨』，豈能如林先生之高亮爽剴哉！至辱教末，以王振、嚴分宜、楊武陵云云，《大學》曰：『好而知惡，惡而知美，天下蓋鮮。』先生具此偉識，乃聖人之所以語上也。若皮島一事，朽老曾與其子，在老耿藩處，同朝夕者兩月，其人近憨騃，言之甚詳，與諸滿大人言俱同，足見明朝人之喜謊，此其所以有今日也。至止生與王岵雲云云，此牧老之誤。岵雲頌魏璫德疏，止生覓得其刻本，遂誦言於世，故岵雲恨之徹骨耳。若熊芝岡，實是可惜可憫，往覓其按遼經略疏稿、書牘、揭帖頗多，奈爲人借没其數卷。其本性原剛，彼時鄙倍者激之，則益熾其愎耳。流賊破潁州，將張鳳皋㔷碎，口云：『我爲熊老爺報仇。』

老朽數十年來立心，以爲既爲丈夫，不得見行爲於當身，則欲留其言以爲後世取用，雖觸人怒訾，豈顧彼哉？總欲見其真且實，持一是而已。大撰如《上毅宗皇帝書》，毅宗之心膈，彼時之情勢，猶日照數計，遠過賈誼諸書，以彼乃書生泛浮論，不確切也。又如虎頭張、金隱君、劉澤清、七娘子諸記，皆不朽之作，朽老往亦知之。交實事，與大鐵鎚等傳不同，識者知其誕耳。尚祈風便，時錫好音。

與郝雪海撫軍

八月中曾具一函，并拙纂二册，令小婿爾晉上達，不知得徹左右否？石雖老，幸耳目清亮，且健飯，此皆上帝之所特佑也。石觀從來豪傑，全在人主委任，故值其時之所宜，以現其識膽才斷。夫《易》以陽剛爲君子，猥懦鄙陋，乃曹蜍、李志輩，豈能爲當世輕重？西粤殘毀已甚，聖主既委任矣。夫子之時，伊尹之任，翁臺身肩此義，豈二三解事男子之可及哉？石自諗生平，好名之心，百倍于好利，昔人所謂得一人知己亦足。拙撰二册，心竊自喜，憾力不能授梓，恐後世湮没，焉得有楊惲不使《史記》終藏于名山哉？倘得翁臺賜以弁言，踐十三年前之諾，後日刻入大集，庶異代知有八十老生祝石耳。自黎老師外，友人惠序者不少，石則不能登梓也。倘小婿未獲上謁，伏乞于吴制府處索之。夫以萬里之外，而亟亟欲呈拙撰者，總欲大豪傑知石耿耿不下臍之物。否則，何爲于翁臺作此厭棄之事哉？前在檇李友人處，得讀《陵川集》，實一代大作手，歐、虞遠不及也。不知曾入鄴架否？不宣。

與陳椒峰

弟常思古今惟交友一倫，爲大爲重，榮辱歡愁，必友是藉。人詈人，動曰禽獸。弟見禽獸，無有不呼朋愛類者，乃蠢鄙下流，則孑然獨處，是禽獸不若也，何名人乎？利西泰先生《交友論》，宜日爲三讀也。其入微精妙，雖夫子能易其一語哉？故弟妄思上交于先生，舟中旅舍，賤父子荷教益者幾一月，迴思人生，得此忻暢，豈復能多？天下惟不能多得之事物，則令人常思，否則常思何起哉？拙序呈正，竊以爲可少得先生神明于千一，弟得附先生以不朽矣。小兒師正，賦性淳朴，但讀書作人，猶乞不惜導開。不然，所謂盲人之倀倀也。拙撰二册，知已穢覽，幸即擲師正，書不盡言，惟賜垂照。

與姜子發

接教，知閲《超性學》《靈魂論》，愜心至不可言喻。昔有大學士，名其堂曰認己。認己者，知靈魂也。惟能解《靈魂論》，方知認己，方知諸超性之理，否則夢夢耳。老朽每看《靈魂論》，得其精微妙理，心懷即爲爽迥。尚祈道契亦日閲一題，勿致間斷，則明悟漸豁其光。即老朽每日皆有課程，奈腦乾易忘耳。

我輩識靈魂之髓德，此根也，即所謂本領也，而用全在治平，所以宜讀雄傑有用之書。《韓非》《國策》，不特行文頓挫疏宕，大爽人胸懷。我輩三司中久爲融洽，筆端自爲盤旋也，且可以精透世情，即《史》《漢》亦然。至太岳、中玄二集，皆治世偉略，俱不可不讀。總之，我輩學問，不出『大學之道』四句，書生鑽在紙裏，頭出頭没，何足語此。

《韓非子》前段似不必細閲，從十過起，則篇篇皆洞燭情、理、勢之言。孔明令劉禪讀申、韓。楊升庵曰：『此後主對症之藥。』李卓吾曰：『若劉禪者，乃牙關緊齧，即有神劑，灌不入口者也。』孫權曰：『少年時讀《論語》《孝經》，後知其無益於治理，惟申、韓爲要書。』彼韓子身際戰國，故言言因乎時，而治平之略，實萬世不可易。幸時置案頭，老朽他無所望，精神全注在道契。俟生曰：『人故不易知，知人亦不易也。』老朽荷上帝賜以明悟，故得道契，真如獲奇寶，循常人，何足語此。

《韓非子・解老》内有云：『使失路者，肯聽習問知，終不成迷也。』此語殊可味。大都非子於情勢明，故見理到。偶閲至此，特以相開。

《太岳集》知在閱，其相業，俱在其尺牘。而數條雜紀，及程策論英雄豪傑，足見其識膽才斷矣。即中玄亦真是一大豪傑。太岳屢云：『得中玄爲友，學問之滋益不少。』足見英雄胸懷，與陋小自滿者不同。但太岳沉雄高大，而中玄則性急直，不如者，此也。

昨夜風冷指僵，草草一字，未盡願言。神廟時，人人皆言太岳本申、韓之學，此皆酸腐士之識見，不知治天下原宜如此。至於申子，何能及韓子？韓子中《揚權》一篇，此必當時作子書者混入其內，其他篇俱不可不細閱也。《中玄集》止四册最好，而本論則語語皆至理，若邊略諸紀事及病遺言，俱不可不看。《病榻遺言》乃與太岳矛盾之言，多忿恨之語，不得深信也。其他講《四書》及攝吏部覆本，俱無甚正緊，可不必閱耳。

戚南塘《止止齋集》《紀效新書》，悉踏實步人言語行事，非文士語也。其書爲人借去不還，惜無從再覓得，道契亦宜留心。中玄《病榻遺言》云：『朱玨者，乃義烏人。世廟時，倭至台州，一倭首領穿紅，頭大如斗，逢人無有不倒，朱玨乃一鎗截殺。』此在《汪南溟集》中。南塘做詩，太岳没後，官壞，來江南與王鳳洲諸公交遊，故諸公重之。即少室亦有倡和之詩。至《王陽明集》，亦不可不看。其講學語則可厭，而用兵則豪傑也。

人有問韓魏公，司馬光、吕公著者，公曰：『二君子性偏，器局小。』後止薦歐陽修入相。徐魯人先輩性器局，亦如司馬光、吕公著耳，然皆踏實步人也。其所著《學譜鷺言》，皆真實之書。道契宜熟玩細思，方可取益於其中以得用耳。

連日看熊芝岡疏牘，其料敵揣情，真一豪傑。但玄老練兵，細細講貫大砲，彼豈不知？無奈妒心僨張，驕愎勃發，寘玄老於不問，聖人所以嘆雖有周公之才之美也。我輩既爲丈夫，學問既要廣大，又要真實，此時講求得的確，後日當事，庶不至茫然。至時文，昔人所云敲開磚，門開則磚丢矣。但無磚以敲，門何得開？每日亦宜以一二時留神。徐子卿與諸名士札云：『一百二十日，精光露矣，不必深苦，只要習熟。韓昌黎、蘇子瞻《顔子不貳過》《物不可以苟合》論，乃闈中之作，無一句討好處。』可見千百年前，已是如此。至緣引與習熟微理，在《名理探》，此書乃格物窮理之本學，不可不看，惜板已不存耳。

新秋涼雨，正堪展閱。鹿庵文筆清潔不俗穢，凡篇中結煞句，俱具別韻，當此文字套鄙，忽見，得不爽暢？其與僕札有云：『讀子發兄文，是砭我良藥，更謝益我良友。』足見其虛懷也。與山左范君諱明徵者，文筆雖不同，而頌江陵則一。范君言明事，喜其非書生鄙猥之見。其與僕合者十九，止論毛文龍則非。僕前在閩，與文龍之子，久同朝夕。其人近憨騃，明言其父在皮島，屠戮人民，知清兵將到，即下船逃海。及焚掠去，復登涯伐木造屋。其都門所發糧銀，令心腹即分送當道，是以魏璫喜而信其實能牽制耳。文龍乃謊騙之流，不知何以當時舉朝信之，至今猶有爲之寃聲者。僕尚有金壇潘大方論彼時事一大本，其議論則盡與僕同。天下大矣，讀書之士亦不乏，但俱貧老，不在科目。僕每思得挾遊貲，遍海内一尋訪，抄録其著述，刊成數百卷，亦一奇快之事，然勢豈能之哉！雨後爽生，得過我作半日談否？

近閱顧修遠所選兩宋文，約數千篇，除歐、蘇、曾、王不入内，中亦有佳文。奈少緣老朽知超性學，兼知治亂興亡之由，故他文一時難入目。此言非道契不可道，亦不必道，亦不敢道也。

與倪書，妙甚。楊子雲《太玄》《法言》，張伯松必不肯一閲。桓譚曰：『因識子雲面貌，禄位故耳。此書後世必傳。』《太玄》《法言》之影響精微，豈能及此書之言言真且實哉？況行文復以精遂之理，出於高爽縱漩之句語也，非上帝特佑，何能得此？

讀諸作，悉推通於道契之三司，益知上帝之特佑也。昔人所謂親見子雲面貌祿位，遂行相忽，此惑千古不能去。道契之三司，即求之古人，亦豈易得？凡物以不易得而忽得，則稱寶，如夜明珠、金剛石，俱能發大光是也。惟不易得忽得，故稱奇。奇之義，非平常得見耳。如道契者，真奇士也。近日諸名士文，其出筆清別，異於諸庸穢者不無，奈俱學無本領，故深微真實之理不知，不知則不能，無能則無可得現，豈能如道契之超群絶倫哉？不過留心句章段落，從筆法見佳耳。行文說理，到歇不得手處，如何顧得文筆？若太岳、中玄，其文即其識膽才斷，乃諸名士，並不見有提起者，惜哉！

近閲歐文，彼皆從胸懷真實發論，故妙。至其文筆之婉潔悠宕，此乃天賦也。後人既無其識見之真實，徒得其文筆，自然不可及。其序廖氏文中有曰：『自秦焚經，漢久而後出，其散亂磨滅，既失其傳，然後諸儒遂得措異說於其間，如《河圖》《洛書》，怪妄之尤甚者。余常哀學者之守經以篤信，而不知俗說之亂經也，屢爲說以黜之。而學者溺其久習之傳，及駭然非予，以一人之獨見，决千歲不可考之是非，欲奪衆人之所好，徒自守而世莫之從也。』云云。集中辨晰古人之訛謬，如此類者甚多。今人徒喜其文之挫頓轉折耳，並未有一人道其識之明且真以實也。特録以聞於道契，暇時幸過我一談，何如？

兩日看《明祖大訓記》，真大英雄，非書騃庸人可及。即如吴元年正月，有省局匠告省臣曰：『見一老人，告三年後當天下太平。』問老人爲誰，曰：『我太白神也。』忽即不見。省臣以聞，上曰：『此謊也，不可信。若是太白神，當告君子，何爲語此小人？此後凡有此等怪謊，切勿以聞。』僕常思使太祖與太岳在今日，得見天學之書，其敬信當不知何如也。

接教領悉。《禮記》之古健不必言，大都漢人襲周、秦人語也。

知恙，急以藥馳寄。《寰有詮》內云：『病人至晦朔則加重，及朏至望則輕，此月之故也。』老朽連日左手足亦覺疼重，可見矣。幸耐心，并宜少言語以養氣。

往潘師體極大，語僕曰：『我白痰多，須少食補物，否則其害生命不小。』僕夢魂中所切切於道契者，亦如潘師所云云耳。前云藥宜時服，僕少年羸極，幸知醫理，所以望九之年，尚耳目聰明，不顛倒也。書與圖并方藥，皆至人口授，老朽一生心血所在，真奇書也。暇時亦宜細細一看。

來教俱已領悉。彼自講學，僕自厭惡，所謂並行而不悖也。昌黎所謂『書者，不行於今而行於後世者也』，僕之立意如此。雖有辨駁僕者，總付之不知。若亦與往復，乃村婦隔籬，戟手相駡詈矣，豈丈夫所爲哉？

來教一一俱悉。金世宗，僕引其言於《希燕説》後，當時稱爲小堯舜，今上其儔也。不知聖駕三月幸杭否？老朽前與道契云云，雖度外之事，然宋太祖幸河東，張齊賢上書，其榜樣也。

聞前事，老朽即勃然不平，即曰：『都在我身上。』或慮某忠厚，恐落其陷阱，老朽亦即語之曰：『不妨，都包在我身上。』夫子曰：『見義不爲，無勇也。』孟子曰：『嫂溺不援，是豺狼也。』今乃爾爾，老朽悶懷不覺頓釋矣。雖當事之過信老朽，而老朽兩書，亦大得《國策》《非子》機適，故發而中節。此語止可爲道契言，不足爲外人語也。前俊老語老朽曰：『平常看老先生不過如此，及到有事發言，方見其不可及。』此等過情之譽，何以克承？而感之實刺骨。昔人云：『丈夫所重者，一言耳。』豈在他哉？

明太祖以《書經》蔡沈註多背謬，令諸儒臣集議改正，是者存，誤者删，又採諸家之説，足其未備，命曰

《書傳會選》，令禮部刊行天下。如云『惟天陰騭下民，此則從天。相協厥居，此乃人君之事，相協厥居者何？敷五教以啓民，明五刑以弼教，保護和治，使强不得凌弱，衆不得暴寡，而各安其居也。』如蔡氏所説，相協厥居，俱付之于天，而君臣但安坐自若，奉天勤民之事，略不相與，又豈天佑下民，作君師之義哉？《會選》書已刊行，後因成祖令諸儒臣作《書經大全》，遂止從蔡《傳》。士子專業以科舉，故此書今竟絶影也。

漢文帝語張釋之曰：『卑之無甚高論，令今可行也。』僕謂不特求當今可行，亦當求可行于後世。今之言道德，論學術，談經濟，皆高論耳。王羲之所謂虚談廢務，浮文妨要者也。

僕常思春秋時賢佐，宜以管仲、子産爲首。管仲所治齊，地大民衆，勢力自强，故功名出子産之上。子産所治者，褊小之鄭也，又介于晉、楚兩大國，其勢力較管仲爲難。但管仲潁上人，即今潁州，地交鄭、楚，何以用于齊？此則在桓公之知人善任也。

知好好學録　卷之三

蘭谿祝石子堅纂
男　師正叔張
門人姜韜子發　仝較

論紀

張太岳 一名居正，江陵人

黄石齋先生有『農夫老死思萬曆』之句。嗟嗟！石齋知萬曆中豐豫樂康之所由乎？蓋穆廟止六祀，神廟承之，是尚接世廟之餘也。世廟四十五年，兵革、齋醮、禮制紛紛，且中值柄國墨臣，公私竭矣。張太岳受顧命，獨輔神廟，内際李太后之明肅，司禮馮保趨正，宫中安矣。故太岳得行其胸臆。其治本於嚴、明、實、斷，而堅行以信以公，用健警亮幹之臣，抑遠浮虚妄猾，綜核天下名實，去套務真，重農事，汰冗節費。俺答雖搏纇，而兵則更常誠其選練。總兵如戚繼光、李成梁，總督如談二華、殷石汀、王鑑川、吴環洲、凌洋山、劉凝齋諸人，授任各才賢，故兵愾大揚振，更政本清貞，庶官重賄敗，賞當功，罰必而無姑息。太倉粟支十年，意將改拆，四海整悚如全家，肅肅臣僚束一身，國家精神强，元氣因足，兼治十年，故醖此四十八載之豐樂也。

太岳性懷剛大朗正，一切惟求理之是，事之宜，詩書不能動，虚夸不得炫，聖賢不可尼，德怨不能撼，鬼神不能變，山奠海潤也。太岳没後，能守弗失，則永治於今矣。奈文弱者承之，盡反其畫一，徇人沽譽，柄悉弛不牧。且神廟自太岳歿後，以懈心偏見，任天下如何，一置不理，自以爲得安静之道，不知其釀敗壞深毒也。主既偏懈，臣復猾詭，無形蠹蝕朽毀，害可勝言哉！故萬曆四十八載之豐樂，盡太岳之精誠所團結，食德矣，而泯其功，可哉？

夫欲人愛，不欲人怨及憾，下愚皆知也，豈賢達好違人情取之？然不能兩得者，勢也。蓋使人愛且感者，人私得遂也。人遂私，則害公，爲國者必公。人莫能行私，則怨，行私者必重刑，則憾。且迂浮小生，不能援古啚抒，則憾加深。而太岳一一不置懷，惟力行其心是之所宜，以必有成，乃振絶古今之大英雄也。

太岳告神廟曰：『可惜祖宗刀尖上挣來的天下，被書生輕輕把筆頭弄壞了。』此可見矣。即宋室諸臣爲政，皆一意取悦世人以成名，此因識陋力懦，違道以干譽也。王介甫得治國之斷，奈不明。石齋忠義秉心，介潔而守禮，博覽往籍，其長也，而喜談治道，負知人，非其能矣。蓋止據紙上臆憶之治理，恃己廉清多識，因伊、周自命。而措施多紊，當機不合，且自信己莫有之欺，因以信人，常爲狙猾所用，是以勁毅者多不喜，愛好柔詭。此止合處帝左右，顧問古事言耳。特識以告天下後世，乃多學之伯夷，非伊、周也。

萬曆中年，竇坻苑時葵著《里巷雜記》曰：江陵不丁憂，劾者以綱常爲重，是矣。然今武職不丁憂，彼豈滅綱常者？正以軍機干係，不可例拘耳。大臣托孤輔幼主，係宗社安危，不啻一武將乎？乃必以守制爲孝耶？設孔明、王猛、謝安輩，當時可守制三年否？夫大臣去留，亦視關係重輕何如耳？而劾者止豎一己聲名，全不顧人主國家治亂，非大不忠哉？

又曰：江陵秉政，人皆謂其專權。但十齡幼主，日有萬幾，斯時也，將委之於誰？理勢不得不收之於一身。權在身，則用舍賞罰，所必行也。夫少主在上，中外全藉一相，則宰相豈可無權？然江陵謂之有權則是，謂之專權則非。大臣苟利社稷，何嫌有權？倘倒持太阿，委柄授人，專權之嫌無矣，如國事何？自公殁後，入相者皆避嫌遠權，海内風景，能同公在時否？

又曰：馮保在内監，專重，受其監中賄，誠有之。然一則不以聲色誘引主上，禁貨利，每勸以早朝，親近大臣；二則禁束監局，兢兢守法，不許干預部院，輕侮縉紳；三則弟姪家人，不敢横恣生事。其所籍没之多財，乃世廟享年久，各璫厚積者多，保因而漁獵之。其於民間官府，略不侵涉，此亦有功國家者。當時詈江陵通保，因述苑時葵言以見公正。

張太岳二

有謂太岳才固足伯，但量狹不能容，恣睢自是者。此書生拘識，不知大道者也。閲諸人劾疏、太岳辨章及與陸五臺諸牘，是非自明。夫治道有是非，因分邪正，因邪正遂立賞罰。賞罰者，所以正是非也，故治天下之樞柄在賞罰。今劾太岳以攬主權，衆阿附。夫惟主權攬則阿附衆，故亂天下則爲李林甫、盧杞、蔡京、秦檜，奪天下則爲王莽、朱温輩矣。此邪説殄行，雖大舜不能不行賞罰，以定邪正者也。彼時神廟止十齡，承世廟法度廢隳，宰臣貪惡，百官泄沓比周，南北受寇慘禍，怨苦遍四海，兵弱民窮，此亂亡之所兆也。太岳值此，用人必求其才其賢，更在使各得盡展其心力於官守，不至傍撓，而後四民始靖安於正業，以成富强。予猶及見神廟末年之民康物阜也。且小儒好騰愚論，曰用申、韓，不行王道。所謂世人皆欲治，而不知所以治，乃狡獪者。見綜覈名實，如子産之初治鄭，故作寬弛語，爲後日翻局捷徑。所謂市猾之肺腸，以奇貨爲可居者也。

夫以太岳胸懷，豈不能納受此流？但人主沖年，易於滋惑，天下宵壬，偏樂鼓簧，理勢不得不行法以静一人心。《記》曰：『邪説亂名，順非而澤。』在古聖所必誅者也。事關宗社安危，安能置之？如文潞公之止訴其一身者同哉？大休休有容者，乃容有技彦聖，非容迂愚奸宄也。故法者，爲平天下之權衡，使是非邪正不得參錯其間，所謂明能知治，斷必行之耳。適值有在京守制之事，不逞者益得借題以詈之矣。《傳》曰：『天子之孝，與庶人異。』蓋天子之孝，在安天下也。然則天子之下即宰相，亦藉以安天下也。夫子之罪宰予，以安於食稻衣錦耳。使不安於食稻衣錦，則夫子亦不罪之矣。忠與孝並者也，若如所論，孝則必不能忠，忠則不能成孝，不與君父兩重相矛盾哉？夫入則理朝廷之事，治國安民，非大孝乎？襲粗啜糲，返寢必追念其親，非大忠乎？如此，則忠孝原不相齟齬也。

凡入官，不論大小賢奸，無有不回籍守制者。曾見三年中，實實有寢苦枕塊、朝夕飲泣者，幾人？實實有不入閨幃，不飲酒噉肉、不關通當事攫財者，幾人？不過奉一虚名，曰回籍守制耳。夫衆民何業？以耕讀貿易爲業者也。然則宰相何業？必以尊君平天下爲業矣。夫以衆民與宰相較，其業孰重孰輕？衆民從無守制廢業，乃宰相獨宜廢業守制哉？且嘉靖中，西北延邊及都城外之遭俺答屠殺，與朝廷内文武之誅僇，爲何如也？

自太岳當國，用王崇古、方逢時爲宣大督撫，以俺答之凶强悍猛，乃就羈靮。雖歲歲開市修貢，觀其與督撫札，必曰雖今年貢市粗完云云，足見其無日不驚心動膽於邊塞。使太岳三年去國，關鈕誤用，俺答能長就統御否？况俺答止在西北，遼東則土蠻尚爲跳梁。故用戚繼光於薊鎮，加總兵作總理，練兵築臺，至今頌法，爲畿甸保障，土蠻遂不敢動。其與繼光數簡，教誡衛愛，真如父子。且云不可因敵潛伏而少惰懈。復云：『今值僕在事，幸益展驥足，必不令忠心爲國之人，使別有他虞。』其與遼撫張學顔曰：『前日土蠻傳警，僕策之，必係輕報，幸果寂然。』若在前朝，則又調兵紛出，派垛守城矣。蓋用得其人，繼光於敵，動息必知，故太岳能如此操得定。

高中玄《病榻遺言》言太岳庇金科、朱玨二將，以爲太岳罪，不知益見太岳之愛才。蓋二人俱繼光拔用能將，屢立戰功者也。廟堂有如此宰相，武臣焉得不死心效力？恰在急流，可回籍去乎？且於神廟前，歲置一入少出多數目册籍，以時相悚惕，不使濫爲用賜。更以其好惡未定，禁左右狡佞，莫敢得親。而宦寺勳戚，復人人蹈義遵禮，事皆詳其疏牘，或人紀録。是宫府俱在從善如登日也，可回籍去乎？且令内外諸臣，竭其才賢，奉公行正，以變從前政以賄成之習。常云：每見當國者，輦數千百金錢入其室，即爲人穿鼻矣。所謂廢張掃更時也。積習驟改，人必不樂，日茅轉更以快其欲，從惡如崩，正其機也，可回籍去乎？其於漕運之臣，揀擇策勵，時報糧艘今已至某地，故太倉米足十年，自有明開國來，曾積此米於太倉否？且盜賊之患，在被盜者，受害於官吏，其苦十倍於盜，故寧匿不言，以至熾爲焚掠，此從來錮習。

太岳耳目開豁，雖其事日久，亦必發以罪官吏。沈相國鯉曰：『當時朝廷無不行之法，天下亦無不奉法之人。』是也。太岳，英雄也，豈貪勢戀位下流哉？既以尊主安天下，一身力任，則陋鄙議説形跡，交在不顧矣。回籍守制，於己之聲名得也，其如人主四海何哉？請觀太岳殁後，神廟與宰相百官及參劾太岳者，其發政施仁之治效何如，則太岳之功罪自定。故烈宗皇帝屢語諸相君曰：『此時那得一張居正？』遂盡復其蔭謚。

予立居位守制之論，乃就太岳彼時所際之情、理、勢言耳。若奸惡宰相藉其名，則益得以逞其狡宄矣，豈可哉？總之，人主剛明，則能任用雄傑宰相。宰相剛明，則百官得其理而天下平。劉誠意、楊文敏、蹇、夏諸公，豈盡忘親者？當時曾無異議，知國法人爲凜遵也。

徐太宰宗伯曰：人主鮮不溺情於宦寺者，以狎於朝夕也。世廟剛武英察，初年尚爲織造內奄所惑，以罪諸臣。及後始知其奸，然尚十從其三四。今上登極止十齡，而宮府晏然，諸宦不敢稍作奸肆者，緣太岳鎮奠維束之苦心也，而馮保鈐斂其下耳。今猖吠者不息，真所謂人之無良矣。

又曰：論者以太岳惡刑部侍郎洪朝選勘處遼王不盡其辜，使人論陷庾死。夫親王非造反叛，已錮高墻爲極重矣，有何辜可盡？是時郜光先爲御史，與之同定罪案，何猶用光先爲三邊總督乎？

宗忠簡名澤

人臣非秉純忠大節，不能當國家覆敗之時，立興業之本。然非有雄才偉略，徒具純忠大節，又孰仗之？不仗因不信，不信則人心不一以效用。故必其内秉神機，及一切措施，足以蕩豁人心之畏，而發其敢。且明斷足以攝人心之動，而斂其散。更爽之以朗，開畫以大利，且實持定有所以勝敵之各具，審勢而動，然後事舉得成。否則，古今具純忠大節，不能少見一二以泯者，何限哉！以斯見雄才偉略之難也。

宋靖康間，二帝北去，天下人心可知也。宗忠簡得磁州命，即就道。人皆以河北金人作火山獅虎，忠簡止從羸卒千餘。至磁，增陴浚池，製器練勇。敵叩磁，躬甲奮擊，敵敗，所獲盡以犒士。當此時，天下皆如在雪暮，忽聞磁州有忠簡，猶煦日之杲杲也，盡奇之快之。則天下之人心，已爲忠簡所攝，則將士之敵愾已回，敵愾之難回也。雖伊、周、孔子，皆搶呼奈何者也。而忠簡嶔崎歷落以復之，威望所以大著。

尹開封，憑其威望，故慷慨數言，使百萬巨盜王善輩皆慴服，且俱輕騎慰撫諸壘，談笑斬趙世隆。其弟世興列甲士於側，屏息莫聲，且即令其取滑州。雖曰膽，實在握其機，持之定也。其大者在知人，釋岳飛於垂斬，如王庶、曲端、吴玠、吴璘、李成等，皆所拔識。後李成效力劉豫，亦緣忠簡没後。若其奇發制勝，開闔變化，不謂七十老人，尚具此雄偉也。

然予思之，此時招伏環城數百萬士馬，何來芻糧及各種軍需，必非汴城所能給，豈此輩自携，抑尚掠民有？若忠簡不給，何以服此梟獍？大不得其故。更思之，忠簡所以疾呼急高宗來汴者，以一時兵將，非有部署訓練於平日，如臂指也。烏合人心，猶火聚焰，以人主聲靈，己之威望，驅烏合鋒鋭以戰，則金人必敗。一敗，則人心益張，故疆可復。然後分畫其士馬，則綱領在我，天下可平也。高宗、黄潛善、汪伯彦，皆庸惡下流，懾縮江南，死不進趾。忠簡以高宗不至，恐威望虚者也。且環城數百萬士馬，既非有訓練部署、芻糧軍需，定日益不支，頓久，必生種種奇變。一旦瓦解，勢所必極，鬱憂憤憾，故疽發背也。

陳同父名亮

書生以君父天下居其心，且身欲力君父天下任。嗟乎！此非愚，則狂矣。乃有士之黠者，心慮深密，作静沉之氣容，口手述一二三真淳迂拘之儒論，析性命仁義忠孝，天下皆從風而信推之。夫口釋性命，論持仁義、忠孝，豈非一巨儒哉？乃其隱不可問也，而朴實士不悟也。因有狡獪，亦修其言貌，藉以大其羽翮以暢私者矣。

悲夫！予觀黠者之於倫類也，夫婦首敦，不得已，然後在父母。若君臣、兄弟、朋友、人民，皆如空雲。其諄摯刻切以談父母、君臣、父母、兄弟、朋友、人民，附會於性命、仁義、忠孝者，盡誣極誕，總欲藉以行其私，欺天下并後世者也。宜其疾毅勁明雄之人，實以君父天下居心身任者之如仇也。己僞彼真，則妒。己不能彼能，則妒。妒生忌，忌生仇，乃作仁義、性命、忠孝之言以抑之，曰：『此輩不聞道，無養，徒氣質用事耳。』拙庸者又信之。嗟乎！必若若輩所爲，而後爲仁義、性命、忠孝有養也，其如君父天下何哉！

若陳同父者，實可謂勁毅明雄之士，以君父天下居心，以君父天下身力任者也。其上皇帝諸書，《中興》《酌古論》中，多有書生騁懷語。然其人識開膽决，能動鼓人心，提掇才彦，酸凉氣去，模具闊大。其行爲，亦非不切於情勢者也。讀其與晦庵諸書，則知同父鄙一時之儒，傑特自負可知也。晦庵得同父《祭東萊文》，遺婺友曰：『諸君子聚頭磕額，理會何事，有此等怪論？』後同父上孝宗書曰：『今世之士，自謂得正心誠意之學者，皆風痺不知痛癢之人也。舉一世安於君父之仇，方且揚眉拱手以談性命，不知何者謂性命乎？』然則同父豈不知晦庵之非知己，而不禁其縷縷者。一，以晦庵爲當世推重，不欲顯異；一，以晦庵多學，尚異其或偶己之一知也。所謂無可奈何之嗚嗚也。《中興遺傳》一序，同父之眉目心手，灼灼以動，如與之秋高眺遠，握手唏嘘，感龍伯康、趙次張之人，纏綿悲慨不勝也。惜此書不傳，知諸人大概，然即此序，何得不日三讀哉！

辛稼軒，南渡之英豪，寓信州，倚樓閒望，見一客躍馬過小橋，鞭再不前，遂斬其馬首。稼軒大奇，下樓，知是同父。後稼軒寄同父詞云：『醉裏挑燈看劍，夢回吹角連營。八百里分麾下獵，五十弦翻塞上聲。沙場秋點兵。馬作的盧飛快，弓如霹靂弦驚。了却君王天下事，贏得生前身後名。可憐白髮生。』足以見二人矣。《宋史》本傳云：『亮環視錢塘曰：「城可灌也。」』錢塘雖下於西湖，灌城則不能。且同父前後上書及集中，並無此語，足徵史臣之謬。唐與政，博雅士，雖登第而名不如，意嫉。適在闈中，得同父卷，言典故者殊空寂，每對客發姍。後復有台州營妓事，遂構隙晦庵。此自豪士必至，所謂小德出入也。《桯史》記富翁五賊之言，同父每掀髯大笑。嗟乎，此其所以爲同父也。

宋潛溪名濂

鶩其虛名，寡實無用，不竭心以事上，下不力爲生民者，此明太祖之所惡也。其論耐久道人，雖聖人，豈能易哉？英雄開世，不假學習，即其好學不倦，亦在求多識古人治道而已。元政寬而紊，多士多不仕，每巷議，心非其上。太祖習見，及身爲人主，常疑此習不革，遂深求於士以變此風。彼時劉誠意，經濟自負，太祖亦以功名之士待之。至於文學侍從，且爲太子師傅，則潛溪。潛溪性和謹，力學博誦，爲文典贍，春鄜而茂鬱。

太祖以唐虞三代之帝王自任，漢、唐、宋諸明主不屑也。潛溪初見，即以不嗜殺能一天下對。潛溪既負重名，引《孟子》非以堯舜之道不敢陳，故太祖喜之，否則北行南轅罪之矣。及後日問石公韜略，對以宜閱《典》《謨》，潛溪亦謂猶前機也。不知英雄謦亮，此機再發，則嫌其不切事情，故曰：『朕知之，但韜略、用兵攻取，時勢所急耳。』後潛溪每答太祖，遂據見陳説，不務文飾。太祖喜曰：『卿可參大政。』曰：『臣以文墨議論，得在禁林，爲榮已多。至於治國，須大才，臣自知甚稔，必負陛下。』太祖复悦。每詢人賢否，則以賢對。再問否，則曰不知。太祖遂用是頷之。後移病歸，遣其孫入謝，太祖問：『而祖在家撫孫，生財置田園乎？』曰：『皆有之。』再問以尚有他，對以『時訪國政，異知一二，即以上陛下也』。太祖已知其爲飾對矣。後以其孫慎坐法，得馬太后、太子力解，始戍茂州，道没於夔。

蓋不恰於潛溪之引疾，知其性畏慎，衷必有所見，猜於上，留而不奏，避居家也。且其子孫皆不令仕，此萬石君家教。卿愿鄙詭，猶所切齒者。意以我於天下事何所不知，而謂我識昏，不能解人胸懷，乃以潛其身。又以必謂我好徇己聰及明，徇聰明者多偏聽，而不能燭情理之幽微，以没人心勞，因不與我共事。且我既隆禮禮汝，又開誠待汝，尚疑我而藏心不我告，焉得不發殺機？所謂英雄開世，不可欺一字，亦一字不可含混者也。

馮硯祥名文昌

往寄馮子硯祥曰：欲爲子紀文一章，拂紙即置筆，非懶也，懼不真也。不真，則文假於人矣。何言之哉？天下之難於求其能而不得者，唯知之知耳。以其能，無可從得取其能也。即如知人知己，一知也。使孔子大聖，而知魯哀、衛靈、齊景諸人之必不可有爲也，亦洙與泗間老矣。惟不能知諸人，故終日執綏登涉，以尚異其或一我用也，疑也，知中無疑也。乃後世如司馬徽、橋玄輩，獨有知人之目，亦不過於人千百中，得其一二大概之知，故傳之耳。至於己，必不能己知也。

夫人孰不克心，必作正士，乃後多行於不正。或值可欲，明不勝愛也；或心因事變，或情以勢易，則有妒毒也，憤殺與懈怠也。此不能知己，一也。人雖蠢愚，無不悻悻智略絶世，况賢達？然賢達治事，至有不特不能治，且至於敗。則其始之自負者，知己也。失於臆憶也，此不能知己，一也。

予與硯祥，交不盡知己，交幸相知。予粗懷熱膈，凡秉心，凡行爲，在目前，即自命具目者，實不能得也。而硯祥必予於天表，即予所未至，硯祥必予所必至，而後卒如其所必。其爲予策，不特予不能，即硯祥自圖，亦不能也。然知硯祥之人，殊不易也。識悟開大，胸具古今，計物度世，止失二三於百，直心人也。而細而密融其粗，復警敏值事，胸焰然，反貌語凉凉。雖終日面其人，其人不知其爲之之篤加摯也，笑彼愚間生怨也。已貧於人，因憐人急人而忘之。生計絶貧，而絶無酸陋之影。喜事韵適，千金即消。至其文，字淵意蒼，機致相逌，即晉魏人佳者不到矣。

往有友詢予硯祥近止地者，曰：『有友，有書，有竹屋茗香，即其家也。』此俱予能所不得，即再希之亦豈能？若夫剛腸嫉惡，好樂賢才，取趣厭頑，家計深知懶作，值俗亦周旋，終現本色，爲凡庸之不恰，予同也。日不讀書，猶失食餒，雖成於習，習則生好，予同也。古賢曰：『友中不宜有畏，畏則無愛，友之交也，從愛也。』予與硯祥，無畏者也。

黎博庵先生曰：古今人動稱我友，難哉！如硯祥、子堅，始可曰友。

紀姜伯丁 諱應戊

稱人統曰佳，或無一端無數端可指，其人必止不爲惡，未之爲善也。不，則鄉愿也。即有一端數端之足舉，或畸且僻，或假狂狷耳。惟其人即指舉數端，他端止不指舉，非無可指舉，而其人始可確名之佳也。姜伯丁，一也。

伯丁太夫人幾年百矣，太夫人之視聽意心，俱在伯丁性中。太夫人偶恙，伯丁即疾矣。伯丁彼日笑樂，乃太夫人忭喜。世之简退者多庸憒，伯丁朗灼事物之情之勢，氣静人腸十九冷。伯丁遇友值事，覺其懷念，無可置頓，古今腸熱手慳者有矣，伯丁必不欲以之自委也。

每歲霜老枝净，石伏湫湫澗矸、小橋，日暄於頹梅，伯丁必拉予行行也。麥青上陌，水田之畦，松梧竹下，冬秋春月下時，必尋伯丁眺仰也。馮硯祥曰：『伯丁老人，他不必論，即隻字亦自有真趣。』夫硯祥以爲他不必論者，即他端止不指舉，非無可指舉之論也，即隻字亦有真趣者，其他真趣可知也。每羡龐德公、司馬德操之交，所謂具真趣者也。伯丁，德公流也，予敢妄希德操？然山之東一居，一居山之西矣。每促膝，即率爾忻悒矣。

予至伯丁家，即解衣踞坐，如在予室。或携客過，值伯丁他出，夫人令僕雛奔馳拂几，茶至，餌即至。刻餘，飯至矣。伯丁歸，但夾目低視盤飧曰：『何物，何物？』伯丁年七十無子。夫因孔子、子思而知伯魚、子上也，豈因伯魚、子上而知有孔子、子思哉？

吴幼生傳

堅叟曰：『久不見，感感，譃也，實也。見則不厭，去不復令人思，此止不生厭人也。人能令人思者，必起於愛，愛則生欲。欲者，欲得之也。既欲得之矣，是發思矣。人之成品不一，大才龐德，固上之上也，此豈易有？至其人，有如幽山小曲澗，或如崒屼窈窟之石，或如數百年老秃樹，然亦有枝有葉；又如寒寂草花，而色更凉艷。此其人亦何與於世哉？然而不能止人之愛者，何也？不鄙也，不俗與陋也。其有不愛之者，必與反之者矣。是作《吴幼生傳》。』

吴幼生，名集，清僻士也。世人語人，必曰：『我不愛財。』猶□□□□常告之也，痴耳。痴極，遂不知人知其誑耳。幼生田止數畝，甚膏沃。兄乞，幼生即作契，授其甥龔雅生，令變以奉兄。田值不特不留一文，即裹紙不視，促雅生急奉其兄，於近郊造小樓，并墾山地以種花樹蔬竹，以讀書。兄不言，竟移居置頓於其左。幼生不特無半語，且不形歉意，此其隱德，聞之雅生。

雅生古懿君子，得幼生性者也。往一友詢予曰：『子愛財乎？』曰：『愛。』友曰：『子未之愛也。』予曰：『愛極。』友再曰：『子未之愛也。』予曰：『子何知我？』友曰：『使子愛財，則子當財多矣。』予乃恍然。今幼生止知好書，好古帖、南北異花及古器，凡財可力得者，交心厭不行焉。蓋有其愛也，有不愛也。至教童子句讀於河渚，名花開園，使其長君，晨必折花古瓶，捧馳二十五里，日不輟也。案架所手抄，皆別集秘函，以至方書雜録，間爲詩，惜不存稿。其書法出入李北海、米海岳，韵氣閒蕭，一洗惡札。得書帖佳者，凡好友定致其閲讀，不還，亦不問，蓋不欲閉其光也，一人賞也。久遊燕北中吴，其水山，其怪卉石木，以至院刹風物，談之則娓娓，他皆惛然。

予嘗與幼生坐語，正遒快，偶有客入，其懷腸全與幼生背者。睹其意苦，不耐，起辭去，予即行別，蓋予甚苦幼生之苦也。至二三洽心之友促敘，呼酒手卮，口不絶論，然絶無一俗鄙陋語，燭必再易始散。予嘗於河滸村館訪幼生，歸必同予沿板橋清溪，隨語隨行，遇老樹嘉山，必佇立凝矚，常至六七里別。此等懷腸，予既不解，知幼生亦必莫明也。郭巨雄語予：『往在吴江，幼生僦居一小樓，甚爽净。幼生讀書其上，不知樓之下何人也。約半年，每夜静，聞有女男諧笑，其男子又時不同其音，後知爲泯耻之婦。幼生晚酌後，必足頓而口齲齗，作長猛聲太息。旬餘不閑，女即遁。』其憎穢如此。今長去已矣。乙巳重九，山樓棐几，陳秋蘭木瓜，隱隱閒氣。憶往在桃塢，與幼生深賞，是爲小傳，庶使後人知吾邑有此清僻士也。

姜子發紀略

姜子發名韜，奇士也。奇之義，以難得少見立名。雖住金華白竹，距予舍僅五六里。予耄矣，年來覺衰病，恐一旦溘先朝露，計無有得知子發者。今幸秋深，凉生雨過，遂覼縷紀其概。往齠齔時，與予婿姜虞然同師朱兩生長德，每坐立行動，必叉手當胸，人笑曰：『全韜腐。』及考，去『全』字，止單名。後十年，予過其族中蒙館，見案上文與詩，甚異之，因語之曰：『此等時藝，何以動人愛？宜買徐健庵太史所選房稿録真小題文，選其佳者，時爲玩味，則明與悟開，所作自不猶人，宜過我。』因授以《國策》，復語之曰：『此不止文章嶔崎歷落，且世態物情，皆所透徹，後日可以應用。』前兩生語予曰：『此子資性鋭利，更力勤，惜貧。』予笑曰：『如此，則陶朱公、卓王孫子孫，皆當如司馬長卿、主父偃矣。』

老友吴天水，過信予言，爲覔其族中一館，束脩五金，較其族中館穀稍饒，與予舍比鄰，因得時相過。予語之曰：『科第止進身之階，既爲丈夫，宜有所樹立於世。《五經》者，規矩也。孟夫子所謂「大匠誨人，能與人規矩，不能使人巧」。巧在史集，如《史》《漢》《韓非子》，乃發巧之書，不可不讀，不止取美好於文字。』聞有噱予者曰：『害此子矣。』匝年，劉文宗取第一名入學，此後毋論大小試，皆不出二名。張文宗以第二名食廪餼。予婿邵重曦爲覔一館於蘭城，束脩約得十餘金，實則心絶無酸澀陋鄙之氣識。凡財帛貧富，總不在其意，束脩必奉其太母。或告之曰：『子不爲妻子衣履計乎？』蓋天性孝友，不能變也。言行必忠信篤敬，飲人以和，無疾言遽色，從不見雌黄一人。

予又語之曰：『大學之道，在明明德。明德者，性命之理也。立身行事，學問之根源也。』因授以太西利師所譯《超性學要》《靈性論》，理極邃奥，與《楞嚴》《圓覺》《成惟識論》有天淵之別，一真實理，一謬誤也。

前予赴徐健庵先生之招，值四明萬季野館其園中。季野才學高博，明睿君子也。一日詢予：『君從天教者？』微哂，蓋其所見之書，皆下愚所閲者。予因出《靈性論》。閲之，約晷移數刻，遂曰：『此非一時可得明耳，當從容借讀。』乃子發閲之立解，即向予稱弟子。予又曰：『聖人所謂物格而後知至，以至明明德於天下而天下平，則知致全在物格。但物何能盡格？止求其大者、要者、真者、實者。凡積内不足充所居之司，不足善所施之業，不足謂德，《大學》所謂親民也。』因授以張太岳、高中玄二集。閲竟，語予曰：『其理道之至者，雖聖人不能易也。』

或曰：『子發學固博，才固高，但其著作殊難解。』予曰：『彼但闡發理道之真者實者，以求其是而已。蓋其全出於真實理之中，分處於筆墨之間者也。夫子曰：「辭，達而已矣。」今不求其達於至理，而徒求之於文字，宜其覺難解也。非同文太青、黄石齋之影響精微、聱牙結曲也。張文潛曰：「理勝者，文不期工而自工。」人肯静息平心，不視子發作目前人，則其言自可得了徹也。使子發之言垂於後世，人有不生恨不同時之嘆哉！』因而聊爲紀概。丙寅中元巳刻，八十五老人祝石燒黄熟，滌端硯而識。

文太青爲南京太僕卿，傅遠度贈以詩曰：『紗帽山人文太青。』周介生選《名山業制藝》，評其後

云：『太青制藝古文，不知文理深窅，予不能解，抑文理不甚通透耶？以俟識者。』詳於《列朝詩選小傳》。〔二〕

劉鳳字子威，蘇州人，記含深廣，每取古人一二字襞績成句，所謂餖飣學問文字也，理則絶無。夫理者，乃人心之定衡，又人心之公師也。子威文大概于篇中擷句，句中擷字，若句稍順，更摭僻字以换之，唐人所謂碎石薈蕞在也。〔三〕

黄石齋當毅宗時，上疏，謂：『陛下得《屯》卦，欲往榆關治兵。』及觀李元仲、張爾公上其書，知爲一迂闊文儒耳，而自謂伊、周乎？

徽州總鎮張天禄幕士義烏王君顯語予曰：『石齋提兵從廣信進徽，於陣上擒去。張尚循明朝禮，跪稟，石齋祇大駡，湯水不食者四日。』張窘極，王因曰：『易事。提參湯一壺，語石齋曰：「老爺死在此處，誰人得知？當到南京，明目張膽而死，庶與文文山並其忠烈。」』遂不語，因進參湯且飲食，卒抵南京殉義。若子發，則非遊聲揚光，其所學問，實與文、黄不同也。子發日夕揣摩時藝，倘得遇，將來建樹，定奏治平，其識才毅斷，非僅一詩文纖儒耳。或以予阿好之至，故作過情之譽，文太青不必言，若抑石齋，不特擬人不于其倫，故爲附識以作後日券，并以見石齋之忠烈。聖賢所謂『仁者必有勇』，又曰『死傷勇』，俱於石齋見之也。

乙酉冬，福安劉給諫名中藻，號洞山，來郡謁朱未孩先生，語予曰：『黄石老憤鄭氏跋扈，不出兵，遂辭朝往廣信，進徽州，取江寧。因詢之曰：「兵餉從何處取」？石老曰：「處處皆餉，以文武劄付納餉。」』不可笑可虞乎？予縣有趙復初，老童也，亦在其幕下，語予曰：『黄老師必晨起，凡書啓行移，皆親手寫，午後則下棋做詩。復初尚存其《監紀》一劄，凡武官請練兵者，則曰：「仁義之兵，何用練？」卒至殉國。』予故曰：『此聖賢所謂「死傷勇」者也。』并附記。至朱未孩先生之言，具於其紀略。中秋夜，漏殘月燦，耄朽石挑燈再識。

校勘記

〔一〕此段文字底本標注有「」符號。

〔二〕此段文字底本以朱筆標注於上段文字旁側。

知好好學録　卷之四

蘭谿祝石子堅纂
男　師正叔張
門人姜韜子發　仝較

序

送茅止生序

予友茅止生，受職方趙石谷先生牒，洛入都門，議酌剿滅流寇。止生乃變其先大父鹿門先生花林、房園、地産，招集技勇以行。止生忼慨俠烈丈夫，以天下爲身任者也。予於其啓行也，送之江上，曰：『從古聖賢豪傑之能治平天下，皆在其識之明，才之開大。其明識與大才無他，總於天下事物情、理、勢，見必真，遂力持堅定。而作用事事皆在踐實。』

夫事物之理，實則真，不真則不實，況於用兵？兹流寇蹂躪雍、梁、徐、豫、荊、揚，其慘毒從無前古。事在孔亟，則兵之用，非真不實，烏得剿以滅？不能剿滅，其禍可勝言哉！今天下之兵，誰是選以教，教以練者？即有選以教，教以練之兵。其對陣必恃大小諸砲，今寇尚在遠，砲先即發，砲完，賊未得影，遁矣。藥與砲皆恭具，間有未逃者，砲數發，熱極，裝藥即噴。至反受賊砲之屠滅，乃不教練之害也。而理學大人，謂砲止一枝，行兵全在仁義，此與誦《孝經》退賊者同。且寇既漫衍莫數，各樹號分突，更破城不據，但行焚掠，是以去來無常所，故截堵難定。設府州縣山地寨鎮，俱能堅守，則搶食無從，剿滅易矣。然堅守之法，不特邑令太府不解，即督撫道皆茫然也。何也？未之學也。以止讀聞俎豆之事也。國家取用人之大錯誤，全在於此。此則在砲臺，以臺護砲，以砲護城，其法俱在徐玄扈、李我存兩先生前後諸疏，奈不行，曰乏金錢也。乃城破兵敗，其費金錢，何啻千萬倍？人之生命，又不能數計矣。刊放生文，造放生池，何爲也哉？

夫對陣、城守、攻城，其砲不一，則其法不同，中有無限精微之奥理，而人皆作粗淺相視也。書生當事，患失者既偷挨時日，而愚愎者又任意妄行。草莽之臣，心熱同不恤其緯。事急矣，止跂聽止生此行之好音也。但兵不選、不教、不練、不講堅甲，不精究利器而戰，謂之浪戰。即有大小之砲，必不得其用。所謂雖有必勝之將，無必勝之兵，是猶驅羊於屠肆，而言之於此時，則如需越人以救溺子，然三年之艾，不蓄則不得。

止生識既明豁，才復雄偉，且鑒拔用人，能使竭出其心力，知已洞悉此時之情理勢，必在求真得實以作事。且也朝端非磨滌其肝心，更换積錮延習，用作事真實之人，烏乎可哉？乃職方既知止生，行且任之矣。但有任職方者，果能盡用職方之任，以盡任止生乎？國事大急矣。古之聖賢豪傑，不遇凶危糾結，何以見其大識奇略哉？ 更有一言，絳州韓雨公，奇士也，著有《守禦全書》，不可不遍索一讀。讀其書，即知其人矣。天下大矣，豈無奇士哉？ 崇禎丁丑上元日具。

惲巽庵先生集序

今天下之博學成古文者不少也，而揶揄人文於言外者，觸篇多有。至負重名者，其詆誹人更甚。大都蕭言艾論，在抑人以高其自耳。此皆不從學問深推轇悟，以得明豁者也。近復有倡言學問文章當求實用者，及循覽再三，不見其何所謂用之實也。意非以治平天下乎？ 何易言也！

天下非能自治平也，人也。總於一人，分在多人也。人具治平之能以發用，則曰才；才出於具德之體，則曰賢。二者得兼，則治平之用始實矣，偏則俱有害也。然則何從可得之？ 在知之。知之能，難哉？ 知之既難，而用之復難。蓋不特使賢才能畢力以勷勷，更在得其心慮之傾竭於變遷成敗之機適，且專任有終，中無疑問，且分劃於器使，而無求備於一人。此古今聖賢雄傑用人之大略也。惟能用，故能知，知即在用耳。人有智識高大，止能言，無能行者，才縮也。亦有事到，必久於計籌。而始明徹因應者，乏機警也。此劉邵《人物志》所未詳。

夫知人者，從我之外知，以知彼之内知，從其未有以必其必有，從其未現能以定其必現能，非如數之多寡，五色之分章，可定據無動無變，以無謬誤者也。故聖人曰：『其難其慎。』其難者，不易得，不易知；其慎者，益見知與得之不易也。春秋時用人，即左氏莫詳。夫子使漆雕開仕，是人可自求仕也，何以有『苟有用

我』之嘆？三家握權，又得用爲司寇攝相，其中曲折俱不能解。秦法，欲仕者以吏爲師，是取與用，原作一事。西漢行以徵辟，是取與用，亦不分二也。雖公孫弘、晁錯、董仲舒諸人之策問，猶後世之廷試。然亦止一人，而其名臣傑吏，則多在於辟取。吏部始晉，科目始隋，是取與用兩行矣。然太史公無取用人書，以至後世之作史者，代無志也。

大天下之治平，全在得實用於賢才。今循覽自謂得實用之文，並無一篇以及。且禮義生於富足，此古今不易之理。國家能富，則不剥下民，下民不剥，則人温飽，天下治平矣。國富，則兵得選教練。兵得選教練，不特四隅無侵，且盜賊泯絶，精神强固矣。今俱無一字及也，豈其韞於衷而不顯於手筆也哉？且輯《左氏兵略》，此則龍脯鳳腊也。然其行文清潔頓挫，異於諸庸闒，故天下震於其名，以爲其文宜祭酒於壇坫，予竊未之降心也，何也？『實用』二字非此也。

巽庵先生，長予一年，立身行己，列古長德。若學問文章，如設奇效方藥。惟方藥有奇效，故痼疾立起，非如《素問》《難經》，懸河作誦。及服其烹劑，不特病不去，且加劇者，同也。蓋其學問具實用，言必可行，行則有成也。乃其次君正叔，孝友慈良，詩文淵博，已克紹巽庵，更傍及書法繪事，真超絶一世之奇也哉！巽庵爲予作《希燕説序》，阿好之語，實切内慚。而予爲《巽庵集引》，則未能少得其高弘也。

金華文徵序

往滇南阮元聲使君司李吾郡，選刻《金華文徵》。時予年少，專在制藝，雖知其佳，不覓得也。後值鼎革，於貨敗紙堆中，買得數卷，已殘缺不全矣。因知金華鄭剛中、唐仲友，浦江倪朴諸賢，交具經濟，不止義烏宗澤、永康陳亮也。但宗忠簡之赤膽烈心，人所共知，乃在七十餘之老人，世則未必盡知之。至陳同父既以布衣上書，又三下大獄，末又得居廷對首，氣魄傲岸而昌大，故壓在鄭、唐、倪上。況鄭、唐俱第進士，倪則止以布衣終也。若金華王柏、浦江吴萊，吾邑范浚、吴正傳，識既高朗，學復宏博，遠不同於儒腐，惜其著譔多亡失。今世刻傳者，止有吴正傳《戰國策校註》與金履祥《通鑑前編》、吕祖謙《大事記》《十七史詳節》《宋文鑑》而已。最惋悵者，陳同父之《中興遺傳》，倪石陵之《輿地會元志》，及諸賢各種之册籍，何從復得見哉？浦江宋濂、義烏王禕[一]，使非明太祖禮用，在其左右，亦當與浦江黄溍[二]、方鳳、柳貫，吾邑方太古，同其少知也。

嗟嗟！予十餘年前，問顧修遠：『君選宋文，何爲於吾郡獨多？』修遠曰：『予得《金華文徵》耳。』然則吾郡在宋、元、明，其讀書學道能文之君子，亦可謂盛哉！豈止金華、吾邑何、王、金、許、章以理學聞，東陽滕茂實、賈廷佐，金華吕祖泰，以忠節著也。今《文徵》板，久久湮滅矣。而吾郡之君子，讀书立身亦大不如前矣。予之痴迂妄懷，尚望高明正大君子，提唱於上，不特搜選前賢諸集，再鐫流於世，更得發興人士立身讀書之摯誠，不致其聰明日沉錮於驅儈下流，惟金錢是頭出頭没也。

陳伯璣集序

數十年前，有倡論得《史》《漢》之神氣者惟韓、歐，至今交接其唾。然其所擬步者，又惟歐，間用韓之

『鏤心劌腎，戛戛其難』數語而已。即學歐，亦惟其聲句之轉折也。至文忠之所以爲文者，則不知，不知則無矣。縱終日模趨以爲之，而爲之者，終非文忠之出其能之所成之文也。公常曰：『道勝者，文不難其自至。』此古今不易之定理。蓋文者，乃言其心之所明、所悟、所欲、所愛也。史稱文忠質直而閎廓，忠孝仁義秉心，以國家事爲身任，知無不言，不顧忌怨，奬薦賢才，力不極不止，愛士援貧，天性也。此則所以爲文之文忠也。宋仁宗語群臣曰：『如歐陽修者，從何處得來？』足徵矣。後之學歐文者，齷齪鄙穢，孰能如其天性秉心？動則曰：『我數十年心血在中，故能縷黍不失，不亦面掛十重鐵甲哉！』

予嘗見黄子久《富春山圖》，嵐林溪渚，樹石邨籬，茅舍人舟，其隱現神情，俱邃澹人心目。然予行富春江上，風晴雪雨，以十計者數數矣，豈子久之可得其萬一哉？以不可得，亦無從得，亦無能可得也。然子久此圖，亦自見其遒逸清曠之致，故爲貴重。此文忠於《史》《漢》之比義，但亦正不必，亦各其所能以見佳耳。乃今模子久此圖者，猶今之嘔竭其思以擬步歐文者也。且從古至今及後世，無有一人其明與悟不向真與正者。真與正，人性之向界也，是非之劃何從，從真與正而定？真與正，則有理。邪謬，則理無。無，則成非而背是矣。是其文俱蔗皮角屑矣。

故人之成爲文，雖發於其所明所悟，而行爲則本其欲愛焉。設無欲愛，則即有所明所悟，無從得以行爲而發見。實則一體，從行爲而見其有兩也。是以文有雄傑而高深者，有清幽疏宕而曲漩者，種分各殊，總隨其人所欲愛，行爲於指筆。久之，則習熟其聲口，雖父子兄弟亦不同矣，眉山蘇氏是也。乃不以文忠之所以爲文者告世，止以文忠文之聲口提宗天下，何其猥陋哉！

予與南昌陳子伯璣，坐西湖樓檻，劇論讀書作文者。旬餘，伯璣一日語予曰：『今天下交口詈鍾、譚，總緣心不能如其深静，更具一種孤秀幽悠之思，以讀書作文耳。以己不能，因而駡人，且欲抑人以自高，皆因其器識淺小。文章好醜，豈一時可定哉？正不必如此。』予悚然曰：『子言，不易之論也。文章如五音，止有宮商，無角徵羽，可乎？』因以予與伯璣論近日之作文者，以爲伯璣集序。苟讀伯璣集，能思之，又思之，則知予言不左。

北盟會編撮略序

宋、元之事，近事也，學者尚不能知其千一，而乃好論三代、秦、漢哉？總皆執書生之意識，借古人爲抒麈耳。元自正史外，止見《庚申外紀》《草木子》《輟耕録》諸書，他多未得讀也。汴梁王損仲，博學在錢牧齋右，以《宋史》繁漏雜訛，已爲編纂，惜其稿沉没於河决。湖州潘昭度曾爲抄録，今不知存否何如也。大都從《續通鑑長編》《東都事略》《北盟會編》各籍，以爲斟酌去取。

夫人之必宜讀書，以知古人事者，非以擷其藻采，燦燦詩文也。詩文於身於世，何所得其用也哉？設人倏得疾，必藉於明醫者，以明醫能燭病源，知用方藥，對其症也。症對方藥，且能服下，病去矣。經書者，脉經也；史傳者，方藥也。元國醫羅謙甫，述其俚師語曰：『饒你讀盡王叔和，不如我見得病症多。』以熟於方藥也，實具理焉。故經書所以修身立德，治平天下，則藉史傳爲多。從古至今，人之情不能不時時觸境無變，變生於徇其身所欲惡也，變則智力奇張，而勢成焉。治平者，使人人範於是，是則正，正則實，實則人享其安樂。否，則爲邪爲虚非，天下不治平，馴至亂亡矣。夫情勢所成之事，孰爲記傳，亦孰能詳記傳？亦多訛記傳，故事在史傳，亦止得三四耳。其變奇者，不勝多也，必得學者之智識，推以通之。所謂因此得彼也。

識既高大，復無所顧畏，則名膽；又能斷决力行，則名剛毅；行之而處處事事合宜，始名才。識膽、才毅雖分名，苟能全具而用之，實則一也。名從事之得成而指以生也。雖然，豈能易得其人哉？人能全具矣，而本之以仁心，乃爲聖賢，爲英雄，爲豪傑。大都英雄、豪傑，於仁之分多歉也。曹孟德曰：『予非具四目兩口也，但更事多耳。』草野寒酸，何從更事？更事者，全從史傳中推通以得其變奇，以爲治平之操柄，孟夫子所謂知人論世也。故膽識才毅，雖本天授，而推通在史傳者，亦得半焉。此武侯所謂『讀書獨觀大略』。大略者，非大概之略，乃雄才大略之略，與奇略之略也。故欲治平者，先必藉史傳，及當事，則集思廣益以發用，而後事得成。然得書甚不易，一在富，再在貴。予，貧賤士也，焉能得多讀未見之書哉？往予交一大富貴人，亦嘗買宋刻手抄諸籍，但其好在金帛、子女者七分，三分在讀書，既不能静息沉心閲讀，故其文亦俱套淺。予曾苦借此三種，在其園齋，刻日讀繳，彼但曰『幸少竢撿出』，蓋妒心勝也。

丙辰年冬，荷大君子館予精舍，得讀《北盟會編》，時酷冷，烘硯，僅録千之一，其宜録而未録者，多之多也。此書起政和七年，終紹興三十二年，其事俱非《宋史》所有。即有，亦多不同。其所取引之書，常有三百種，今俱少見也。惜予急行，不得重加補抄，然亦不可不謂一則異書矣。常思崇禎時，士大夫執五經、《左》、《史》、八大家，登壇墠而偘偘論文者，數何得紀？乃使烈宗急走煤山也。每切齒此輩，真欲髮指。故祈後之讀此撮録者，宜思之，則知之。即讀他史傳者，豈可不思不知也哉！

貽曹秋岳先生序

所重爲丈夫者，在能需用於天下，出其德能耳。上則見其身以施發，拯世康民，倘阻於勢，則其言也，爲後世所必遵用。否，則糞壤不若，以彼尚必需用於人也。若拘陋庸鄙，又懷楊朱之學，則與狂妄人等，人也，難名哉！夫子稱管仲曰『人也』，又曰『如其仁』，再申之曰『如其仁』。代非無人也，以不可得，不能得，是以爲難。難得之義作何詁？少耳，非無也。故珍奇之物，從少得爲重。但人，統名也。尊隆，則名大人、仁人、學與才人。即抑而返此，雖人，非人矣，乃聖人之仁仲父，則從其能仁天下之指謂也。

予久企秋岳先生，昨冬始得面，敢題目曰：『夫子所謂人也。』《傳》曰：『遥聞聲而相思，及進前而莫御。』計此迷，古今後世必不能去，故班孟堅、柳子厚，有目聽耳視之論。人身五司，最貴在目。聞臭啖觸，則不能如。聞傳於人，則以我從人，是無我矣。所貴爲我者，具是非也。若止從人，則是非在人矣，何有於我哉？若目，則必出己之識。《書》曰：『惟帝其難。』侯嬴曰：『人固不易知，知人亦不易也，難在有識也。』識者，眼光透射其人之精神，以必其是而非非。蓋是者，不容加减，不受多寡，如是白非黑，是一非二，因而操握得定，以至其人後日之所值，雖奇變萬出，史傳之所未有，賢聖從無見言，真疑難茫茫，交能出其智計，應必恰當，以至功成，卒如其眼光之射握。書生但知頌許子將、司馬德操耳，不知凡能治興國家之雄傑，未有不知人，能用人，而得平治天下者也。予何人也，敢自謂能知人也哉！但行年八十，於凡史傳及身所見聞，與受教於大君子，亦少得知人之概，十之四焉。

秋岳先生，其博於學也，以閎拓其才，求適於用，以擴其仁。惟能開通其才，以撤其才之界，遂旨味乎其學，益不能以自止。儒酸曰：『仁，心德也。』夫此心德，三家村老及諸婦嫗，人人有之，何以聖人以修己以安百姓，稱仁於堯舜爲猶病也哉。故曰：大學者，大人之學也。學大於人大也。難曰：『子與曹先生暫爲促對，何以遽作此人物志？』應曰：『予觀先生雖不當位，而愛重賢才，更加扶植培溉，惟恐失一士，而胸中差等，復井井不爽黍毫。設其秉大權，則其所行所成者，寧復可量哉。』能知人用人以抒其洪略也。古之抒洪略之大人，其建偉業於天壤，全在知人而復能用。因得其用，以成大功名。所謂成車於室中，載途必合轍，亦此理解。蘇子瞻云：『天下事成於大度之君子，壞於寒儉之小人。』海内忼慨磊落之丈夫，毋論當位在田，交有其人，不多也。秋岳先生其一，聖人之所稱人也。

放言序

士人閱千百年前傳紀，及千萬里外事行，遂以其識想作論斷，此則爲是。如彼即非。又覓他疑端證據，以見其所非之是，所是之是，此書生套習，紙窗下經濟也。知陋，學鄙，心驕也。夫目前之事，見聞尚多訛謬，況於年遠地遥，而論斷如此確實耶？又有所謂道者，自孟子後遂絶，直至宋濂、洛、關、閩始續傳，予正不知此道爲何物。若謂五常五德，從孔子後、北宋前，上自君相，下自民人，未嘗人無家缺也。若謂太極，此自開闢來，即爲生萬物之底頼。底頼者，萬物所頼以爲底之生，亦萬物變變化化所底之依頼也。使寰宇内，一刻無此底頼，則萬物之生與變化皆無矣，與濂、洛、關、閩儒者何與哉？宜陸象山、陳同父之駁辨也。

從來聖賢所以治平天下，與古今人民日用之所以循循而不紊者，止此公理耳。今曰有濂、洛、關、閩而始續傳孟子之道，此何理哉？理無矣，則議論通耶？夫修身和物，敦厚倫紀，即下愚無有敢非之者，何也？理也。且開闢來，人人無有能非之者，何也？公理也。今突有論曰：『自孟子後，道不傳。』則自孟子後，世界人民皆如四足兩翼之物，直至濂、洛、關、閩而始稱人類也，理乎哉！又有咏『雲淡風輕』之類者，云咏道機也。此村學究鄙俚，原不足道。又有静息，以目視鼻，曰悟道，此則回光澄照，使心不動耳。夫心豈能久定不動哉？若如此，謂悟徹得道，須人人閉門嘿坐，則五常五德，一切皆斷絶，尚能成世界耶？且垂目凝神，則血氣不僨張，亦可少以却疾，而曰悟道也，可乎？

又曰『大悟小悟幾十回』，又曰『生死在手』，又曰『已參透，任我撒手遊行』，又曰『吾道南矣』。此類不一，總皆大言欺人，竊爲羞赧不能舉首。丁丑人日，予與西蜀尹子，偶並轡出彰義門，每解鞍頹面，即慷慨時艱，劇談今古事物者二十餘日。良鄉夜雪，出其《放言》以示，并屬予序。夫尹子所謂『放言』者，乃《記》所謂『放乎四海而準』之放，與『聖人放鄭聲』之放，豈莊叟荒唐漫衍之放哉？中云楊、墨不可並論，予常唱曰：今天下有愛無差等者幾人？皆口詈楊朱，而魂夢亦銘其至教者也。何也？吝也。吝生於貪，具貪才以肆攫，則貪增貪。無貪才，僅有心貪，故止能貪已有耳，根則同一吝也。此則墨子正不必闢，以無人可得闢。若楊子，雖闢之而不能闢者也。世界之紛亂，正由楊子之教，人守家傳耳，俱實理實情，豈予憤戲之論哉！引申其中數端，遂以爲敘。

貽許青嶼先生序

古今聖賢豪傑，其於凡人德美，相爲期於必成。遇人艱厄，務在力解，則胸始開釋。意以不可不成、不可不解者，乃焰焰其心也。不特忠孝，即五德，俱從人竭其思慮以行爲，始得乃見。設彼縮頸竈隈，蹲踡床下者，亦何從見其有一德哉？故同人憂樂者，因其心不得冷也。苟求其故，世人憂樂，於彼何與？若伊尹乃一耕農，獨抱納溝之耻於一夫不獲，設在目前，有不笑其狂痴者哉？即夫子之驅騁列國，栖栖爲佞，如喪家狗之鄙噱，胡爲乎來哉？甚至嘆『道不行，欲浮海』，總一心熱也。即孟夫子之傳食於諸侯亦然，獨其並詈楊、墨，則誤矣，若止爲我楊朱，則宜也。試觀古今來，有愛無差等者幾人？故荀卿、賈誼及諸賢，交稱孔墨。予每惡接孟子後唾者，曰『闢楊墨』，不知此輩一結母胎，即銘鎸楊子至教，且奉守綿傳後裔者也。心之温氣已冰，猶尸行地上耳。故凡冷者必堅，雖徐夫人匕首，剸之不入矣。爲我之學如此，此岳倦翁記陳同父有絶五賊之掀髯也，乃許青嶼先生則倍此。

予往聞先生名久矣。及己酉夏得交，始知其德更高於名，望其眉際，即知其惟欲人愛臻善好，而不下失於慝邪，兼墮於窮困，匯合陳太丘、陳孟公爲一心。蓋其向，非在欲我行五德也。徒以爲不得不然，出於不覺耳，不知其用已成於其體矣。故藻繪文言，於先生交綴之不似，其倉豈能貯粟。偶得，則饒人之飽也。衣，衣人，則常解也，囊篋豈復緘錢。值或有，則貧窶戚友之頗哆也。真樂道人善。有技才彦，不啻口出，在先生性也。而遇之者，則成命焉。人叩以急難，立起自任，口手互用，或出善策以策，囁嚅讓愜，至先生而絶。此則實事之實指，五德之實義。

予嘗見講理學、作大家文者，貌語高宏，不可一世。乃詢其至戚，乃不操戈槊而敓人者也。及求田問舍之鄙惡，又不必言。光天之下，偏有此輩，不幸相值，即思先生。先生指目，則晷刻出没於經史，詩文俱振懷踔絶，盡湔斷套陋，乃遥巒古磵，獨在驅馳之我範。蓋才與學，兩擴其邃茂者。予與先生握晤，乃於里居，未見其在官之施發。但十年中，從未聞其自述自讚一語，足徵其浩浩落落，非沾沾自喜之小夫耳。

苟楊詡以龔黄卓魯、西京大曆，實着筆即生厭赧。蓋先生之所足尊重者，自在天下之大識見偉丈夫，豈在宦跡文字哉！記前客於王長安，即世所稱爲王額駙者也。一日在席，王云：『許青嶼做陝西茶馬御史，一個低錢不要，所以回家一個低錢没有。』及客散，復悔云：『適有某在座，乃作此言。』蓋某乃大富貴，與先生行大相黑白者也。即王長安三言，已是先生一部德政録、一通大去思碑矣。夫天正欲平治天下也，何人徒讀《泰誓》曰乎？或曰：『子言固不可易，但失過憤激。』予低應曰：『正静正論也，敢質侯秬原、吴渔山、唐君知諸君子。』

讀史罪言序

甚矣，作史之難也！意非不欲得真，以情理勢在無從得真，不能得真耳。蓋史者，大都從傳聞，傳聞者，用止耳，非在目也。聽信，豈真於見信？或一事，分相背之是非，莫可證據，止徇其意所偏向，以記成始末。或以一己愛惡，或挾其怨怒，因立賢否，或在後嗣丐名士言以塗飾其祖父，夫子所以嘆『能闕文是難也』。夫目前之事，知之尚多謬誤，况於千百年之遠，人事與地之紛雜，後之讀史者，止以紙上之語，遂爲妄作論斷哉！故有借古人以發其迂腐之懷，成硬捩僻論；有實以古人如此，遂引前後事跡，以證其拘鄙管窺；更有以大英雄而詆爲劇惡，以鄉愿狡儈，反誦其中和。

夫閲史全在識，識者，於古今人地之情、理、勢，皆所洞矚，或直明，或相推較以斷明，尚必不得真得實得是也。乃逞其小見，作爲定案，其冤誣古人，能勝言哉？若文士，止取史中事言以爲詩文材料，此不過一類書足矣。若曰我於古今帝王將相、治亂興亡是資求，如必讀醫案以知病情方藥也，則舍史何之哉？《易》曰：『變而通之以盡利。』又曰：『神而明之，存乎其人。』此則效法史與方藥皆然，夫子所謂可與權者也。即如簡狄吞玄鳥卵以生契，稷孕於姜源履巨人跡之動忻，豈復是人語？此類萬千，乃學究偏信。至鯀之殛，終是負才而傲愎，故曰『方命圮族』。夫水性湧下，即稚子皆知其難障，况以滔天洪水，懷山襄陵，從何處障起？且泛瀾中國，至於九年，非上帝之降割乎？上帝降割，豈鯀才力可去？《記》曰：『禹能修鯀之功。』即此一語，而鯀冤可白也。否則四岳舉才，何以僉曰鯀哉？又何父殛，復用其子也？蓋殛者，傲愎也，德也，非才也。惟鯀多才，故禹修其功也。而下士必曰鯀逆水性以治水。此俱千百年往事，偶論其一二，其他何得勝舉？

近則三案，張差梃擊，神廟處之極是。其召對諭諸臣，與令鄭妃叩謝光廟事語，無不確當。即云瘋顛，彼時情理勢，原不錯，乃至今嘵嘵未息，尚曰此爲光宗，理宜兩行。至進藥、移宫，一曰爲許世子弑父，一曰欲垂簾聽政，此成何題目？韓相國一疏，黄鍾梅二疏，皆正大切直，雖聖人不爲易也。錮黨沿今，猶誦論紅丸急移宫者爲忠孝。若熊芝岡之勁識堅力，於兵事原識得明，握得定，但性失之驕嫚耳。即其典法出獄，從容整暇，亦足見其傑岸丈夫之概，幸詳於提刑張時雍一揭，群起攢殞，不於今有大憾哉！不知異日作史者，何以位置？郭太象與予十年以長，而弟提予，築室植木石，署曰『偶園』，讀書掃徑，於諸史交有論斷，名曰《讀史罪言》，以其是非多受罪於先儒也。予循覽數數，何罪乎？平哉！允哉！因引其端。

余式如集序

當今時藝蔓穢，大快於千子之一抹。但戊辰房書，千子所推許者，止金正希一人，清挺而悠折耳，餘俱學究腐語，執此以律定制藝，又何以服天下人士哉？此且不論。古文一道，千子自謂得《史》《漢》之神氣於八家，今讀《天傭子》，其遒潔頓宕者，自足名世，然理不入奧，而愎拗之章間見，若澹冷味韵則少矣。彼既負夙名，挾以悍氣，劇詈一時，而膚庸輩以其易於解讀也，交遵惟指南。夫予豈糊心謂千子盡非哉？徒以其意謂理學文章，盡欲古今人從彼則是，此則失之陋隘也。若羅文止之静密，章大力之澄幽，清別如傅平叔，俱具迥致孤香，又俱是臨川名士，而人無爲齒及。總是人心意浮莽，略涉用其思之一往低徊者，則曰此蚓吁蛩唧，非鐘吕鴻音也。

嗟嗟，文哉！夫文者，闡理者也。理者，發於人心之明與悟，舌不能盡也。即詳於論議，不過一時入聽，聲出即散。且理在推論，言不演延，則前後不得匝緻，多失倫次，須藉字經之緯之，以成句章，而理始全顯，且能久放準傳四海之人心。是故人常得循其正理以行爲，則名道；藏其正理於心明，則名德。且人不行爲，則無事，事在人行爲以受名。設人如鹿豕，則世何得有事哉？故人行爲，其理本正，則公，公復實，則爲善，反之則爲惡。善惡者，見於事者也。倘無理，則人何所循以行爲哉！蓋善則有理，惡無理，止不善也。彼自謂得古人文之奇妙者，止在剿其聲調耳，理乎哉！

張敞曰：『心之精微，口不能言也；言之微眇，書不能文也。』此則文之定論矣。式如沉思積學，其見爲文言，非猶博士之而也。武侯曰：『諸子讀書，欲爲博士耳，滞於所见，通變不適，名爲腐儒。』苟讀書如此，其是非於理道，不大相背謬哉？設執政行爲，國家焉得不受其辛螫？當此寇盜蹂躪梁、豫、荆、雍、徐、揚，人民慘戮，兵財潰匱，式如行且登用矣，豈如博士之徒，作策料言，以貽國家之壞亂者等哉？

吴伯成先生壽序

前古治興之鴻猷，其引申以致之者，非止通神明之德也，在能類萬物之情。蓋人情所趨，則行爲爲事，而勢成焉。惟人情不一，故事多變幻，而勢亦不一。勢就，在時也。時者，流往無定者也。韓子曰：『勢之成也，名一而變無數者也。若勢必於自然，則無爲言勢矣。』又曰：『勢固便治而利亂者也。』古惟大雄傑當位，遇事猝至，勢在可與不可之兩界，以發人絲棼之疑難。雖自負智勇者，交無能把捉，乃審勢而動，應必合宜，故功建名立。功之得成也，在恰宜其所應也。苟不宜，功何以成哉？養由基之射也，百發百中其鵠，中鵠者，恰宜也。故經史所讚頌聖賢之豐功偉業，乃宜之徵驗之稱名。

予所見當今在上位之雄傑，吴伯成先生其一。先生秉雄偉之識膽才斷，而道以大賢之矩則，泯絶鋒稜，以和平成變化。而雄偉之概，常射識者心膈，此非在以目得其張弛也。即先生豈復自知，設遇夫子，必在可以語上之品目矣。予與先生交二十年，時過處其無錫内署，故知之則深。雖僅舉數事，其他推通於大小，可以類取得。一日薄暮，先生轉署，語予曰：『得一用總督假牌印，取餉三千者，其牌印、言語、服從，居然官役也。』遂令人分款，密取其篋。啓之，督與撫、印、牌、咨、封俱全。予問曰：『從何以知？』先生曰：『既取餉三千，其牌宜令該縣差役防兵護送，今止混曰速解，彼必有同伙前途候劫耳。』其機警鋭利，觸鋒即解如此。

無錫前任爲嚴州陳某，書腐也，已絓計典，糧缺八萬。先生至，某泣慟，首頓地，曰：『身則已矣，其如八旬老母，更止一稚兒，交不能生矣。』先生即慰曰：『無苦，我爲出交清印結。』所以十三年變産出貸，始得補償。至其心誠之求，於凡民至深隱之利及害，無不竭其思與慮之所極，以興以除，以爲後人之法式者也。精誠之通，上徹宸座。值閩亂初平，特擢爲閩憲。閩，左山右海，雖八郡已復，而山海之盗仍在，口稱義師，焚殺淫掠更劇，義哉？閩司止任獄讞，先生曰：『盗亦我任也。』躬騎入山，剿者剿，即撫者隨用以剿，山盗俱殄靖。《書》曰：『若虞機張，往省括於度則釋。』故朝廷嘉其德才，復擢爲巡撫。時海寇據海澄廈、金二門，其凶鋒如故。剿者從漳州陸進，彼開闊深大濠三道，内架大砲，故往則挫衄。先生乃從海進，經海壇，寇踞截海道也。前鋒請屠其城，先生發令急止。至，乃就招，遂活數萬生命。海澄列舟三十餘里，銃彈轟烈，人皆業業，請少竢。先生揮去，躬督舟衝擊，諸將遂行。三十餘里帆檣，皆如枯籜捲颶風。復發舟，攻廈、金二門。水鬥，乃彼長技。及先生往，交敗遯海外。《易》曰：『幾者，動之微，吉之先見者也。』先生惟知幾，故顯其識膽才斷，更難在功成不言，泯嘿退處，非古之雄傑德器識量哉？予所知者，止此數事，其他奇略異績，先生不言，何從得識也？

夫子言：『安百姓，在以敬修己。』敬者，秉德以由其道，以開大其膽識，練達其才斷，百姓始可安也。今儒酸疏敬，迂論蔓蓄，無非三家村老之娖娖拘謹，可哉！予往雖嚴寒，必啜冰水。先生誡予曰：『不可自恃。』《隨》曰：『凡事，俱不可自恃。』非敬之義哉？予觀古之豪傑，始則英略雄圖，名蓋天下；後則不特不振，且失之可恤。《傳》所謂『自滿，因自用』，即自恃也，非失其敬哉！世人但知其胸懷闊大，發身以成仁者，不知其入粗入細，微彰剛柔，針毫不漏，敬修也。

辛酉仲冬二十日，爲先生五十攬揆之辰。壽言起於明，實始於《書》與《詩》，如『天壽平格』及『岡陵無疆』之祝。祝之意，在欲其多壽，以奠國佑民耳。故曰『仁者壽，必得其壽』。予雖老，而奡兀之心眼，時在挺豁，豈媚士諂夫之作頌哉？予與先生交久，從未干以一私，故先生加予敬德於愛德之上，多在此。其手不釋卷，雖詩文間作，實則在求古之治亂得失，以成其知幾之神以出用，而知人首在其中。故好禮賢士，惟祈得人而後功建名立。《記》曰：『成己，仁也；成物，智也。故時措之宜也。』先生則遵以行。

予常謂聖人論人，非若後儒。高中玄曰：『世無聖人，誰能論人？若聖武周，必不聖彝齊。若聖彝齊，必不聖武周矣。』中玄，乃明之豪傑也。蓋古與今，不同者，時也，而人則同。使古人而在今之時，則猶之今之人矣。則進今人於古時，不猶古之人哉？而必謂今人不如古人，此鄙穢矇士之識見，何知天下何以敉寧，百姓何以綏育哉？故曰：先生秉雄傑之德才，而道以大賢之矩則，行且晉陟揆端，澤溥寰海矣，國家之福幸也，敬以爲壽。

記往徐貞庵先生告家大人語。先生家居無錫、武進合界，離縣各五十里，喜貨殖。一日往吴門，忽家從飛棹至，以逃人從武進來，云索寄財貨。先生遑急，訴伯成夫子。夫子笑曰：『此易事。』揖使歸，即遣内紀綱挾錢馳託劉武進。當先使人諭逃人以害許律罪，使其懼，後少惠以利，兼申牒司院以豫後。武進劉先生，一一如夫子囑，拘逃人庭鞫，遂俯首去。貞庵先生喜躍，叩謝夫子，詢以所費，意必百金。夫子笑曰：『無也。』再三苦叩，始曰：『二十金。』拂其百金不受。時江南受逃人害破家者不少，獨無錫晏然。貞庵先生，明甲榜，曾令金華，具才幹，與家大人交好，感極故告。門士祝師正謹識。

吾師子堅先生，常以沉雄偉傑，冠絶明朝人物者，惟張太岳相國，故名其世弟曰師正，字以叔張。每曰：『今所身際且二十年，惟吴伯成先生，庶可相等。』韜因思孫月峰先達，稱太岳相國於古之治亂情勢熟，識見透，胸中人物多，天下自出他範圍不得。竊以太岳相國，時現英雄芒角。伯成先生，則以冲和出施用也。吾師成此文時，年八十二，尚作蠅頭細楷，此造物主之特佑耳。金華後學姜韜識。

經世實用編序

治天下之道，何易言哉！古今人，非不侃侃也，多不可用。不可用者，不得用也，不得用則不實矣。夫饑可食，寒得衣，此則用之實也。乃或以棘裳鳩膾，或以麟脯鳳裘，求爲披餐，不大愚哉！長城在燕、趙時已有，此不得不有者也。始王則爲連接，起遼東至臨洮〔三〕，設其可無，後世能去之乎？古北、喜峰諸口尚在無法可塞也。且長城者，天之所以限南北也。觸天峰巇，勢皆南俯，止就缺處補爲磚城。自秦後，書生不思實用，徒據《史記》以罪始王。夫事之不但無益而更有害，則爲罪。長城之作邊防，數千年不能易也，非開闢後，與教甲胄，同一大功哉！

有子曰：『盍徹乎？』是井田已壞於春秋，不自商鞅始也。五家爲伍，亦始於管仲，不自鞅也。即王安石保甲，亦祖管仲也。王陽明《十家牌論》，雖聖人能易之哉？今井田可復乎？保甲可已乎？且戰國時，天下大國莫過於秦，其地皆秦自所開轄，咸陽初不過爲非子養馬地。如此，則周都豐鎬，止今之一二府，井田所行幾何？計彼時不得不變改，情、理、勢所然也。乃接氣以罪有功者，從漢以至宋歷明如一口，非蠢，則腐矣。

談兵者必曰武侯八陣、遁甲奇門，俱自負爲奇秘，然未見有用之者，戰必勝也。數十萬人馬，排山倒海而來，談奇秘者，俱不知其去自何處。况用從古來未有之大砲，即有排山倒海之人馬，亦如風捲亂雲，此則必講何道理以相抵拄也。雖孫、吴、韓、白在今日，亦必别尋究何理道矣，足見實用之難。迂儒曰：『仲尼之門，雖五尺之童，羞言五伯。以其非王道，止富强也。』嗟乎，富强二字，何易言哉。予與許下陳子，促晤報國寺松舍數旬，得讀其《實用編》。苟能用其人，且久其用，則見實矣。此則在用陳子者，非關陳子所挾之用也。敬引其端。

姜次生印譜序

秦璽，刻佳玉作昭信之物於天下，以代銅虎符耳，於法實萬世不可易。子嬰上於漢祖，項羽不索，足見不重。乃後人必欲得秦璽，因尊重曰『傳國寶』，其迂騃自王莽始。印曰『受命於天，既壽永昌』，如此，則宜壽永昌，又何以失國？漢元皇后之詰王舜甚明也。既已失國，又何得稱寶哉？且明知受命於天，是人主之國家，唯天所命，道善則得，不善則失者也，於璽何與哉？

歷代以傳國作寶者不勝述，猶之禱雨者，取蟲豸作龍拜祈耳。蓋祈雨於龍，固非，况於蟲豸？夫雨，乃日月吸地濕所成。或以熱燥星格之，則濕不升，則不雨。今納蟲豸於瓶，士大夫日行叩求，閲數日，瓶龍殞臭，僧道密去之，而雨並不下。再歲旱禱復如此。此類多之又多，豈能盡述？乃儒者動云格物窮理，此種理何不窮？此等物何不格？倘一人稍爲解駁，則群起而攢詈矣。此與封禪建醮同一事，而明太祖獨革封禪，乃於龍虎山天師曰：『天豈有師？』改爲真人，醮則仍建。夫真，與假對者也。故真，乃人信之向界。假，爲人不信之止界。人至真，何易言哉？乃言者以爲得其印符，魑魅見即立遯。又曰：『凡怪妖得其印符，頂於首，雷遂不擊。』而儒者多深信也。豈世皆明智，予獨頑愚也哉？至漢人銅章，傳於今者，間曰某人私印，又於軍中匆劇作印，名急就章，總以取昭信也，故曰印信。其印文皆蒼勁渾樸，總在刀筆之古健，原無定格。至於篆法之争辨，必當上問蒼頡，然蒼頡又何據也？豈有所據，故天雨粟、鬼夜哭也哉？

予友姜次生，樸粹君子，詩文酒外，喜篆刻。四方賢者，皆行遠招，以爲何雪漁遜前，當與文壽承並。其爲予作『門有古槐、清谿』『予家深竹』，即有妒仇，亦不能生訾詆矣。乃集其所刻印爲譜，復屬予序，因并述古人作印之義。時正旱，故及求雨。壬辰年夏日識。

徐健庵先生壽序

四海兆民，家康安而人不寒餒，則天下治也平矣。然何易言也？全係居上大人，皆賢且才，以拊循之耳。但此賢才，得豈易哉？故聖王曰：『其難其慎，難矣。』復申言曰『慎』，益見賢才之不易得，而得賢才之更不易矣。雖然，天下之大，豈借賢才於古代以爲治平哉？惟人分於各性向之不一，在得一偉人爲宗以主者，攝其所向，使皆趨於真實之用，而後治平之天下自成。蓋此偉人，乃上帝所篤生，以爲治平樞藉者也。在宋，則爲歐陽文忠公；在本朝，則爲徐健庵先生。

夫使士人讀聖賢之言事，以生以擴長其識膽才斷，範其身於五德以進用，上尊朝廷，下寧奠天下，此設制藝取人本義也。制科者，令他日治平之德業，援聖賢數言作題，以見於秋、春兩闈之十四篇，與古敷奏明試之治法，事異而意則同矣。皋陶曰：『治本在知人安民。』惟哲於知人，而黎民乃懷，故帝堯曰『難』，况於以文字餬名取人哉？是非無賢才足患，難在取拔賢才之司主也。制藝至明毅宗時，膚蔓已極。在本朝，則年來惟平庸是趨，一望如荒崗敗葦耳。總緣人不讀真實有用之書，故論理，則學究腐陋。論事，乃拘窒不適宜。

予每持議曰：賢才非時文所能得，常厭不入目。至庚戌，健庵先生之制藝出，及壬子北闈、癸丑春榜，讀之如豁清日於霿霧，大開人鄙莽之胸。蓋爲健庵先生抒其識膽才斷所成，因出己之有，以取韓、翁諸太史，猶磁石之德之相吸拔也。此其德，但從思通以得成其有，無能發形於言論，以明晳其理解，非上帝篤生之偉人，能秉此德哉？前者二三不逞，人亦少介介於其烽火。予曰：『無庸也，否則上帝何以生此諸賢才，以爲治平之需用，而更生一秉德攝性向之偉人爲健庵先生哉？』今海平山晏，非驗徵乎？人之愛好韓殿撰也，益增其愛好之高厚於先生，故傳言先生拔取殿撰之行爲不一說。

及己未春，予携子師正走謁先生，叩以傳聞之同異。先生從巳談至未刻，其一腔愛好賢才之精誠，盤旋於其仁智，必得拔取而後始滿其奠寧兆民之願欲。歐陽文忠公之拔取二蘇，其與之同德哉！或曰：『子既以先生之德，非言説可得形，但循攝於思之所對立以得成其有，今何以屢屢指謂，不知天下惟真惟實則爲是，是則有理。苟僞與虚，則成非矣，非則何理在哉？』先生於聖賢之言事，及治亂之所原所由，與亟求賢才之精誠，總匯於理。由理爲其德也，猶之鏡也。鏡之德在明，惟已具其明之德，故凡物不能遁於其明所發之光耀矣。此自有異日史傳之記載，爲古今未有之事，更爲本朝史傳首一之光。

至其所取諸賢才，爲朝廷綏猷宣化，則國勢益興隆，而連茹之彙，益昌大也。故曰治平真實之用，全攝於先生之一德。仲冬朔之二日，爲先生攬揆之辰，古之所爲壽言也，見於《詩》《書》。《書》曰『天壽平格』，《詩》則祝以無疆，喻以九如。《書》言『天壽』，聖人言『仁壽』。及壽之必得，義甚明也。若如《詩》云，不幾謬妄也哉！蓋天下惟愛極，則必欲得。凡欲得之物，則求其永在，此定理也。先生年方半百，士民之所望以咸寧天下者，周於環海，人心聚於其德也。惟上帝輔德降祥，弼亮之任，知在不遠。謹與兒師正再拜，遥申兕觥之祝。

家大人年八十，晨起必展史傳，至丙夜始釋手。遇和爽日，則登山眺遠，常曰：『我在此萬山中，猶尉佗之處南粵，語無可與也。藉史傳以開我心目，眺遠以豁我暮年伏櫪不下臍之耿耿。』每告師正：『人生當讀真實有用之書，以益身心，以益天下，否則徒費心神，何所得用哉？』撰健庵夫子壽言竟，時在重九，語師正曰：『我從真實有用於天下國家之偉人發論，故言言卓犖，私竊自喜。中有數語，須人降氣洄思，自得其理，非作文言影響之幻詭，古今人皆目聽耳視，知後世必有是我論者。』男師正謹跋。

陳椒峰先生序

常思士人讀古人事言，宜從己身心體會推通，以求寰海民物紛起倏來不一之情勢，與凡事措施。時際當否，理與道之足爲據憑，庶在我握其真實作用之本，剛毅堅定，然後行爲於天下，始能決大疑，平大難，以建大功，以奏治平。故發爲文言，器概雄偉，總以抒其識膽才斷也。否，則雨窗風榻，晨夜哦哦，何用費此無用無益之時日精力？

徐子卿先生曰：『事業是文章之料，文章非事業之料。』又曰：『要曉得讀書裡做人，又要曉得做人裡讀書。』信夫！予往讀《椒峰先生集》，循覽再四，思之復思，知其爲有實用之碩人。頃與同舟朝夕者一月，聆其言論，以進徹其心膽。蓋取古人之大者、是者、宜者，以印於當世，復取世之變變幻幻之情勢，以推通於古，求其當否，爲異日手目之劃分，此豈諓諓小儒可及哉？且也，知百凡不敢任足一己意见，衷其謙德，更一言一動，交出於其摯切，不能自抑爲世之熱腸。如此懷抱，行且當位，有不功立名鴻者哉？

予又思四籍中，聖賢於修己治安之道，已屢爲申言。乃三百年來，於所取科目中之夫子意曰：孟子謂夫，其闡發當無遺蘊，即程朱理學，家守人傳，亦復誰爲逾越？明朝從前不必論。自隆慶、萬曆高中玄、張太岳當國十五年，天下已大康樂，歿後復又紛紜矣。足見治天下，非大豪傑不能持定紀綱，連茹以拔髦士，整齊風俗，使國富兵强。予每作此迂論，先生不爲唾斥也，則先生豈復是尋行數墨之士哉？予又思昌黎、永叔，其立心也，惟以尊主安天下爲任，故樂掖賢才，言動遵義，惟聖賢爲矩則。其文交從身心所是，去拘陋以出論，讀其傳集自見。後之步趨者，止於聲調斷落，漫漫衍衍以求似，乃土馬木偶，即能言動，亦叔敖衣冠也，可哉！先生不獨不咈予言，若似能道其心膽者。今先生年正强仕，其學問當日進無疆，敢以此序作後券。

劉孝孺太府序

劉魚仲先生，予良友也，爲黄石齋先達高弟，兩身一心，心一而行爲則大别。而石齋獨心愛賞魚仲，知之深耳。讀石齋《劉招》、錢牧齋《顧仲恭》兩跋語并詩，自見。

予嘗行巉岩巀磵，瀑掛千尺，忽見突兀古梅，又見老桂於萬丈絶壁下。予曰：『此魚仲也。』又行河北，忽香艷晃人目鼻，乃芙蕖牡丹，予曰：『此魚仲也。』又嘗秋月夜泛西湖，中宵倏聞鶴唳，予曰：『此魚仲也。』此中境況神情，非深知魚仲者，不足與語。魚仲已矣，幸有令子孝孺，真奇士也。其識其瞻，其才略開大，豈一二名士可及？魚仲有子矣。

予深處山壑，於世皆茫茫，僅知孝孺三事，其他交可以類觸取。閩亂初平，建寧爲兵馬屯札蹂躪，又浙始進孔道，各縣皆逃兵巨盗寨山，地甚危險。諸上大人計難其人作守，乃推孝孺握篆，民安，兵戢，盗遁，止孑然一身，一無長物。其老從每告人曰：『如此地方，我公白白做官也。』任解，正月初三日，予枯坐茅舍，忽有筍輿澼布袍過我者，視則孝孺也。予訝曰：『從大夫之後，何得如此？』孝孺自指曰：『小姪原是一小姪，從何異别？』因述其勞瘁，飯亦無暇，丙夜裹衣寢，一傳鼓即起，復曰：『小姪總不欲負初心，負績學，爲此閫郡士民也。』足見其德器才略之厚大。

前閩叛，金華合郡城皆逃竄，官長與從皆無，村落盡盜盤踞。孝孺獨持榜諭，跋涉四鄉，招進人民，故凡高位，人人奇重。後復掉海數萬里，萬死一生，招撫咖嚁吧，以絶臺灣接濟。與其王及大臣辨折旬餘，卒令搏顙宣詔，取降表貢儀以歸。自有紀事，予不復贅，足見其瞻識之越人，魚仲有子矣。兒師正、門人姜韜曰：『大人言言真也，實也，一字不作綺繪。孝孺先生不朽，此文亦不朽。』

郡太府張克念明府君序

西漢分天下爲三十六郡，其統轄屬邑之多，逾於商周分封諸國。雖二千石或改刺史，與五等爵名號，及傳世諸類不同，而生殺予奪，其權則一，何之理哉？總爲安養百姓，以尊謚朝廷也。

金華自明季殘毒後，及近歲乘閩亂而盜賊蜂起，百姓之苦樂無言也。幸克翁明府君莅止，而民獲蘇。予常謂治天下與立身，仁義不可偏倚，過仁則失於柔懦，執義多徇其猛剛。古今秉仁義之丈夫，本慈心以惠物，耳目必開明，智斷兩彙德，委靡恣睢俱絶也。明府君則仁義浹洽者矣。

予雖年逾八十，身藏萬山，乃時切切於天下，以爲治天下必藉偉丈夫，聞世有豪傑，不能促膝，必覓郵通問，得其言論，如獲珍奇，况於身在覆庇者哉！門士姜韜每過，必曰：『明府君涖事接人，藹如春朝，遇其不可，雖雷電震繞於前，不爲奪也。』予時聞八邑民士有屈抑者，必赴訴於府。明府君静耐精察，情得，則抑者理伸矣，非瑣屑也。瑣屑愚夫，豈能静耐精察哉？日出杲杲，霿霧影無，燭情審勢執理耳。《皋陶謨》曰：『在知人安民。』欲民安，必上治得人。人何以得？在知之者。然知人則哲，堯舜其難哉！

聞幕僚有景經歷者，其人倜儻豁達，手目無糾結難事之男子，世所少得者也。沉在下僚，明府君則拂拭提獎以委任，知人哉！焉得使攝用人大柄，以盡録天下懷奇之士，以康四海也。夫書生齷齪，駔儈詐詭，拘謹笨拙，皆不可以操持天下事，聖人所以嘆才難。上帝既篤生明府君矣，公侯將相，寧有種乎？予年即耄，然耳目不衰，尚能晤對千百年前，與今海内之豪傑，豈肯作頌德政之下流，面掛數重鐵甲者等哉？知天下丈夫，必有不咈予言者。

家大人成此序後，師正始知太府大人，常獨騎，或步行於山田村塍，詢民利弊。彼民不知其爲大人也，或曰某事，或曰某人，如何如何，故八邑之隱事匿情，無能得遁。家大人常曰：『書生鄙固，身值大賢，而乃讚頌紙上古之循良哉！』計《二十一史》上之循良，有能越今之太府大人者哉？男師正識。

吴北魚詩序

予〔四〕覽詩亦解也，然敢盲心曰能詩哉？〔五〕畫之好醜，到，即了了。執筆以作，指筆〔六〕僵矣，心手之能分也。至於詩，乃事物之景情，目入心動而即得，加以思之所推窮，無不通至以得取〔七〕焉，遠非畫比。乃〔八〕予欲成其詩，偏阻於能者，何也？再推索之不得，久得之矣，蓋由秉質也。〔九〕人積曰：『詩必窮〔一〇〕後工，但古來此，窮者數不勝也。《詩》工哉，則《邶》《鄘》板蕩諸什工，而二《南》、《魚麗》諸什不工也。』人積曰：『唐以

詩取士，故獨工一代。今讀唐人應制鎖院諸什，有不頭岑岑厭懼而急覆版者乎？則是李、杜未中格，何至今人奉不祧也？』〔一〕

予老友吴北魚，其識，其古韵，與方寒溪、吴孺子，並鼎列蘭溪士之三高。其於詩也，雖曰質是秉，然更匯之以恬心深學焉。其學，知一，好一。知學，故不濫下庸，昔賢所謂『但用遐心，取適於妙』者也。閔子馬之論學也，好也，好生勤也，何曰心恬？北魚敝屋數楹，然潔如時拭，蔽以老木高竹，庭前一修柳，垂於曲小池，其他野怪花卉，或在盆，或蒔於隙地。書帖，則周阹纍叠其架庋。净几，陳古硯，及朴爐、茗器交位置蕭閒。乞書者多，退筆可塚，辯帷布簞，衎衎獨坐寢。予每叩對，真形神仳雉矣。計即棼夫，亦必冷然善也，且也。〔二〕

予每與當位言，蘭之高士爲吴北魚。雖數敦婉促，而終惜此一詣也，且也〔三〕。北魚豈無才以取一二資朝夕者哉？不爲也。或曰：『北魚呰窳人耳。』嗟乎！世有釜塵綻屣，而能無爲所不爲者哉？人之懶者，懶於清迴耳。資朝夕者，則勤勤也。即有可不必藉以資朝夕者，亦皆勤勤也。北魚之不爲者，畏也，不愛也，蓋畏愛不能同在者也。北魚荆扉，值大雲山寺，覓北魚不得者，交知在閒僧山室，以此出詩成詩，詩乎，詩乎〔四〕？行己如此〔五〕，後日邑乘，得不入《高士傳》？〔六〕

別陶峻餘名克

人之朴厚者，失於少明，更乏材通朗輩，又無忠不信。人之難也，古今通也。予識峻餘於玲岩在丙戌冬，因過省其季父三寧先生，定交則戊子秋仲於郡城。

昔人目人止數字或一字也，已統其人之全，若峻餘可題目曰『朗真』。蓋忠信且明達，氣且沉矣。余往交一長者，心敬之甚。後值微事，倩其下一轉語，惟口唯唯，身再逡巡不前也，方知其不仁也。夫仁者，愛發也，不愛人則不爲人，無濟於人，一視人之如何如何而不顧也，忍甚也。事有難行則藉材，彼固無材，止一轉語猶靳之，設其多材，寧得爲人一之用哉？蓋其滿心畏葸，僅知愛己而已。

夫愛心動則熱，彼心之熱，熱己不熱人，故曰不仁也。向一宵輩譖予於大人，峻餘爲辨申申，一言莫告，後得之他客。夫大人發言合人承焉，恐違其所是也。而峻餘之力辨，則是予也。是余則拂大人之所是爲非矣。故使峻餘居位行政，必遵其所是之理于心，以施物善世，悔吝交置，不念以事君，則惟奉其所是之道德仁義以匡王，必不顧一己之富貴，并垂及子孫長計。或曰：余私夫大人頤指則律轉陽回，予何所動愛於峻餘，而峻餘若此者，尚曰：『予阿好耶？』峻餘秉宏粹之材，以發其深學，固是天下第一流。

余每與論古昔，間曰：『實不知，當隨檢讀。』聞前一士與名宿語，偶發名宿所未知，因成怨，所謂護前也。因愧因妒，愧似智，妒則愚，愧妒極而生怒，是益其愚也。峻餘欣于檢讀者，非懷謙也，是欲進己於智也，可謂智矣。昔人想真人無寥以至于天際。峻餘頃自閩歸，行别也，奈何乎哉！癸巳花朝誌。

校勘記

〔一〕褘　底本作『禕』，當改爲褘。

〔二〕黄湣爲義烏人，言浦江不確。

〔三〕洮　底本作「遥」，當爲「洮」之誤。
〔四〕予　《金華文略》作「余」，下文「予」皆如此，不再一一標出。
〔五〕「然敢」句　《金華文略》作「然敢曰能詩哉」。
〔六〕指筆　《金華文略》作「十指」。
〔七〕得取　《金華文略》作「取得」。
〔八〕乃　《金華文略》作「此乃」。
〔九〕「蓋由」句　《金華文略》作「蓋由秉質不與詩宜也」。
〔一〇〕窮　《金華文略》作「窮而」。
〔一一〕「有不」至「祧也」句　《金華文略》作「不必盡工，李、杜未中格，何至今人稱聖，且仙也」。
〔一二〕《金華文略》無「且也」。
〔一三〕《金華文略》無「也，且也」。
〔一四〕《金華文略》此後有「殆有先韵律而成者乎夫其」。
〔一五〕《金華文略》有「矣」字；「行己如此」後有小字「倠音揮仳。倠，醜貌」。
〔一六〕《金華文略》無「後日邑乘。得不入《高士傳》」。

知好好學録　卷之五

蘭谿祝石子堅纂
男　師正叔張
門人姜韜子發　仝較

雜著

史

史之筆之難，一也；止據邸報，并家私誌乘，及愛憎人野史，二也；更畏怨與仇，三也。古人屢言之矣。雖然，止得其一，蓋史之難，阻於勢之無如何也。古今無論大英雄與大奸，其作用俱有一段自喜得意之處。其初中終所循歷，動機變化，非自言，何能知？世縱知，何得悉也。且其幕中士，未必愛於勤爲其詳紀。即有詳紀，或多湮没。且大英雄既已得行胸臆而成功，名高天壤矣。一切交無不滿之恰適，故睨所身當。其委曲，何必垂觀天下。蓋懷曠目高，非同酸徠屑瑣，况多有不字識，莽莽漉漉，念不及後世之有人知我也。至大奸，其一言一動，捭闔詐詭，芒刃錦複，即妻子更畏其知。彼不畏者，止一自耳。然其機阱奇深，非横絶狼才不能也，人何從知？至古今帝王，及於宫壼，勢在遠隔深秘，知其事無自，徒因好惡口，彼此傳聞，故知何得確。

又有處地寥廓，人夥，事紛雜隱亂，既無註記在其間，其不能清明者，俱勢也。予觀明之徐中山、常開平諸傳，俱開國人傑，今三讀，憪憪無一異。此出宋潛溪手筆，豈潛溪當日，亦未與面相細詢耶？爲人主艱難中謀策，及諫止行爲，惟《李鄴侯傳》獨詳，乃因其家傳耳。家傳出其子繁紀，必鄴侯當日諄是告，或鄴侯别書遺也。故一展閲，猶侍左聆言觀動，發人喜嘆。又見腐儒議《李全傳》，以爲何必此多，不知彼時淮南北之事，皆收於全傳，大有關紐。以李卓吾心眼，并龐勛、藩鎮等傳，不入《藏書》，他可知矣。又如崇禎時流寇，其初中終，必不能悉能真。間有記者，皆一人一時一處耳。况多是風聞，則此傳本末，無能不屬影響。故曰：史之筆之難，固也，而其不能悉、不能真者，實勢也。劉子玄《史通》，多書生語耳，何得議人？

三案竊議

從古惟大豪傑，能剖大疑，平决大難，總以一身力任，故處大事若小事，且若無事。其識膽才斷，足以靖定人心於一世，即競名好利者，亦不敢妄躁言論，而後四海安静以治平。

三案者，俱從德清方相公起。方相公者，乃一朴懦謹老，故諸人易於嫚侮，交從無事生興事也。是以勁佻者，張威力以建元功，不謂老成耆舊，亦復出此，真國家之大不祥矣。設張太岳、高中玄當國，則朝廷尊嚴，紀綱振肅，諸人縮舌伏匿不暇，尚敢無事生興事哉！

三案者，梃擊、紅丸、移宮也。張差持梃闖太子宫，論者尚曰護國本。至紅丸、移宮，平心以思，儘可置不言。而攫名利者，遂起而設題目，以樹聲望，覬後福。且三案俱成於黨人，各黨皆有君子，非盡邪流。黨者，東林、浙黨、崑、宣也。諸黨惟東林爲盛。

東林乃宋楊時書院，在無錫，明顧憲成復講學於此。憲成廉潔自愛，正直淳厚，而鄒元標、馮從吾諸長德復相應和焉。淮撫李三才，性既豁達，才復警敏，有操縱，亦一異人，實則用憲成。而憲成則篤信其豪傑，遂益利三才之用，迂腐黠詐庸鄙輩，皆入其内。福清葉相公亦在於中，六部之權，皆所關與，是以附依愈衆，氣勢愈大。黨人自夸東宫爲大東，東林爲小東。惡之者，則大相誹詬以作對。黨人則群指曰：『匪人。』夫我以君子自居，以匪人加人，孰肯以匪人之名甘爲冒受哉？相攻相擊，始則怨怒，久則忿恨。不平之鳴，挺以走險，以致激極而潰裂。借魏逆黑天凶惡之颶風，乘飆滿駛，遂使諸人屠毒慘死。夫既慘死屠毒矣，名焉有不歸之者哉？名歸矣，焉有不至今痛恨者哉？究實平心而論，亦宜相分其是非也。設當時不借魏逆以慘毒諸人，諸人至今有不人爲詆謫者哉？禍起諸黨人之横肆，非清正君子之過也，根則諸君子之過也。一講學，則多事也，必合群也。是以黨人中之迂褊猾悍者，尋一大題目以起倡，衆則放懷合哄以詈人，循聲不復覈實，真不祥大矣。成何治理？成何國體？國家焉有不敗壞者哉？李德裕辨朋黨，真實不可易，其傳不可不三讀也。諸講學君子，非不人人自謂『五臣』『十亂』也，乃使世界如此，識拘才狹耳。彼豈不曰有識有斷，但皆用之以成偏執。蓋諸君子之講學也，徒講而不學，無不講一貫忠恕，乃交禪釋以演義。夫忠者，修身治平真實之理也;恕者,在通天下之情勢也。今情勢尚不通,何以得治平真實之理哉?

昔趙大洲教讀庶常,張太岳問以今讀何書?曰:『《楞嚴經》。』太岳曰:『也太奇。』故太岳爲政十年,朝廷經緯劃舉,治法整一,家給人豐,其澤尚流於四十餘載。太岳没後,當國者盡反其治理,故諸人遂起而紛亂。而源亦實由神廟,一味委懶,任其偏性,遂令天下至此極也。《易》曰:『天行健,君子以自强不息。』又曰:『剛健中正,純粹精也。』《書》曰:『沉潛剛克。』神廟及太岳後諸相國,皆背其道。故予常平心而論,要典之言三案,論人品,固非皆是正大。但論事理,豈得盡行排笮,以爲非是也哉?至其誣捏罪語冤贓,欲以掩其屠毒慘死,反使天下後世,一概唾棄三案之駁正也。噫!蓋崔、魏輩之肉,犬豕不食,但權衡事理,確實如此耳。

萬曆三十七年五月,淮撫李三才一本:『國勢一有三無,懇乞聖明及早痛改,毋致一敗塗地事。何謂三無?一曰君無權,二曰朝無臣,三曰民無主。何謂一有?備此三無,遂成一有。所有維何?亂亡而已。』又云:『舉朝泄泄沓沓,以社稷爲兒戲。』云云,足見其爲豪傑之士。

山東税奄陳增,惡毒肆螫山左,更住徐州。以徐州爲水陸之衝要,其税官皆諸奸輻輳。徽人陳守訓,其魁也,守訓遂加納中書。三才於凡税官凶惡者,令死囚扳作同夥劫盜,捕而捶殺之。乃移牒於增,增亦無如之何。增每見三才,汗即浹背。三才復以計激守訓抗增,增不勝怒憤,遂撻焉。守訓恨甚,欲盡發其奸惡入奏。增且忿且懼,一夕步於階庭,椎胸而死,或云自縊。守訓亦逮斃於獄。他省受税奄之屠慘,地方官一語稍迕,即疏繫刑部獄,神廟縱之也。事具予《希燕説》,獨山東晏然。

予常謂張太岳，其膽識才斷，則合齊桓、管仲爲一人。李修吾，則晉文也，於舅犯止得其半，惜不得作相。才難，不其然乎？論世知人，一聽天下後世之知我罪我。自得老人祝石識，時年八十有二。

梃擊

张差持棗木棍闖太子宫，巡城御史劉廷元原疏云：『张差語言顛倒，似相風狂。按其迹，若涉風魔；稽其貌，的係黠猾。情境叵測，不可不詳鞠重擬者。』即後催疏，亦同此意。乃王之寀初疏，亦稱劉廷元深憂慮遠，爲國家根本計，止因門户，遂摘出『風顛』二字，群起詬辱，生生罄作鄭黨。有云『爲鄭國泰護法，爲龐保、劉成卸身』。設當時左光斗巡城，則無此一番推駁矣。

王之寀爲東宫，事既重大，人心愛敬。丁巳被察，黜奪由中旨，罪非司察，而天下大爲稱枉者，以司察者韓浚、徐紹吉也。設主察者爲趙南星、高攀龍，則無後來指責矣。神廟原愛太子，原無廢立意，止因母愛子抱，過寵鄭妃，遂來奪長之疑。觀十八年面諭申、王、許、王四相公之諄切，又令太子出見。及张差事發，慈寧宫召見輔臣百官，再重申諭，事語詳《國史》。即太子亦云：『我父子何等親愛，外庭有許多議論，爾等爲無君之臣，使我爲不孝之子，深爲可恨。』神廟又復連聲自述太子語者再三。太子又云：『如此風顛之人，决了便罷，不得連累無辜。』數日，召太子，令鄭妃叩頭謝罪，且曰：『凡事仗小爺看顧。』太子亦叩頭曰：『還仗娘娘看顧。』且拜且泣，上亦掩泣。初則諸人過慮，後則好事譸張。

神廟知諸人以奇貨元功，爲他日富貴地，故始上册立疏者悉杖謫。久之，知反以爲榮，乃置疏不下。直至數年，無一人言及，即下詔册立。如此偏拗，真帝王心性也。倘初一言即册立，即無多少紛紜矣。劉廷元辨臺省馬逢皋、張雲鵬疏後云：『王之寀此舉，託名則是，覈實則非。馬、張二疏，以護局面則是，以課忠義則非。』部覆，劉廷元降三級調外。王之寀持拔都察院，門户之爲也。之寀總憲，則益狂噬污蠛，疏云：『用藥即通彝之術，通彝即梃擊之由，共一綫索，共一提掇，無非積怨深仇於先帝。』此等語，又一風顛之張差矣。

及至翻局，王之寀酷死，劉廷元不三年即尚書，報怨雪忿。廷元難云不涉，但何其無識也。且張差云：『不知姓名老公，與以飯吃，叫我見一個，打一個。打殺了，我來照管你。吃也有，穿也有，只是小爺洪福大了。』夫有身方可吃穿，若傷東宮，即不能傷，亦立成齏粉。身無矣，將何吃穿？即至愚者不爲也。乃曰張差有心有膳，不自相矛盾哉？

據論者之意，是以聶政、荆軻目張差。夫荆、聶皆智深勇沉之士，徒以嚴仲子、燕太子知之深，不以庸人相禮待，久久鬱困，忽得此出奇之知己，感之刺骨，遂捐軀爲此。張差，老公不過與以飯吃，即肯拼命傷太子，古今有此情理哉？

况鄭妃乃明慧女人，鄭國泰亦知義理國戚，即太子受傷，亦立僖廟，何由得及福王？且古之行毒害帝王者，其術必奇詭深秘，乃白晝令張差止持棗木棍作荆、聶之事，此又情理之易明者也。即之寀云『威懾嚴刑俱不招』，反云『你不招，餓殺你』，乃云云。荆、聶不畏嚴刑是矣，乃畏餓殺者哉？此又情理之必不然者也。故光廟登極後，並無一字及鄭，止慈止孝，宫廷晏然，足見張差爲風顛之確證。

據諸人之意，必戕貴妃，誅國泰，法福藩，從古宫廷，有此寃痛之大獄哉？神廟何以爲心？太子何以爲心？又何以立身哉？三案之真實，定於毅宗之諭宜興周、武進吴、烏程温三相公，御史袁繼咸時在班列。三相公皆浙黨，御史袁則東林也，豈得有偏私也哉？謹詳列於後。

红丸

光廟體素怯，故神廟屢諭諸相國曰：『朕見太子清弱，欲竢稍壯健，方令其出講學，方纔放心。』乃值神廟升遐，仁孝太子哀毁必逾節，且在登極，四海政治係心，更閱章奏繁雜，秉薄人主，何以堪此？觀其乾清宫憑几之言曰：『宜輔太子爲堯舜。』又曰：『朕壽宫要緊者再，非大漸顧命乎？』乃移宫之哄未息。二年後，禮臣孫慎行，起自田間，引《春秋》許世子止、趙盾弑君例，罪方相公。大許悼公病瘧，非篤疾也，止用己藥，而令悼公頓亡，故痛恨自殺。與光廟大漸作顧命，急催服紅丸望再生，有天海之别。更以趙盾相例，益復不倫。

慎行，清執君子，而總憲鄒元標亦佐之。故予常曰：『諸君子日夕講學，但講而不學，於此可見。』蒲州韓相公，正大醇厚君子，又東林也，身親其事。讀其原疏，已皎如白日當空，無奈門户合煽者衆，遂不能再申其説。尚書黄克纘，既非東林，亦非浙黨，其疏揭甚正甚確，諸門户遂置韓而攻克纘。計此時兵事正急，俱付不講，乃作無病之叫喊，國事焉得不敗壞？更改禧廟旨，當時親見諸臣會奏，爲諸臣會議，則益恣咆哮，亦太横肆矣。緣慎行丁巳被察，方相公值在秉成，既已懷怨，而一二慫恿者又行佐鬥。設南昌劉相公、絳州韓相公當事，則慎行必不在察典，此疏不拜矣。

韓相公疏曰：『臣自丙辰秋侍講幄，伏睹先帝和粹温文之資度，與諸臣忻相頌慶。至己未秋，傳聞感冒静攝，尋值皇祖考妣相繼大喪，乃泰昌元年八月一日即位，十二、十三日御門，諸臣見聖容癯減，皆以爲勞毁。先是聞御醫診視，閣揭問安。二十四日，臣與劉一璟入閣辦事。時有鴻臚寺官李可灼來閣，云有仙丹欲進。方從哲愕然，已具問安揭中，有「進藥宜十分謹慎」等語。臣等深以爲然，亟諭可灼令去。二十七日，先帝召見閣部諸臣，諭云：「朕在東宮感冒，調理未痊，節遇大喪，悲傷勞苦，朕不服藥已十餘日。」時皇上侍立，承旨諸臣叩頭出。二十九日，臣等視篆冊寶，司禮兩内監在，詢知先帝疾已大漸，内監因云有鴻臚寺官李可灼思善門來具本進藥。從哲與臣等，應以渠云仙丹，便不敢信。是日，仍召見諸臣問安畢。先帝答語多欬逆，因云：「不如此便好了。」再三傳册立選侍貴妃，諸臣以册立東宮對。先帝因顧皇上輔佐爲堯舜。又語及壽宮，臣等以皇祖山陵對，則自指云：「是朕壽宮。」臣等對以「聖壽無疆，何念及此？」先帝仍云：「要緊，要緊。」又問有鴻臚寺官進藥。從哲奏：「李可灼自云仙丹，臣等不敢信。」先帝即傳命臣等出。移時，可灼至，同進診視，奏言病源及治法甚合。先帝喜，命進藥。臣等復出，令與御醫各官商議。良久，輔臣一璟語臣：「其鄉兩人用此，損益各半。」臣等相視，實未敢明言宜否。須臾，呼乳嫗至，先帝趣和藥。臣等復入，看可灼調進。先帝服畢，喜曰：「忠臣，忠臣！」臣等出。少頃，中使出，傳聖體服藥後，暖潤舒暢，思進飲膳。諸臣懽躍而退。比申末，可灼出，臣等詢之，云：「聖體恐藥力稍歇，欲再進一丸。」諸醫言不宜驟。乃傳促益急，因再進訖。臣等急問：「再服後何傳？」可灼云：「聖躬傳安如前。」此本日自午及申事也。次日，臣等趨朝，而先帝卯刻上升矣。痛哉！方先帝召見群臣時，被衮憑几，儼然顧命，皇上焦顔侍側，臣等環跪傍徨，操藥而前，籲天以禱。臣子至此，憾不身代。凡今所謂宜謹宜慎者，豈不慮於心？實未出於口。凡今所謂致疑致忿者，不惟不忍出於口，抑亦不敢萌於心。伏念先帝睿聖夙成，慈仁天植，臨御僅以旬月，而恩膏被於垓埏，即禮臣忠忿之激談，與遠近驚疑之紛議，不知謂當日情景如何？乃進藥始末，實是如此。若不詳剖，直舉非命之凶稱，而加之好德考終之聖主，先帝在天之靈，不無怨恫，皇上終天之念，何以爲懷？先臣高拱，謂肅皇抱不白之寃於天上，留不美之名於人間，又再見於今日。臣是以據實陳奏，一字一句皆皇上所見所知，煥發綸音，諭告中外，庶先帝正終正始，永此有辭矣。當時親見大臣，宜同臣言，先帝陟降庭止，實鑒臣言。』

讀此疏，紅丸一案，實宜置不言，乃無風忽興狂浪，亦可謂無事生興事也。雖揆席論班次，乃劉、韓同是輔臣，舍二人而獨攻方相公，既無以服方相公之心，又何以服天下後世之公是非哉？且尚書、科道及英國公，彼時齊在，設云紅丸爲毒弑，諸臣無一阻止，罪宜均坐，何以獨責一方相公？善乎黄克纘疏云：『若以不嘗藥爲弑逆，則在宫在官，人人可論。且光廟彼時促藥望生之迫急，誰人敢止？又誰人能止？』此皆情勢之極明者也。使當時方相公阻止紅丸不服，光廟賓天，李可灼必逢人騰説：『方相公不肯令先帝服我仙丹，以致上升，則又以坐視先帝危急，不使服紅丸爲弑逆。』是紅丸服不服，方相公皆有罪也。故黄克纘、汪慶百、王志道、徐景濂之論三案，皆正直公平，萬世不能易。若云鄭妃進美女八人，故光廟體爲之憊。是以隋煬帝、周天元，視一月發政施仁，堯舜之主也。又云李選侍爲鄭氏私人，麗色藏劒，其他誣穢尚多，計彼時何以能開此口？

故予常云：明天下之亡，皆用時文所取之輩。至李可灼之妖言説謊，云精子平五星，合以奇門遁甲，人之貴賤壽夭，無能逃者。既挾此神奇，必爲光廟推算，而後於思善門具本進藥。方相公不治以妖言惑世之律，及賞以元寶，可哉！

移宫

國家之事，壞於陰譎之人易見。至壞於跳嚎執名義以標丰采之輩，縱一時同聲附哄，大紊朝綱，然終不能逃有識之定鑒。移宫之案，起於内監王安。王安事光廟於青宫，讀書寫王字，但性則貪傲。光廟升遐，於衆前手持多揭以排李選侍，箕踞嫚駡云：『如今叫他認得我，還叫我叩頭麽？』少僕范濟世則拒揭不受。濟世，乃左光斗疏稱爲端謹者也。而楊漣、左光斗即與應和，以建定策之功。無識力大臣，亦隨聲相附。獨尚書黄克纘，力持正論，謂毆聖母，欲垂簾聽政，皆非事實，不爲播煽所揺奪。而諸人遂起相攻。光廟顧命，令輔熹廟爲堯舜。是天位已定，倡言危險寒心，欲大臣日輪一人值房伴宿。且云『李選侍不促令即日移宫，將借撫養之名，行專制之實。垂簾聽政，武氏之禍，立見今日』，此左光斗諸君子言也。

王安復倡言：『選侍宫監李進忠、劉朝等，盗宫中寶藏，實是選侍奩篋中物。光廟所賜，諸監令其搬移，非盗也。』云盗，則王安得攘也？向非黄克纘剛毅剖斷，不特諸奄盡斃，即選侍之父亦危矣。且選侍之諭封，妃也，非后也。光廟親諭者三，熹廟復再爲申諭，尚且不奉詔，而乃能自后垂簾聽政哉？選侍果有垂簾聽政之威權，則王安何敢出揭慢駡？叩頭且不暇矣。總之，宫何難移，王安故作其難。

觀初五日旨下，其夕，選侍携殺宗皇八妹即爲奔避也。且光廟登極已二十餘日，鄭貴妃尚處乾清宫。周嘉謨語鄭養性，而始請旨他移。神廟寵厚鄭妃三十餘年，其權力豈選侍能及？不見光廟畏其自后垂簾聽政，促令其移宫，足見宫之遲移，原無可戒心戰慄，甚至以高皇帝社稷將不血食之紕繆云云也。於此益徵光廟實無怨恨於鄭妃，皆外庭之生興事者之合哄耳。

楊漣疏云：『諸奄將臣攔阻，臣遂排闥而入，得見皇上，復於慈寧宫前忿争其本日移宫。倘移宫不速，不幸而爲女后覽文書稱制，垂簾聽政，其害豈得勝言。』云云。夫父傳子繼，宫庭原自晏安，何至以移宫而憤争？凡人兩不相下則争，争不勝故忿。方相公軟懦至十分，敢發正言一字相抵牾耶？况漣之氣焰，誰敢犯以一字乎？奄人守宫門，無旨不敢外人放入，此其職分。先帝哭臨，衆臣當齊入，何必一人排闥？非尋出人以生興事，見定策元功乎？

從古女后垂簾聽政，俱在大殿，豈在内宫？使選侍果有威力，即移别宫，獨不可至正殿垂簾聽政哉？范濟世，端謹人，亦因不平而出揭，揭曰：『泰昌元年九月初一，先帝升遐，初五選侍移宫，初六皇上登極，此天下之所知也。初二日，吏部九卿科道公疏請移宫，奉聖旨：「覽卿等所奏，知道了。待擇日即行。」是擇日而尚謂之待，則是初四日尚未有定期也。選侍即欲離乾清宫以避至尊，然不得旨，將安適乎？此亦事理之易見者。謂公疏非耶，責在家卿；謂票擬緩耶，責在内閣；謂擇日遲耶，責在欽天監。此未可執爲選侍罪矣。觀初五日有即時移宫之旨，選侍不待肩輿，不待從人，與皇子皇女徒步一號宫，此足明選侍不敢抗至尊以自便矣。自古亦有宫闈亂政者，然乎？否乎？不特此也。當初五晨刻未移宫前，職等科道三人，候皇上於慈慶宫門外，遇王安，相揖言曰：「李娘娘只與他一號殿，不可與他慈慶宫，他就没權了。李娘娘待敝道們怎麽嚴的？昨日有某人爲某事，早晨跪至午間，還不叫起來。昨又叫人來請我，我説我不去，請我怎的？我不曾得娘娘甚麽好處，你便跑殺請我，我也不去。」又言：「小主每日四次叩頭，又言搬盡了宫中銀子，方肯去哩。」視其語意，其怨恨選侍明甚。然自數語外，卒無一字及選侍他罪。豈彼猶爲回護，不欲盡言耶？抑選侍别無罪過可言耶？職謂王安興妖煽禍者以此。』由此可知選侍設不令王安叩頭，則無此興妖煽禍矣。且光廟九月初一上賓，則是含殮尚未竟，常人夫婦尚有骨肉未寒之痛，視光廟遺命云云，足見其情愛之篤，立促離梓宮，毋亦太狠不情。倘熹廟有旨令移而不移，尚云選侍抗拒，或熹廟力不能使出移，然後人臣得以藉口邀功。今令移即移，何云大可餜飢？君臣驚魂未定也。或以熹廟始初上傳，不曰『毆聖母，至朕哭泣六七日，又阻朕不許出』云云乎？不知此皆王安所爲，後此不屢獎逆賢、誅鋤善類之諸旨乎？乃偏謂初則真，後乃假，豈大正之論？

故三案之在當時，處分原是過當，後之論者，不爲考覈真實，故持議多失偏私。至合三案爲一案，其語尤失不通。若云楊漣攩住方相公，拉令出疏，且說『你吃李家飯，做李家官麽？』實無此事語，皆諸人譸張幻說。孫慎行至上於疏，猶非大臣之體道。而王之寀疏，欲禧廟令選侍聽其自盡，真可謂國家之妖孽也。總之，讀黃克纘、汪慶百、王志道、徐景濂諸君子全疏，及揭及書，則三案之是非了然矣。加以毅宗皇帝之聖諭，雖諸孝子慈孫，亦豈能騰其口說哉？

魏逆初亦奉王安，附東林，值衆議移宮，魏逆插一句云：『遲一日也不妨。』楊、左遂大聲叱之，即吐舌曰：『東林人這等狠。』兩人後日屠殺慘禍，實芽於此。辛巳，予在漳州，王東里、何玄子兩先達語予，時同席者，爲鍾紫士、陳石文。

崇禎毅宗皇帝諭周、温、吴三輔臣以三案，時御史袁繼咸在侍班，出以語同臺喬可聘，謹述於左：

毅宗一日語三輔臣以三案，云：『此三案皆非。如紅丸一案，方從哲原奏過皇考，不可輕進。皇考愀然不悦，説「朕病勢到此十分田地，服了，或可望再活。不服，只有坐在此等死了。」實皇考自要服，服了略見效，又叫再進，乃喜，叫李可灼「忠臣，忠臣！」當時朕與先帝都在側，豈是方從哲所爲？梃擊一案，張差實是風顛。朕在信府時，宫中忽有一板自上墜下，見上有多刀鎗，實是奇異。意欲奏聞，又想皆是宗祖深意，以備不虞，仍令人掩好。若彼時上奏，又同梃擊了。如移宫一案，尤是可惡。皇考以朕與先帝，皆幼失母，命東西二李選侍撫養。渠愛朕兄弟如親生子，故朕與先帝，亦事奉如親母。所云氣毆聖母，垂簾聽政，皆是王安造揑，與外庭合哄。魏忠賢固是大惡，王安亦非善人，若令得志，俱是一樣。』諭畢，周延儒等唯唯。袁繼咸，清正君子，東林也，而述此諭，非三案定論哉！

辨惑　一楮錢　一數　一風水

予往見大儒，言行岩岩，下筆一字不苟，亦不肯輕爲人下其筆，非伊川、紫陽，不成文也。予不肖人也，豈敢妄議，但有不得於心者三，特列辨如左。

凡野廟，大儒必恭持楮錢謁拜。夫所重爲神者，正明也。使我有邪惡，必不因一楮錢謁拜而遂降福。設止重謁拜楮錢，是小人也，何以爲神？苟我無邪惡，又何用楮錢謁拜哉？班婕妤、范孟博傳不讀耶？況山田野廟，皆俗鄙人所創立，何從知爲某神？天之災旱，人之貧富夭壽、禍福疾寧，世人無時能免。既有土神，何爲不使盡有吉而無凶也？有土神，拜之，固愚；無土神，拜之，是拜五色泥耳，不更可笑乎？且銀入銅鉛，則名低假，以饋人，無有不怒，況以楮爲錢，更焚則成灰矣，非以彼爲土木無知，不益重其怒哉？人之須錢也，爲身衣食及諸用也。神既無形身，是不必飲食與他用矣，又何須錢？世人馳逐，在覓錢耳，故曰『熙熙攘攘，爲利來往』，又曰『楊震四知』，又曰『萬金不移，交名大賢』。今無故饋以錢，且以楮灰，則神乃至貪不肖而昏瞶者矣。況其人不論善惡，止焚楮錢，神遂忻悅。縱罪惡山積，皆行不究，更轉禍爲福，此何異世之貪污官吏也？乃神不知，欲此楮錢何使？豈亦猶吝鄙富人，堆積於無用耶？即邵康節亦云『明器不必廢』，此則自欺以欺神也。康節大儒，予豈能泥心以爲敬信乎？

考楮錢，起於唐開元二十六年，以王璵爲祠祭使，因帛不給，遂改紙爲錢以祭。如此，則未有王璵，從前鬼神皆身無半文，有王璵而囊篋始得纍纍也？不知大儒亦曾思及否？總之，禍福之心團結，遂茫昧於理道，是人不必爲善，上帝乃降祥。上帝竟不能使爲惡者以降殃，止憑一楮錢，是賞罰而已矣。《尚書》，歷代聖賢之言，計大儒必不信矣。因辨楮錢而并及許願、酬願，蓋爲求福去禍也。鵝鷄則爲小許，大則許以羊豕演戲。倘獲福，則所許者遂爲酬，否則竟已也。此等事，施於常人，且惡其慢褻，況名爲神，是視神爲貪飲食之下流，喜觀劇之小兒，遂降福去禍也，可哉？

更有寄庫之事。寄庫者，先寄楮錢錠於地獄之鬼也。僧衆念經振鐸，堆積黃白楮錢錠，焚去爲人後日死去之用。猶今平常之人，無故自思將來必入死囚禁監，先寄銀錢於獄卒耳，不大可笑乎？況天下惟有買者，始有賣者。惟有賣者，人始持銀錢以往買。人死，止存人魂耳。人魂，無形之體也，既無形矣，亦何所須而欲買哉？且彼賣者，亦持何物以應其買者哉？此明顯易見之事理，何世人之懵懵？考《唐書》，王璵、黎幹在唐造鬼神陰陽之誑誕，肅、代二主極爲信從，至德宗乃斥逐，不意其流謊以至今日。

邵康節凡祭祀皆焚楮錢，程伊川怪問之，曰：『明器之義也。脱有益，非慰孝子順孫之心乎？』足見康節於理道大不明，何也？曰：脱有益者，疑之也。凡有疑者，其於理道必不明者也。設明則不疑，不疑則不云脱有矣。脱有者，與脱無對者也。設伊川曰脱無益，不幾以楮作錢，兒戲祖宗乎？不更以祖宗爲大貪之輩，即以楮作錢，亦貪之乎？伊川即如此作駁，尚處疑城，今竟寂然，足見其於理道猶在未明。總之，古今人極愛柔和，極信影響精微。

康節者，乃忠信明哲，詩書靄吉也，忽自以意作數學，不知其皆入於誕謬，而人俱篤信以相尊奉。其《皇極經世書》誤謬背理道，且不必言。即在洛陽聞杜鵑，云：『南人作相矣。』以王安石也；乃杜衍，會稽人也，不在安石先作相乎？至於南渡之相，吕頤浩、趙鼎，北人也，如云『鳥獸得氣之先』，則皂鵰、海青，亦當翔啼於西湖。况明之宰相，如嚴嵩，亦南人。果如所言，則杜鵑當聒聒於燕北也。倘云相爲奸惡，則安石止僻耳拗耳，非奸惡也。若秦檜，乃至奸劇惡也。設康節在彼時，不知又取何蟲豸之鳴，以爲得氣之先爲驗矣。至黄石齋《三易黄圖》《榕檀問業》，亦是《皇極經世書》之類。後世明理道丈夫，自當不至河漢予語。且人所誦言而效行者，莫過堯、舜、禹、湯、文、武、伊、周、孔子。而《尚書》，則孔子所删定者也。

今觀諸聖人，有一不惟上帝是敬事者乎？蓋敬而事之者，明見凡人與諸世物世事，皆受於其生，而主以定之者也。若謂人與世事世物皆不逃於數，如此，則上帝乃頑冥無知，聖人又何必以修身克己，以求免禍獲福於上帝哉？且數者，一二三四之號，人所用以紀事物者也。豈有紀事物之法度，而能生人與主定事物者哉？且據其所言之數，是凡禍福乃人乘於不得不然。如此，則凡人止毒人害世，快其所欲足矣，云我爲數，所當然也。而《尚書》又何以曰：『惟上帝不常，作善降之百祥，作不善降之百殃。』又曰：『皇天無親，惟德是輔。』又曰：『天秩有禮，天討有罪。』又曰：『天道福善禍淫。』此等語，不能盡述。其言天者，猶之言朝廷也，何嘗有一字言數乎？故數之理，乃依於事物以成於人心耳。設無事物，則一二三四不必有矣。禽獸不知理，故不知數也。苟人有言諸聖人之語在《尚書》者，皆不足信，則人有不群起而詈之者哉？何以人之所行，則大相悖也，非諸聖人之大罪人也哉！

數者，因彼此而見，又因多少、長短、大小而見，又因有加減而見者也。故數非能自立，依賴於物體，必人之心明，動別於物體而有者也。格物之學，分自立與依賴，依賴非得自立者，則何所依以賴乎？今突遇不識之人，姓名必不知，是人爲自立，而姓名乃依賴矣。五德須人行爲始現始分，五色藉物質始彰始别，皆是也。故自立者爲實有，依賴者爲虛有。吉凶禍福，治亂興亡，皆實有也，豈虛有之數，能生之哉？數又依於時者也。使不依於時，則日輪晝夜循環，何以有限界而分十二？何以有限界終年而分三百六十有餘度乎？是數爲依賴而非自立，明矣。

又數者，用以察物之分限者也。若分而聯紀，則顯物幾何衆也；若完而成限，則顯物幾何大也。權度、規矩、量算，所以立也。苟非數，則何以製物、利用、集事、成功？且何以統物、立信、定法，發人慧智乎？則數之故也。豈有製物統物之數，而能生吉凶禍福、治亂興亡哉？不大背理哉？且人心之疑，至數而絶，是數乃攝人心之疑而化之者也。止貪者之求，使儒者不至失其得者也。今人動曰有數存焉，是李鄴侯所謂若君相言委命，則禮樂刑政，皆無所用之也，可乎？是《大學》之所謂『君子無所不用其極』，孟子引《詩》所謂『永言配命，自求多福』，皆誕謬也，可乎？若云皆在於數，則人之一身，與人主千官，如草木飛走，任其如何足矣，何爲是勞勞其心力也哉？此非降氣沉心，不解得其理也。

凡談堪輿，或痴或猾者，大儒雖數百里，交隨其登涉，以求吉壤。嗟乎！大儒自負秉道博識，乃如此耶！予幼遍讀《葬書》，見其議論皆謬誕可噱。夫五帝三王下至北宋之初，交無風水，其葬法可考於經傳。冢人掌公墓地，辨其兆域。先王之葬居中，以昭穆爲左右。故文王葬畢，武王居昭，成王居穆，兆域之列，皆有定序。自公卿大夫以至兆民，未有不族葬而序列者。郭璞雖創立謬誕，彼自身尚受戮，子孫絶代，亦誰爲信之哉？

考正史可見，直至南宋蔡季通，大神其術，紫陽篤信之。季通謫道州，有夜粘其門者曰：『掘盡人家舊坵壠，冤魂欲訴更無由。先生果有前知術，何不先言去道州？』又陳季陸、劉韜仲常訪紫陽於武夷，紫陽風水極讚賞季通，季陸難曰：『蔡丈不知世代工此，抑方始學？』晦庵云：『乃祖乃父俱明於龍穴，至季通更精。』季陸曰：『如此，則公侯宰相當盡出其門，他人何望焉？』時座有周居晦疾應曰：『蔡家也曾出一巡官過。』坐客皆笑。故北宋歐、蘇、曾、王諸名人集，並不言風水，止温公論葬地，證其誑也。盛於元之曾、楊、廖、賴，而明人則信過於鬼神。亦思四家之後，曾有一家科第至今日者哉？再無自身尚無證效，而使他人得驗之理也。

凡古今之理，必有所以然在先，而後出其效以取驗。風水之所以然，則龍穴砂水，乃其效在子孫富貴蕃衍。夫龍穴砂水，自開闢來，凡大地俱有者也。上古親棄中野，不封不樹時，原有富貴，富貴因於有君臣；原有貧賤，貧賤因於有富貴。此勢也，理也。况西北塞遠外，東南環海中，人至其地者多矣。問之有風水乎？交曰無。乃彼處處俱有大貴，其大富踰於中國者，何也？因精辨鑛脉，開取金銀，故閩粵販洋者皆富也。予前問滿洲貴人：『滿洲從前有風水、算命、相面等類否？』曰：『俱不知。』予笑曰：『風水不過求出帝王、將相、大富貴耳。滿洲無風水，反出帝王、將相。既出帝王、將相，乃反求風水哉？』貴人亦笑，不能答也。

葬師曰：『祖父尸骨，受龍穴砂水之氣，則子孫蕃衍富貴。』夫龍穴砂水，與氣與尸骨，交頑冥無知識之物。子孫爲生人，則具知識者也。天下惟有知識者，出其智能，始能變動無知識之物，此古今不易之定理。是三者，皆頑冥之物，何以反使有知識之人，能有富貴乎？蓋富貴須藉人勞其心力於取富貴之事而始獲，是其由明明在人，而猶多未之能得也。若如堪輿所云，人既葬吉地，止宜高坐，而貴從天降，富自地掘足矣，又何必勞勞以幾其得之哉？且爲祖父者，既甚愛子孫，何不自行早入吉地，使子孫速得富貴也？夫未有郭璞之前，未嘗無富貴。即有郭璞已後，前後五代及唐，並無風水，而富貴原自有也。《傳》曰：『魂升魄降。』是智能由於魂，而魄爲塊然者矣。人在世，竭盡智能以希富貴，惠及子孫，尚終身悵怏，乃一塊然尸骨，反能取之乎？故有讀《葬書》，亦疑其謬誕。

及讀《葬書》而尚不知其謬誕者，貪富貴之心過勝，遂閉其聰明也。人生之所宜首盡心者道德，《葬書》並不言出何忠孝節義，出何賢者聖人，止云『發大富貴，子孫數千』。若此，則大儒之侃侃談道德，尚在第二三義耶？《五經》，古今所信尊，曾見有一經談風水否？即夫子尚不知其父葬處，問於鄹萬父之母而始知之，風水乎哉？

《書》曰：『天命有德，天討有罪。』足見權主於上帝。設有罪人爲上帝所討者，忽得佳地，反蔭發富貴，是權在地，不在上帝矣，不背理乎？《易》曰：『積善必有餘慶，積不善必有餘殃。』若有佳地，即積不善，亦有餘慶矣。《大學》曰：『天命靡常，得失自取。』何不曰風水有常，得失不在善也？《中庸》以『禄位名壽，必自大德』，何不曰必自風水？《論語》以『獲罪於天，無所禱也』，則宜云『我有風水，何用禱哉？』

或曰：吉地乃神之所司，善人必天之所相，是上帝無能，必借能於地也。凡權在能中，故有能者則有權。如此不更背理乎？设果有風水，則堯、舜、禹、湯、孔子必精其術，何以禹不遷葬其祖宗，而使鯀罹此慘祸？堯、舜何以有二子，代不再傳？禹、汤何以有桀、紂？孔子何不葬其祖父吉壤，使己爲卿相以救世，又何不葬顔子之祖，使不至其夭亡？且自子思之後，未見再有子思也。計大儒之意，必謂風水一道，古聖賢皆未之開解。果若斯，則郭璞與曾、楊、廖、賴，皆在集大成之聖智孔子上矣。

見有問『郭璞既精於風水，何以見殺於王敦？』答曰：『此則有大數，不可逃。』若既有不可逃之大數，又何復用此葬地哉？最謬誕者，曰『銅山西崩，靈鐘東應』，引以作證。如此，則此山之銅，爲鉦鐃鈴鐸之類，能發聲者必多，不止一鐘也，宜色色皆鳴矣。况銅山之崩，代代不乏，則代代皆當鳴其能發聲之器於不擊動，何並未之有聞也？且古人初無一、十、百、千、万之紀數，止記以十支。不足，加以十二干。又不足，乃以相配，故六十足則重起。原無取義，所以有太甲、外丙、仲壬之類可見也。若八卦，古人僅用以占卜，詳見《左傳》。乃俱取以名龍穴砂水，不亦謬誕可笑，而信之者不更痴騃可笑哉！惟貪富貴心勝，任人造誑，一言即信，不顧理之是非也。

予郡有四先達，俱予所目見者，極好論地理。二人則刻有成書，一時交以異人相隆目。夫風水以蔭其子孫福寿富貴者也。縱其子一時不能即得，計刑戮必先首免，乃四先生之子，交有一人斷其頸，一則竟絶代，謂之何哉？至於释氏，談空説有，自云悟徹生死，乃諄諄求吉壤以葬燒骨，是自相矛盾也。况徒子法孫，非其所生，而求其有蔭，非不通之甚者乎？葬師謬誕不足怪，而大和尚偏酷信重，不奇乎？意不過欲富貴人湧至，則施捨日多耳。

頃陳季立名第者，閩之連江人也。有曰：『人不求之心而求之相，不求之行而求之命，不要之德而要之葬地，是自疑也。疑則惑，惑則昏，禍福之言中之矣。言禍福者紛紛，此世之所以亂也。』至哉言乎！陳第者，戚繼光之愛將，屢建奇大功於南北者也。

更可噱者，世人皆尊信宋儒，言天即理也，氣也。夫理者，依於事物，以見於人心者也。禽獸之明不靈，故不知事物，因不知理，是理依明於人心之證也。氣者，靡漫在天之下，手扇口噓即見者也，而乃云理氣即天，通乎？明明有天。《尚書》曰：『欽崇天道，永保天命。』又曰：『天難諶，命不易。』其云天者，猶之稱朝廷也。朝廷者，即人主也。則天之上，其所降命者，非上帝乎？若云富貴貧賤之類，止在龍穴沙水，猶之前所云邵康節『數』也，則何用上帝降命？又何在天道？又何命難諶之有？且人主郊天，明曰所以事上帝也，而云天即理氣，是祭理與氣也，不大可笑也哉！而相地者有巒頭理氣之説，不更可笑哉！楊慈湖語真西山曰：『君於富貴何太濃！』西山大怫然，力與辨。慈湖曰：『君既不然，何爲算命？』又曰：『朱晦庵口口説富貴如浮雲，爲何酷信風水？』此皆一言立决之至論也。陳止齋曰：『王季水齧墓，使文、武、周公不知水齧墓之爲不祥、不速改，是不智也；知而必見前和而後改，是不仁也。乃聖人慮不及此焉。今人曰吾慮過圣人，足信歟？然而舉世惑之，何也？彼委巷之夫怵於其言者，妄以其親邀利然也。乃賢士大夫亦忍以其親爲利而惑焉者，又何也？』略举宋賢數論，亦足以破以親邀利之羞矣。

明张太岳著有《葬地論》，其論魂氣之説，不無背謬，然其中實多真實語，其類吾师者不具述，略述其一二。有曰：『人死則體魄塊然無知，與土石等耳。故古不墓祭，以爲祖考之神靈不在是也。黄帝葬於橋山，藏衣冠耳。堯葬濟陰，坎而不墓。禹葬會稽，不改其列。殷湯無葬處。王季葬楚山之尾，欒水齧其墓，見棺之前和，而文王不以爲戚。彼身爲帝王，而葬禮如此，然其子孫爲天子諸侯，歷世久遠，何哉？上古死而不葬，中世葬而不墓，近古墓而不擇地，不拘時。今之言相地卜兆者，皆叔季希覬之私，謬妄無稽之論也。且青烏之書，始於郭璞，是葬親宜得吉壤，乃身見殺，後裔無聞。

近世言堪輿，皆宗江右曾、楊二姓。今江右之貴族，踵相接也，乃二姓之後，未聞有顯者，何其工於爲人謀，而拙於自爲謀也？西方之族，死從火化，彼諸國人，亦有貴有賤，有貧有富，是孰爲之？即吳越間有水葬者，魚鱉之腹，人之丘隴也。彼其子孫亦有通顯者，是又孰爲之耶？江南巨室，停喪待地，壘壘淺土，或被盜發，或因山興訟，竭貲求勝，至於破家被刑者比比。將來之福，尚屬杳茫，見前之禍，輒已蒙被。吁嗟，愚哉！或謂若不得吉地，則風吹蟻齧，體魄不安，禍及子孫，此大惑也。人死，枯木朽株耳，有何安與不安？戰死之人，脂膏草野，肉飽烏鳶，而其子孫亦有顯達者，安在其能貽子孫之禍哉？

故相地之説，如射覆然，未有的然知其爲有驗者也。有地於此，使三人視之，一曰吉，一曰凶，一曰先凶而後吉，或先吉而後凶，而貴賤貧富壽夭者，生人之所必有也。他日出於吉，則言吉者驗；出於凶，則言凶者驗；出于先凶而後吉，或先吉而後凶，則言先後者驗矣。而世皆傳其驗者，不傳其不驗者。況術士挾詐以驚愚，而庸流智惑於禍福，故謬悠荒唐之説，不聞於人，而臆度幸中之談，獨存於世。此論足與吾師之論相發明，謹附録於後，以增理推之豁解。門人姜韜識。

蹠實說

凡人止知於紙上閱其美聽之言，遂因而是之。人前聆其論之切摯，即信不疑也，何常從身以心代人就事作切實想乎？即如孔子飯蔬飲水，亦偶止於此時一身涉之耳。若有叔梁紇、亓官氏、伯魚諸人，恐曲肱之樂，亦不能安枕也。況率其弟子各國逐馳，豈能辟穀披草者哉？更有疑焉，行則有飲食旅舍，有舟輿，有風雨霜雪，豈道塗之民，俱知其是聖人賢者，徒供給執勞，一不須其值耶？又況國君大夫之門，見此敝裳菅屨之輩，必以爲庸妄人耳，孰肯使進於階庭？即使其進矣，國君大夫睹此行模，能與揖讓酬答乎？此皆情勢理之所必至，又情勢理之所必不能行者也。

孟子初赴招梁王，即戒好利，利不可好，此自不可易之定理。但後車從者如此之侈，而皆傳食也。身爲仁義標準，乃如此乎？況後車從者，豈盡皆仁人義士？即盡皆仁人義士，而隨此先生之逐馳何爲也？曰爲道也。既爲道，則仁義其首務，隨此侈人以傳食，非利耶？是口切言而身違行，何以使人信且從哉？不知聖賢皆因彼其時其人，有爲而發者也，亦如言速貧速朽之類者也。觀《鄉黨》之篇，孔子自見，即孟子明曰『無財不可以爲悦矣』，何嘗憑臆發言，不顧情勢理者乎？乃諸腐儒身在華膴，不顧情之所必有，勢之所必至，理在萬萬所不能行。自居溫飽，責人饑寒以爲聖賢也，可乎？通哉！孔子曰：『季孫之賜我粟千鍾也，而交益親；南宫敬叔之乘我車也，而道加行。微夫二子之貺財，而丘之道將廢矣。』由夫子之言以觀，益徵人富而仁義益附也。

書王元長先生行之六世兄扇

國家治平，在於得人，但人從何道以知？不得其知之道，則人從何以得哉？王介甫以制藝取士，猶今之小論耳。至明嘉靖後有數比，至後啓、禎時，則山鬼嘯舞於白日矣。此豈足以知人得人？上不足以作一箭一砲之用，下至於不可言，所以使烈宗急走煤山也。李元仲曰：『明末手帖括而擲河山，奉門户而陪襯壁，即問廐中之馬圉，桑下之鳳雛，將設何科目以取之乎？』況文宗試士，乃風簷寸晷，而得展其挾持，以定其人後日之建樹之業哉？不過從科名作衡鑒耳。科目者，富與貴之階也。富且貴者，患得患失，無所不至者也。若其人之德器雄傑者，識膽才斷，何由得以知之乎？

予受知文宗，始於南昌黎博庵師，其期許見於予拙譔序。後則東莞王元長師，科試兩首皆屬予。凡往來蘭河，必招予款語終席，皆勉策予以平治天下之大道。時流寇正肆狂獗，予每陳一得，多同予《送茅止生序》中語，師必撫几曰：『遲矣，惜子見用之晚也。然有天意，子其懋勉。』憾予不肖，不能副吾師之望，此豈與尋常文字所拔者等哉！

改革後，每從粵客詢師道履，言皆不一，後有曰：『傳聞已捐館舍矣。』時冬作字問陳元孝兄，春仲得其報章曰：『元長先生已棄世，文子文孫共有十餘人，而文采風流，不墮家學。』予心始慰。冬至後一日，忽行之六世兄，從空賁止，知師在林下，喜予評堪輿之學，書法超唐而入晉人之室。文村虎賁將軍王興，欲藉其聲名，煽動兩廣，遣人紿以防海將官，邀請推算星命。一入其寨，無從得出，乃令盡廢其産，贖之而歸，故貧甚。兩浙受師拔擢者，爲其文集作《序》，予謹附數語於後。

山居

厭山，山民也；情及勢，不能居山，富與貴也。即雅士，即富貴高韻人，亦一興之經行耳，豈能累年與時於其中，以得深得？予居紫岩鄉山村，名八石溪之棠邨。天在山中，物與時行，習矣而察也，且久矣。值葉之在紅，隨足目以矚於至高，復在高以眺於近遠墟野。深淺置色，即一樹莫一，氣凈熯霧，列括蒼逶迤重山百數里，青極湛碧。衢、婺兩河水落，斜曲分行，明作綫也。山亭深坐放意，神明殊穆開。復思此下之忙懼歡愁悲勞紛紜，山之上，何見也？彼亦正不知山之上有予。閑步老庵，佛龕磬清，門厨枯落，然敬其僧不禪。歸途歷崖村，溪白竹披，晚稻香飯浮舍外，農叟人遵遵勞問，始知桃源説之寓設。

及梅花杲日，問林岡陌野水涯隨行，山田潔肅，景光蕭高，空蒼一今古矣。乃荒荒生性情，且寒不凛，與秋老之氣不同，而情各有其深古。人交知佳在秋耳。此時之領受夫何如？如之何得形其領受？雪，深落慘人，然形器渺冥，登樓三望。久，闔牖，蹲火展書，性不任酒。止茗，爐香不烟，真不知鷄在塒塒也。仲季之夏，身雖處熇，然石壁水陰之曲，密竹下，古樹巖叢地，正亦大可。此可人者，緣無熱。然緣熱也，滔滔夏孟，草木莽莽，昔人從心承取語，乃笋高籜解，籬園墨鬱。夜丙，殘月射窗紙，水田啾蟲，遠樹之杜鵑，數數耳到，即猛士亦自魂融，痴情者傷，不思矣。我輩當復何置心？若蕃山地之花葉光色沐露，且香因晴炅開浮，而辰餘睡轉，衣緩氣曛，猶耳目初生也，誰之可相易哉？縱值雨惡怒風，干澗盡溢洶，聲味號亂，而樓高無蒸濕，聽觀皆没入於紙，何覺有凄落也，亦曰《山栖志》《不古山栖志》。

黎博庵先生曰：『一宿學過，閲此文止數行，遂大誹詆。』予笑曰：『此《山居》也，莫太傖氣。元次山、劉復愚、孫可之何以傳誦至今日？』

山居之友

紫岩鄉，古題也，劉孝標之前，已前名矣。鄉倚山，郡之迤北。丙戌夏，予居其中，眺聽卧行，隨時皆有開凉蒼荒之致，然而無可發語，止室人語耳。室人促促語，語何乎？予性則大異樂之者。夫丈夫直心熱膈，指畫古今，莫行抒寫，即一日亦欲鬱没耳。可與抒寫者，必樂善者也。樂善者，多欲爲善者也。夫人遇境則遷，行爲寧復敢云無過？而返心則必不以爲是，故求友抒懷，必隱非而告其是也。是友雖不告戒我，亦默約我而束於是矣。况人生不能無事，事不能獨行，獨行多不成。設有急，豈得一已能解？故友在倫爲重，爲急，又爲難。且閒閒野谷，即復無事，即無懷可抒，而器氣相襲，使人趨正。夫人有徒愛者多狎，止敬則畏，敬愛兼而後可永交也。予於紫岩鄉近遠，幸得數人。

黎博庵先生曰：『閲此種文，如噉橄欖，乃博學君子多有厭其味之回。』

告友

予性好友者也，好，好友者也。設得筍韭之鮮，必欲招我好友同下其箸始快。苟獨食，則幾幾噎矣。間遇秋春佳日，或冬之日，必踰岡涉澗，邀二三友人温醞作餌，彼此傾膈暢心，以話永夜。計人生之樂，孰得越此？

夫予之若此者，非止在飲食友也，蓋味得友之旨也。若遠道之上客相過，予家雖無剉薦割柱之事，而鄙性則猶之。夫飲食者，雖以周體貌，然非以周體貌也。瘱愨之愛，懷而莫喻，卒卒不能遂致。故借飲食以發其歡，孰其交，固其愛，漸以沁浹之也。是以凡惠好者，或蔬，或虀，或間具豆醢，少佐談讌，在視其時之力可也。常見人列几積篚以觴客，盛哉！及再晤，不過套言娓娓矣，蓋心與情已盡於前之一宴矣。夫此舉觶相壽者，非有所愛發於衷，不過畏其人之後有誹責。若曰：『我如此，亦可以告無罪矣。』實行於心之剸迫，無愛情者也。愛者，無盡者也。有盡者，無愛在其中情者也。苟愛至情深，即《潔泉》《芹薺》，亦大見其豫豐，寧必此累累者哉？

苟愛至情深，何不晝此累累者，以分成數回促語乎？總情不動於愛之然矣。至世陋鄙，飯則脫粟，陳生頑失餁之物於敝器，每私訝曰：『人胃非杵臼，又非虎豹，何得爾爾？』夫《鄉黨》之記聖人，飲食皆素其所位，何曾盡爲歠夫糲惡？故隻鷄斗酒，山中不乏，至有此非人情之目，以成禍於黨錮，誠亦彼此兩宜分其是非者也。乃友亦有切拉不至者，夫何以哉？必不以予爲菲簡也，計以食之，嫌於不報耳。是何重視食，而視予眇眇也？苟重予，則必敬遵予懷；重視食，則惟食是生量較矣。每見友人欲飯客，以乏炙胾而止，至交爲悵别。如此，則寧予蔬虀，尚獲其淡飲矣，更有并記。予於器物入手目者，苦不得其上上，然亦惡其下之下。愛予者曰：『子何於貧不守也？』予思之，又重思之，人生幾何，而使手目汨習於苦窳，豈彼精良之造製，其用享必在蕩子耶？且人生幾何，何晏、元載，福德則損，然亦何得以我臟腑，作貯穢敗之洫盎哉？

冬蘭

蘭也，盛於東南，西北則少矣。花於春夏秋者多，冬未見也，聞滇粤閩則有也。湯溪之山，厚入括蒼，峰巍勢重，知内定藴奇。年來有貨多蘭者，知出其中，然名曰冬蘭，非若梅之力之能可拒霜及雪也。花發重九後，延孟冬止耳。花之幹修出，而圍止如巨黍，即幹亦已文静。花則綴其杪如蕙，乃或白或紫，幹亦因花。花香之發也，亦藉日明氣煦。其香也，翛翛簡穆，耻同常花之味韵，而形與色即如香，大似不能隱其秀，傲孤異以告人。

予家山中，高竹千章，北窗承之，置蘭竹下。花時與深坐，覺耳目滅没，白生虚檻，身如沉月之凉凉也。偶有躁粗士闌入，竊以蘭呻吟矣，乃背手睇摩，神明忽行寂退。及與花别，則睿質如初，足見花之具德，能移人之情於刻下。葉長廣類閩蘭，而俯仰正斜不律，大異彼之板束。且色亦不猶，實深爲斑光而艷幽，雖不花，已起人愛敬。蓋此花樂空清，霜雪加之則萎。大畏炙炎，而喜秋春日，得和之，精神始肅雍。

黎博庵先生曰：文如此蘭之孤秀幽香。

古器

宇宙間物，具種澹古奇静之精華，原緯經于絶代。人明悟，因嘆明悟，居性命之神奇也。既明物情物性之所以然，遂悟物所和合所成之模色。因製無于古人開法妙創，後有以至春秋四氣所襲，積以至水土之漬洽，久之久之，其精華遂郁焉。竊嘆玩物喪志之越哉論也。夫恣酗極慾，籌財運械，則神明昏敝。昏敝神明，則事理莫晰，故行爲紊，一身至天下俱不可也。苟智極于事物，體仁動義，毅德守終，務正之餘，睇摩古静，新爽發焕，則益志者，此物此古也，何喪哉？居其人耳。

盧杞無一好蛇虺同志，李文饒識膽絶今古，力搏寰宇，好則好也，志則志也。或曰：『宋徽宗、賈秋壑，何乎？』吁，此易識也。明之宣德簡賢，施仁主也，栩清高特，米海岳、倪雲林，豈易及？故曰：居其人也，使徽宗、秋壑無一好，而天下亦必亡也。蓋其與仇之者，鄙俗與吝人耳。然捐千金易右軍、摩詰筆之類，正復何必？則與戀苦於身後者等也。至如知之而愛之，過則齊於灰土，此自上聖，何易可幾？若明不能以達其奇妙，漫嘻曰：『此何爲？』竊不敢以爲是。予處賤寒，無能廣覽，好性則具也。雖然，不讀書，不多觀，不得也。讀書多觀，而無天所以特授之明，不得也。多觀矣，又小授明矣，而不博讀，是謂市古客。

自題小像

庚戌年季秋，予客於無錫吴伯成使君署，周爾濟爲寫此像，義取左太冲詩『策杖招隱士，荒途横古今』耳。嗟嗟！途也而荒，而古今是横哉！此從鬱紆慨慷之懷，欲言既無從指以吐，即欲吐，亦不能形，更不知言從何處起止，遂不覺曰古今乎，其横此荒途也哉！猶之《離騷》也。蓋古今英雄得𢀖展其志臆，與豪傑之惝恍而憤悲，以成治亂興亡之人之事，并治亂興亡之所由，皆此途一横之荒荒也。

巴西之凄雨，深夜啼杜鵑，泰嶽老秋紅樹，及朔風拔石，炎州高屐踔砂，各自途荒，亦各自古今一横也。惟紆鬱慨慷之士，感之測測也，其『招招爲卬』須也。予老矣，何所能，以其能得用，敢曰隱乎？獨傲岸磊落之概未萎，兼史傳之突突于胸者，未下於臍，徒爲鬱紆慨慷耳。愚而痴乎哉？苟不愚痴，何以成子堅？時戊午秋，香圓木瓜，俱在几左，新馥開氣，不覺識此。凡人于像必作讚，此亦予之自讚也。後人不知有稍知予懷者否？

曹孟德短歌：『不戚年往，憂世不治。存亡有命，慮之何爲。』『老驥伏櫪，志在千里。烈士暮年，壯心不已。』『明明如月，何時可掇。憂從中來，不可斷絶。』『士隐者貧，勇俠輕非。心常怨嘆，戚戚多悲。』『愛時進趨，將以惠誰。泛泛放逸，亦同何爲。』五闋，皆荒途横古今一義也。冬至日，展讀予撰《希燕説》，不覺胸開眉豁，復爲書此。後世有閲予此像者，知予雖老，猶然一丈夫也。

康熙戊午冬，七十七老人堅叟呵凍再識。

偶吟

師生平不作詩，詩之作偶耳。即偶作，亦非詩人詩也。附録雜著後，以俟知者之少游泳其性情。門士韜識。

棠村橋

雨餘林氣静，山晚日光斜。野店依孤樹，村橋溜石窪。鳥啾沙啄水，犬吠竹園笆。白首鋤雲者，東風自一家。

閒居

八十年來一係匏，山花溪鳥亦相嘲。文章路豁欲游俠，纂著思深廣友交。里社笑人矜黍肉，伯壇羞殺問包茅。風騷競長非吾事，寒瘦閒争鳥與郊。

野步

老人杖履日閒閒，偶涉山溪坐石灣。石静溪清心臆闊，野花香濕在巾襴。

雨後

雨過雲開樹竹洗，檻樓深坐山氣明。柴扉篤篤來鄰叟，麥熟榴紅且太平。

讀王陽明集

盡道巍巍戡亂人，誤將理學號名臣。陽明書院曾經過，莫戴儒酸尺二巾。

冬日

悽悽風色緊，鷄犬睨柴門。田野肅無事，溪山有此村。暮寒深白屋，鄰語起黄昏。且復篝燈坐，攤書樂我生。

讀史

蛾眉帳下死英雄，戰敗虞歌掩大風。可笑漢家威海内，生妻曾在楚軍中。
偶然項羽輸劉季，未必張良勝范增。謝病發疽同一死，何曾辟穀便飛昇。

讀新嘉驛詩

未有鮮花不作塵，沾泥入幕等分身。惡風惡雨摧殘死，勝與痴人賞一春。

恨人寫恨恨何存，尋恨人孤驛閉門。恨在留題無字處，深深紅蝕兩三春。

秋夜

一寒未許輕相惜，隱几凉深人未眠。老到頑時何所畏，才深踔厲豈云顛？感懷眼冷横天下，閲世心長看頰邊。半夜開窗憶知己，新桐自譜自聽絃。

宫詞

莫道君王意易偏，宫中粉黛過三千。至尊縱許人當夕，一度恩來也十年。望幸蛾眉老未休，入宫人比待邊愁。不知誰掛通侯印，十萬征人盡白頭。

讀班定遠傳

頷無虎骨氣難除，直恐能飛頷不如。莫道封侯吾已老，八旬何處去傭書。女出班門士不如，文章耻席父兄餘。丈夫無食寧傭手，未肯低頭續《漢書》。

丙午除夕

歲晚行藏問古編，寥蕭國士遇徒然。將無笑駡今難免，豈有庸章後必傳？豎道饒他平水箭，世情錯捩鬬風船。年年作事年年悔，又恐年年悔過年。

丁未元日

少日蹉跎在目前，回看去事冷如烟。欲償往歲須今歲，止道加年是減年。老駿豈貪餘棧荳，藏龍幸授起生丹。憑渠構接機鋒巧，贏得攤書飯後眠。

樓居

夏來多是懶頻頻，净拭高樓少厭聽。卿法何如用我法，古人豈盡勝今人。誕傳作字蒼號鬼，實是焚書客負秦。插架雖繁予意在，隱囊奭視世儒嗔。

有感

東家健嫂喜愁呻，學得邨西一二顰。撮口小兒心侮老，攢眉宿學念膠貧。醯間雞舞稱豪舉，井底蛙喧論藥因。天與痴翁償蔗境，還蘇窮病少開心。

知好好學録　卷之六

蘭谿祝石子堅纂　男　師正叔張
門人姜韜子發　仝較

醫

録醫引

今人倏聞人之歿也，必爲悽眙，或發嘆惋者，何也？以其爲一往而不返也。則是人世之事，孰有過重於人之存没者哉？存没重矣，則其關於存没者輕乎？是醫也，易言也哉！乃醫者多本《萬病回春》《藥性賦》以傲睨於世，而世之人亦恭信唯唯，而以性命聽之。更上者，則傍《醫學入門》，又更上者，則貯王宇泰準繩之四五，俱自謂一世之才也。

嘻！苟實肯捧出天良而語，切脉畫方時，果能洞了其病源、病因乎？果能于方藥確然實據，無一毫疑似乎？難也。然亦有錮閉天良者，自謂自作岐扁，此不過因其所寶之書爲祟耳，是謂專愚。是以古扁鵲、倉公，其得教授于異人也，必曰：『去子故習，授子以禁方。』觀此，則其名異人者，必不同於常庸之人，必秉道握德之士也，乃其方曰『禁』者，何哉？

蓋爲得其人之不易也，其難有三焉：一在其人能熱心發其仁愛。性仁矣，而心不熱，則雖愛人，徒在其心，而仁無從致於病者，必在以人病爲我病，則我病人病，不愈則不寧也，難也；二在誠信。心不誠不信，則病源、病因不明，必以方藥妄試，以至害人。若用術攫金，猶其次也，難也；三在其人具絶世之明與悟。人之仁愛誠信者，固難也。至明與悟之絶人者，更爲難耳。苟明與悟平平，又乏仁愛誠信，則爲常庸之人矣，豈可授此神妙？故曰：禁方者，禁之不使常庸之人知也。

夫醫以救人，方宜遍布於世。今乃禁不使人知，不幾爲貪毒忌妒之猾哉？不知道德之士，其仁與智，交極之苦也。病因之感受不同，人體之冷熱不一，天德地氣之發吸不時。常庸之人，不仁不信，又必概執一方，不知斟酌去取，其害人豈淺？故必求此三難之人，缺一不可授也。惟其人不易有，乃不易授，故不輕授，非同忌妒貪毒之心也。

予既荷教授于道德之異人，不敢輕用于人也。試於家，效，乃試於人，亦必數試焉。知不誤也，然後放懷用之。即雖放懷以用，而畏兢之心常在焉。是以久之久之，隨心應劑之樂，雖得中書二十四考，豈相與易也哉？予老矣，腦中記司大乾，隨語隨忘。友人見予之多忘也，囑予『宜少録子之得心者，以告後人』，因隨筆記數十則。至於方脉，別具專集也。

康熙五年仲冬之朔，八石溪七十老人祝石子堅氏識。

録醫

予少秉質弱，即三伏中，必緊裹重衣厚被。否則，頭岑悶，鼻間吐血，夜復遺滑，體中之陰陽如此也。又見親友朋明醫成其夭枉，苦於藥理茫然，故常爲頓踵。因讀《素問》《靈樞》，初甚寶爲精微，後實求其確驗，覺亦如『以上半部《論語》佐太祖』之言之類。及再遍讀古來名賢諸集，試之，多有效不效。復檢各大册《本草》，用其方，反十中五四。末後獲繆仲醇書，乃知其獨開未有，如治傷寒瘧痢諸疾，交出東垣、丹溪各名輩上。至於他病，依其法下劑，則亦未之爲盡瘳也。因欲進求一切病源、病因，并其治法，苦閲苦訪，俱在影響。即如脉，此脉從何發？因何以動，臟腑何以見其分列於此？自心從未打透其所以然，奈何自欺欺人以説夢乎？

《内經》曰：『五臟皆有募原。』反照一思，就心論此募原，在心何處，抑在皮，在肉内？抑氣、抑血，其形何似？此等處，可寱語也哉？其後得荷異人，問學十年，出圖闡教，始知人之脉絡發於心，血絡發於肝，筋絡發於腦顱，及内之各膈膜并網絡，與細細貫串往來之管路，與五官臟腑内外層數，并盤結交綰之奇。因知人生死之故，疾病來去之由，藥物之性之情，及治法當變通之，不可泥執也。予於傷寒、瘧痢，治則必效。然其病之所以然，非得異人講究，豈能洞明哉？予既授有圖書，其奥微精渺，交尋常之所未見未聞也。

凡人臟腑不明，則病源、病因何從知？予既荷異人講授，其精微有書有圖，圖非如古今所刻謬粗之形也。設如肺肝，其形既謬既粗，又云重有多少，人體既有大小肥瘦之不同，則肺肝之輕重當亦不同矣，豈得一概云云乎？况肺肝有其外、其中、其内之體，并筋絡、血絡、脉絡三者，或貫於中，或縈繞於内外，至其他細小管路之往來。今外形之模，尚且謬粗，則其内其中，豈所能知？不知，何以得病源、病因哉？

人之生也，由於父母之質具也。質具者，即《易》所謂『男女媾精』者也。然則質具從何以生？蓋人飲食，既口化、胃化、肝化，於肝之化，變血矣。乃於其未變之先，人身傳生之能，吸取其養身之餘，以成質具之體。夫餘者，非渣滓之謂也。緣質具之根絡在胃，以傳生之能，吸取其至細之體，未變爲養身之血者，因謂之養身之餘，是謂質具之初體。故質具者，乃人四體百骸、臟腑骨肉莫算之種種。其能其行，皆秉皆備於其内，以及後日智愚、善惡、剛柔、長短、爽悶、壽夭、傳生，皆本其無窮之變化於中，而皆取之於飲食，以得其自然。須用本性之德，從胃絡至肝細煉之，以得人之軀體性之力德。因以至心細煉之，得生活之力德。升於腦細煉之，得動覺之力德。然後從腦後絡中下於内腎細煉之，再下於外腎更細煉之，至純至粹，而後具人一身之全德，并其模形者也。必知此，方可習醫，交具有《奥微本論》。

人得生之所以然。蓋因父作母受後，彼此之質具，相滲相洽，而後凝結。其性既和，遂行其養與長之德。約六日，即生一細皮，如乳酪面上之酥，周於質具，而後此細皮即變爲胞衣。復於此日於其凝結者，生一血絡與一脉絡以成爲臍，名曰臍絡。即於血絡、脉絡之根，漸變爲多細血絡、多細脉絡，進於母之肝内，分散於肝，以吸取母血，以養以長，乃代口爲飲食者也。而此臍絡亦進於胚胎之肝體，與其本分相浹洽，故得以養以長以成其百肢不相類之形，而後漸足其百肢長短大小之界與生活之德也。

又質具凝結六日後，既已發多管路之細絡，如蛛網之緄合，周於其體之内外，以受母血。而後熱乃發動，如酵水和麵，罯鬱而熱蒸發，遂漸成三泡，如雨滴之泡。三泡既發，首成三肢，肝一、心一、腦顱一，是胚質形模之所兆發也。三泡發後，乃名曰人胚。至後男四十日，女八十日，得成百肢及各形模，始名曰人胎，或曰此誕也。嗟乎！此亦難訝其不信也。人苟欲明此妙義，將鷄蛋二十枚，令母鷄抱之。六日後，日日破一枚，詳審細察。二十日後，全體已成，其胞衣與臍之所以然自見也，俱有《精微本論》。

人之所以能生子者，在其質具之得温和純粹耳。苟過於冷熱燥濕，此則或由於軀體之性，或由飲食藥物，或縱慾，或酗酒，或過於勞憂怒悲，則質具交不得其温和純粹，非止賦秉之薄弱也。又質具之生，其根在胃。或胃，或肝，或心，或腦，或内外腎，苟一肢受傷，則必不能成爲純粹矣。間有體肥人不能生子者，此由飲食之變體，多生爲浮肉，因少生質具，與傳生之德也。

若女人子宫之血，亦須温和。苟過於冷熱，亦不能凝結以成胚胎。其過於冷熱之故，半與男同。但子宫欲勤動，勤動則内情具緺、具澀、具剛，易於存留男之質具，以相凝結。譬之白紙，若以油污則難書，即書亦難存。若稍緺、稍澀、稍剛，則易書易存也。故撑船婦多子者，以其勤動耳。

至於女人之肥者，常無子，因子宫之口油窄也。又生子多奇形，或一手一足，或體羸尫，或瘍毒痘殤，或幼夭殤，種種之故，多因女血不純不粹，或中無德力，或月信未盡，即爲作受，内有敗血也。交具《本論》及《治法方藥》。

人身原秉元陽元陰於全體，元陽即元熱，元陰即元濕也。心甚熱，肝膽亦熱，數者相助相和，以生元陽，并助胃力以化飲食。百肢有元陽以爲生活之須用，且爲生命之本源，亦爲死亡之由。因以元陽之力常消元陰，則一身之骨肉血氣受害矣。必得飲食以爲資，乃以補以養，而後元陰於元陽常相滋益而不致相害。夫元陰既周人之全體，亦屬覺性之全體。人之須飲食者，在人軀體之性，循循而自行其工，以取吸之能，取吸其肥與油以爲變體者也。人知肉食之有肥油，不知蔬食亦少有其肥油焉，但其形色不同，較於肉食則補養稍減耳。故元陰之取吸也，亦如草木之根鬚，取吸其地之膏澤焉。苟元陰漸消，則人體性怯弱，或飲食不化，莫能變作滋資以成補養；或補養之管路軟塞，而不能吸取其滋資，於是元陰愈消，元陽孤炎，益熾枯其元陰而身亡也。如燈與油、薪與火，兩者相滋相益可見矣。爻別具《本論》。

人體之最尊者，一肝、二心、三腦、四胃、五前便。各臟腑雖無一肢可少，尚在其次也。何以見五肢爲最尊？以肝生人軀體性之力德，心生生活之力德，腦囊生動覺之力德，胃生一身變化之細體，前便則爲傳生之官也。故體性之力德，肝生血絡以帶之；生活至細之力德，心生脉絡以帶之；動覺之力德，腦囊生筋以帶之。然皆本於胃，以成其細體之變化，而後一身有生活之德、運動之能，以全其爲人，而始以傳其人類。此爻有《精微本論》。

人身之百肢，每肢各有三德，亦名三能，各以受補養其體之性。一曰吸德，取吸飲食之精華也；一曰變德，變化飲食精華爲其體也；一曰除德、泄德，飲食既變化，成爲其體，除其所餘以泄之也。且衆肢不知其何以各自能循循以行其工，更每肢必依其所性之本用，不濫相吸取。如骨性堅固，止自吸冷燥之液，亦祇自養其本性之生長。猶置磁石於此，金銀銅鐵雜陳，磁石止吸夫鐵，其餘爻不動矣。又如黑液雖從肝化，乃黑液不用於肝，即洩之於脾，脾即吸之以養其性體，肢肢皆然也。爻有《奥微本論》。

夫人之所以得生者，以人性具有其生之能也。生能之工，固爲傳生，亦爲飲食養存其本體，使抵於長成之本界，以使其易能傳生。蓋人非養、長、傳生之三能，則何以得成其爲人？然則養、長、傳生之三能，用生能之本分，亦其本向生活形體者也。故人得有其所有，則本傳生之能之工；使形體之生活得恰於長成之本界，則本長能之工；使形體存生活之德因全於長成，則本養能之工。故養與長之能，其所行所向，則存於己內；傳生之能，其所行所向，則在於己外，又在於中道。父作母受，在外者也；質具，中道者也。故傳生之能，較養長之能更高更貴，俱有《精微本論》。

胃體之陰陽，宜大補固也。其筋亦宜補，使有力而緊。筋發於腦臚，從食喉下行，分散多肢於肺，再至心，與心之包絡，從此至胃之上口，再發多肢，而織成上口之體，賦以本性之德，一吸取，一消化，一知饑，一欲食，皆因腦臚筋之動也。此筋復分散於胃之全體，以增胃之力，故腦受擊，即欲嘔吐，胃即作疼。胃如袂層之囊，囊之皮，固欲堅固厚實，若人從囊頂一提，則囊更緊直，其程量更多也。古人治洩瀉，用五味子者，知此義耳。然洩瀉有三，因胃體陰陽之德，薄弱無力，不能消化飲食，以成細體，或變痰，或變惡氣，或發酸味，或完物直出者，一也；有感寒而瀉者，一也；有膽汁溢發而瀉者，一也。此交宜於瀉出者辨之。至胃之本論，交在專集。

人身之能動與覺者，因動之能在筋，雖覺之能，遍於百體，原無定所，然其能亦在筋。半身不遂者，因筋之動能爲惡氣阻塞，而痛癢尚知者，以覺之能猶在也。筋之內體滋實，與血絡、脉絡之管路不同。筋發於腦下，分散於周身，然其內之濕之氣，皆從臟腑以升於腦，而下於筋內，如紙條之滲水然。半身不遂者，因惡氣之升在腦，或積漸，或倏然，人不知耳。突爲跌倒，瞑眩不省，痰湧口噤緊，或竟一倒不返者，何也？蓋人明與悟之所在腦。腦既爲筋之原，惡氣塞腦，故瞑眩。少頃得蘇者，惡氣散也。惡氣下在筋，故或左或右不能動。痰湧者，痰在腦與胃，腦胃之筋皆拘攣，故痰大湧也。口噤緊者，言語之官，在肺與舌與喉。肺與喉舌之筋相拳縮，故口緊，音不能也。或有一倒即殁者，此心之諸筋，爲惡氣收絞也。治法在散筋中惡氣爲主，中臟中腑，《血虚氣虚論》皆左，治之必不效。

人身肝中所生者爲紅液，血也。血宜温宜和，反此，則爲病無限。膽中所藏者爲黄液，即膽汁也。黄液過熱，則發病必重，如傷寒肋傍疼之類。脾中所貯者爲黑液，脾汁也，過湧則病躁悶不寐。及癰毒之類，皆黑液重血爛也。腦中胃中所生者爲白液，多即成痰。或曰：『痰在胃，何得在腦？』不知人於喝痰時，從腦下，從胃上，審之自見。是以白液多，即頭眩喘鼓脹之類。故人或外感，或内弱，病在一液、三液交來合，必至四液散安其本所，而後病始去也。自有《本論》。

凡病因不同，現症則一。如發熱，雖人身作熱，總皆由肝。傷寒、瘧痢、虚怯、癰毒之類，其熱之發於肝則同，而其所以致其熱之發，則大各别也，非止用柴胡可退也。

一切伎術，皆可侈言誕飾，以人身之事既分且繁，必有偶中其一二者，所謂『横江大網』也。獨醫則不能，其驗否止有一耳。疾去則方藥是，疾不愈則醫左矣。

古賢常嘆曰：『醫乎，止知抄録成方者耳，非能知治病，且非知用藥以治病者也。』固也。但不多閲成方，則不知古人用藥之妙，且胸中全無操柄，何能獲有因此得彼，推通之變化也哉？

《本草》不熟，則何敢何能以用藥？苟《本草》熟而不精，其害人更在非小。所謂精者必講究，又試驗，知其物之性之情也。如白芍藥，古人皆謂收歛，且云産後不可用，不知白芍藥，其性凉，其情行，産後行血之聖品。又謂當歸補血，不知當歸性温情行，無少補，故胃弱者服之作洩，此四物湯之誤不少也。又如冰片、薄荷，性俱熱温，下咽反覺甚凉，其所以然謂何？因人之呼吸也。呼以出内之熱氣，吸以進外之凉氣。冰片、薄荷皆甚開竅之物，下咽覺甚涼者。竅開，涼氣入諸竅也。又黄連性冷，情則乾，天門冬性冷，情則濕，人當陰雨時，於烘燥之藥，或乾或依然濕，則證矣，誤用有害也。

最害人者，在執古方以治病，又以人病合我之方，《局方發揮》，丹溪已詳辨之矣。昔有設謔者曰：『一醫者治人疾，不效，指方書以語病者曰：「汝看此方，我原一毫不錯，只汝病錯也。」』張潔古曰：『治病切不宜執泥古方，古法新病，不相能也。』

古人之立方也，或因其人軀性有冷熱之不同，或因天時地氣亦有冷熱之殊異，故所感之病情，有無可計數種種之各别，緣作方以治其病，蓋立身於方之外，進心於病之内，細細籌酌，必須用此藥以治此病，非概執一方以治各病也。羅太無曰：『用古方治今病，譬拆舊屋造新屋，其中或去或添，有不得不改易者。』善夫！

丹溪之書，止《格致餘論》《局方發揮》耳。若《心法附餘》，皆僞也。

《素問》一書，其妙處固多，其影響精微處，亦正自在，何可泥以治疾，以至誤人？試於指下切脉，執筆作方時，平心静息以求《素問》，能一一得用，以到人身之病否，不得自誑自也。

古人醫書，有援古證今、説玄説妙者，盡龍腊鳳脯耳，不可墮其十里雲霧。《傳》曰：『劉繇、王朗，論安言計，動引聖人，亦復何用？』醫亦猶之。

古云：『看方一月，無病可醫；醫病三年，無藥可用。』至言也。

治病之所至難者，在病人有衆書成見横心，將明眼人方藥自爲改易。且其幕中戚友，必有自負爲岐伯者，加減明眼人處劑，用以煎服，以至全不效，或益加劇者比比也。計此事，必同天地以終。

予治一病者，彼夙寶《丹溪心法》《醫方考》等書在懷，以予方再三駁問，止服一劑遂止。計此事，或再混沌重開，或可無也。

富貴人既病，其家必有主藥物之事者，庸醫定相饋遺交綰。或不服明眼人藥，反云『服久不效』，或云『服矣，反生他症』。或用其藥以得效矣，因彼庸醫之賂好，則曰『某某之藥，亦在所用』，以兩分其功也。或陰服其藥以見痊，乃陽云『止從某某之藥，故得愈』。或疾已在愈矣，故曰『某品藥服久，恐有害』，遂檢《本草》以證之。或賄其童僕，合口讚頌於中饋之主，以全未愈而飾爲少愈。此輩皆以貪妒之深心，行其怪幻之毒術，明眼人止恃己之正誠，豈肯出此？《孤憤》諸篇，雖言治國，正與醫類，故扁鵲所以見刺於李醯。而富貴人之病之命，皆懸於其左右，受庸醫饋贈之手也。此等忌妒械詐之殺手，予所飽飫，正恐此等忌妒械殺，必與天地日日新耳。

《格致餘論》記俞叔仁蠱脹，因自知醫，日服禹餘糧丸。丹溪曰：『此丸不宜多服。』俞笑曰：『今人定不如古人。』後月餘即殁，予因有感焉。常見古方中有數味儘不必用而用者，今人泥之而必用，予每去之而效亦同。或有此方宜加某數味，何古人不入其内，後加入之而效更速。何也？病源、病因，與藥之性情難明也。故凡方藥，必宜深思而求之於理，又不可徒得之於水月鏡花之奥渺，而不試之於實證實效。苟無實證實效，雖聖人在前闡義，亦豈能聽從哉？

古人治疾，常有早服六味地黄丸，暮服補中益氣湯而得痊者，此必是平常之弱症耳。若此概治人則誤矣。

病從外感者，譬之賊踞巢寨，滅之者，兵將器械非不精利，但少耳，賊何能剋？故治外感者，須用重劑而即愈，不至纏綿日久，結成爲毒。病之虚弱者，譬則極貧之人，雖贈以些微，豈能即爲足給其用？補劑亦不宜輕，則久之始得體旺。然須相其病者之能承受與否，不能承受，則又不可一概平施。總之，神而明之，全在乎其人之通變耳，泥之則害更大。

予閲《華元化傳》，知作史者之以訛襲誕也。後讀龐安常論，乃亦同予懷。

羅謙甫未爲國醫，日訪一名醫，辨色往，乙夜乃旋。見乞治者終日幾三百餘人，其所用藥，不解者甚多。獨于一人，已將藥行矣，追告之曰：『宜加錫一塊入煎。』謙甫貯俟人散，乃攝氣下聲前曰：『某愚淺見，先生用藥多不解，然從未聞劑中入錫者，願先生教之。』名醫嘻曰：『此古建中湯耳。』蓋以餳字作錫字也。予觀今之名醫，用錫者多矣，匝年日三百餘人，求藥不問也。此理從何解？想古今一軌耳。

凡治病有不得不在外用藥物者，其效與治内同。如噎食者，必以小犬，或鴿，吸去其毒。及他病用膏貼、火罐，開血，或薰，皆有妙理在焉。但以從未之見，遂覺怪也。

予治病有疑者，必遲至次日再診再詢，然後作方，或有方立矣。歸途夜寐，悟其中有數味藥宜去宜加者，追爲易之，或有全方皆易者。足見治病之難，不可以人命易視也。

孫思邈曰：『先問後診，萬無一錯。』誠哉是言也。

治病者既揀取其藥之精良，又須煎閉周緊，弗走氣性，再須服之如法。至一切教戒，俱宜確守，倘一事相背，病多難痊。

常見人於服藥，必引夫子曰：『丘未達，不敢嘗。』不知夫子非知醫者。此語乃委曲謝康子耳，深恐其有忌害也。後世真以此言作證，其誤人命不少。總之，使夫子在今日，一切之事，反易商論，又不止醫也。雖然，使夫子在今日，又孰能盡信之？猶然東家丘耳。

凡藥宜用等稱足分兩以成劑，不可減增，否則誤病不少。

凡藥將三服盡煎出汁，合貯一盎，去渣，再熬濃始服，則藥力全，服者不厭。然須識得病真，用得藥對，否則其害更大。

今市肆多有僞藥及壞藥，并最下品之藥，以至用之病多不效，故宜揀選爲要。

服藥交宜空服，食後則藥與食相雜，其性情多有相反。况藥飲爲湯液，易於分化。食有渣滓，其化較難，多遇阻礙。若云凡服上部藥宜飽，下部藥宜饑，此不知飲食分化所以然之言也。飲食至胃，交化成白乳之色，體如稀粥，下至於潔腸。此中但煉而非化，乃以其精純之體，進於肝内，以分給周身，而以其粗渣入穢腸下出之。如此，則毋論飲與食。或某在上，某在下，交和而相化，非先下咽者先化，後下咽者後化也。又非在上者分散於周身之上，在下者分散於周身之下也。人皆不知此精妙之奇理，自有《全書》析其奥。

噎者，喉結中，食不能下，胃則饑也。翻胃者，喉結能下，但到胃即吐也。翻胃之由有二：一因胃弱，其脉沉細，凡乾凡濕，下則俱吐也；一因痰飲，其脉弦滑，乾則下，濕則吐也。俱可治，但藥不同耳。一因元陰枯涸，元陽熾焚，其脉洪數有力，縱治，萬無一生者也。其詳論方藥，别具。

往有病右肋骨下疼者，此肝疼也。數日夜不能合目，時正有香圓露。予曰：『連進三四碗，立愈矣。』其人曰：『此畢竟是飲食之物，尚宜用煎藥。』嗟乎！此正稍仿佛于韓子所云鄭人之置履也。鄭人有且置履者，在室，先自度其足而成度，及至市，忘操之，復馳歸取度。或曰：『子足不在乎？』鄭人曰：『吾寧信度，不信足也。』

漢和帝時，大醫丞郭玉性仁愛不矜，雖貧賤，治其疾，亦必盡其心力，乃治貴人多不愈。和帝令貴人敝服易處，一治即瘥。因詰詢其故，曰：『醫者，意也，神存於心手，言之不能得也。夫貴人處尊以臨臣，臣已懷畏怖，況復有四難焉：自用意，一也；易信人言，變更方藥，二也；飲食起居，好惡任心，三也；急於見效，四也。重以恐懼之心，加以兢凛之藥，何能得愈其病哉？』

一貴人病遺精，於凡人所與方藥，必遍檢方書、《本草》始服。或以凉藥不效，改以熱劑，又不效，復仍凉劑。如此屢更易，卒不成嗣以殁。子瞻記一患痔，□亦如此，終至不起。計此等治法，必與天地同盡也。

用藥器味不必多，止於病相正對，但其分兩須重，然亦有宜輕者，不可過泥執也。李東垣，未免犯多用藥品之失。

許胤宗曰：『醫特意耳，思慮精，則得之。脉之候，幽而難明。吾意所解，口莫能宣也。惟得其病因，確與藥值，乃用一物攻之，氣純而效速。今之人既不知病因，必多其品以倖有功。譬獵者，不知狐兔，必廣絡原野，以冀一獲耳。倘一藥與他藥相犯相觸，其害豈小哉？』誠哉是言也。

治病，不特在病中，不厭瑣問。即未病前，與其平日，亦宜細咨，當以彼病加我身，我身貯病心。至於重病，日宜數次診與問，其用藥不止一日一劑也。内中變化，全在醫者之熱心誠求之，此『誠』，非作誠僞之『誠』訓也。蓋心熱極，因真極，無語莫形，止有一『誠』字，以引人深想耳。

予嘗遇衆醫於大人之座，人人忌憾之焰燎於眉睫，《離騷》所謂『蛾眉之妒』也。獨一名醫，見予無語，復忍之不能，數挑予。予止曰：『請教。』彼即盛氣喋喋，惟懼予之辯折，予但俯承之。荀卿曰：『有争心者，不可與辯。』夫理不辯不闡，故辯者，求理必遵之軌，不能易者也。理至則辯息，以無可辯，故不辯也。今彼名醫，惟欲見彼之是於大人，因以得信彼，恐予現其非也，深忌予，遂發惡恨殺矣。焉得不俯承以稍殺其恨殺，而乃與之晰理也哉？予思此等妒恨，當與天地並終其日新。

見人有《素問》《脉經》《本草》諸名醫之集，語則銜口而出。至其遇疾，緣引證佐，若泉湧溪決，及叩其治效，反不如張草頭、李背包，足見醫中亦有馬服君之子也。

予往聞一清介大人，世所尊爲岱華，九鼎其謦咳者也。性喜醫，一狡獪遂日往求其方藥，且多飾非思理。所至之醫效，奇詆以相諛悦，并時覓引諸貧病羅其門庭，以呼懇治療。大人遂大喜，于狡獪言無不納，因以墮其罟罣，以遂其所欲。大人每語戚友曰：『欲起疾者多，苦於參附不給何，忻悦見口目，既矇不省，真自謂歧伯也。愚人得藥以殺命者甚多，誰人敢向其一言也哉？即言亦必不信也。』

女人産後，必須相其病情以用劑，不可概執炮薑、肉桂、紅花、桃仁、歸尾之類也。桃仁、紅花、歸尾，體强而敗血易去者則效。設敗血堅凝，甚至胎生而血無杯勺者，豈諸藥之所能行哉？况女人體怯胃弱，則大忌歸尾，服則必瀉也。至薑、桂猶不可輕投，用則肝血熱脹，以至遍身血絡疼楚，不能坐起，或膽汁炎溢作洩，或大小便因熱脹閉。此等惡症，皆醫者不相病情，泥拘古方以害其生命。予治此等症甚多，皆從無可着手矣。始迓予治療，止有默嘆委曲慰之而已。

吐血由胃上者易治，從肺出者治難。從胃上者，乃肝熱極，逼迫而出。自肺來者，必因勞傷，動炎心火。肺包心，一呼一吸，肺扇氣以凉心，心火騰灼，肺不能當，遂破肺中血絡之血而出。凡人養周身之血皆從肝，獨養肺之血則由心生，故始止吐肺中之血，後則周身之血皆自此而來也。猶之缸下一孔，始則缸中之水，止從近孔者而漏，後乃全缸之水皆從此而來矣。治法過冷過熱之藥，皆不可泥用，止宜清凉心火之劑，心凉則肺安，氣不湧，血止矣。氣之本所在肺，『宜降氣，不宜降火』之論爲誤也。治此重病及一切他重病，交不宜拘執日服一二劑之例，須相其病因之勢，爲煎熬濃膏以作飲食，不可視作藥服。至其變易不拘，皆在醫者之相其病勢，故有得心應手之妙。更難者，血止矣，而嗽不止，多痰，此曷故哉？

心肺宜清凉，胃則當温暖，兩藥不可並用，故難也。蓋清凉之藥傷胃，胃傷則飲食不變精血，乃變熱痰惡氣。熱痰惡氣，燎心脹肺，故嗽。嗽久，則肺之血絡又破，以至血再吐，或血即不吐，而精血不生，不能養其全體，止有膠痰爲盤錮，以至焚枯其元陰，遂至不起也。治法，在急化其痰以止其嗽。然此痰非貝母、天花粉、南星、半夏之類所能化也，别有《本論》。即男女之病怯弱者，多陰虧而陽勝，以至生頑熱之痰，其元陰益爲燔竭，又不止吐血一症耳。

昔有人問天下何業之人最多，曰：『計莫過農矣。』其人曰：『不然，惟醫耳。試問何人，有不曰「我曉得一好方藥者」乎？』

凡人遍身作疼者，須明其是血絡、脉絡、筋絡，何者作疼。然三者之疼，血絡爲多，女人則更多。病脉絡疼、筋絡疼者少，治甚難，亦不易愈。世人凡遇身疼，必從血不足治，故多害之也。予先室王，病血絡疼，歷諸名醫治之而殁。今内子諸亦然，日夕冤呼，不能轉側，急以重劑，日服三四盎，三日即起矣。病傷寒遍身疼者，血滚也。痰不作疼，間有疼者，黄液在其中，吐痰内有黄色者是也。

藥以鮮者爲上，蓋精華豐萃也。若蒸出露，則其力更大，即至苦之花葉，蒸露即不苦者，其理爲何？蓋凡花葉苦分，俱在其上之諸筋，蒸則熱力微緩，但取其片上之汁，煎則熱力猛大，諸筋内之汁交逼出矣，故苦也。至於乾藥，乃不得已之用。或此地所無，來自遠方，或此時所無，晒以收貯，古人所以種藥也。痴愚見用鮮藥，乃曰：『嘻，草藥先生耳。』

地黃酒煮烘乾入劑，則名熟地，不酒煮入劑，則名生地。亦思熟地者，從煮後名之也，則此生地，既入罐煎熬亦熟矣，何得尚名曰生地乎？予屢申此理，人不信也，不知《本草綱目》紀甚明。古人名地黃，曰芐擣汁。臨服時始調入劑，故曰生地。乃有尚與予辨者，予曰：『此易明，米生則爲米，煮則爲飯矣。今之用生地者，米初煮飯也。熟地者，將飯再煮也。』

虛怯之病，至爲難治，蓋元陰乏，無以滋元陽也。元陰如油，故能滋元陽之火，若缺油則無滋，火隨滅矣。虛怯之脉必洪數，按則虛豁，元陽孤焚也。有能多食者，臟腑之火騰灼也。有不貪食，不能食者，胃口胃內之筋無力也。有能行動者，筋尚存少力，其不能坐行、并眼懶開者，則全身筋無力德也。兩頰微紅，唇則如朱者，臟腑火湧上也。午後作熱者，膽熱迫肝火浮出也。

胃皆痰瀰結者，胃少陰滋陽，至飲食不變細體，成熱痰也。或有鷄鳴煩躁，或發熱，或汗出，日高平伏者，心火燎也。有嗽則名癆矣。其嗽之故，因臟腑之火逼煎肺，加以肺無陰滋其陽，故肺竅氣突不寧也。種種之病，名不同，根則本一元陰不能滋元陽耳，豈十全大補湯、六味、八味之丸之所能起耶？若不寫諸方丸，則人皆笑不信矣。若詢醫者以病源，不過曰精血虛耳。嗟嗟！自有《奥微本論》《治法方藥》。《傳》曰：『常人安於故俗，學者溺於所聞。』豈止言治道與學問乎？即醫亦然，讀《扁鵲倉公傳》，即知之矣。

最難治者傷寒，不明病源、病因、病情、病勢也；最易治者傷寒，明其病源與因與情及勢也。凡傷寒必發熱，設不發熱，必用藥以散出其熱。若一中寒即歿者，元陽元陰盡爲冷所壓絶，氣血交不行也。治傷寒豈能出張仲景之範圍？然須變通以神明其用。陶節庵確矣，未免太繁，不若繆仲醇不繁而確也。其《奥妙本論》《治法方藥》交別具。

凡痘必由於母血，其出痘遲早之故，則因於日月星之德，於其本地之氣，及本人之血也。至於痘之多少險順，則在其母血之醇與駁耳。故治痘之規，非有大遠，非同他病之有變變化化也。但須一熱即服藥，總在解毒發散。若服藥遲，則毒結血爛，無從下手矣，自有《奥微本論》《治法方藥》。

痢者，乃或腸，或胃，生一毒也，故濃血下出。世人驟聞，必駭笑也。噤口痢者，胃内爲毒氣充滿，胃口之筋爲毒氣脹塞，故不能食也。其方藥别具。

凡瘧多從感風寒起耳，單謂『夏傷於暑，秋必痎瘧』者，論不全也。每日至其時則先寒者，因冷濕之情，純在白液，白液爲飲食所化，人日日不能不飲食。則日日冷濕所稟之白液，必至其時裹燥熱於内，遍體皆冷濕，因作寒顫。少頃，冷濕爲燥熱所爍化，故燥熱湧溢，而遍體皆燥熱矣。然其燥熱，亦緣冷濕之擁積也。久之或汗，或無汗，燥熱散則病退矣。汗爲人身内之剩液，剩液或有或無，故汗否因之也。間有純熱不冷者，此則因暑毒燥熱之聚散也，所謂傷暑瘧也。有日日、二日、三日者，俱緣冷濕乘白液逐漸之多少以爲遲早也。有時改遷其發止者，亦緣冷濕之改遷也。治法以散爲主，亦有用補者，總在相其病情耳。予治瘧一劑必愈，藥止數味，所謂千變萬化，總不離其宗者也。

醫信

物之多少，計數即得者也。物之形色，長短大小，五章雜采，開睫即知之者也。獨醫者病在臟腑，必從夫推通以得。測量其病之由，既非計數可得，又無長短大小章采可知，止憑其各症及脉及前後便以爲推測作據耳。故推通測量者，明與悟之司，非猶用目司者，爲確定不易者也。夫物之多少與形色，皆在物之體，物有體則實。物有實體，則無誤謬矣。其無誤謬者，以無可無能得誤與謬也。故推通測量，是者在其中，非者亦在其中，既有是有非相混矣，焉得不誤不謬哉？謬誤在事，或尚在斡旋；謬誤在病，則死生也。死生者，一定之晝也。難哉！危哉！

巽人語予曰：『恭敬者，醫之指南針也。』慎之哉！予因思今以抄録成方之人，而提衡人之性命，是真以死生爲嬉戲耳，何世人之偏信於篤也！因論信之奇，試問人曰：『晴否？』彼見日之杲杲也，必曰晴，此之謂見，不謂信。試語人曰：『今日日從西升。』彼必曰：『誕哉，有日西升之理哉？』此之謂明，不謂信。信者，不見不明，而止謂其是者也。或曰：止謂其是而謂信，何以人見非者而亦信其爲非也哉？不知信其爲非者，皆從信其有爲是而見者也。使無其所是者爲信，從何以得見其爲非也哉？此總論信也。若醫之信，則有三焉：一者，《萬病回春》《藥性賦》之類，奉爲秘寶，設語以全身内外之所以然，與病源、病因、藥之性情，或輾然笑，或瞪目駭，是謂一信；一者，四方著名，高居華舍，或口若決溜，或吶吶少語，凡求方藥者，填擁門庭，日必數百，即偶一出，隨輿迎請。及呼診救者，亦常不絶，而不起者累累也，且加厲以殁者不少也。更有嘆者曰：『某某藥不愈，命已夫！』是謂一信；一者，惟明眼人之治法，是爲遵從。蓋明眼人治重疾，常以重藥作厚膏以當糜飲，且終日每爲變轉。其治法，或從外，或從内，而不厭不疑也。卒之果獲全瘳，是謂一信。雖然，三信之内，交有奇焉，不可以解得其理也，是曰『言告醫信』。

康熙六年花朝，堅老人祝石識於漳邊竹裹。

附録一 佚文

述友篇敘

丁亥五月，衛濟泰先生過於玲岩，時山樓坐雨也。言及《交友論》，先生曰：『不此止。』因日授數百言，或數十言，間撫手吁曰：『妙理，惜無言，字莫形。』復沉思久久，顧石曰：『且爾。』因復授訖，日計五矣。自先生言出，而益知友之不可少也。不可少之故，爲益己之身神。

大泛泛以述，損者覺益，復著損者等何，等何損益昭，而述之之道，人樂遵且知人世事勢所極，情因以必有，析以理所不可不然，不得不然，不可不然者，宜也。宜者，上主所定之公性也。不得不然者，愛也。愛者，上主所賦之仁性也。宜也，愛也，故人樂遵也。先生偉儀修體，而神明慈煒，望之猶天神，所謂至人也。願讀是篇者，惟求理之非是，勿以傲睨橫衷。理是，則益身神。益者何？修德明。修德，自能事上帝。

周振鶴主編：《明清之際西方傳教士漢籍叢刊》第1輯《天主實録 盛世芻蕘（外九種）》，鳳凰出版社，2013年。

祝石等人致巴西利塔諾城主教兼南京宗座代牧羅文藻主教書*

羅老爺，透過上帝的恩寵、支持與助佑，您能夠被擢升爲神父及主教，這樣的榮譽自中國開天闢地以來尚未曾有過。如果沒有您高山仰止的品德，這是不可能在中國發生的。我們蘭溪 Choxe、Chuting y 等中國天主教徒滿懷敬意地向您請求一件事：儘管不曾得到您的教誨，但我和其他信徒長久以來都希望能在蘭溪的教堂見到您，現在尤其如此。因爲，讓人始料未及的是，Fi 和 Pe 兩位神父竟然離開了這裡，去了廣東。

多年的感情與來往，在一天之中消失不見，我和其他信徒都很驚訝，又像嬰孩失去了母親的哺育。但是，因爲我們的精神之父是順應天主旨意才離開的，所以我們没有阻止他們。可是，假如我們的靈魂遇到了危險，失去理智或者受到惡魔的誘惑，誰來引導並幫助我們脱險呢？因此，我們誠懇地希望您能同情我們的精神世界，來我們的教堂，讓我們能夠從您的教導中獲益，成爲我們靈魂的倚靠，不讓我們失去永恒的幸福，或遭受永恒的懲罰。如果您能夠答應，我們會永遠萬分感謝。我們誠懇地希望能夠早些得到您的安慰，我們將一直期盼您的到來。

我，Xe 已經 83 歲，Chuting y 已經 70 歲，還有比我們更年老的信徒。所以，我們一刻也不能離開神父

* 標題爲整理者據内容所擬。

如此之遠。因此，我們誠懇地請求您今年就能來到蘭溪，給予我們安慰和支持。我們相信您一定會來的。

Cho Lino，中文名爲 Xe

Cho Casimiro，中文名爲 Ting y

Kiang Francesco，中文名爲 Fo

Cho Thomaso，中文名爲☒uching

Kin Ambrozio，中文名爲 Leu

Cio Simone，中文名爲 Ing

等信徒

稽首百遍！

（附：這封信是我遵羅文藻之命，從中文原文翻譯而來的。爲證其真實性，特請神父作證。

廣東，1685 年 4 月 17 日，利安定神父。

譯文已閲，符合原文。羅文藻，巴西利塔諾城主教。）

辑自保羅（Pablo Robert Moreno）：《〈蘭溪天主教徒致羅文藻主教書〉考》，《澳門理工學報》2017 年第 4 期。此信中文原件今未见，现存四种抄本或譯本：一是西班牙語譯本，存於傳信部檔案館：APF，SR Congr. 4，204-05；二是意大利語譯本，存於傳信部檔案館：APF，SR Congr. 4，202-03；三是意大利語抄本，存於羅馬耶穌會檔案館：ARSI，Jap. Sin. 163，f. 320；四是意大利語抄本，存於里斯本阿儒達圖書館藏的『耶穌會士在亞洲』：BA，49-V-19，f. 714v。此處中文譯本，由保羅翻譯。

附録二　詩文唱和

送祝子堅歸浙　吴國琦

海水接江水，百里千里白。吴人與越人，逆旅同爲客。之子何時來，積雪正盈尺。之子今日歸，青青郊原麥。桐君有服苓，嚴陵有故宅。溪流時見底，峰高星可摘。勞勞徒五年，自考功未積。乃不欺者心，豚魚未能格。喜怒失人意，浮雲變朝夕。千影必千身，身影外尋迹。所以行路難，君子畏行役。惟此素心人，貞一期論易。進退本一時，行藏亦須擇。請纓固可嘉，裒哀殊難策。燈火夜來深，談玄如談奕。慎矣懷三緘，聰明隱經籍。笋花鶗鴂鳴，朝渡錢塘碧。盜賊正紛如，有才豈常惜？疑義當共討，良晨動游屐。

吴國琦《懷兹堂集》卷之七，崇禎十四年吕士坊刻本。

看梅靈谷寺同胡若水吉甫祝子堅男弘安二首　吴國琦

岳色出春雲，朝暾動鹿群。青林露湛湛，古寺花紛紛。茗碗欽泉德，僧窗畫塔文。香光梅兩得，鐘斷見還聞。

其二

禁苑松風合，濃陰谷鳥喈。梁陳空伯業，龍虎亘秦淮。弓在思皇勇，山晴暢友懷。尚方知咫尺，天樂奏合階。

吴國琦《懷兹堂集》卷之七，崇禎十四年吕士坊刻本。

章無逸、唐無競、堯章萬叔、祝子堅、郭巨雅、趙印須送予至袠家堰，因過范去驕畸園，賦此。是日，予同舟爲劉元敬九一寶峰　吴國琦

層層新緑緑於衫，即趁江風且駐帆。小閣搴簾團四野，名香寂磬擁千函。藺陰花事良朋諳，村社芹泥燕子喃。滿地干戈何日息，越鄉猶喜弄長鑱。

吴國琦《懷兹堂集》卷之七，崇禎十四年吕士坊刻本。

走筆贈祝子堅兼訂中秋煉藥之約

錢謙益

昔聞漢祝生，厲節希史魚。抗論柱鹽鐵，彼哉桑大夫。子堅豈其後？席帽北上書。叫呶銀臺門，奮臂叱庸奴。朝右咸縮舌，投劾歸寒廬。讀書金華山，抱膝候皇虞。邂逅古仙人，授以青囊書。採掇草藥精，烹煉投冰壺。壺中藥涓滴，可以蘇寰區。上醫在醫國，何事公與孤。我老傴耄耋，藉子潤彫枯。蘭江一棹來，十載抒鬱紆。飲我香草露，一酌炎歊除。太息語子堅，火雲蒸八隅。天地爲籠甑，雩舞空嗟吁。我聞華元化，心孔察錙銖。脾腑或半腐，處藥爲櫛梳。悲哉今世人，心脾爛無餘。車上徒懸蛇，束手將何如？子堅向天笑，仰視飛鳥徂。相期八九月，訪我紅豆居。白月正中秋，玉盤承方諸。我家虞山側，藥草多於蔬。自從虞仲來，採藥皆仙儒。我掃烏目雲，候子雙飛舄。庶彼淳于斟，于焉逢慧車。

《牧齋有學集》卷十一，《四部叢刊》景印康熙三年刻本。

趙靈修招集桃花塢同馮硯祥、卜近魯、吕鍾友、祝子堅

吴循

故人折柬到閑居，亂後園林總未鋤。洗馬過江名更噪，元龍入座氣都除。烹來霜後長螯蟹，釣得蘆根巨口魚。濁酒一杯吟一曲，更深休問夜何如。

樅陽詩詞學會編：《樅陽風雅》，安徽人民出版社，2006年，第429頁。

金閶舟中與雙溪祝子堅話浙東舊事

許山

蠻觸乾坤轉瞬空，昆明翻盡劫灰紅。誰知茂苑烏啼夜，重對開元鶴髮翁。天地有心資寇盗，興衰何處弔英雄。無端三十年前淚，并到孤舟曉夢中。

王應奎輯：《海虞詩苑》卷六，清乾隆二十四年刻本。

訊祝子堅因其婿邵重曦寄之

陳恭尹

蘭溪遺老近何如，兩載天南信漸疏。箬笠定知隨野艇，羊裘何處釣江魚。百年熱血匡時計，中夜寒燈細字書。白首相期還落落，因君遥爲訊離居。

陳恭尹：《獨漉堂集·詩集》卷十，清道光五年陳量平刻本。

復八十老人祝石書

陳恭尹

子堅先生足下：弟伏處鄉落之日久矣，昨偶至五羊，令婿邵君儼然辱臨，捧書發函，感愧汗下。摧傷摇落之餘，誠不意世間有道高人，數千里而惠之教言也。

所示書雖復數篇，然濟時之略、論世之識已可概見。今古禍敗，多生於小人，而成於君子。生於小人之奸欺，人得而誅之；成於君子之任氣，人不得而議之。啓、禎之間是已。人家有子，一以淫蕩破産，一以鬬訟破産。所以破産不同，然均不得爲肖子也。儒生俗士，安識時務？識時務者，在乎豪傑。弟常謂此十六字，幾可與『危微』數語並傳。少時留心葬事，於陰陽家言無所不讀，每登山覓穴，茫然無所措手。其後稍有所得穴時，全不藉書，徐而按於書，無不吻合。三十年來，天下多故，往往以己意料之常合，以古事按之常違，然後知所謂識時務之時，難得而易失，先一時，後一時，皆失之矣，未易爲拘儒道也。

承聞先生大耄之年，然猶日讀史傳，夜分不寐，細書如蠅頭，精力强健，少年不及。殆天篤生師尚父、衛武公之流，弟獲通聲氣，私心自幸，何時乃得握手披豁，快胸中種種也。

往時頗有所選述，自戊午遭意外之誣，下獄二百餘日，家人惶迫，時懼更以文字得罪，取付秦炬。唯拙詩以先有刻本得存。然雕蟲之技，烏足污長者之目哉？一帙寄呈，聊以發一笑也。

王園長先生幼子、諸孫尚數十餘人，文采風流，未墜先緒，足承存注，晤時當爲致之。王礎兄不晤已十年，聞往歲在都門，近未知何狀，頗有相聞否？令婿晤後一日，即告闓行，卒卒無報，臨筆飛越。

陳恭尹：《獨漉堂集·文集·續編·奏疏》，清道光五年陳量平刻本。

報祝子堅先生第二書

林璐

先生出入婺城，躬踐前跡，奕奕熊熊。若閣部者，以門下士爲縷析言之，他日當即以參石室之藏也。閣部引東陽杜公爲典軍政，鎧甲兵杖，悉所心究。其在人者，刻自治之；其不在人者，謂聽天可也。此言甚壯，往嘗得之，賜如義烏吴之器，字賜如。城破時，杜公衣冠拜闕，踞坐天寧寺，以不屈死。而先生以爲城破，公列陳於巷，猶躬自孑不戟隨，自靖於郡之天寧寺，微有異同。要之，忠臣義士激昂衰季，即此足知婺學之修，方未有艾也。

杜承鋼主編：《東陽杜氏文化志》，東陽天杭印刷廠印刷，2009年，第206頁。

贈蘭溪逸士祝子堅

曹溶

丹轂無上才，畜德乃林莽。端居閱成敗，如鼎肖罔兩。堂堂郊廟略，探討晝指掌。羲駕緩奔輪，逌然白雲養。何時罝網設，纁帛視取享。我老逾周甲，雜珮困遐想。掃室待嘉緣，果得遂欣賞。停策枉幽谷，綺日轉書幌。眇説浩無津，終焉覺疏朗。撮要在醫國，良藥驗今曩。必祛狐兔群，瞬息罷兵攘。出其餘剩智，足以福州黨。文家多創始，毫素斥規倣。寫心盈百幅，伐鼓震宏響。旁及象鞮賓，格物務開廣。鼓鞴致零露，穴土獻潛鏹。削迹惟願深，與俗判霄壤。澳浥不可爲，遑復諱崛强。黄塵塞四隅，年壽日以長。離合本常期，瀫水健春槳。

曹溶：《静惕堂詩集》卷九，清雍正三年李維鈞刻本。

送蘭溪祝子堅之梁溪兼呈伯成先生

陳維崧

蘭溪老翁今華陀，軀幹削若青銅柯。酒酣肺腑露芒角，興到紙墨盤蛟鼉。作人豁達妙颯爽，論史擺落窮根科。袖中一卷口自哦，青紅崩剥字不多。雕鎪真宰費鬼斧，鑱鑿險絶煩夸娥。其中義理本平實，稍取阡陌從坡陀。嗚呼此書孰肯讀，世人有口徒喁唆。即翁刀匕寓大道，百藥鍛煉無偏頗。耳聞眼見尚疑沮，何况奥理追羲娥。嗟予老大百事廢，頭瘍脚痺愁搓挪。瘦妻浹月卧不櫛，女奴偃蹇誰搔摩。翁來我甫舉家活，買舟胡又凌盤渦。君不見世間葠朮讓柴米，天下疾厄惟奔波。我今苦貧更苦客，翁縱欲藥奚能瘥。九龍山巔新髻螺，翁攜拄杖巖頭過。開筵定有神明宰，萬一筵前誦此歌。

陳維崧著，鍾振振主編：《清名家詩叢刊初集·陳維崧集》，廣陵書社，2006年，第327頁。

又贈祝子堅

陳維崧

天下争傳浙奇士，馮翁謂硯祥。祝叟兩人是。翁也任俠傾公侯，叟也賣藥游都市。今歲杪秋叟詣余，袖中一卷龍威書。權奇兀奡老蛟瘦，喧豗鞺鞳長鯨呿。老生讀只苦噤齘，野夫快若遭爬梳。叟之治藥亦如此，庸師那復知其理。扁鵲隔垣衆口呶，無且提囊萬人指。蘭溪溪頭千叠山，巉崖沓嶂何潺顔。仙毛異卉不知數，上池橘井流潺湲。羿妃擣藥白玉臼，天女洗頭青髻鬟。叟歸煉藥於其間，銀房丹竈光璘瑞。嗟乎，兩間疾疢爍焦府，二豎傳染週人寰。鳳麟奔救骨破碎，兔蜍拮据愁連蜷。安能得叟藥一撮，盡療惡濁瘳昏頑，叟歸且復飲余酒，山縣蒼蒼只回首。

陳維崧著，鍾振振主編：《清名家詩叢刊初集·陳維崧集》，廣陵書社，2006年，第328頁。

立齋學士招同祝子堅吳修齡然雲閣作

錢澄之

磵道逶迤上閣遲，開尊暢好夕陽時。窗臨野圃連荒郭，地接鄰耕限短籬。林際塔標山入畫，燈前客聚鬢如絲。謝公自是難堅卧，待看荷花放滿池。

錢澄之著，諸偉奇校：《田間詩集》卷二十三，《錢澄之全集》之五，黃山書社，1998年，第472—473頁。

七夕同祝子堅吳修齡徐崧之健庵集果亭宅話別時久旱得雨

錢澄之

一雨人心定，凉生滿院秋。影斜微月澹，霄净絳河流。移席滅紅燭，減杯勸白頭。坐客皆老翁，不能飲。夜深詢往事，忘話別離愁。

錢澄之著，諸偉奇校：《田間詩集》卷二十三，《錢澄之全集》之五，黃山書社，1998年，第477頁。

寄祝子堅丈二首　屈大均

羅浮峰四百，盡讓老人峰。箕踞石樓上，蒼蒼烟翠重。其旁爲玉女，峰名。以下是黄龍。洞名。仙客相期甚，君來更植松。

東南民獻盡，一老在江濱。碩果開天物，芝華翼漢人。歲將逢甲子，天已厭庚申。八十多神智，先求萬曆臣。

屈大均：《屈翁山詩集》卷四，清康熙李肇元等刻本。

客中聞賊信作示祝子堅　方以智

半醺徒擊鼓逢逢，奈有牢愁托寓公。游子夢中兒女泣，鄉人書上室家空。昨聞征剿云全北，日對饔飧怨《大東》。太息文辭何所用，少能騎馬學彎弓。

方以智：《方子流寓草》卷五，明末刻本。

贈祝翁子堅　汪文柏

末流多異尚，瑣屑箋蟲魚。經歲肆漁獵，差堪傲鄙夫。先生貴實學，窮究先史書。東陽久棲遁，高卧江邊廬。風塵忽澒洞，國步方艱虞。起持拯世策，走上金門書。既至九重遠，中流輕一壺。睥睨公卿輩，束手靡分區。浩然攬歸轡，却令壯志孤。解劍遺空山，斗間氣盤紆。何當重拂拭，四海烽烟除。久知老人星，遠在天南隅。豈期此邂逅，慷慨還驚吁。屈指較人物，不爽寸與銖。雄談析疑義，條理如櫛梳。藥草勤採掇，烹鍊功有餘。未審服食後，體中復何如。

汪文柏：《柯庭餘習》卷一，清康熙刻本。

次吴修齡韵贈祝子堅二首

子堅年已八十二，而興致豪邁，善談經濟，亹亹不倦。　汪文柏

身世休嗟鬢已蓬，襟期尚有渭濱風。不辭魯酒千尊緑，時接蒼顔兩頰紅。宇宙勳名虚竹素，關山戰伐感星虹。只今耆舊如君少，手植青林有化楓。

坐聽焦桐雅曲彈，高山流水志閒寛。飯牛事業憑誰問，倚馬文章好並看。譚笑謾圖朱紱易，刀圭欲駐黑頭難。惟應共睹兵戈息，再説階前舞羽干。

汪文柏：《柯庭餘習》卷六，清康熙刻本。

贈祝子堅三首

徐乾學

書契易結繩，煌煌垂六經。微言與大義，昭揭如日星。後儒多穿鑿，撞鐘或以莛。燭龍照萬物，爝火何

紛營。卓哉蘭谿叟，羹墻感精靈。縱横解沉痼，滚滚溯典墳。豁然埽雲霧，舉目窮青冥。平生願經世，所志在管葛。尚論李贊皇，求治若饑渴。江陵及新鄭，紀綱甚明達。苟非命世英，時運誰能撥。王政重食貨，詎遺錐刀末。懷此救時心，侃論非迂闊。可惜奇偉士，窮年老裋褐。君年近八十，矯若千尺松。逶迤渡錢塘，惠然來吴淞。握手在春晚，夏木忽陰穠。别予歸故國，後會何時逢。君家谿山好，合沓環芙蓉。谿水碧于黛，灘聲日淙淙。逝將謝塵鞅，杖策來相從。

徐乾學：《憺園文集》卷六，清康熙刻冠山堂印本。

答泰興季滄葦書　沈壽民

垂示書一通、制義二十首，累襲顓貺，以勤以恭，其好之而欲策之荒言耶？抑歆乎其已至，不有乎工，虚内而旁采之耶？野人情意傲散，懶不即報，不報而又趣友人祝子堅以來，請加頻，意加肅。滄葦先生足下，果以僕朽枘敗腐，猶足蒸出美芝乎？繡黼榮而嗜與負塗者處，不解也。伸函反復，惴莫能定，因謬爲左右計者三，自計者三。昌黎《敘荆潭詩》，大率謂文章之作，發於羈旅草野，貴人氣滿志得，不暇以爲。

今足下束髮遭時，不屑屑肉食，而游神儒業，薅蕪誅蔓，搜剔理奥，踞專門名家之的，而中之矢，所云『材全能鉅』者非耶？法應序。婺之降也，龍丘、烟波之徒不出，而埽門回軒之事寂然。足下溯古之道，行今之日，何物逋播，麻襦樱屩，孤嘯虎穴中，儼然攝衣冠造之，胥迷餞，忍不爲悔，即任都尉、陳觀察無有此也。法應序。且夫文中忤時，厥徒巧諱，考亭脱粟從游，反攻力難，邀諸夙交，矧在邂逅。足下曾與僕無款襟之素，接膝之雅，一旦排群獨赴，飲水班草，甘之軒奇磊落之爲，何可向與波沉浮者道？法又應序，法應序而未之序，兹僕爲左右計者三也。

抑僕早歲步闊膽粗，妄擬登文章之籙，潤及後代，直反手事間，逐逐帖括，準古而耻雕劇，酌雅而謝綺縟，頗幸不肯一切。乃我瑟世竿，無所於投，顛越以返，則其於制義也，亦既蹭蹬失道，而惡知乎南之適粤，北之適燕乎？法不應序。又僕壯不善戢，羽毛矜奮，屢辱當世弋取，矯吭嗚唳，動復得詬。平生推揚所至，讒口環以囂，則僕之不克以語言文字自重，重人明甚，法不應序。甲申已來，震厲焦苦，追割習愛，幾截腕臂，訪侣乎紫微之室，負耒乎次農之鄉，生不我知，死不我惜，於願實塞。數十年敘贈傳述，馳筆縣墨之役，悉根株痛斷，誓不借假纖毫。今忽忽破鍵啓扃，失持改御，於知己無絲芥助，徒爲道路哆口憫笑，踰丘山重度，非仁人所樂聞也。法終不應序，不應序而不敢以序，又僕自爲計者三也。

繇前之説，可以彰德；繇後之説，可以堅節。吾聞之，君子不務昭其大德，而奪人之一節，儻稽生所謂『終始真相知』者，其在斯乎？在斯乎！足下何以教焉？藉郵反命，幸鑒視悃悃之誠。

沈壽民：《姑山遺集》卷五《書十三》，清康熙有本堂刻本。

復祝子堅

沈壽民

故我雖存，餘生可憎，居今之世，它復奚云？數月以來，政如孀婦嬛嬛，稱言未亡，鎮日待死而已，尚問户外事耶？雪樓之薦，適趣叠山之亡，擬即非倫，然願效之平仲，虚名自累，臨訣悔恨，啜其何及？況弟學殖隕落，道旨茫如，何得藉口先民，巧自脱免？嗟乎已矣，勿復語矣。萬一邀靈覆護，貴邑金吉父之後，廑妄幾什一，有繼蘭谿處士，山中老耳。尉羅四塞，盼望北巖，邈同絶域，弟敢自遠，時乎奈何！

沈壽民：《姑山遺集》卷二十三，清康熙有本堂刻本。

臨王右軍書贈祝子堅

任繩隗

學書當學衛夫人，高弟無過王右軍。到今綿邈一千載，誰能落紙如烟雲。蘭溪先生年七十，老眼猶堪辨群格。喜坐黄牛讀《漢書》，宜於肘後懸方術。偶然採藥出天台，靈根仙乳無凡材。睥睨九州如黑子，欲窮西海還東萊。吾友如雲贈君策，長歌千言短歌百。筆勢縱横競晉唐，風流蘊藉含元白。我亦優旃學獻顰，爲臨一卷《黄庭經》。安望右軍天門與鳳闕，但聞下士大笑如蠅聲。吴公瑜日放筆頽唐，自覺意氣傲岸。

任繩隗：《直木齋全集》卷三，清康熙十六年刻本。

贈祝翁子堅次錢牧齋先生韵

汪森

廿年寄荒陬，圜坐如鰥魚。生事在章句，咄哉慚壯夫。昨者蘭江客，投以司農書。開函一讀罷，造請驅僮奴。移時雨脚下，策杖來吾廬。從容甫接席，談笑追黄虞。上言《六經》業，下言及史書。娓娓動人聽，有如醽傾壺。似兹真實論，志豈同區區。達人抱經世，所用期不孤。譬之草與木，本厚末豈枯？否則守訓詁，剛腸使迴紆。丈人心貌古，肝膈纖埃除。鯁介若弦直，奔歷窮坤隅。俯仰天下務，憤懣時長吁。發揮總其要，誠非寸與銖。惜哉筋力竭，白髮已齒梳。著述千萬言，渺視同緒餘。徘徊一代後，史册將焉如？游心暨方術，匡濟孰與徂。種藥與蒸花，自愜山中居。訝余頗善病，授以奇方諸。余實草野人，寂處甘園蔬。深感丈人意，相期爲大儒。鸞鳳當假翼，毋若隨鶩鳧。再拜受斯語，秣馬行脂車。

汪森：《小方壺存稿》卷二，清康熙四十六年刻本。

懷祝翁子堅赴吳中丞之約　汪森

相思直到野棠郵，八石谿頭静掩門。無數紅蓮開幕府，閩山凉月好留髠。

汪森：《小方壺存稿》卷八，清康熙四十六年刻本。

附録三　其他涉祝石文獻

與同人書四（节選）

張自烈

祝子堅稱芑山爲度越程朱，若是者言人人殊，譏則無稱，稱則無譏，皆判若霄壤。今足下舍譏與稱，挈芑山之一身，置諸似是似非之地，使聞者兩岐而未易決，使受者内顧而失所從。雖不敢不並存其説，以俟異時蓋棺後之論定，而在今日之爲芑山者，退求其所自爲芑山而不得，則是僕鄉者悲古人，今益自悲也。僕慟餘神耗氣咽，擬不復奉答，感足下忠告之義，必欲僕答書而後已。雜舉古今人經史學術之疑者，就正於左右，兼質心水李先生，請其折衷。是得非失，必瞭然易見。倘僕言不合道，尚冀足下偕子發、乾統諸子共匡吾過無遐遺，幸甚。

丁未仲春月既望。

張自烈：《芑山詩文集》卷九，清初刻本。

奉呈吳中丞四十韵因祝子堅先生入閩之便却寄　汪森

翹首無諸國，雲山迴鬱蒼。屯軍同細柳，走檄到扶桑。幕府開巖檄，牙旌奠海疆。撫綏安反側，撻伐有輝光。挺出惟人傑，扶持與世康。迴瀾真獨砥，錯節久全鋩。自昨妖氛孛，於今樂土荒。千邨饒枳棘，萬姓半痍瘡。不有生成大，難勝骨髓傷。恩敷兼愛日，威被薄嚴霜。逋野民皆集，棲田粟可藏。鐫心形口頌，蹙額化眉揚。方召行師旅，夔龍入廟廊。簡書猶袛畏，雲路即翱翔。逖聽良知慕，迴思詎敢忘。弦歌前試邑，教育早知方。春草生公廨，清風起訟堂。自餘棋酒暇，未覺簿書忙。過客留司馬，郵亭續鄭莊。勞勞躬吐握，貇貇愛文章。破的推能事，摧堅每擅場。清才追鮑謝，夙契接求羊。開濟謀應遠，林泉興自昂。謝公寧廢賞，阮籍舊餘狂。鷁首雙颿便，龍門一水長。器瞻和璞貴，佩沐楚蘭芳。登謁心誠幸，隨游跡苦妨。崎嶇非入峽，漂轉異浮湘。時忽經三載，身仍滯·鄉。桐枝遺爨爇，劒氣拂星芒。北海孔融座，南樓庾亮牀。深慚名位隔，敢令素縑將。泰岱徒觀岳，滄溟幾望洋。園迷晨霧碧，林映夕霏黄。去臘松軒下，連朝竹墅傍。先生稱用里，耆舊識襄陽。典策傾書簏，刀圭贈藥囊。云將居客館，遂欲戒行裝。悃愊從昭晰，言詞墜渺茫。還憐百里適，謾爾宿舂糧。

汪森：《小方壺存稿》卷七，清康熙四十六年刻本。

子堅先生好爲聱牙屈曲之文，究之外强中幹，殊少回味。其論經濟，識地高偉。嘗讀其《希燕説》，蓋有激於明末空談之盛而然。其嗤鄙儒術，不無過當，要其説則有卓然不可磨滅者。其《論相》曰：『古今害治之相，約有數等。其一，持權恣慾，諂愚人主，以毒殺天下之人。其一，如風摇之葦，衷止焚灼，於患得患失，處朝廷如坐雲霧，惟戴而具，任人詬詈。其一，性術鄙黠，善結人主左右，於世，雖惡而行煦煦，間作仁義忠直語事以媚人主，家則堆阱黄白，以肥酣歌童舞女，此皆誤國之明顯者也。其一，性非剛毅，惟官爵是戀，行事必出於衆，皆悦之，不顧國家大體，此賊德之鄉愿，乃日用不知者也，反千百年誦言不已。其一，學識鄙拘，自謂伊、周立身非不潔也，載籍非不博也，聲名滿天下，然迂拗害國，必至事後方知。其一自負管、葛，議論侃侃鑿鑿，無識之主，過信推重，乃至敗壞，始知無術。此誤國之不易知者也。』

其《論用人》曰：『成周取人，大都循夏、商之舊，從黨庠術序選其賢才，循次而升。其教之人，即其舉察之人。蓋使舉者教則教必嚴，教者舉則舉必確。』又曰：『天下，惟利害切己，則求人必確。今之取人，不過視爲套例泛常之事，但有大利而無秋毫之害。唐人所謂庄田也，惟責在守令，使自求取以成己事，則事在不得不審，不然，即有大害在其身矣。故漢守令於曹掾尉史之類，皆使其自辟，以其近而能詳察也，且少則察之精也。』

其《論吏治》曰：『儒生所謂寬仁者，豈寬仁哉？乃委馳不振，婦媪之煦煦也。陸象山劄辛稼軒曰：「遏惡揚善，舉直錯枉，乃寬德之行也。」』《記》曰：『凱以强教之，悌以悦安之。人皆動曰凱悌。』亦解其義哉！其大致如此。子堅先生好韓非之書，論古今相業，於伊尹之外，則有取於管仲、子産、諸葛亮、王猛、李德裕、高拱、張居正，皆别具識眼。徐東海深服其才，著書不一種，予獨見其《希燕説》云。崇炳識。

王崇炳：《金華文略》卷四，祝石《吴北魚詩序》末，清乾隆七年遞修本。

除祝子堅外，皆予素交，書成例難收入，略舉其概，句不在多，倘得如陳元龍品題數語，突過大篇矣。

周殷士如方珪圓璧，人倫師表，交遊風義，古道照顔。諱敏求，廪貢。趙雲參藴真抱素，含英咀華。諱筠，廪生。所著有《石皮堂詩古文集》。唐翼修遍贄耆宿，履蹈端方，胸懷開廣，門標户列，著述不倦。諱彪，兩任訓導，所著有《身易》《父師教學法》《人生必讀書》，盛行於世。吴以敬在狂狷之間，傾貲市義，陋巷安貧，卓立千仞峰頭，可與吕雲君把臂同行。諱尚修，丁巳舉人，晚爲教諭，旋卒。祝子堅好談經濟，祖尹規商，黜浮崇實，濟時碩畫，可見施行。諱石，廪生，所著有《希燕説》。以上皆蘭谿人。

徐完石品行文章，皆堪師表。身爲廣文，口不言利，筋力未衰，拂衣高蹈。諱琮，戊午科舉人，蕭山學教諭，毛西河先生亟稱之。所著有詩集。程嗣音學博才贍，老好著述，自命不朽。諱夔初，廪貢生，有時文、詩古文集，又有《戰國策註》，皆有刻。應舒哲恥受呵斥，橐筆不試。醇德清才，在隱彌彰。弟子歸心，圖像瞻禮。諱錦郁，廪生。所著有《四書微旨》。以上皆永康人。

徐伯德品行端方，胸懷慨爽，抗塵獨上，齋心茹素，年登九十。諱兖普，廪貢生。吴毅公天懷曠逸，强記博聞，介不累物，和不刓方。諱從輅，歲貢生，好奬誘後學，至老不倦。李儆定少而盡孝，生不知家中有米鹽事，隨意揮灑。至於食貧，彈琴自娱。其學與紫陽迕，至其人品，無論異同，莫不心服。諱方猷，諸生，所著有《四書毛詩説》。盧秋生中富好施，合族均霑，舟梁道路，創新補舊，日久不倦。予詩曰：『臘天舉火念貧寒，風雨號窗愁旅客。』諱士桂，太學生。以上皆東陽人。

方冠山樸貌占心，閉門學道。其遠祖《巗南集》散失，千里尋訪，如孝子尋母。四明鄭南溪重其爲人，爲訪諸武林趙公千家得之。冠山諱舒，所著有《浦陽儒學淵源録》，餘不一種。鄭一上有義門遺風，承父遺命，捐上腴百畝入學，資諸生秋試，不愧孝廉方正。諸生傅旭元具呈禮部，其父得入西學，巡撫以其越呈，决杖。

王崇炳：《金華徵獻略》卷十二《文學傳》，清雍正十年刻本。

耐安氏識語

耐安氏云：《秦邊紀略》乃江右黄君所集也。黄君惜忘其姓氏，有心邊務，久居秦督佛公幕府，與圖邊報，番土夷情，皆所熟悉。猶恐狃於所聞，請於秦督，躬親閲歷。秦督護以牌符吏役，巡視期年，彙成是紀。洵爲今日安邊之要策，非爲紙上空言也，世共珍之，不可易得。己亥[一]歲，劉繼莊先生來謁學院顔公，假館於安樂窩。繼莊先生與外父祝棠村老友也，攜是紀相示，而外父已作古人，姜子發兄見而録之。余苦貧病，困居蝸舍，安敢問天下事。而塞外胡笳，長城遠戍，萬里情況，了然胸目，庶不作瞎子觀場耳。因亦繕寫之。時癸未□月十一日。

李培輯：《灰畫集》卷十九《秦邊紀略·全秦邊衛序》，民國鉛印本。

校勘記

[一] 己亥　當爲「乙亥」。

先師姜先生行略

徐騰

先師姓姜，諱韜，字子發，其上世蓋蘭溪人。司務公芳始居金華之白竹，子郎中公絅遂占籍金華。給諫公應甲，即先生之從祖也。先生幼端重，不妄言笑，然性穎敏，九歲作《禹平水土論》，十一歲爲制舉藝，給諫公見而心異之。十五歲即失怙，上事寡母，下撫其幼弟，孝友備至。時給諫公以先朝遺老隱居山林，族子弟俱毋許應試，先生乃博覽經史及詩古文辭。

甲寅，閩浙亂，戎馬在郊，起徒役，輸挽芻粟，富人以術免，而先生以單丁受役，赤脚走冰雪，事甫竣，即挾策雒誦不少倦。白竹故近金華，山水清奇，與文心相映發。時又有遺民寓賢，群遊談咏甚歡。而先生家日益貧，饘粥不給。棠村祝先生者，倜儻豁達士也，一日見先生所爲文，甚喜，因勸就試，時給諫公已謝世矣。先生出就試，連試連冠其儕偶，遂補博士弟子，才名甚噪。先生意不屑，乃執贄棠村之門。棠村以王霸之略自負，於古今人物、治亂、兵農、刑法，靡不講明而切究之，議論卓犖，不爲苟問，而獨心喜先生，盡授以其學。先生學之不倦，日誦心維，夜以繼日，常至達旦。至於性命之事，則別有師承，棠村蓋罕言之，而先生實心會之也。

然棠村學術頗尚綜覈，而先生性坦白無城府，遇人一善，稱不容日，人以術售，置之不較。家徒四壁，趨人之急，執經咨疑，群髦會萃。先生循循善誘，多所成就。然其所講貫，不過舉子業，若其所學，則固不在是也。先生嘗慨棠村抱經濟大略，而施設無由，先世若鳳林、東山，文章學問，傑出古今，未獲流布。金華地稱鄒魯，前輩凋零，讀書種子不絶如綫，遇有高資茂質，輒肫切勸訓之，而終惜付托之無人。於是網羅放失，日事編纂，足迹不出里門，而四方賢士大夫書問日至。若嘉禾曹侍郎溶、王方伯庭、會稽姜京兆希轍，姑蘇則徐司寇乾學，咸相推許。而郡邑長吏聞先生名，再三延致，先生謝不往。邑令膠州趙鹿友尤欽重之，揭其姓名於旌善亭，以坊表後學。然屢試竟不得一第，而處之泰然，絶無歎老嗟卑之色。每有燕會，高談雄辯，達官貴人在座，略不介意，而竟賫志以卒。卒之時，年僅四十有二。

先生之設教於蘭也，騰首先及門，每讀一書，得一義，必以示騰，或遊覽山水，必挈騰俱往。故騰自束髮追隨，侍親之日短，而侍師之日長。即歲杪先生歸，騰亦從之歸，至除夕始返。家中事無鉅細，無不與騰商之，所未能心契，獨性命之學耳。先生之易簀也，門人子弟環侍，先生以所撰《金華先賢言行略》未成，屬騰較讎踵成之，併遺書盡付，且以後嗣爲托。自顧荒陋，中年淪落，同人中方有高自期許，足爲先生謀不朽者，乃以其藏書併《言行略》稿本付其後人管鑰，亦不知究竟何如。嗚呼！先生視騰如子，而騰竟不能視先生如父，然先生生平梗概，自騰而外無能知者。爰著行略一通，以俟後之君子云。

祝棠村、姜子發皆師西洋學者，篔溪諱之，故引而不發。篔溪博學，善詩古文，以婺州絶學自任，驥足未展，而鵬翼忽折，惜哉！崇炳

徐騰：《先師姜先生行略》，王崇炳：《金華文略》卷十七，清乾隆七年遞修本。

婺賢言行録序

王崇炳

長山姜子發，與予同受知於學使今太倉相公王顓庵先生，日相見也，不必相與語，相視而不相逆也。予得子發於眉睫之間，若子發之視予，則吾不知之。既而予至蘭溪，與徐筠溪遊。筠溪，蓋姜門高第弟子云，出其師《婺賢言行録》見示。予循覽一過，曰：『詳哉備矣。』

吾婺先賢之記録，在元則有若吴正傳之《敬鄉録》，在明則有若鄭清逸之《賢達傳》、童庭式之《文獻録》，至國朝則有若吴賜如之《婺書》，然皆語焉而不詳。今子發所撰，不啻數倍過之。蓋是時，子發則已亡矣。筠溪與予言：『先師之業盡在此書，堅欲傳之而苦無貲。』夫何其子居近長爲諸生，誓曰：『吾不傳此書，不可爲人；吾不力傳此書，不可爲子。』然而四壁蕭然，謀食不給，何暇及此？居近於是焉持簿募諸當路貴人，以及郡中之豐於貲者。諸富貴人嘉其志，皆捐貲助之。

夫募貲刻書，捐者難矣，募者更不易也。吾曾身親其事而知之，然則居近之苦衷，亦有不能爲人道者矣。居近既得貲，募工授梓，一開局而所募之金已去半矣。居近念曰：『如是將不得畢功乎？』於是焉命其子習鐫木之業，禮梓人爲師。藝既成，朝而起，暮燃燭以繼，父較讎，子刊刻。至於今脱板者，已十之六七矣。

此書成，子發可爲先賢之功臣，而居近則其父之孝子。子發之亡，年止四十有二，英年鋭氣，人方汲汲於制舉帖括之業，而子發以表彰先賢爲己任，心摹而手書之，此其志可不朽。居近貧不能自給，他人謀生不暇，而專心一力以終父業，此其志亦可不朽。

吾願後之讀是書者，當知此書爲先賢精神之所寓，而姜氏父子一片血誠之所結，其無以空言目之。予撰《金華文略》，續有《金華徵獻略》，與斯録互有出入。蓋所見異詞，所聞異詞，著撰之家往往如此。居近將爲補遺，以續其後云。

王崇炳：《學耨堂文集》卷二，清乾隆二十五年刻五十三年重訂本。

祝石，字子堅，不屑屑於章句，好論古今相業，於伊尹之外，則有取管仲、子産、諸葛亮、王猛、李德裕、高拱、張居正，皆别具識眼。徐東海深服其才。所著有《希燕説》等書。見《金華文略》。

嘉慶《蘭谿縣志》卷十三，清嘉慶五年刊本。

徐騰，字筧溪，邑諸生，意識卓朗，潛心經籍，善詩古文，以婺州絶學自任，少從金華姜韜學。韜撰《金華言行略》，未就，騰踵成之，年三十六卒。見《金華文略》。

嘉慶《蘭谿縣志》卷十三《文學》，清嘉慶五年刊本。

祝石，字子堅，曾從金華朱大典游，不屑屑於章句。好讀《韓非子》書，所作多聱牙屈曲之文。其論經濟，識地高卓，黜浮崇實，濟時碩畫，有可見諸施行者。嘗評古今相業，於伊尹外，遠取管仲、子産，近則諸葛亮、王猛、李德裕、高拱、張居正，皆别具識眼。徐東海深服其才。著書不一種，所存惟《希燕説》。性本倜儻，又擅醫術，浪游江湖閒，所交多知名士，與宜興陳檢討其年尤洽，數有詩持贈。

光緒《蘭谿縣志》卷五《文學》，清光緒十四年刊本。

《希燕説》祝石撰。王崇炳曰：『子堅先生好《韓非子》書，好爲聱牙屈曲之文，著書不一種。予秪見其《希燕説》，蓋有激於明末空談之盛，而然其嗤鄙儒術不無過當。要其説，則有卓然不可磨滅者。』

光緒《蘭谿縣志》卷七《子部》，清光緒十四年刊本。

世人喜談風水，每見鉅公名流以及村氓市叟，所至皆然。惟余不自揣，竊以爲非，然所謂獨拍無聲，徒來一握爲笑耳。已聞蘭江祝子堅先生，所見略同。余雖未嘗登其堂，讀其文，而神交已久，往往依之以自壯焉。茲見唐翼修曾遺一札於子堅，謂其集中有大關風水篇，急宜删去，恐以不純之文而爲萬世之口實。余竊思之，翼修與子堅相得厚且深，欲其文之無疵而可傳於後，是也；而謂其大關風水之言適足以爲累，則非也。

翼修之言曰：『風水之説，非後代始。周公美公劉則曰「逝彼百泉，瞻彼溥原，乃陟南岡，乃覯於京」，又謂「既景乃岡，相其陰陽，觀其流泉」，使堪輿果非信，則隨地可居，公劉何必既瞻而覯而相而又觀之？周公何獨據此以美之乎？《國風》「升彼墟矣，以望楚矣」，望楚與堂，景山與京，美衛文公徙居楚丘詩也，使堪輿果無據，則隨方可宅，衛文何必既升且望而且景哉？詩人何獨據此以美之哉？』又曰：『文王遷豐，武王遷鎬，王業由之以大。不然，文、武固愛民惜財者，何忍爲此勞傷事哉？』噫嘻，翼修之説公劉、衛文二詩若此，所論文、武都豐、都鎬之謀又若此，其溺於世俗之見，而誤窺聖人之心可謂甚矣。余雖固陋，請爲子堅辨之。

今夫儒者之惡堪輿家，豈以世之建都立邑、構室爲塋，一切宜任運爲之，而絶不當有經營圖度之事參於其間哉？蓋地之爲地，有陰陽南北之位焉，有高下險易之形焉，有剛柔燥濕之性焉，有寒温肥瘠之體焉。倘如書中所云，隨地可居，隨方可宅，而無事於瞻之、覯之、相之、觀之，而且升之、望之、景之，則雖置之於汙坻幽壑、箐莽榛荆、腥嵐毒霧、攢峰飛瀑、風饕雨虐中，鼪鼯魚鱉之與親，而豺狼狐兔之爲類，而皆可以不計乎？恐無是理也。竊謂作詩者之美公劉、衛文，以爲建邦啓宇，必先定其規模而後從事焉。因喜其位置向背之咸宜，與水土風物之皆善，而歌之咏之。非如後世之尋龍步脉，所謂八字四元荒唐謬妄之談，可以致福利而庇子孫也。翼修又曰『文王遷豐，武王遷鎬，王業由之以大』云云，果若斯言，是以周家八百年過歷之天下，其得力全在於風水，而后稷以來積功累仁之效，皆不足道矣。况文、武視民如傷者也，徒以欲大其王業，而一旦不愛民、不惜財，至於勞傷而不顧，此與莽、操之心腸何異？且不聞南宫邊子之折辛櫟乎，見《説苑·至公篇》。曰：『昔武周之卜居成周也，其命龜曰：『予一人兼有天下，辟就百姓，敢無中土乎？使予有罪，則四方伐之無難得也。』周公之卜居曲阜也，其命龜曰：『作邑乎山之陽，賢則茂昌，不賢則速亡。』是可以知武周之心矣。又不聞《武成》之言乎，曰：『惟先王建邦啓土，公劉克篤前烈，太王肇基王迹，王季其勤王家，我文考克成厥勳，以撫有方夏。予小子，其承厥志。』當是時，一戎衣天下大定矣，所謂垂拱而天下治矣，更何所未慊而謀再徙以圖之，至於勞民傷財而不顧乎？此可以知武王之無心擇地矣。且以文王之服事殷也，三分有二而不敢少改人臣之節，故孔子以至德歸之。至於甲子之役，而武王已及暮年矣，止以天人之交，迫不得已而後應之。是豈有心於得天下者，而謂王業皆以遷豐、遷鎬而後大？以文、武之聖而其處心積慮顧如是，是蓋必無之事也。由是觀之，文、武之遷豐、遷鎬也，以爲不知王業之由此而大，無心得之。是周之有天下，德所致、天所命、人所歸也，於風水無與也。以爲豫知其業之由此而大，而有意圖之，是周之有天下，人所謀也，風水之力也，與其家世德無與也，天命、人心亦無與也。此於風水之説則張矣，顧何以白文、武之心於天下後世哉？故余以爲翼修之説《詩》，溺於俗尚之陋，而誤度夫聖人之心也。夫喜遵村市中惑人之技，而坐聖人以奸雄營算之所爲，此尤尚論者之所不忍也。余所以不得不代爲子堅辨，且爲二聖人辨也。

錢日礎先生曰：『子堅風水説引據鑿然，但有《五經》不談風水之語，故翼修即以《五經》折之。』余不自揣，而又即以《五經》折翼修，未知不至深訝否？竊謂吾輩既讀聖賢書，所言所行，必取裁於《五經》、四子而後定，而《五經》、四子中實無談及風水者。若夫仰觀天文、俯察地理之言，見於《繫辭》，此聖人用《易》以財成天地之道，輔相天地之宜，以左右民之事。其道甚大，其理甚正。堪輿何技，而乃引此以爲證乎？余以翼修此語爲尤非敬，再質之而并以政於日礎先生，以爲何如？

周召：《雙橋隨筆》卷九，文淵閣四庫全書本。

朱大典集

前言

朱大典(1581—1646)字延之,號未孩,譜名世長,行珍百七十三,金華人。萬曆四十四年(1616)進士,授章丘知縣。天啓二年(1622),任兵科給事中,上疏諫阻太監王體乾、魏忠賢等求功蔭錦衣世襲之議。天啓五年(1625),出爲福建按察副使,因抵禦『紅夷』侵擾有功,晉升爲福建布政司右參政。父喪,回金華丁憂。崇禎三年(1630),以原官起用。

崇禎四年,登州鎮參將孔有德等人發動吴橋兵變,奪東江戰船,攻克登州,殺巡撫、總兵多人,魯軍、浙軍、遼軍節節敗退,難以抵禦。朱大典身幹魁傑,素習騎射,喜談兵,崇禎五年(1632)被授予右僉都御史、山東巡撫。到任後,他先駐軍青州,調度糧草,繼而督兵與叛軍作戰,大敗叛軍主力,殺賊將陳有時,後乘勝圍攻登州,又殺賊帥李九成,幾殲其全師。後來成名的吴三桂、劉良佐等將領當時均在朱大典麾下爲將。此戰大獲全勝,朱大典於次年升兵部右侍郎,仍爲山東巡撫。金華知府秉承朝廷詔令,特意在通濟橋北端的雙溪驛前,立『表海崇勛』坊,以示褒獎。[一]

[一] 張藎修、沈麟趾等纂:康熙《金華府志》卷二十三《祀典》,清宣統元年嵩連石印本。

崇禎八年(1635)二月,農民軍攻佔鳳陽,搗毀明皇陵,朱大典被任命爲總督漕運兼巡撫廬、鳳、淮、揚四府,以在山東時所募健卒千人、馬千五百匹爲親軍自隨,駐扎鳳陽。崇禎十四年(1641),總督江北及河南湖廣軍務,仍坐鎮鳳陽。在此期間,因『不能持廉』而遭到給事中方士亮、御史鄭昆貞等人彈劾,詔命革職候審。朱大典請求『以家財募兵剿寇自效』,得到允許。〔二〕與此同時,東陽發生許都之變,朱大典因子朱萬化被人誣告與許都勾結,再次遭到左光先等人彈劾。

崇禎帝自縊後,朱大典散財募兵,弘光政權建立後升兵部尚書,總督應安、上江等處,駐守蕪湖,令朱萬化督師,大敗左夢庚於荻港。南京被清兵攻破後,朱大典回金華,與張國維分兵共治,其中朱轄金華、蘭谿、湯谿、浦江,張轄東陽、義烏、武義、永康。當時浙東魯王政權授予朱大典文淵閣大學士,並建行臺督師。後來福建隆武政權又加封朱大典爲東閣大學士。這時,魯王政權内部的方國安妒忌朱大典家尚多財,派兵騷擾金華,朱大典率兵抵抗,力挫其陰謀。後來方國安投降清軍,遂引清兵來進攻金華城。雙方互以大炮、火藥相攻,金華城『烟焰大起,聲如雷』,後城被攻陷。城破前,朱大典的愛妾、幼女及朱萬化妻章氏已投井而死;城破後,朱大典與手下衆人在火藥庫中引火自焚,『頃刻藥大發,如地震』,朱萬化在巷戰中也被殺身亡。〔三〕此戰之慘烈程度,很長一段時間内深深銘刻在浙東人的記憶中,如邵廷采感慨『浙東死事之烈,未有

〔二〕張廷玉等:《明史》卷二百七十六《朱大典傳》,中華書局,1974年,第7059—7060頁。

〔三〕全祖望:《鮚埼亭集外編》卷九《明文華殿大學士兵部尚書督師金華朱公事狀》,《全祖望集彙校集注》,上海古籍出版社,2018年,第921頁。

如大典三人者。』〔一〕全祖望也記載，稱當時『金華城中之民，死者亦十九』〔二〕。

關於朱大典的爲人，史籍中常會出現他『貪横』『自結於馬士英、阮大鋮』的記載。前文所述的當時給事中、御史多人彈劾他，也是由於其『不能持廉』。這些事情的真僞，可暫不論。但朱大典這一『忠烈殉國』，在許多人眼中，很大程度可以掃除被人質疑的『污垢』。如邵廷采評論：

> 張岱言昔年在淮揚，親見朱大典之貪横，真如乳虎蒼鷹。後復見其嬰城守婺，破家從忠，繼之以死，又未嘗不歎息其爲人也。夫人固有性之一偏，彼其嗜名義與嗜財賄，無以異於大典，曷怪焉！〔三〕

如果說張岱、邵廷采對朱大典前後爲人的評論還略有保留的話，全祖望則全力爲朱大典所謂的『污點』辯護：

> 公自行軍以來，頗不持小節，於公私囊橐無所戒。雖其後額餉多不至，賴前所入以給親軍，然謗大起，御史姜埰等言之……公開府十餘年，前則有阿附武陵之嫌，後則有由貴陽進用之誚，及其孤城抗

〔一〕邵廷采：《東南紀事》卷五《朱大典》，《邵廷采全集》，浙江大學出版社，2018年，第616頁。
〔二〕全祖望：《鮚埼亭集外編》卷九《明文華殿大學士兵部尚書督師金華朱公事狀》，《全祖望集彙校集注》，上海古籍出版社，2018年，第921頁。
〔三〕邵廷采：《東南紀事》卷五《朱大典》，《邵廷采全集》，浙江大學出版社，2018年，第616頁。

命，闔門自盡，天下疑者始大白。野史流傳所記公事多謬，吴農祥爲公傳亦然，如云公以四萬金與貴陽及專奉閩是也。農祥於公有戚屬，尚不可據，予故作事狀以正之。[一]

朱大典被人攻擊的『貪婪』，在全祖望眼裏不僅被認爲是『不持小節』，這些記載還被他判爲野史傳説。全氏的辯護證據是否充分，還有待進一步討論。其實，按照全祖望的表述邏輯，他希望後人銘記、取法的，恰恰是朱大典的忠烈，而不是糾纏其個人的品行。這恐怕也是全氏撰朱大典事狀，以表彰其忠烈精神的深層原因。

然而，自順治朝以來，朱大典等參與抗清運動的南明忠臣，一概被清廷視爲『自逆於天』的『頑民』。關於朱大典的議論，在當時也多屬於政治忌諱話題。金華地方士人在談到這段明清之際本地的歷史時，也大多有意避開或含糊處理朱大典的抗清事跡。不過，在康熙年間，爲了調和清初以來的滿、漢矛盾，以求贏取漢人的文化認同，清廷也曾響應地方的呼聲，一定程度允許地方祭祀明清之際的南明殉難者。如康熙二十六年（1687），浙江學政王掞就上書表彰朱大典的忠烈，得到朝廷准許後，朱大典得以入祀金華鄉賢祠。[二]金華地方官員、士紳也舉行了一些祭祀活動，稱讚朱大典『禀河嶽之正氣……大節殆炳然其昭昭』，認爲他的

[一] 全祖望：《鮚埼亭集外編》卷九《明文華殿大學士兵部尚書督師金華朱公事狀》，《全祖望集彙校集注》，上海古籍出版社，2018年，第922頁。

[二] 宋宏釗：《建造朱烈愍公祠記》，《潭溪朱氏宗譜》卷一《文集》，上海圖書館藏清道光乙巳年重修本。

忠烈『可以廉頑起懦』。[二]不過整體而言，當時公開祭祀、歌頌朱大典的活動仍十分有限。直到乾隆四十一年（1776），清廷頒布《欽定勝朝殉節諸臣録》，標誌著官方在處理南明抗清的歷史問題上態度和政策的轉變。這時，國家才正式表彰南明諸臣爲國捐軀的志節，對相關人物贈予謚號，並准許本地建祠。《諸臣録》關於朱大典的記載是：

> 東閣大學士兼兵部尚書朱大典，金華人。崇禎中，巡撫山東，平登州亂，鎮鳳陽，捍禦有功。福王時，命督江上軍。王被擒，走杭州，還守金華。踰年城破，闔門死之，賜謚烈愍。[三]

整篇文字極其簡短，對於朱大典的抗清事跡近乎闕如，但這是官方確認其忠臣身份的權威文獻，極大推動了民間祭祀朱大典的浪潮，不僅金華地方志中開始名正言順地收録朱大典傳，祭祀朱大典的祠、墓也陸續得到重建和拓展。

按照《諸臣録》的政策，朱大典除獲謚號『烈愍』、入祀忠烈祠外，還被准許在本地建專祠，春秋致祭。因此，嘉慶二十四年（1819），朱大典故里下溪灘（今金华市金東區澧浦鎮下溪滩村）朱氏族人在村中朱氏宗祠傍修建朱大典專祠，並請地方官員、士紳李宗昉、曹開泰、宋宏釗等人撰詩文紀念。與此同時，朝廷『詔

[二] 沈麟趾：《故少司馬未孩朱公入賢祠祭文》，《潭溪朱氏宗譜》卷一《文集》，上海圖書館藏清道光乙巳年重修本。

[三] 舒赫德等編：《欽定勝朝殉節諸臣録》，《景印文淵閣四庫全書》第465册，臺灣商務印書館，1969年，第463頁。

直省有司省視其地之忠孝節義祠墓』，鑒於朱大典在自焚時屍體已化爲灰燼，於是其家族裔孫在杭州西湖『上墩之源』建朱大典衣冠冢，並配有巍峨的華表。[二]

值得注意的是，上述表彰朱大典的行爲，無論朝廷官方，還是地方民間，均是站在清人的立場，嘗試利用對儒家君臣倫理原則的强調，儘量淡化南明抗清運動的政治意涵。換言之，他們對朱大典殉明抗清事跡的記載，是一段『去政治化』的書寫，他們關注的重點更多是朱氏符合儒家綱常的『盡忠』表現，勸導世人取法『忠義』，培植儒家倫理綱常，從而淡化處理其所抵抗的對象。

但是乾嘉時期，清廷對朱大典等南明忠臣進行表彰，並不意味著官方容忍他們的反清思想和言論，甚至在旌表的同時，不遺餘力地查禁、銷毁他們的著作，他們的著作在《四庫全書》編纂時大多逃不過被禁制的厄運。[三]朱大典著作的亡佚，多少與此有密切關聯。儘管在雍正元年（1723），朱大典族孫朱夢白將朱大典在山東期間呈給朝廷的奏疏，裒輯爲《平東疏稿》，並請當時金華名儒王崇炳、張祖年作序。此稿在刊刻後以單行本形式流傳，然所傳不廣。幸運的是，疏稿内容被朱氏族人保存在宗譜中。道光壬寅春，永康縣丞吴廷康前往朱大典故里尋求朱大典遺書，所見『僅存疏稿數篇於譜牒』。今上海圖書館藏的《潭溪朱氏宗譜》道光乙巳年重修本，收録了朱大典的奏疏，即吴廷康所見的『疏稿數篇』，亦當是朱夢白所輯《平東疏

[二] 宋宏釗：《建造朱烈愍公祠記》，《潭溪朱氏宗譜》卷一《文集》，上海圖書館藏清道光乙巳年重修本。

[三] 陳永明：《〈欽定勝朝殉節諸臣録〉與乾隆對南明殉國者的表彰》，《清朝前期的政治認同與歷史書寫》，上海古籍出版社，2011 年，第 183—197 頁。

稿》的内容。

宗譜中的奏稿均是朱大典任職山東時所寫，皆關於如何調兵遣將、處理戰事的軍事内容，從中確實可見朱氏善於用兵，非紙上談兵之流。而通過對搜羅到的朱大典的序、跋、記等佚文（如《重録古文雋跋》《重遷北郊儒學記》《能仁寺重建大雄寶殿記》等）的解讀，亦可知朱大典頗擅長古文。此外，朱大典還精通翰墨篆隸。據吴廷康的判斷，『今觀萬曆戊午開天皇門，及崇禎十年題趙餘不去思碑，皆公所書篆額』。他還在金華城西功德盦，『獨得公書「是岸」横額，……大柱盦有隸書「是淨土」三字』，誇讚其書法『鳳毛麟角，洵勝國之人鑒也』。朱大典『是岸』二字隸書拓片今仍可見，的確蒼勁有力，得漢碑之風。這些事跡和成就均爲學界稀知，值得進一步關注。

此次整理，將《潭溪朱氏宗譜》所收朱大典奏稿以及相關誥封，及從各類文獻中搜集到的朱大典佚文，大體按照著作類型及所撰時間進行排序，並附以主要的朱氏生平傳記及他人所撰相關序跋祭咏詩文。由於祝石曾從遊朱大典之門，故將《朱大典集》附於《祝石集》後，以實現二人『葬不能同鄰，死可以同集』的師生之誼。

目録

河南郡于氏源流序

昔周武王之三子國於邘，後遂因以爲氏，去邑爲于，蓋省文也。漢興有于公者，忠厚仁恕，治獄明允，自信多積陰功，子孫當興，嘗因治第囑其家高大門閭以容駟馬車。未幾，子定國爲廷尉，朝野稱之，有『張釋之爲廷尉，天下無冤民；于定國爲廷尉，民是以不冤』之説，甘露中，位居鼎鉉，封西平侯。孫永嗣，好學能文，饒有祖父風，亦拜御史大夫，積善餘慶，不爽毫末若此。

自時厥後，若唐之于志寧、于休烈慷慨正直，衾影無漸，有古大臣風節。他如宋之于鵬，亦足多焉。志寧質性端嚴，不顧利害，當貞觀中官左庶子，竭誠獻替輔導。東宫太子惡其切諫中，使客刺之。客至其家，見志寧獨處苫塊，歎曰：『賊仁人君子者，必有天殃。』竟不忍殺而去。使非有道之士，烏能感動荆軻、聶政之流而自全哉？休烈官拜工部尚書，好賢下士，推轂甚衆，志行高潔雅，不喜治産業，惟以忠君愛國爲心，所輯有《樞機集》數十卷，士論賢之。至若于鵬，他或不無可議，而岳武穆之冤，從坐者六人，鵬實與焉。是得與君子同禍，其去張俊、万俟卨輩不亦遠乎？

我朝于少保謙，盡心竭力，不避艱險，使社稷危而復安，德業聞望，彪炳寰區，更有不容掩者。族雖疏遠，無非同一姬姓之後，則于氏之源遠流長、方興未艾，固不上而可知也。爰樂而爲之序云。

崇禎元年，朱大典拜撰。

《蘭溪梅溪于氏宗譜》卷一，清光緒十三年重修本。

長山徐氏譜序

忠孝一理，家乘與國史相因。不佞與徐同里，有鴛譜之盟，嘗與圖南叔登、維敬我賓公，共講學於沉潭之破浪軒。姓氏里居，知最説悉，其大略可得而言之。

夫譜所以序祖宗而序子孫也。昔朱晦庵夫子自韋齋而上不復考，郭崇韜攀汾陽，君子譏之。楚州仲車節孝先生，實儒林之望也，嘗諄諄以君子爲諸公勖，斯意豈獨私於楚州乎？

長山始祖伯成公，上曰袍，于泰定間來婺，其初本錢塘之履泰鄉，而錢塘曰秦者，實楚州節孝先生之雲礽也。今閲徐譜，伯成公爲廣州順德教授，是有先生之淵源也。其以先生教楚州者教順德，還以教順德者教子孫，更可知也。述自秦漢，自太末，不過詳其時地，非等於郭之援也。斷自伯成公爲一世祖，系以五代亦無失文公之禮也。此祖宗之儼然序乎上也。上序而子孫自無不序，仲和道慷著於前，雲軒公繼於後，今同學諸公皆爲彬雅之彦。

宋文天祥跋彭譜引晉沈勁之忠義，唐柳玭『修己不得不至』。兩事爲千古修譜之鞭策，徐之子孫深得柳意可知也。世遠而可稽，派蕃而如一，德行文章顯於閭里，其爲浙東望族也。奚疑彼徒襲歐蘇之迹者，則非吾所以爲序之意。

里人朱大典撰。

《金華長山徐氏宗譜》卷之一，民國重修本。

重遷北郊儒學記

明右參政朱大典 金華人

予以丙寅春入閩，度鐵嶺而西，見山川蜒蜿，北若負扆而前，若有所憑。詢之，則歸城在焉。比入城，廨宇皆北向，與他邑制異。尋取邑乘閱之，顧割寧、清、將、沙四邑之餘版，而創自成化七年。明年，學宮成，至是凡一再徙，歷百六十年，所賢書寂若，間有一二，則又未割版先僑於他邑者。

去城不一舍，蓋有龜山先生故里焉，而翠雲峰爲其讀書處，豈古今人遂不相及耶？未幾，讀歸士觀風牘而竊有異，固有徑尺《珊瑚鐵網》收之不盡者。越歲丁卯，以公事滯歸陽，肅謁宫墻，循委巷薄城而入，從欞星門仰鼻窺睥睨。既展禮，進博學師弟子而諮之曰：『育才地，何湫迫之若是耶？形家言儒者即不道，然鎬京辟雍獨不曰「考卜維王，維龜正之」，盍徙諸？』僉曰：『諾。』諸生楊廷臣以圖進，而汀明經郝生華翼善形家言，適至，予遂與偕諸生度之。

去郭數百武，一區奥衍，雪峰對峙，獅巖左蹲，背坎向離，形勢端爽。僉曰：『善。』已復潔誠筮之，得《泰》之《需》，其繇曰：『帝乙歸妹，以祉元吉。』大祉，止也，福所止不移也。『卜云其吉，神告我已。』於是捐俸首倡，益以鍰金資之。經始一時，郡守錢侯邦偉、繼任沈侯鍾宿、司馬樊侯來聘、別駕李侯應午、司李楊侯中伭、邑令龐侯景忠、署縣霍諭蒙拯、岑諭鳳儀、李訓從震，咸有捐助，而諸弟子及閭里争樂輸焉。不約而集，不棘而成。

中爲文廟，翼以兩廡，前爲廟門，又前爲欞星門，泮池中瀦焉。以啓聖祠實踞右方，前爲鄉賢、名宦、土地諸祠，宰牲有所，藏器有庫，有庖，有廩，有㕑，各若位置。從廟左折爲儒學門，入而方塘，活水通於頖，泫然瑩徹。憑塘而墀見，則明倫堂也。左爲成德齋，右爲達材齋。堂之後爲尊經閣，廣文、退食之署鱗次焉。繚以周垣，約以干武。循司門而左，爲魁星樓，列二坊於廣除，東曰泰茹，西曰離祉，協兆也。朱碧丹堊，宏偉壯麗，甲於閩南。

茲役也，址資以直，材市之山，役募諸傭，金羸於助，而民間若罔聞焉。庀材勤事，則耆民揭喬槤、曾日升、程量，出內則諸生謝維樞等，而李訓從震實終始紀綱之。□幕俞天佐，署歸捕董督，亦與有勞焉。始以天啓七年秋，竣以崇禎元年季夏。

予先是已從守福寧已，李訓、謝生等介選士揭生春藻來問記，揭生言安棟時殊有異應。今一憑眺，而文昌閣巋然峙水口，長橋亘虹，鱗鱗井甃，隱映烟樹間，日夜燈火若燦星，與絃誦之聲相度，非復嚮時蒙晦之色矣。余乃作而言曰：子所侈言，皆地之靈也。今上神聖，手取濁亂之乾坤而載造之，右文興理，而茲學適落成於皇上之首曆，當必有受元祉而洽泰交者出而應之，顧人濯磨何如耳？

聞龜山先生讀書雲峰，日與張侍郎駕、陳司諫瓘寒暑一氈，竟絶峰下履。而其讀書法則，以身體之，以心驗之，從容嘿會於幽閒静一之中，超然自得於意言象數之表，以故不第理學稱宗，而立朝風節亦復懿鑠千載，所繇與標異飾新、工文辭以梯榮顯者異已。語有之：『習焉安焉，不見異物而遷焉。』言致耑也。爾多士景行具在，其亦志先生之志，佩先生之訓，州處肄習於此，以庶幾絶峰下履也者。處爲真儒，出爲名世，俾四方指屬曰歸士，實能啓地靈以應休明之選，於鄉先哲有烈光焉，斯使者及諸君考卜之意乎？藉猶是務華絶根，詭御逢世，即尊膴烜赫，元祉之謂何？多士宜何擇矣？若夫潤色未備，時復葺釐，復計以董振於上，是所望於後之長茲土者。爰記其成事，而申勖之若此，以告來禩。

康熙《歸化縣志》卷九《藝文》，清康熙三十七年刻本。

重録古文雋跋

旨哉！中丞趙公之自敘《古文雋》也，曰：『非雋不永，非永不傳。』今直指公之重録是書，一語蔽之矣。夫易牙往矣，易牙之味至今存也，存于口之所同然也。口之所同然者，無今昔，無彼此，而無不以爲然。夫其無不以爲然，則何也？雋也。世非無珍異難致之品，新奇可嗛之味，然有獨嗜而不可衆適者矣，有一嘗而不堪再嚼者矣，有薦爽于口而舛盭于性者矣。均之無當于雋，安在其爲口之所同然哉？

古文亦然。丘索墳冡，諸子百家之書，遞王遞伯，遞主遞奴，彼以爲雋，此以爲非雋，一時以爲雋，不一時又以爲非雋。如昌獨寒葅，一任喜新好徑之人情，自爲吐茹。若然者，有選未竟而核先唾，集方行而瓿已覆矣。中丞公茲選，上自《左》《國》，下迄唐宋諸大家，亦既多且旨，而一切若亡若存之書，誕謾之指，擯勿收焉。

故其爲味，醇而不醨，精而不粃，正而不腐，奇而不痂。倘所稱易牙之調也者，自有是選來，數十年間，遞王遞伯、遞主遞奴者，不知經幾吐茹。而豫章人士之涵泳漱潤于是書，久而逾新，亦足以見永而傳矣。

公持直指節，觀風于閩，感時趨觴濫，咸有返而思雋之意。回廣，中丞公之飫豫章者，以飫閩多士，豈非換腸之神七，還元之靈液哉？閩多士之以漱以潤、以涵以泳于其中者，寧異豫章也。所稱雋斯永，永斯傳，不于斯益信歟？《禮》曰：『思其所嗜。』《詩》曰：『孝子不匱，永錫爾類。』公之爲是録也，以承先志，能思嗜矣；以啓後人，能錫類矣。顧豫章以子與徐公跋，而兹猥以辱之，不肖典殊愧不倫，然以分以誼，于子與實有同焉，又奚敢以不知隽辭？

賜進士第、大中大夫、福建布政使司右參政，古婺朱大典撰。

趙燿选编：《古文隽》卷末，明崇禎元年福建趙胤昌刊本。

潭溪朱氏宗譜序

古者圖譜有局，掌於史官，局廢而縉紳家家自爲譜。總之，木本水源，不令湮泯，而支分派别得以考證，而不失萃、涣之義焉耳。然而有大萃者必有大涣，而有大涣者亦必有大萃。不涣不見萃之美，不於涣而萃，不見萃之真。

惟余族萃處金華之下溪灘，傳世十幾矣。相傳自義烏梅溪派别於兹，然地隔世邈，證未確也。壬子春，煮字於府城之芝山軒，適有爾純甫者，自慈烏負笈來遊，叩其氏則朱，叩其地則曰梅溪。惟時水木之真，不覺躍躍而序宗盟，覓源本，尚未曉暢也。迨爾純歸而復余曰：『予抵家遍詢黄髮，細究譜系，此有景五府君者，贅居金華潭溪之周氏，而潭溪已失其方矣。』余聆而躍然曰：『萃涣真有時哉！不意今日而獲溯真源本也，不意以真源本而大涣至今日也。今日之下溪灘，乃昔之潭溪，其爲我悉梅溪之詳，以暢我溯源覓本之夙悃乎！』

爾純亦抵掌津津而道曰：『我族自漢槐里令雲府君七世孫汎爲臨海太守，徙居蒲墟。厥後東陽太守垣、金威將軍禮、揚州刺史幼，俱以勳業顯後周廣順間，偉人輩出，遷處星散。惟有厥號野塘老人者四子：孟文、孟獻、孟德、孟賢。十八孫世東、世威、世愚、世懷、世倫、世繁、世闌、世蓮、世迢、世韜、世和、世遐、世康、世偁、世儔、世欽、世南、世佪。懼渙之難萃也，鎔金鑄羅漢十八尊，一脉環聯，斷處印合，以授孫世守焉，以爲萃徵。而冢孫世東府君實是蒲墟，徙居梅溪，而羅漢至今存焉，則府君迺梅溪鼻祖也。歷四世，仲儀公適嗣全府君，贈朝散大夫，行六一，仍居東朱；次滿，行六二，居光明；又次行六四，殿元，居蜀塘；幼中行六七，居溪西。其贅潭溪者，則世東府君十三世孫，諱世美，行景五府君，爲原廿二府君之子也。兄則景四，弟則景七、景八，皆班班確據，而非旁引曲證于無稽者也。』

余聆其言，不覺瞿然驚，爽然失曰：『微子言，不幾大渙哉！今已得所萃矣，而合族通譜，其有待焉。』壬申秋，忽爾純袖譜謁余，請弁其首。予不能別贅一詞，因查其譜，自宋元至今，世系圖皎若日星。至國初，南庵翁加輯之，彦祥府君、汶浹府君重葺之，至朝顯府君又加修焉，鏤成四卷，至於今將五十載。其支派繁衍，而生、娶、卒、葬已幾變易，於此而漫不議續，焉知萃者之不終渙乎？予方承簡命，東事告急，未暇工爲辭藻，惟因就爾純之陳其初終者，而概紀其略焉，以萃渙之盛典，而續史局於不衰耳。

時崇禎五年壬申仲秋月既望，賜進士第、通議大夫、前兵科給事中、歷福建布政司使右參政、現任山東巡撫，十世孫大典百拜撰。

《潭溪朱氏宗譜》卷一《譜序》，清道光乙巳年重修本。

重脩金華縣儒學碑記

孔子之道與天地並，其當年講習肄業者，唯緇帷之林，杏樹之壇，舞雩之下，即往代亦第貌祀云爾。我國家廣置郡邑庠，率雄潤腴美，以高大聖人之居，則參互往代，實爲登等焉。顧吾邑庠之舊趾，在唐宋皆附郡庠耳。嗣是或創於醋坊，或改營於夏塘耳。

我高皇帝移陣八婺，首建黌宮，又建聖覽亭於芝山之麓。乃邑庠建而脩者凡五，脩而徙者凡三，而今且適徙芝山之麓，與聖覽亭前後塏列，斯不亦式靈之最奇之時？殿堂、□宇、齋祠、廨舍之構基者，桂林張公、黄梅汪公也。棟宇欀桷，刻斵丹雘之侐采者，興雋勞，新安方公也。廓明堂，夾兩垣，而中濬泮池，前樹屏壇，又移石坊□□缺者，豐城□□□。十年來，移剥不理，□絶□□，而明倫堂、敬一亭俱圮□，而左右遍以及層累之堦樴俱蝕矣。郡觀察阮侯，茂績□仁，豐融□□，□□先□後□□□□□□□良鳩□，其□之□□□於經始焉。又邑明府項侯□□尊聖頂賢，力興髦雋，勞來集事，綱紀忱恂，復出其俸□，贖以寵埤之，蓋登□□辛□□□□□□□□□□□□□□□□秋八月。

《禮》曰：『始立學，必釋奠於先聖。』□水擷芬藻以告□事焉。《傳》曰：『厥德馨香，厥表孔揚。』於是紀功□耀。□□□□□□□□□□□□□□陽通天明開曰：地察贊達，人□□□□□□□□□□于□□□□□《書》曰：『大道亹亹，其去身不遠。』《典》曰：『士樂□厥宜敬爾□□之□□□勵□□□□□□。』舉士莫大於立品，昔寒潛□□生欲取□□□品其道□□□□□政事、文章，凡八類。□□□□□□□□□未就

□多士能道□，如吕成公得中原文獻之傳，何文定聞伊洛淵源之懿，□□□□□敬□□□□□□□□許文懿之素性冲澹，□□□□□□□□□張伯廣之□，政事如王與正之舉，州文學章俊卿之山堂乎？士之□□□□□□□□□□□亭敗，尊經閣以其六龍□□□□弗敢更□□□之尊經者日星矣，雲漢矣。咨爾多士，躬於《易》□□《易卦贊》《易訓音》《易大義》□□□《書》則有《書附傳叢説》，《詩》則有《詩十辨》《詩管窺》，《春秋》□□□□□□□□□《少儀外傳》乎？今夫士過孔子之廟門，未有不張揚走趨者也。而追其訓言□□，則易知矣。勖哉多士，本天情以爲域，遵人綱以爲衛，□□□□□□□□□□□宫也哉。

是役也，丕造者，阮侯名元聲，馬龍人，戊辰進士。懋勷者，項侯名人龍，歙縣人，辛未進士。虔督者三：博士黄鼎鼐，鄞人；洪良心，臨海人；李中□，宜春人。□□敬應者，弟子員戴應鰲籌也。其熙備而祇奔者，諸父老也。

崇禎歲在壬申冬月之吉

賜進士第通議大夫巡撫山東等處地方都察院右僉都御史前兵工二科左右給事中朱大典撰文

賜進士第大中大夫湖廣等處承宣布政使司右參政前提督本省武漢黄等處學政副使葉官書丹

賜進士第徵仕郎行人司行人姜應甲篆額

碑現藏金華八詠樓碑廊。

能仁寺重建大雄寶殿記

朱大典 漕撫

淮之安東，即宋之漣水軍也。寺曰能仁，舊爲承天寺。有自婁道者，顯異于仁真之朝，錫號曰證因，改承天曰能仁，令大師住持之，能仁之名遂至今焉。殿久而地，比丘性天募而葺之，崇竑瑰麗，悉復舊觀，爲費千有餘金。

夫安東僻壤，且瘠土也。淮郡方苦災沴，重以軍興，輸將不繼，即惟正之供，猶攘飢及骨，而無以應。性天乃一孱苾蒭，荷錫持鉢，不煩告誡，而鳩工庀材，應者如赴。豈斯民之信因果，甚于信功令，而勇施樂助之情，又在趨事急公之上歟？因果之説，儒者所諱，乃應真史載婁道者止啼之語，至今學士大夫猶有喜談之者。至真宗之錫號，仁宗之製碑，無不以其能證前世，因而深嘉樂道之。是赤脚之因，即慶曆之果，當時信之，後世述之。儒術莫甚于宋，而因果之説，原有不得盡廢者矣。

夫宋之仁宗，三代以後希覯之令主也。享國長久，深仁厚澤，浹于民心。輔弼之佐，則有范、韓、富、歐諸君子焉；理學之儒，則有周、程、張、邵諸先生焉。相與講明聖賢之道，以行先王之法，儒者之效，莫甚于斯時。而證因之説，帝且沾沾自揚詡焉，而諸大君子亦不爲君上諱也。是因果不可盡廢，而司世教者固不必攻而絶之，以塞愚夫愚婦從善之途矣。儒者每稱善惡之應，如影隨形，如響赴聲。

夫有形端而影曲，聲清而響濁者，是形聲爲因，而影響爲果。雖不言因果，而其理已著，是儒者善言因果也。像法八震，且千有餘禩窮鄉僻邑，琳宮梵刹，靡不遍也。苟非因果之説，默有以持之，安能令愚夫愚婦勇施樂輸，不要約而競勸乎哉！余鎮撫兹土，方悲積災之區，苦征繕而不能從上令，乃聞鮑副戎釗稱其邑人朱遵等之嚮應是役，而轉訝性天之興此舉，而不患時詘也，遂爲之記。

雍正《安東縣志》卷十二《藝文上》，清鈔本。

疆事善後疏

謹題：爲疆事要期善後，廟謨宜策萬全，仰遵明旨，深計熟籌，冒昧瀆陳，以祈聖斷事。語言齊民安而天下之民舉安，臣謂齊事定而天下之事大定。二東固天下之咽喉，二東之事，尤天下之事之表的也。勦撫之間，所關國體軍機甚大，蓋不可不慎也。臣入境，即聞推官屈宜揚身入賊巢，首倡撫議，督監監紀諸臣各自具疏，據揭上聞矣。便宜相機，奉有屢旨，臣未敢臆決旁撓。崇禎五年六月初九日，接兵部咨，奉聖旨：『叛賊必誅，脅從罔治，朝廷自有定法。爾部科既説悔罪求生，姑從開網。昨劉宇烈又有破招遠、犯萊陽之報，如此情形，豈是真心悔罪？還着該督撫按一面勵集援師，亟解萊圍。如罪弁亂兵，果輸誠歸命，必責令如何自贖，永銷疑貳，不負朝廷肆赦矜全、大彰恩信之意。勿得苟且游移，但以遥請塞責該部，即行傳諭。欽此欽遵。』大哉！

王言叛逆有必誅之法，悔罪開自贖之門，廟謨已定，臣何敢復置喙？然其間事宜，所當謹始而慮終，洵非可苟且以塞責者，敢爲皇上瀝披焉？竊謂撫之體宜正也，當其猖獗時，如醉斯狂，如病斯譫，如猰斯吠，夫何足較？既撫矣，自當投戈束矢，自縛歸命，以聽肆赦。萊之圍，應聞命立解，又何煩援師壓境，是禡是克也？撫之地宜定也，海之不可用，孫元化已言之矣。賊固遼人，遼，其故土，放令生全者，當以遼而歸遼，責令自贖者，亦當就遼以復遼。關、寧、松、錦之間，政可同諸將士爲立功之地。若據内地以爲安，將置登民於何所？虎狼與羊豕，未見其可同棧也。撫之餉宜核也，欲立功不得不議餉，是餉非以歎豢養，政以重責成。食餉之衆，非爲樹徒黨，止須歸正額。若夫脇從之輩，置之不問幸矣。關外膏腴，盡成甌脱，何地不可耕？何人不可佃？試問未叛之先，誰爲仰結而可生過望也？凡此數者，非難之也，安之也。

人必於分安而後於心安，必於人安而後於己安，亦必於衆安而後於自安。群叛負罪重大，而不以法遵朝廷，分義自戢，揆之於心，終有不慊然者，安乎？不安乎？賊雖强悍，寡固不可以敵衆，既撫之後，登民必且攜家復業，主客之數自不相當，金帛子女勢難晏然獨享者，安乎？不安乎？孔、李諸逆，身爲叛首，群賊不無自功而德色者，若不蚤解散，而以朝廷之餉爲聚，將來一不贍，不無起而與若輩爲難者，安乎？不安乎？以此開諭，即至頑冥，當必憬然悟、怵然懼者。雖然，今日之事，登、萊之事也。試問撫登、萊者爲誰？非防臣謝璉乎？欲定此局，而不令防撫一主其事，將來何以發縱指示於其上，而成敗利鈍，撫又焉肯肩其任乎？狡賊若不速出防撫，而欲據防以求挾撫爲質，則城下之盟，恐亦無是撫法也。

荷蒙皇上震怒，從帷幄諸臣之請，特遣大將，四调重兵，業已林立雲集，計不難掃欃槍而殄蛇豕。若不及此時講析妥當，規畫周詳，使之一一如我條約，永永就我縶緤，而以苟且結局，將來兵撤矣，將歸矣，銜命而來者報命而往矣。彼狡賊心有所欲圖，志有所未饜，一旦借端決裂，其何以支？不坐以挑激之名，即加以失誤之咎，斯時臣言之晚矣。臣何足惜，天下事尚忍言哉！伏乞皇上敕下兵部覆議，上請定奪施行。

崇禎五年六月十八日，奉聖旨：『東事已有屢旨，鋭圖戡定。這本籌畫機宜，亦多中窾，該部看議來說。』

恭報移鎮疏

謹題：爲微臣遵旨移鎮，恭報啓行日期，以慰聖懷事。

山左肆州縣，東叁府居拾之叁，西叁府居拾之柒。自登兵倡叛，前撫陷萊，青、濟以西，綱解紐弛，亂生憂伏，幾肆閲月。臣奉命填撫茲土，部議令臣駐濟南，固全省根本，以資策應，兼程趨役，以前月二十七日抵省受事。見省城無將、無兵、無馬并無器，委官募東義子弟之客於燕齊者，又委官分募沂州、章丘二處精力丁壯共千五百人。此皆邑子舊編，素親信臣者，雖不能多得，聊以應急需而期鼓奮。又召匠二百餘人，設内外貳局，造器給兵。又問馬於濟東、兖之州縣。屈指二旬之内，拮据料理，幾於以夜爲日，而以日爲歲矣。庶幾整頓有緒，省城户牖稍完，便可放心東行，就便策應，原不敢煩皇上之督促也。乃於六月十七日，接兵部咨該部題覆登萊撫臣謝璉疏。奉聖旨：『用兵幾宜，督撫不妨悉心共商，若前後相隨，反於節制有碍。朱大典着移駐適中處所，催辦轉輸，料理策應。劉宇烈一意鼓勵諸將，定計剿戢，不得彼此諉卸，致誤事機。黄龍兵已有屢旨，前覆疏突入，島兵又不明言，該司官殊屬率混，以後還宜詳覈。欽此。』

臣仰見皇上之爲登萊慮者亟，而爲全省計者周也。惟是就全省言，則濟爲中，而就濟與萊言，則青爲中。臣謹遵旨，應移駐青府矣。臣亟於十八日閲城，以竣登陴之役，即於是遣牌日念貳之吉東發。蓋臣行必得壹道壹廳，隨鎮總理兵糧諸務，省城之官不得不取材於外郡，往返須數日，始得成行也。臣匍匐至青，當仰體皇上注念疆圉、責成疆吏至意，軍中機宜，凡得與聞，自當悉心商確。但軍需之催辦，糧運之轉輸，是地方之事，臣力之所及也。將領之節制，援兵之調度，則軍中之令，非臣力之所及也。仗督臣殫心鼓勵，將士戮力死綏，殲渠宥脅，以彰朝廷威信，臣藉用以免罪戾，所厚幸矣。然臣行矣，臣於根本之地，尤不能無顧慮焉。會城緊要，監司惟守巡貳道，守以監軍道熊江署銜，一切錢穀之綜稽，有司之查議，事在急切者，竟以途路阻隔，多從廢閣。而城守、兵防、盜賊諸務，俱係巡道職掌。

今葉大受部議調處，而驛傳道孫紹統又在題病，貳篆俱應按察使勞永嘉兼攝，殊非政體。省會之地空虛，若此，倘有不虞，臣難委責。伏望皇上敕下吏部，將守道熊江仍令還省，以待登萊事定另議，而巡道則速令就近推補。如已補有人，亦望嚴限趣其蚤赴，俾臣得免於返顧，庶要地可無意外之恐，皇上亦紓少東顧之憂也。

崇禎五年七月初四日，奉聖旨：『知道了。朱大典着遵屢旨，協籌鼓鋭，亟圖戡定。守巡道臣，吏部即與議覆。』

東局殘壞疏

謹題：爲東局已當殘壞，微臣揣力不勝，謹述軍中情形，仰祈聖鑑，速補督臣，以無誤危疆事。

臣於崇禎五年八月初五日，接兵部咨，該部題覆御史吴振纓等疏，奉聖旨：『東省大兵已集，殲掃難稽，朱大典着即入軍治事，相機調度，督勵前進。如諸將有逗怯玩違的，依議分別參奏拿問。謝三賓着馳駐近地，總覈兵餉，協力詳籌，仍分委道府各官辦理接濟，不得疏誤。陳洪範、鄧玘本當議處，念師期正迫，姑着殫力奮勵，以圖奏功，務期殄逆除凶，佇膺捷敘。若有不效，從重併論。劉國柱着革任聽勘。一應行間文武將吏、援剿兵丁，俱着該撫提衡約束，便宜鼓勵，同心僇力，取勝萬全。該部即行馳飭。欽此欽遵。』

臣聞命自天，不勝驚懼。臣本孱弱書生，頃竿東撫之寄，猶不過責臣催攢軍需，料理策應已耳，輒惴惴焉懷靡及也。今奉嚴旨，以一應行間將吏兵丁，俱着臣提衡，便宜鼓勵。臣何人斯，而能勝此愉快乎？慨遼賊發難以來，督撫之間凡五易矣，將士之調亦數四矣，而萊城之圍六月不解，奄奄氣息，只在呼吸間，蓋岌岌乎殆哉！其間事情舛有不可仍而機難以頓轉者，謹爲皇上備述之，須信臣果不勝其任矣。夫前督臣豈真有暱於賊而不即加兵哉？亦見我將士屢衂屢潰，鼓之而懦不敢進也，策之而驕不爲使也，乃欲以口舌代干戈耳。且真與真不和，敵王愾偏怯，修私隙偏雄，議講讐則齊心，修戈矛則異志。合之慮人之害成也，而不肯合；分之嫌己之獨敗也，而不肯分。甚至守兵在危城，援兵過而不問，前兵困賊壘，後兵望而不援，若是而望其同心僇力也得乎？且而鎮與督又不合轅與轡，共持其衡，臂與指各自爲使，僨事則巧爲卸過，微侵即曲爲肆詆，是督臣不過代鎮臣受矢之的也。

前人有節制之權，而未能行節制之事，臣今徒有便宜之名，將何以效便宜之實哉？雖諸將各有血性，豈無良心？仰見皇上之震怒若此，督臣之縲纍若彼，必能洗肝滌腸，另有一番奮勉，化異爲同，降心約己。然臣望經馭短，不能不鰓鰓過慮也。臣更有慮者，傳言前日沙河之戰，本鋒兵當陣執獲賊首之弟，軍中反贈以銀馬，鼓導歸營，兵心遂爲解體。然彼時尚意在用撫也，賊既敗撫，奉旨責在必剿，萬一當喫緊之時，而忽生寬縱之議，機會一失，豈能復振？若夫脇從投順之徒，微倖免死，分插遠地，儘足以昭皇仁。前此給糧予官之說，在屈宜揚疏揭内者，一切斷宜杜絶，萬勿臨時紛於旁議，致貽不了之局，是在廟堂之上力爲主持耳。

關寧夷漢丁業已至青，現在整理器甲，飼養馬匹，數千里跋涉疲勞，不得不稍爲休息，以養全力者，勢也。但賊計最狡，青以東城市之内，是處有寄居之遼人，豈無奸細插雜其間，代爲楚歌陳間者？萬一被餌，恐虛皇上發帑調發之盛心，當諭該將領密爲隄防，不令與外人處，始可收萬全之績也。本日又准原任督臣劉宇烈，咨送雜欽頒銅關防一顆，令旗、令牌十面副，并文卷等項到臣昌邑寓所。除將令旗、關防封送青州府寄收，師期迫促，臣已一面接管料理，其間敗局危機，不敢隱諱。伏乞上以危疆爲重，俯鑒微臣，量力知難，非有欺避，速簡才望重臣督理節制，俾臣仍效贊運策應之務，庶不至貽重地以再誤也。臣不勝隕越待命之至。

崇禎五年八月十四日，奉聖旨：『朝廷事權各有所寄，豈在職銜？討賊任重，朱大典既奉有督勵之旨，行間諸將悉聽指授調度，國憲嚴明，如有偏拗逗怯，致誤軍機者，自當分別參處拿問。進師在即，何又請設總督？著即遵前旨，詳籌鼓鋭，嚴飭剿援，以奏膚功。一切軍前便宜事情，俱不中制，該部馬上馳諭。』

恭報師期疏

謹題：爲兵力已齊，分道進剿，恭報師期，以張天討事。

竊惟登叛逋誅，萊圍久困，皇上赫然震怒，不以臣爲不肖，舉兵柄而授之。臣惴惴焉，以殘局不克勝爲懼，於八月初六日拜疏，請速催督臣襄茲重役。然軍事不可一日叢挫，遂一面遵旨料理。竊見兵食之間，千頭萬緒，紛如亂絲，蓋以嚴飭代寬弛，以綜覈代濔濫，戛戛乎其之難也。監紀按臣謝三賓恐師期久愆，單騎走催。十一日，監護臣高起潛悉率夷漢丁抵昌。十三日，臣同按臣邀二監臣，集關寧鎮將兵丁于東郊，設宴禮待之，贈以花幣，犒以牛酒，人人踴躍思奮，矢欲直殲逆醜。又爲之悉索敝廐，兑以膔馬，前後計五百五十餘匹，給以盔甲，授以鎗矛。隨調鎮臣陳洪範於平度，鄧玘於新河，與關寧鎮臣金國奇、吴襄、副總兵靳國臣等聚議昌邑，會監視臣吕直、監護臣高起潛往返商確，分派既定潔涓，十七日壬午，誓師於東郊。是日監護臣與諸將歃血，臣復加犒兵丁，遂以十八日成師東發矣。

大約進兵之路有四，南路爲實著，東路、北路爲虚著。中路繇新河進，屬之金國奇，统靳國臣等夷漢馬丁五千，而以鄧玘步兵六千、昌營步兵一千。爲馬兵家當監軍，則萊州道楊作楫也。南路繇高望山進，属陳洪範、劉澤清等昌保薊密馬兵三千，而留步兵二千守平度。爲馬兵家當監軍，則青州推官汪惟效也。東路爲萊陽，以武人文、徐元亨官兵爲先導，率彼地慣戰之鄉兵，鼓行而前，遇敵則與張疑，不遇敵則直趨萊東門。而相機調度，俾登州道宋之儁自主之。北路爲滄海，參將王之富、副將王武緯、都司陳玉德兵，共三千六百餘名，陽爲進兵之狀，而陰以防賊兵之潰，令昌邑知縣何鳴高時往來稽督焉。實著衆共聞之，虚著則未以示人也。先是，臣派標下各營兵晝守淮河西岸，自潮海至猪洋，百里内每三十步派一兵，簽牌書名，坐立其下，不許一人東西渡，以絶奸細之闌入。而又以守備張丕顯、觀應武、王九賢、許欽敬、張士儀、孫自成、王世科、周成名、馬壯基、虞有光统兵派守昌城。又委南營參將丁至德，领都司朱子鳳、守備張問行、丁同珪，分三營聯絡，守淮以南。都司張孔夢统加銜，都司毛邦貴，守備王若士、李芬、王好學、劉耿光、方允中、陳承爵、閻芳譽、房應昌、郭啓光，分六營聯絡，守淮以北。復檄昌邑、濰縣、安丘、樂安、高密、臨河五縣，各調鄉兵二千，與官兵相間布列，多設旗幟金鼓，使賊望之不辨其孰爲官兵，孰爲鄉兵也者。再以臣標下遊擊中軍劉良佐、旗鼓守備朱澄領馬兵五百爲遊兵，周巡策應焉。而督餉，則青州道楊進總其成。青州通判虞紹唐轄銀米，登州通判佘學經轄豆草。而分給夷丁糧料，則援萊州通判李茂根、原任通判裘兆錦董治之。

臣又惟逆賊之罪，上通於天，而神明之威，陰攝乎衆，因於祭旗之曰：『恭率文武將士。』而作之誓曰：『事莫大於討逆，法莫嚴於行師。叛賊孔有德等小醜匪茹，大逆不道，負國家豢養之恩，背朝廷肆赦之旨，困陷我郡寓，虔劉我黎庶，僇辱我重臣，罪大惡稔，顧天地所不容，神所共憤。大典奉命專征，俾得便宜行事，委付甚殷，擔荷甚重，誓不與賊俱生，滅此朝食，豈顧問哉！自分鉛槧書生，未閑軍旅，所仗九重之威靈，申三尺之明法。于以整齊部伍，戮力同心，兹鞠義旅以陳師，對明神而作誓。惟忠義可以報國，惟公平可以服人。惟紀律嚴明，賞罰不爽，可以鼓勵三軍；惟投袂並興，超距競奮，可以動收全勝。凡我行間將士，罔不誼切同仇，志存殄逆。第數萬甲兵，不無烏合之勢；須三五申令，共訂牛耳之盟。毋懷姦飾詐，負國欺公，乾没軍餉，縱掠民欺。毋各心其心，互是其是，執偏私而失軍士之平；毋當進不進，當攻不攻，懷觀望而誤封疆之計。毋縱真寇而貽後患，毋殺良弱以冒軍功，毋徒困人以成事，毋欲便己而害成，毋迂路而避賊鋒，毋後期而失事會。有一於斯，即甘同賊。國憲具在，神其殛之。大典等矢公矢慎，幽獨自盟，以威福秉之朝廷，以功罪準之當事，特與行間諸將歃血同盟，圖一鼓盪平，毋辱上命。謹誓。』

凡此皆前事之失，而尤今時所易涉者，非身歷行間，未易稽察。發師日，按躬被鞈韝，不介馬而馳往，宿和門而監視亦戎服偕往焉。此番諸將士不敢縮朒欺蒙矣。二臣既出，臣不得不還守昌，料理接濟及防禦事務，訂以此日，臣往則二臣復還，彼此互爲稽察，若犯前禁，臣又何敢代爲欺蒙？夫如是，將士之心既一，則戎首之魄自褫，式憑國家之景福，仰仗皇上之天威，計解萊廓登，削平小醜，拭目可俟矣。除一切行間條約，與招諭脅從事宜不敢概瀆外，謹以派兵路分、出師日期上聞，伏乞敕下兵部，查照施行。

崇禎五年八月二十七日，奉聖旨：『據奏，分布將士，誓師進剿事情，具見整肅，著益鼓勵速殲，詳籌全勝，毋得弛玩疏率，致墮狡謀。兵部馬上馳諭。』

恢剿機宜疏

謹題：爲酌夷險之形，規馬步之利，敬陳恢剿機宜，以期耆定事。

臣竊惟兵猶水也，水因地以制形，兵因形以制勝。在平原廣陸，以馬爲正，以步爲奇。在崎嶇磽确，以步爲正，以馬爲奇。萊之地夷，黄之地夷險半，登之地率多山險，即此而馬步奇正之宜，差數已概睹矣。賊自灰埠一北，積屍盈野，鼠竄狼奔，數十里不能以喙，退而踞黄負登，思欲決一死鬬。夫亦恃其瀕海阻山，掘坑埋砲，謂我即驍騎如雲，無所之用耳。

臣與按臣謝三賓於二十四日連轡入萊，蚤夜籌畫，戒心斯舉。謂取登實難於解萊也，兑給馬匹，儹運糧需，料理有緒。二十六日，監視臣吕直從昌抵萊，同監護臣高起潛恭行賞賚畢，即定計殲剿逆首，恢復登、黄。用監軍摧官汪惟效議，分兵三路：東路以總兵金國奇、吴襄、靳國臣、鄧玘等馬步兵繇新城進攻黄之右腋；中路以總兵陳洪範、劉澤清等馬步兵繇招遠進攻黄之左腋；南路以副將方應元、都司武人文、守備方允中馬步兵繇棲霞進，與南中二路兵協力攻登，使賊三面受敵，應接不暇。然臣與按臣，尤不能不鰓鰓焉，加意於東路也。

二十六日，先遣臣標下中軍劉良佐，同參將馬爌、馬爕，遊擊馮可宗，守備張名旺等，率馬兵六百名爲前探，參將丁至德率東義三營襲守新城，以扼賊衝，築壘儲糧以俟。而都司毛邦貴、守備王若士之鋒兵，副將牟文綬、遊擊牟朝陽之川兵繼之，步步爲營，使馬兵得進止有憑，首尾相應，如率然之在山也。由黄而東，攻堅越濠，騰山度谷，尤爲川、浙兵見長之地，而馬兵則以備追亡逐北、扼要出奇之用矣。

至於萊城鎮將，無不磨勵以須，思奮勇先登，立殲逆醜，以抒夙愾。而按臣慮周根本，力止之，使設如初，夤夜策馬登陴，遍爲巡闌，人知戒警。其自昌邑而淮河、而新河、而灰埠、而沙河、而平里店、而朱橋，各撥兵千餘，聯絡防駐，一以備賊衆之奔潰，一以護糧料之輪轉焉。雖然，摭實塞扼，此陸兵之能也。

聞賊鑿築墻大城，與水城漣爲一窟，所奪登津戈船及商民船約二百五十隻，孔、李諸賊窮必走海無疑，將來爲海壖之患，津運之梗，關寧士馬將有受其餒者矣。黄龍固具忠義之心，所統俱遼人，臣雖屢檄約於海外作聲援，然不可不恃也。按臣誠見及此疏籲請津門水師堵截，近已下部議，但機在呼吸，不容少緩。蓋在臣等似效秦庭之乞，在樞部豈作越人之觀？即津門定能長慮遠見，思及運阻糧絶，受病與關寧等，瘝痌切身，應不以隔膜爲靳。事成，臣等止知藉庇，不敢分功也。伏乞敕下部覆議，上請定奪施行。

崇禎五年九月初五日，奉聖旨：『奏内分發步兵，將各路進剿情形，知道了。賊既憑城負隔，應未遽遁，正當僇力設奇，一鼓擒馘。島師截扼，著遵屢旨嚴飭津兵。已有旨了，該部知道。』

恭報捷音疏

謹題：爲官奮勇兵殲賊，恢復黄縣，恭報捷音事。

先該臣於八月二十七日，檄標下中軍劉良佐帶領馬兵作頭撥探，至白馬集浙兵參將丁至德帶步兵前進，列營新城。二十八日午時，臣同在事諸臣祖送關寧諸將於演武場決策而行，隨具疏馳奏訖。三十日申時，據標下中軍劉良佐報稱：『職三十日卯時，統領馬兵分路南哨行陣前進，至巳時到黄山館，前探撥馬，遇賊撥二百餘騎，被金、祖二鎮將撥馬奪下大旗二桿，賊馬東奔。』又本日夜子時，據塘報官顧春報稱：『高內府領各總鎮至白馬集，遇賊三千有餘，齊來上陣。有金總鎮、祖副將、劉中軍等先趕下白馬集，盡數殺死，大獲全勝，馬匹器械全獲。又到一小莊，拿賊數百名，各總鎮同劉中軍向前追趕。』又於本日夜丑時，據劉中軍差家丁持紅旗口報：『殺賊甚多，已得黄縣，再有捷音另報等情，業飛馳塘報訖。』次九月初一日戌時，准監護內臣高起潛塘報爲飛報大捷事。本年八月二十八日午時發征，進離萊三十餘里，劄營屯宿。二十九日晚刻，劄營磁溝店地方。三十日丑時，據前撥哨丁報稱：『賊探撤過黄山館處，馬賊等約有八千餘衆，步賊約有萬餘，盛張旗幟，列陣迎戰。又於白馬集東北七八里許，沿海深林處所，埋伏設砲，以爲誘伏之計等情。』隨據本職於本日寅時，會同團練鎮總兵官金國奇，傳會協將等官，密訂機宜，專責前鋒立功總兵官吴襄等，督同主客協將官兵一萬二千餘員名，奮勇前進迎敵。間行至白馬集迤東所，果有叛賊馬步健兒約二萬餘人，分頭十股迎戰衝殺。我兵合力進剿，砍兵一處，自午時至未末，連砍六陣，追殺四十餘里。賊見我兵勢勇，披靡大敗。我兵乘勝追逐，賊胆愈寒，遂棄黄縣，竟奔登城。至申時，恢復黄縣，我兵俱已進城訖。查得在陣砍死叛賊，屍横遍野，丢棄盔甲、器械、馬匹、牛驢不計其數，其投井自縊者爲數極多等情。

初二日辰時，續據援剿總兵官鄧玘爲飛報大捷事。本月十九日，解圍萊城，暫劄東關養鋭。於二十七日，撫按道監視，同職等會議進剿，馬步兵合力沿海併進。本鎮統川營官兵，於二十八日早，啓行六十里至〔二〕朱橋。二十九日，五十里至武王河，前探報賊已屯營，當該監護高起潛、金、吴二總兵同本鎮議，且探的方進。三十日卯時，本鎮統領川營官兵火器擡營，繇大路進取，金、吴二總兵分左右翼并進。巳時，行至白馬集地方，賊馬兵埋伏深林，分六股頭子望川營衝來，約有萬餘。本鎮即令步兵安營，排列大炮迎敵。關寧馬兵一路由海邊包殺，一路繇南山大道包殺。撫院中軍遊擊劉良佐、隨征本鎮親統將領周繼先、賈一選等帶馬戰官兵并親内丁五百餘名，同監護高起潛、金、吴二總兵，奮勇殺死馬賊數千，而馬營約有步兵萬餘。我兵望賊步營衝殺，盡數將賊砍死，屍横遍野，止生擒者數十餘名。其孔有德、耿仲明親督馬步鏖戰數合，大敗，奔海走登去訖。賊兵跳海死者不計其數。本陣統馬兵同吴總鎮一路衝殺，徑抵黄縣，而賊俱已棄城潰走。因天晚不敢窮追，本鎮步營沿鄉截殺，埋伏賊兵無算，俱奉令不許割級，得獲器械無數。

同時又據昌鎮副總史大勳爲塘報事：『八月三十日五鼓，蒙陳總鎮傳令，職督同昌鎮副總羅俊傑率領官兵王來聘、馮大棟等五百五十餘員名，午時至黄山館十五六里許，奉高内府令職四營從東南裹轉，關寧兵從西南裹轉。不一時，城衆萬餘，從東南至西北角樹林劄下。各鎮兵馬擡營直逼，奮勇血戰，至未末殺死，屍横遍野，不割級。賊見我兵勢重，策馬逃竄。追至黄縣，見城東門大開，賊盡奔散，招降三百餘人，遂據城訖。』各報相同到臣。

該臣看得黄爲登之門户，而賊之咽喉，亦我兵批導之窾鑰也。賊欲扼之以爲塞，我欲拓之以爲通。叛首孔有德、耿仲明自灰埠敗衄而還，悉索登之丁壯馬驢，借背城之一。蓋我之所恃者在騎兵，賊之所利者亦在馬戰，惟此中地尚寬平，思得一逞。其結陣而來也，驅驢數千頭，以繩聯之，每六驢作一排，如拐子馬狀，步賊萬餘，策之以當我兵之前行，而馬賊數千分兩翼以進，思裹我兵。孰知我鐵騎金戈，勢重機疾，如山之苞而不可撼也，如川之流而不可禦也，如風馳雨驟，迅雷電擊而不可測也。孔、李二渠氣奪，不數合，率衆東逃。騎賊芟殪過半，而聯驢爲繩所縶，步賊爲驢所軔，猝不能脱，非膏我刀矢，即就我累縶，無得免者。黄縣存一空城，大師整隊而入，房舍尚餘其半，遺糧竟獲其全，初不煩掃除洗濯也。

蓋王師之出，先懸以殺良之禁，示以撫順之文，原不恃堅利以爲鋭，殺戮以爲威。故其出直而壯，律而臧，而又式靈皇上之天威，秉成廟謨之神算。一時内外文武諸臣，無不矢忠僇力，天地鬼神，俱爲震怒，蠢兹小醜，業已魂銷矣。我師乘勝，旋抵登城。先是，臣檄副總兵吴安邦調船於海南，參將白來譽揚帆於廟島，聞已相繼合哨。若益以島帥津師，諸逆如籠鳥釜魚，其能奮戾天之翰，鼓潛淵之鬣哉？除功員俟各營開坐，至查明另敘外，伏乞敕下兵部，事平施覆覈行。

崇禎五年九月三十日，奉聖旨：『奏内事情，已有旨了。逆賊狡悍，負固憤逞，最宜周防。還著詳籌勝算，奮鋭收功，不得狃勝弛懈，致有疏虞。其調合水師，扼要截擊，遵旨行。兵部星速馳諭。』

校勘記

〔一〕至　底本无『至』字，據文意補。

王師無敵疏

謹題：爲王師無敵，立解萊圍，備述鎮將奮剿捷音，以紓聖懷事。

崇禎五年八月十九日，我兵大捷，業經節次飛馳塘報外，續於二十日辰時，據標下督陣中軍劉良佐爲萊圍已解叛賊東逃事禀稱，於十九日未時捉獲活賊四名，差人解驗外，即時領兵隨各總鎮打仗，殺賊數多，不許割級，追至玉皇頂，叛賊東奔等情。二十二日，准監護内臣高起潛手本，内稱本月十七日，該職遵奉嚴旨，會同撫監、監紀、鎮道、協將等官，誓師插血，訂期十八日發兵征進。職商同團練鎮金國奇，公同票委立功援萊總兵官吴襄、遼東西協副總兵靳國臣，分頭提調督兵，於十九日寅時，從新河發兵征進。節據撥兵活捉真賊數十餘名，解審問。

又據頭敵騎兵左協右營副將祖大弼下兵丁，手執令箭，口報：『頭敵官兵在前合陣。』該職即便督同金總鎮催發南北主客鎮將、中千等官，不論頭、二、三敵官兵，盡數征進。自沙河對陣，連砍五十餘里。官兵奮勇，自午至申，連衝四陣，殺死真賊數多，但見屍横遍野，恐割級誤事，不許割首。獲得紅夷大砲六位，活賊二十餘名，馬匹、盔甲、器械、旗幟、牛羊、騾驢不計。賊叛孔有德等見得我兵勇猛，抵敵不過，自燒輜重，棄圍遁去萊城東北山頂劄營。比因天晚不敢輕逐，傳令回營。萊城官兵疊被詐僞，亦因天昏未辨真僞，見將把牌陰一龍繫入萊城會話，約定次早請進大兵等情。

又據總兵官金國奇報稱：十八日發兵前進，分派頭、二、三敵官兵協力進剿。據標下頭敵副將丁思信、祖大弼等活捉真賊數十名質審問。又據頭敵官兵金良棟等在前合陣，本職同監護分撥協將靳國臣等官兵盡數進剿沙河，遇賊砍殺五十餘里，直抵萊城，行令不許割級，殺死真賊無算，活捉賊數十名，餘相同。又據援剿總兵官鄧玘報稱：十九日寅時，奉令發本鎮內丁都守、馮榮等領馬兵百十員名，同金、吴二總鎮馬兵千名，前探哨撥。辰時，從新河馬步盡發，會議中令馬兵不許割級。本鎮親督將領賈一選等帶領馬兵數百員名，同關寧馬兵千，一面前進，分布各營將官雷時聲等督領步兵、火器擡營而進，行至灰埠，賊兵數千與馬步對敵，當同監鎮統馬兵一擁衝殺，賊兵殺死無算。至晚，步兵於戌時分直抵萊城，各鎮星夜遁去登州等情。

又據總兵副總王武緯、參將王之富、都司陳玉德報稱：八月十九日，奉令統領中軍米萬倉等劄營土山南，今已至萊城十里劄營等情。又據監軍推官汪惟效塘報：『職奉委於十九日未時至平度，戌時會同總兵陳洪範發馬步兵三千，劉澤清發馬步兵三千五百，方登元發馬步兵一千六百，乘夜繇大澤山，直取神山，趨萊州東門等情。二十四日，據監軍今戴罪僉事宋之儁爲塘報復城事。本月二十一日，本道奉檄援萊，路聞萊圍已解，招賊逼近萊陽，慮恐爲害，隨於二十二日遣團操、合勝二營，先平招遠去後。二十四日卯時，據團操營都司路雲之差家丁王國棟等報稱：職等奉遣平招，即與合勝營游擊徐元亨、都司武人文等合營總兵至七山地方，見有賊二千餘人，我等用大砲放打，賊退北逃。職等遂領各官兵直至城下，當日未時進城。徐元亨領兵守北門，武人文領兵領東門，路雲之領兵同萊陽縣典史王公彦、快手李士吉等守南門，併安輯難民等情，各報到臣。

該臣看得叛首孔有德等逆天犯順，攻圍萊城，已閱八月矣。鑿重濠，立木寨，築鋭臺，穿地穴，東北角樓竟被轟擊，夷爲平壤，目中尚有全城哉！八月中旬，諸逆調集登之精鋭，搬移登之銃炮，欲於念二三日平躧飛奪，萊之存亡，蓋在旦夕矣。先是爲撫所誤，軍氣不揚，屢戰屢衄，荷蒙皇上大奮神武，關寧夷漢兵丁爲從來所未調者，竟破常格，決群疑，選名將以統之，遣親臣以護之，出尚方之綺帛、內帑之精鏹以犒賚之。沿路有司亦俱仰體皇上戒儆嚴旨，供應不匱，貼然無譁。自此兵一至，旌旗壁壘俱爲改觀，主客將士皆化縮朒而爲奮勵，去異志而切同讐矣。

誓師而出，分路而前。十八日抵新河，十九日即會戰。我兵前撥行數十里，賊尚不知，至沙河始與賊撥相遇，四山舉火，孔、耿諸逆首始集。南路高望山、北路土山之賊，分數十頭迎戰。監護臣高起潛叱咤一呼，我兵奮勇前砍，橫遮二十餘里，直衝二十餘里，沙河以東，殘屍倒馬，一一可數。此所殺之賊撥也。

近萊一舍草磔間，賊之屍與屍相枕，馬與馬相膏，器與器相錯，橫山遍野，穢不可聞。此臣於入萊時，從馬首歷歷見之，須信前報爲不虛也。説者云：督師公署在昌邑，而城中多各鎮從軍遼人之家屬，凡一舉動，賊中悉知。自派守淮河一帶，水泄不通，故師至沙河，賊不知覺，一時氣奪胆喪，喙突數十里。紅夷等器匏藥而不及加火。又云：此番得力，在不割級。若重首功，則一兵殺賊，衆共奪元，我不暇顧賊，而賊反得乘我，多誤大事，且啓殺良殺降之端。故不計級，所全實多。然此非人力之所及也。賊如肥蠦螟螣，害我嘉禾。從前之兵，如南山之陰雷，西郊之密雲，需而不夬，屯而不解，而時雨之師一臨，陰霾頓挫，湯火立蘇，王者無敵，自古記之矣。萊圍一解，闔城軍民士女咸慶重生，又何異出奧窔而見天日。而賊所久據之招遠，亦望風思遁，劄營山頭，我兵大砲擊之，輒行潰去，鹵鹵一城，不崇朝而頓復矣。

剿賊之事，勝算已收，將士之功，不可不鼓。臣與按臣移銀二萬兩，監視、監護二臣酌量犒賞，以萬金與夷漢丁，以萬金分賞陳、鄧、劉三營，鄧營得其六，陳、劉二營得其四，而各鎮將之功次可概睹矣。除關寧鎮將勞績，監護内臣已有題敘，其餘主客將領節次接有塘報，臣慮有遺漏添飾，一併監軍道廳查核彙册，咨送兵部備照外，理生具題，伏乞敕下兵部，案候彙敘施行。

崇禎五年九月十四日，奉聖旨：『該部知道。』

糧運疏

謹題：爲糧運飛輓如流，軍前濟勝足恃，謹據實報聞，以慰聖懷事。

崇禎五年九月初五日，准兵部咨覆臣報塘奉聖旨：『東援將士戰勝入萊，功績可嘉，已有屢旨了。糧馬既有次第，要路又經堵遏，即著撫、監、鎮、道各官養成勵鋭，熟計定謀，掃叛廓登，佇膺殊賚。大兵到處，一應供給充餘。朱大典不許時刻稽誤取罪。該即行馳飭，欽次欽遵。』

臣仰體皇上廟謨之定，而睿慮之周也。夫曰養威示重也，勵鋭示奮也，熟計定謀示審也，此皆持勝之道也。而大兵鋭進深入，運糧爲艱，先事戒儆，此尤濟勝之策也。持勝者與濟勝者兩相資，而要須兩相協。除移監、鎮、道恪遵外，謹以兵食情形，據實爲皇上陳之。

臣惟萊圍未解，昌邑以東皆爲賊窟，一切糧料草束，悉貯濰、昌二邑，運送軍前。重圍既解，須將濰、昌所貯糧草起運萊州，而後可次第至黄至登。蓋濰距昌八十里，距昌、萊一百五十里，萊至登又二百四十里。騎兵自昌可一日抵萊，而糧運勿能也；騎兵自萊可二日抵登，而糧運不能也。如明旨所云『熟計定謀，糧足而進』，誠爲萬全之策，而鎮將殺賊之心，恨不滅此朝食，以入黄之次日，乘勝東發。臣等凛凛以糧運爲憂，而睿慮早已及此矣。幸監視、監紀諸臣與臣同心斡濟，往來商確，謂我兵乘勝長驅，糧料難繼，挽車長糧，不若逐玷遞運之爲良也。應各分信地，運到即回，回復運起，如古人聯珠之法，人畜不勞，轉輸又速。地寬平者用牛車，每車加兵四名牽輓。稍狹者，用小車，加兵二名牽輓。狹再而險者，驢運則每驢四斗，人運則每人三斗。兼此數法，前車可無告匱矣。於是濰縣以東，令其陸續前發至昌，而昌有見貯之糧。自昌至登，分爲七運，運各二十里。每運牛車百輛，兵六百名，文武官弁各一員押之。而自黄至登，則小車與人驢共運，不分曉夜，限以時日，有誤即爲加治。

臣在萊催儹，分撥起運，按臣在黄查核派分各營，仍嚴行督餉道及委運各官，將押運車前實數不時呈繳，以便覆覈去後。臣尤慮草料最爲重滯，又檄福山、棲霞二縣，於近登適中處所，印官親自督發，多運豆草。又發銀二千兩，委通判任楝於黄縣各鄉召買料草，就近催民運送。而沿海居民，有携送芻糧者，有自首賊積者不與焉。臣看得師行而糧從，食足而兵進，此今古不易之法也。當萊城解後，我兵奮勇爭先，初謂黄縣賊必相持，兵既可養威蓄鋭，亦得櫛比尾銜。不圖賊胆愈寒，衆心競奮，乘勝而前，勢如破竹，復黄圍登直二日耳。蓋賴監視、監紀諸臣與臣同舟共濟，劃地分兵。用車也，而小以濟大之窮，用夫也，而兵以合民之力。轂擊有礙，則策驢以行，驢頭不足，則肩負以進。州縣有司聞軍聲丕振，義切同仇，車輛驢馬，麟次而集，芻束米豆，接踵而來，源源不絶。士飽馬騰，用可以紓皇上東顧之憂矣。

然臣聞師克在和，和乃有濟。大勝之後，先戒其驕，而居功之時，更防其忌。一有畛域，賊得乘我，行百里之半，合九仞之尖，呼吸成毁，所關甚大。臣願與在事諸臣共勉之也。運事既通，臣擬於十二日即單騎東馳，同内外監鎮各臣合心勠力，滅此穴鼠釜魚，可計日俟矣。謹將設法督運供應軍前節略，理合奏報，伏乞睿覽施行。

崇禎五年九月二十三日，奉聖旨：『據奏芻糧充贍，足資飽騰，知道了。師衆易糜，賊謀更狹，還著嚴加防護，銃圖恢剿。封疆事屬一體，有何猜嫌？還與監視按諸臣同心協力，共奏膚功。兵部即行馳飭。』

調集舟師疏

謹題：爲叛首被戮，叛黨思逃，懇敕調集舟師，水陸夾剿，以收全局，以杜禍蔓事。

自大兵圍登以來，賊每出闖圍，悉李九成統衆挑戰，凶惡獰狰，愍不畏死。十一月十一日，被箭落馬，免脱入城，亦可以挫其氛矣。乃初二日復持鳥鎗，徒步犯我壕塹，自恃器精技巧，可擇人命中，其氣甚梟，鋒甚毒也。乃我兵一鼓奮鋭，殺賊甚多，九成遂頭中三刀，脖中一刀而死。群醜擁屍而入，哭泣之聲達於城外。

越一日，據難民口供：九成之妻妾爲孔有德所逼縊死，又以一人一馬爲殉，同所衣蟒玉焚而瘞之矣。自是賊衆鼠伏狼顧，無復大隊闖圍之事。擒獲難民周全，供稱『李九成死後，各賊分定船隻，派定水手，又將裝運賊夥名數，榜於船面，見今領出蔴灰、桐油，星夜修艌』等情。據此，則遁海一着，端不虚矣。蓋賊首中惟陳有時、李九成最稱鷙鶩，敢當我軍。其向來踞登、黄，陷招平，而久圍萊郡者，悉二渠爲前鋒。天厭其惡，有時砲殛於門村，九成刃死於城下。有德等方殷唇齒之懼，群脇從亦動狐兔之悲，胆無有不落者。遁海一著，勢固不得不然乎？

臣、監按諸臣謀之，樹納降旗於墻外，射免死帖於箭端，或以離其交，或以散其黨，多方以間之。無奈狡賊之威，劫術籠衆，不爲動也。斯時不急攻之，轉眼春和，必且揚帆四出。若攻之急，而海腹不堅，堵截無具，且不待春和，鼓枻去矣。則陸欺水以壯聲援，水亦資陸以爲犄角，可不詳籌而熟計乎？登船蚤爲賊踞，所存寥寥，旅順、關寧已成畫餅。所幸津撫鄭宗周本憂時熱血，出濟變宏猷，無船而募船，無兵而設兵，咄嗟立辦，以千人配三十艘，於十一月初七日已抵于河。唯是以一船修艌，致各船阻凍，迄今尚膠。河口距登七百餘里，將來恐海水已解，而河冰未泮，卒難得其力耳。

頃者島帥黃龍差官領餉，准該鎮手本，向臣索船赴旅順，載兵而不知登。若有船，自能設法出海，又不須仰援於鄰鎮矣。若是而龍其足恃乎？爲今之計，惟有仰藉淮安江北之水犀，慨發三千，駕坐原艦，星速赴登，布列於長山、廟島之間。臣等督率馬步兵丁，三面攻打，使賊陸不能嬰，水無所遁，籠鳥釜魚，人心潰亂，瑕乃可乘。或一鼓而登埤，或聚謀而縛獻，計日可期。否則明恃出海爲活路，雖有驃騎驍將，何能制其死命？使之息心悔禍，將縱其奔逸，流毒滋大耳。

臣准部咨，内奉有『淮揚等處整勵嚴防』之旨。竊料彼中水兵，久已整搠以待，臣遇謂此賊與其遏之於既出海之後，不若堵之於未出海之先。即欲畫地分防，與其遏之既入境之後，又不若堵之於未入境之先。儻其飭備船兵，部署能將，統領抵登，同臣等合力夾剿，較之待賊臨境而收焦爛之功，難易自倍。是江淮水營之調援，誠時刻不容緩者也。再照元凶賊首，連殺其二，見在孔逆等如剪雙翼，如失兩手，我兵奮鋭，敢不謂奇？但賊胆愈寒，無心戀戰，我兵狃勝，未免生驕。一有懈弛，儻爲諜者窺伺，九仞一簣，干繫殆非細故也。臣同監按諸臣，嚴檄鎮道，轉行將領，倍加偵哨，一切攻具藥器俱已充裕，相機剿取，不遺餘力。固不敢株守而待帆檣，亦不敢以海爲卸，而置水濱於不問也。伏祈敕下兵部，再加覆議，速調淮揚水兵三千，星馳援剿，併申嚴飭鎮將整備戰守，一體遵奉施行，殘疆幸甚，微臣幸甚。

崇禎六年正月初一日，奉聖旨：『逆賊逋誅，水陸夾剿，屢旨申嚴，乃島師久怯不前，津師又藉口修桅阻凍，離登寥遠。至江淮整備，雖經預飭，果否水兵船隻一呼立應，有濟目前？且既稱賊中渠殲黨亂，亟宜乘機鋭擊，設法招降，蚤圖底定，豈容刻懈，致誤春和縱逃？兵部馬上馳飭，仍將調發事情確議速覆。』

催調水兵疏

謹題：爲攻城未拔，防海宜周，懇敕催調江淮水兵速成底定之績事。

竊照大兵圍登四月有半矣，前此設奇用間，圖以内潰腹心，期於士馬無傷，殲渠宥脇，仰副皇上好生之仁，早收東土廓清之效。奈逆賊孔有德等怙終不悛，洗良殺順，見臣等教場、挑壕、堵截水門，賊亦於教場迤東築横墻一道，直達海邊，遮蔽水門。此築墻而我馬不能突，砲不能施，沿海一面賊城可不設備，賊船可以安行。勢緩則順風劫掠，恃爲接濟之途，勢急則聯艅出洋，長作遁海之計，其爲謀狡矣。春風和暢，水腹已融，儻果奔逃，流毒滋大。邇日兩淮部咨，欽奉明旨，一則曰：『還著撫監鎮按等官嚴飭鼓奮，以保全勝，剋期奏績，懋膺殊賞』；再則曰『仍須亟圖撲滅，毋延至春和海通，別滋蔓逞。欽此欽遵。』

臣不勝惶悚，寢食皆廢，手口不停。開局鳩工，凡西來器藥，俱都司張孔夢督理，東置梯車，俱副將邱磊督造，奇火爲今所創。聞轒轀誠古所未備，而監護内臣高起潛新築銃城於掛榜山天齊廟，刻期成工，最得形勝。十一、十二等日，臣等齊集掛榜山，督放紅夷大砲，睥睨皆集，足寒賊胆，因而鼓勵人心，見主客官兵人人踴躍，于是會同監視、監護、監紀三臣，移檄各鎮道將諸臣。十四日，懸示賞格，禁諭諸軍，派定官兵信地，涓吉於十四日攻城。是日，監軍推官汪惟效隨臣督攻西門，監護臣高起潛督攻南門，監視臣吕直督攻西南二門之中，登州道臣宋之儁東路督，萊州道臣楊作楫督西路。各鎮督主客官兵，三面齊攻水陸二城。自丑至巳，無不争先用命，大砲合擊，萬火攢攻。垜口之賊，隨打隨仆，亦隨缺隨補。城上火罐、火鎗及大炮，凶烈異常，我兵拼命鼓勇，竪梯近城，輙爲滚木擂石損折，我兵不無死傷，恐重戕生命，不得不暫輟以圖再舉矣。

古人以攻城爲不得已，臣等豈得已哉！幾事已就而復隳，舟師屢催而不至，義不敢袖手以聽其去，畢力殫技，鼓奮一攻，期於撲滅。而賊憑高據堅，器火酷烈，不能速拔，勢固然也。《法》曰：『圍師必闕原。』謂示敵以闕，伺其出而發伏擊之，非縱之也，水門誠闕矣。所設之伏，全仗水兵。賊走北備長山廟島，走東備大竹皇城，走南備芝罘養馬，走西備三山峱嶬，方稱彌天之網。今海上無兵，是水門乃縱賊之闕，非陷賊之闕也。

臣前疏亟請皇上調發江淮水師，尅期抵登，爲一了百了之局，政爲此耳。儻不蚤計之，縱出海倭通之禍遠，阻津截漕之患切。且以臣所目擊，合之難民口供，二城之賊，尚有萬餘堅船，尚存百五六十艘，大小鎗數千門。而我欲破之於陸，砲必大於賊數倍者，庶可一擊而城立碎。伏祈皇上内外武庫，簡發四五位，期於速至，以便圖城。如欲禦之於水，船必大於賊，倍於賊，兵必精於賊，多於賊，而後可邀擊海面。臣前所請水兵三千，猶存乎見，少非得船三百艘，兵六七千，不可。狼山、淮上、吴淞之水犀可調也。蓋此兵此船，原係額設，無募造之費也。往來一水，無騷驛之擾也。登海安而江淮舉安，又非舍己耘人者比也。

臣非不知調發尚費時日，江淮亦屬要津，但以關寧之衝邊，營幽之跋涉，皇上且不惜遠調，而卒以收解萊復黄之功，豈其鄭重斯舉，而不毅然以睿斷行之哉？臣今此請，與昔者請關寧之兵無異，謂非此兵不足以了海上之局也。此舉終不可省，與其需之於後而爲亡羊之補，何如決之於今而爲見彈之求。臣愚，竊謂爲朝廷省費，爲疆圉省事，端在是矣。伏祈敕下該部，速爲覆議，將狼[一]、淮、吴淞水兵簡調六七千名，配以巨艦，統以能將，併庫貯大砲，速賜簡發，俱剋期抵登，早收耆定，免賊奔逸，封疆幸甚，臣愚幸甚。

崇禎六年正月二十四日，奉聖旨：『據報攻城未甚獲利，著一面鼓勵將士，加意嚴防，仍熟籌全算，相機制勝。傷亡官兵，查明優恤，據實具奏。關寧津島水兵，已有旨了。協力扼剿，該撫監速行移會，聯絡布置，務使水陸呼應。窮賊所往，狼[二]、淮等兵，一時未能遽集，毋藉遠援，致有稽誤。所需大砲，即與查發。該衙門知道。』

校勘記

[一][二] 狼　底本作『浪』，依前文，此處當指狼山水兵，據以改。

恢復旱城疏

謹題：爲官兵奮勇先登，大城克復，恭報捷音事。

崇禎六年二月十七日，准總兵官陳洪範、吴襄、鄧玘、劉澤清塘報，内稱二城併攻事。二月初四等日，准撫院監視、監護、按院各手本移會，皆云『風暖揚帆，賊必遁海，須設法攻擊』等因。又准監護移會：『鎮海山前高逼水城，築臺鎮壕，成功頗速。』准此，職等商同，即行令各鎮將領中軍副參遊史大勳等勒日起工。隨據報稱：『職等奉令即同監護委用副將邱磊，於初七日築臺竣成，時時放砲，日日中賊，死傷甚多。又奉令採取柳枝數萬，并撫院發下布袋，按院發下土包各數萬件，遵即日夜運墊，漸漸填近城邊，與垛相平。』

又據副將祖大弼、參將祖寬報稱：『職等奉院監鎮傳令，於十一日乘賊西向應砲，遂從東面一擁而進，將賊築教場深壘，已奪爲我有。斬殺賊衆，各報有册。至十二日，有城内逃出川兵一名報稱，賊見築臺奪墻，懼無生路，兩城忙亂，争船思遁。看得機有可乘，即准院監傳令，水旱兩城可一齊進攻。於十六日晚，旱城之賊果亂無紀律，我兵乘虚先登，已剋旱城，竪我旗幟守據，亦逼攻水城。其斬獲逆衆，生擒婦女數多，查明另報。』等情。

又據督援前鋒副總兵祖大弼報稱：『二月十六日戌時，分職信守東門，窺探賊情，機有可乘，率領遊守、中軍、千、把、紅旗等官，未候木梯到城，各兵下馬徒步扒上東門城，且戰且追，直抵天橋，甫能占得天橋。不意賊兵預先埋伏鎗砲，放火燒斷，職坐纛被焚，其兵丁受火燒死，射傷者艱堪。至於得獲活賊馬匹，并傷死兵丁與有功員役，查明另報。』等情。

又據遼東副總兵劉邦域報稱：『職同團練鎮標左營遊擊董克勤、撫院標下副總兵劉良佐，督領本營中守備、千、把，於二月十六日戌時分赴西門，登高窺探城内叛賊動静，即架雲梯，奮勇先登，砍殺賊衆甚多。遵令不割級外，恢復登城。所有當陣擒獲，俟查明另報。』等情。

又據臣標下中軍加銜副總兵劉良佐報稱：『二月十六日夜一更時分，職奉本院令，同都司張孔夢統領標下馬營先登擁泰、合勝各營官兵奮勇登城，前鋒都司、遊擊、守備、參謀、千、把等督率各丁，擡梯齊上，遂得旱城西南一面，分布兵丁把守外，即蒙兩院内監傳令，調職速赴旱城北面攻打，水城南面調砲攻剿。』等情。

又據前驅營副總兵王武緯報稱：『二月十六日夜戌時，職統領前鋒先登官兵督陣都司、參遊、守備、參謀、材官、紅旗、把總等數百名，奮勇上城，賊砲矢石如雨，拚命先登，搶上城墻，殺傷并砍逃逆賊甚多。復得登州千户所百户方印一顆，獲得賊紅夷大砲二位，馬蹄、佛郎機等炮四十六位，火箭三百枝，藤牌三十一面，鐵砲子三十一個，火藥九包，旗九十桿，大鐵子十個，刀一抱，挑城火斗一個。其陣亡并輕重傷兵丁，查明另報。』等情。

又據密鎮副總兵牟文綬報稱：『二月十六日酉時，協同雷副將統騎健營參將牟海龍、都、守、把等，督押砲手，攻打水門。當有賊船連出，隨即打碎二隻，淹死逆賊不計其數。賊一面堵截水門，一面令中軍覃世勳會同副將祖大弼、參將馬熿、遊擊牟朝陽，協力齊攻東門。當令中軍團練旗鼓、遊、都、守等，催押衝鋒，搭梯先登。我兵被砲石輕重傷者，查明另報。』等情。

又據昌鎮副總兵羅俊傑報稱：『二月十六日，奉高監護陳總鎮軍令，責委本營千總、守備帶領步兵攻城，修墊道路。職督同監視標下督陣本營監營都司、中軍都司、守備、把總等，領兵四百名，擡梯一齊奮勇攻扒旱城。於十六日一更時分，從西面職親率上城，隨將守城賊兵當時殺散，隨換竪換本營旗號，分兵一半守城，一半與下城内，與同各督官兵搜殺賊衆，從亥至卯，將賊剿盡，得獲西洋砲一位，佛郎機二架，三眼鎗四桿，鳥銃四桿，鐵子五十觔，大刀二口。』等情。

又據副總兵周繼先：『於二月十六日戌時，分職統領中軍都、守、千、把等先登，督陣火攻。守備周朝佐等，擡運雲梯，首攻南門，職與賊對敵，右額被傷，得擒活賊一名，紅夷砲二位，一應軍火器具，查明另報。』等情。

又據標下德州營遊擊徐元亨報稱：『二月十六日，攻打至酉時分，職與參謀廩膳生員徐時進秘相計議，督中軍陳拱極明用砲攻，暗遣千、把、材官、家丁，從城下豎梯，魚貫上城。職仍省李孟士、石懷玉箭射如蝗，砲手王見孝、王印東等直打垜口，叛賊難存。職領官兵一齊上城，占據西南城角，朝東一面，得獲紅夷大砲一位，盔二頂。』等情。

又據攘奮營加銜副總兵王之富報稱：『於二月十六日一更時分，乘隙攻得旱城，賊繇天橋渡去，即放火燒斷，不能追敵。本營官兵堅守旱城北門，當獲活賊一名。』等情。

又據肅武營遊擊倪鸞報稱：『二月十六日晚，忽聽水城攻打甚急，猶恐賊衝旱城。至一更時分，密聞祖副將兵馬直抵東北城下。職雖帶砲傷，不敢坐視，當即統領催陣都指揮馮大用等，齊集官兵，攻打東南城角，奮勇先登，已經塘報訖。獲有大將軍八位，百子銃四桿，天篷鳥鎗六桿，俱收在營，以憑查驗。至十七日早，職又搜獲活賊一名李勇，押鎖在營，聽候審究。』等情。

又據居重營遊擊李錦標報稱：『二月十六日夜起更時分，職親督本營守備、中、千、把總等官，同院監道下督陣副、參、都、守等官，率領馬步健丁，各當奮勇，擁至賊城北面，於二更時分，先登，殺進旱城。所有賊叛城垜，滾木擂石，弓矢如雨。我兵冒死徑入北面城垜，生擒賊叛朱二漢等四名。』等情。

又據副總兵雷時聲報稱：『二月十六日戌時，會同副將牟文綬，併內監內外中軍關寧副總兵祖寬等會齊合力攻打，挺身同上南門。衆賊奔潰，慮切赴海。職隨令調督官兵堵截海口，賊果奔逸，數船隨出水門。職親督紅夷大砲打碎賊船三隻，各賊沉海。所有攻取旱城損傷官兵，查明另報。』等情。

又據居重營遊擊李錦標報稱：『二月十六日夜，親督官兵奮勇登城間，所有叛賊劉國棟等四名，水門夾道埋伏火炮，攻擊我兵。當有中軍李勛、把總崔應功帶領家丁，生擒活賊四名，接獲難婦連氏等。』又據遊擊柏永馥、參將馬爌塘報相同，各報到臣。

該臣看得逆賊孔有德、耿仲明等，自去歲首春陷踞登城一年餘矣，而我兵築長圍環攻困守亦六閱月矣。彼時五渠分據水旱二城，戰馬以萬計，步賊以三萬計，狡黠僞將以數百計。沙河、北馬二戰，十芟其六。而陳有時砲死於門村，李九成伏誅於城下，毛承禄中間於洩謀，而一時去逆從順之豪傑與之俱盡焉。自是叛黨日就銷亡，米粟日見垂橐，日殺難民，脯肝膾肉，炊骨然膏，以充食爨。醜類洶洶，莫知爲計，無日不思突出。凡爲城下之戰者數百，每戰輒有斬獲。迨戰馬餓死，長技已窮，而我之築距堙，修轒轀，鑿隨道，銃砲晝夜不絶，睥睨樓櫓爲之盡摧。監護内臣高起潛復會委加御副將邱磊于彈子窩築臺填壕，高逾於城。工漸就竣，可介馬而馳。而教場横墻，又會委驍將王之富，督六營官兵三千六百員名，賁夜奮勇奪得之。賊乃胆落，而遁海之計益決，遁海之路亦窮矣。自初九日起，臣與監按諸臣會議急攻，臣即宿駐壕墻，督臣中軍劉良佐攻西南角，而令各營應之。凡所爲明攻暗攻、虚攻實攻者，法無所不用，務期得一，當以破此堅壘。

至十六夜，有從城跳下者，言賊見彈子窩壕堤將成，撤衆赴水城打砲。總兵吴襄聞之，亟發副將祖大弼兵丁，奮勇從東門先登，張韶、王憲、劉邦域、董克勤等兵丁相繼並進，而各鎮將俱就壕墻信地竪梯環登，計無不人人奮勇直上者，鋭氣百倍。監視發中軍候用何逢冲帶把牌親督焉。惟時守垛之賊與守巷之賊，尚有數千兵已登城，而放砲抵殺如故也。鏖戰不敵，遂從跨城之飛橋遁入水城矣。已而見我官兵追急，縱火斷橋，死力拒堵。臣策馬入城，見新砍之賊屍乃剳食之，剩骨相枕籍，填溝塞巷，不勝快，亦不勝慘。即同監按道臣分發所獲紅夷等砲，令監軍推官汪惟效排列北面，督向水城攻打，復大搜城中所得真賊及難民甚多，而二百餘年海上之名城破，逆穢虎踞年餘，不竟夕而頓復矣。

是役也，剋復雖在躍瞬，而前後旬日之間，築臺以拊其背，奪墻以扼其喉，車梯疊運，矢炮交加，晝夜更番，時刻靡懈，而後得伺釁以登。此皆我皇上震疊之天威與赫奕之寵渥，互濟兼施，而臣等始得行其鼓勵，一時將士甘勞亡死，用命争先，乃克此恢城之捷也。其首登次登，勞不可泯，功亦不可混。今據諸鎮將所投塘報彙集上聞，伏祈敕下兵部，照例核覆施行。

崇禎六年三月初十日，奉聖旨：『該部知道。』

俘獻逆渠疏

謹題：爲逆渠就縛，聖武維揚，謹遵旨俘獻，伏候宸斷處分，以伸國憲事。

崇禎六年四月二十日，准兵部咨，爲塘報事，職方清吏司案呈奉本部送准臣等塘報前事等因，奉聖旨：『島將用間擒桀，忠略可嘉，著黄龍嚴督各水師，乘鋭追剿，一面傳飭沈世魁，會同麗國，務窮賊所在，有能擒斬孔、耿二叛首的，不拘何人，定酬上賞。准兵未至幾半，著該撫飛檄嚴催，如再違延，領兵官以軍法治罪。津餉着遵屢旨，星速接濟，不得稽誤。行間内外各官功次，即着該撫監按詳查彙敘。毛承禄差的當員役，押解來京正法，孫光祖等審明奏奪。欽此欽遵。』

備咨到臣，除水師、麗國、淮兵、津餉等項，俱各遵照外，隨行登萊監軍道研審去後。今據萊州道右布政使楊作楫、登州道右參議宋之儁，轉行登州府知府郭迎褒、兖州府推官鄭光昌會審得，毛承禄年三十四歲，遼陽安山人，係原任東江總兵官毛文龍養子，歷任副總兵。崇禎四年，舊防院委署廣鹿島遊擊事，素與謀反，未獲賊首孔有德、耿仲明，併被官兵殺死。賊首李九成、陳有時交好，孔有德奉調統兵關外，行至吴橋，遇委買戰馬，李九成同要謀反，就于吴橋鼓譟啓釁，在臨邑、新城等六縣劫庫放囚，屠殺官民，淫子女。十二月二十一日，孔、李二賊首回登攻城。耿仲明係防院中軍，串通内應。五年正月初三夜，陷旱城。初五日，陷水城，復陷招、黄，圍萊州。二月，陳有時來登，攻陷平度。三月内，賊首差人接渡承禄來登同反，比承禄允從，同五桀俱號都元帥，承禄專守水城。七月内，同孔有德在萊州城下誘撫，賺出朱知府、謝防院、徐、翟二太監，先後被殺。八月，大兵自萊殺敗奔登，圍困日久，乏食，咼割難民充餒，堆骨如山。十二月内，龔正祥等謀欲縛叛承禄，假意合謀，暗通消息。正祥等元旦被害，承禄與孔、耿死守，拒敵王師。

二月十六、十八，官兵連克二城，承禄倚恃島上慣熟，乘夜遁海，直抵旅順，詭書行間，尋復率衆攻旅，被黄總兵就計擒獲是實，取供在案，轉呈兩道，覆核無異，會呈到臣。臣謹會同監視登島司禮監管文書内官監太監吕直、監護軍功御馬監太監高起潛、巡按山東兼軍前監紀侯京堂缺推用監察御史謝三賓看得，逆賊毛承禄與已殲之李九成、陳有時，遁海孔有德、耿仲明之同稱五渠也。么麽馬走，忝竊猴冠。濫朝廷牙閫之司，漸成羽翮；乘醜逆跳梁之侯，頓礪爪牙。恣戕掠于異商，嚮應門庭之寇；甘推刀于同事，座分僞帥之元。破招遠，薄棲萊，猥思蠶食乎？

上國困東萊，破平度，寧惟虎踞於一嵎？屠士女，復屠官兵，不數長平之慘；燔室廬，并燔輜重，何殊博望之炯？始猶借講撫而羈弁佐於穴中，既且藐詔書而賺重臣於城下。人情共憤，天討難容。幸我皇上魁柄在握，神武布昭。遣頗牧於禁中，選貔貅於塞外。八鎮之軍聲霆震，咸懷飲血以臨戎；二東之儲峙雲連，靡不殫心而圖賊。遂乃破重圍於竟日，從而亘長塹於海天。檻獸樊禽，喙息一城，而賒六月之死；餒蛇饞虎，刳封多命，以延旦夕之生。自水城被塌于轟雷，而渠寇潛逃於島月。

孔、耿恃毛渠之輕熟，爲逋逃淵。毛渠挾故帥之恩威，爲召號籍。蠟書飛至，已窺間諜之肺肝。錦計排成，遂縛梟雄於股掌。最可恨者，陽與内應諸人合而勾其情，陰與逆叛群醜通而輸其隱。致令忠順之儔，闔門俱盡，三山之蜃氣不舒。至今義烈之憤，終古難消，五夜之海濤時吼。此其反覆之性，與李應元同；漏泄之辜，在蘇門子上。蓋天厭厥惡，巧于假手以就擒。而人慰皇靈，疇不加額而稱快。于以告之九廟，正以五刑。寧第悚陳、李已喪之魂，褫孔、耿未殲之魄。直足振七兵而申三尺，傳九塞以儆八荒者也。臣等遵旨，差的當官吴從質、牟朝陽、李陽春、高國忠，將逆渠僞元帥一名毛承禄管押赴闕，敕行法司，依律正法。其孫光祖等遵照會集多官審取略節供詞，另疏分別具奏，統候聖鑒施行。

崇禎六年六月十二日，奉聖旨：『已有旨了，該部知道。』

俘獻元惡疏

謹題：爲遵旨俘獻獻門元惡以正國法事。

崇禎六年五月十七日，准兵部咨，准臣塘報前事，該本部題奉聖旨：『水師四合，總以殲渠爲功，不但侈零捷還，著馳飭黃龍，鼓勵島衆，協同各將，戮力奮勦，速奏全績。其尚可進事情，併着密查，不必以訛言疑阻。陳光福押解來京正法，其餘仍着該撫監按審明奏奪。欽此欽遵。』備咨到臣，隨行登州道研審押解去後。

今據該道右參議宋之儁轉行登州府知府郭迎褎、兖州府推官鄭光昌，會審得陳光福年二十四歲，係遼東右衛人，有父陳繼勝，原係總兵毛文龍中軍，次後劉興治作叛，將陳繼勝并島中遼人屠殺。此時光福亦在島中，後同遼人又將劉興治殺死，光福在海外水陸營毛一簡下作中軍。崇禎四年九月，内辭黃總鎮，於十一月内到登。至十二月二十一日，有未獲叛首孔有德，與被官兵殺死叛首李九成，自吴橋謀反來登攻圍登城。有耿仲明，係防院孫元化中軍官，串爲内應。此時，光福從耿仲明助虐，於崇禎五年正月初三日三更時分，將城獻失陷，衆賊占據登城。光福作僞副將，至本年三月内，率叛賊攻圍萊州，後又白馬大戰，蒙大兵齊至，將賊殺敗，逃進登城。光福仍跟耿仲明帳下聽用。被官兵攻圍日久，衆賊無食。此時光福縱賊將難民男婦子女割肉充腹，堆體如山，官民房屋俱已拆毁。至崇禎六年二月初十日，光福遁海，孔有德、耿仲明于十六等夜各亦出海。光福於三月内在小平島被黃總兵擒獲是實，取供在案，轉呈到道，覆核無異，呈詳到臣。

該臣會同監視登島[一]司禮監管文書内官監太監吕直、監護軍功御馬監太監高起潛、巡按山東兼軍前監紀候京堂缺推用監察御史謝三賓，看得僞副將陳光福，海外豺狼，眼底久無漢法；島中梟獍，骨間帶有反形。倏辭鎮帥而來，遂與逆渠爲契。蠢兹群醜，狡焉反戈。雖經逞毒於六城，尚未托根於三窟。賊方扼項，我正憑堅。夫何耿仲明以中軍而作綫，授意陳光福爲内應以獻門。開國金湯，崇朝失險；闔城士女，盡陷泥中。因而作封豕長蛇，薦食上國；究且成墉鷂隅虎，負固一方。凡此燎原薰天之毒焱，孰非開門招盜之厲階。猶且百戰而闖長圍，踰年而踞殘壘。剞肉充糗，殺人盈城。凶渠未揚逃命之帆，此獠先構藏身之壑。自謂小平島，莫敢誰何；俯瞰東江城，可間而下。是于神怒，仰仗天威，頓令横海之鯨，就縶三尺之組。及驗傷痕之遍體，委爲逆賊之前鋒。此其穢惡，直令五渠而大；正以典刑，實兆二逋之先。謹献闕廷，用威裔夏。臣等遵旨，差官劉廷舉將僞副將陳光福管赴京外，理合具題，伏乞敕下法司覆審，上請正法施行。

崇禎六年六月十二日，奉聖旨：『已有旨了，該部知道。』

校勘記

〔一〕島　底本作『到』，依前文，吕直當爲『監視登島』，據以改。

水師玩寇疏

謹題：爲狡叛遁海已確，水師玩寇難辭，懇敕酌議處分，併乞立賜罷斥，速推登撫以奠疆事。

崇禎六年五月二十九日，准總兵黄龍塘報，大都據各營所取各回鄉口供，情詞參差不一，難據憑信。該鎮已專官馳報，臣不敢瑣陳，而孔有德、耿仲明之遁海已確矣。夫孔、耿二逆，罪惡貫盈，神人共憤，皇上宸斷必剿，原以殲决桀魁。臣奉命治軍，務期五逆盡殲，而詎以天橋一綫，終屬逋津。臣恢城捷疏，特以連復兩城，廓清内地，攻圍將士勞不可泯。至于二逆宵遁，不敢自寬，唯席稿以聽處分。皇上不即嚴譴，命臣速催水師接濟東島。臣敢不矢竭犬馬，日夜與監視内臣呂直、海防道宋之儁，手口卒瘏，趨兵之檄，絡繹於途，糧餉軍需，銜尾於海。一時大鎮援師先後抵旅節，據名鎮將塘報，如凶渠之毛承祿，獻門之陳光福，害正之蘇有功，俱經俘獻。而勁賊如孫光祖、高志祥等，先後擒斬，難以枚舉。船隻沉燬過半，餘多損傷，狼狽伶仃，不可謂非功矣。而逆首尚逋，未經正法，臣能已於言乎？

大江東將士，乃皇上不吝金錢米粟豢養之，以備扼島恢遼之用者也。殆不能禁兵不越島以從叛，既又不能督兵出海以堵叛，然猶曰無餉耳，無船耳，無與耳。夫何援兵四集，大壯軍聲，儲胥已充，帆檣具足，協同撲滅，非其時乎？胡乃不思以身爲士先，以主爲客倡，悠悠忽忽，頓成三鼓之竭，致三平、石城、獐子三島，守將被擄，丁壯被脇，糧糗被掠，而不爲之所，爲島帥者，其何以自解乎？迨其迫賊於獐子島也，各將分汛防堵，眼見島上無糧，食人充餒，男女骸骨，拋積海濱，倘再困二三日，非死則擒耳。奈何周文郁以取水往外江，沈世魁以調兵皮島、横海，無故撤防，欲狡賊之不鼠竄也，得乎？倏而大小蔴沱，倏而千家庄，又倏而九連城，遂入鎮江矣。互相推調，坐失事機，爲各將者又何以自解乎？

臣聞賊舍舟登陸，停船水涯，所守者，零星叛黨耳。臣與監視内臣，時時飛檄，催其相機防剿，不啻再三。爲鎮將者，即不能明目張胆爲堂堂正正之兵，獨不能設伏運奇，爲間道焚舟之計。直至今日，有謂二叛已進遼陽城者，有謂往湯站堡者，有謂將家小欲安置瀋陽城者，種種互異。總之，耳食回鄉，據爲塘報，非真有確偵密探，可以爲籌畫圖賊之謀。各鎮將咫尺賊營，如此懵懵，臣等又何能踰度於二三千里之外？

總之，寧津與淮旅各立門户，人自爲心，衆競爲政，號令不一，彼此觀望，見於内中軍候用塘報者甚悉。臣前此屢形塘報，具言將涣無統，須議總領節制，方免互相推諉，致誤軍機。此時團聚江口，殊非長策，全仗皇上威靈震疊，天語赫臨，在黄龍以東島爲仔肩，在援將周文郁、孫嗣徽等以聲援爲呼吸，同心合力，晝汛分防，其制以狂逞也。至於臣濫竿東撫，馳赴行間，草茇山頭，衝冒風雪，寒濕相侵，入春徂夏，醖釀觸發。自今兩脛浮腫如瓜，漸至於膝，水穀不化，脾胃盡傷，怔忡如擣，延醫診視，藥餌無功，支離潦倒之狀，乃内外同事諸臣所共見者。臣懼罹諉卸之罪，兼接濟海島，料理殘城，不敢杜門，而奄奄沉重，實不能支矣。

海外局面尚長，豫寇剥膚可慮，豈抱病踉蹌之人所能東西顧而左右應乎？是以再申席藁之前，請祈皇上速賜處分。或察臣病非假託，軫念勞薪，先行罷斥，容回籍調理，俯採輿議，速簡登撫，仍復設遼海道，駐島彈壓，庶責有專成，朝氣可鼓，其於滅賊凈海，始有裨益耳。若夫島師援鎮，惟候敕部酌處，請覆施行，非臣所敢議也。統候聖鑒裁决焉。

崇禎六年六月十六日，奉聖旨：『水師屢旨嚴飭，各弁玩愒觀望，致賊逋逃，允難辭責。着兵部通行參看具奏。海上正須料理，其全省根本重地，盜劇民艱，尤資彈壓幹濟。朱大典着益殫精任事，不得引陳。登撫事宜，該部遵旨確議速奏。』

審明逆叛疏

謹題：爲審明叛黨，請旨正法事。

崇禎六年六月二十八日，據登州監軍道右參議兼僉事宋之儁呈稱：一問，得一名孫光祖，年三十三歲，係廣寧人。狀招，光祖原在寧遠，從孫元化當内丁，隨至登州，以遼復遼。崇禎四年十月内，有今謀反未獲賊首孔有德，奉調統兵往關外鎮夷，行至吴橋縣，有先未被殺死叛首李九成，蒙防院差往西邊易買戰馬，約會欲反，各就不合，謀令光祖與今獲黨賊劉元功、張奉陽、喬可成、蔣承恩、李尚仁、温有功、易化、湯可義、宋守仁、萬户侯、線景常、線朝昇、李友功、楊恩詔，依從協力，在吴橋縣共反，攻陷臨邑、新城等縣城池，劫庫屠殺官民，搶財焚産，擄掠婦女。

至十二月二十一日，孔有德、李九成率領光祖等回登攻城。有未獲賊首耿仲明，被時係防院標下中軍官串通内應，於崇禎五年正月初三日夜至三更時分，以致城池失陷，搶劫倉庫，官民被戮。衆賊防據登城。初五日攻陷水城。孔有德等復率黨賊光祖等攻陷黄縣，又往萊州府攻城，繼又攻陷招遠。比光祖從孔有德自吴橋反叛，歷受僞副將職銜，圍困萊州，北馬大戰，在陣守旱城西面。劉元功，遼陽衛指揮，寄俸濟南衛，又在寧遠衛從防院備兵寧前，時作材官，後隨至登州，標下材官，從逆賊自吴橋反叛，受僞副將，領兵圍困萊州，後回嬰城守旱城東面。張奉陽，廣寧右衛人，久住皮島，崇禎三年間，渡海來登從賊，在吴橋作亂，歷受僞參將職銜。圍困萊州，攻陷平度，北馬大戰，在陣守旱城南面。喬可成，蓋州人，崇禎五年三月内，同先未被官兵殺死叛首陳有時，渡海從叛，歷受僞都司職銜，圍困萊州，北馬大戰，在陣同未獲叛賊受僞遊擊周可盡守旱城西面。蔣承恩，金州人，天啓元年渡海至登，逆賊作亂入夥，受僞千總，圍困萊州，北馬大戰，在陣後守旱城西面。李尚仁，金州人，天啓元年渡海至登居住，逆賊作亂入夥，歷受僞守備職銜，從未獲受僞副將周發翠守旱城北面。温有功，金州人，久住皮島，崇禎四年十月内至登，逆賊作叛入夥，歷受僞參將職銜，圍困萊州，北馬大戰，在陣後守旱城南面。易化，金州人，天啓元年渡海至登居住，逆賊作亂入夥，歷受僞守備職銜。湯可義，金州人，天啓元年間，與未獲父湯學尹至登同居，後湯學尹從賊，受僞中軍遊擊。湯可義，歷受僞守備職銜，專守旱城北門。宋守仁，寧遠衛人，天啓元年渡海至登，應充營兵，逆賊作亂入夥，歷受僞參將職銜，守旱城東面。萬户侯，金州人。天啓元年間，户侯年方七歲，從父渡海來登，讀書爲業，逆賊反亂，陷入城中是實，歷受僞遊擊職銜。線景常，蓋州人，渡海來登久住，應充營兵，逆賊作亂入夥，受僞都司職銜。線朝昇，蓋州人，久住皮島，後至登，係未獲反賊、受僞副將線國安之父。李友功，遼陽人，崇禎元年渡海至登居住，逆賊作亂入夥，從僞副將周發翠，當牢子，作牢子官。楊恩詔，海州人，崇禎二年渡海來登，逆賊反亂，從未獲叛賊受僞千總李士彦作跟伴，往萊州攻城。其萊府官兵防守甚嚴，叛賊不能攻陷。至崇禎五年八月内，遇蒙大兵齊至萊州，將賊殺敗，逃進登城，被官兵困圍剿滅。

各賊日久，比光祖等衆叛，因無柴米食用，各又不合，將難民男婦子女割肉充腹，堆骨如山，仍將官民房屋門窗俱已拆毁，以爲柴用。至崇禎六年二月十六日，官兵血戰，隨將登城恢復，北耿渠話將楊恩詔同光祖等十五人，跟毛承禄遁海，攻犯旅順。光祖等俱被總兵黄龍當陣擒獲。光祖等各賊親口招證。該總兵黄龍將叛首毛承禄并黨賊光祖等，差官押解來登。隨該山東巡撫朱大典、山東巡按謝三賓各塘報到部。

該本部題奉聖旨：『據報島將用間擒渠，忠略可嘉，着黄龍嚴督各水師，乘鋭追剿。一面傳飭沈世魁會同麗國，務窮賊所往，有能斬擒孔、耿二叛首的，不拘何人，定酬上賞。淮兵未至幾半，着該撫飛檄嚴催，如再違延，領兵官以軍法治罪。津餉着遵屢旨，星速接濟，不得稽誤。行間内外各官功次，着該撫監按詳查彙敘。毛承禄差的當員役押解來京正法。孫光祖等審明奏奪。欽此欽遵。』備咨到院，案行到道，轉行登州府。該知府郭迎褒，隨移文青州府同知任楝、兖州府推官鄭光昌會同，除先將叛首毛承禄已經會審明白，具招檻解獻俘外，遵將孫光祖等逐一研審謀叛前情是的會看得。

從來作亂之舉，既有渠魁倡謀，必有夥黨羽翼。若夫吴橋之變，與夫登萊之禍，其起釁者固出於毛承禄諸凶，而助焰者亦率繇於孫光祖等輩。業已委身從叛，自是甘心播惡，或爲爪牙而聽其揮使，或作心腹而受其狡計，致令焚燬我屋舍，郊關禁垣之處，極目成灰；更且克攻我城池，金湯保障之基，一望蕭然。婦女之擄，難以數計。空懷故土之思，徒增各天之慨，赤子之戮，何可縷指？非哀鳴於白晝，即長嘆於青霄。凡此百端之流毒，孰非群賊之作祟？論罪無分輕重，按法難別軒輊，總屬附逆之流，均擬梟示之條。取供擬罪，招解到道，覆審無異會看得。

賊黨孫光祖等向受朝廷安插之恩，而收養於内地者也。乃擁戴孔有德等爲虎傅翼，横行登萊，一年有餘，殺掠不已，因而負固，負固不得，因而遁海，直至勢窮力竭，至旅順而始獲之舟中，何其凶而狡耶！亂臣賊子，神人之所共憤者也。宜服上刑，以正大逆。

蔣光祖等取問罪犯，一議得孫光祖、劉元功、張奉陽、喬可成、蔣承恩、李尚仁、温有功、易化、湯可義、宋守仁、萬户侯、線景常、線朝昇、李友功、楊恩詔各所犯，俱合依謀叛者律，不分首從皆斬，决不待時，合具招解審，轉詳會題施行。一照出孫光祖、劉元功、張奉陽、喬可成、蔣承恩、李尚仁、温有功、易化、湯可義、宋守仁、萬户侯、線景常、線朝昇、李友功、楊恩詔，俱係叛賊重刑，牢固監候，會審梟示，餘無再照等因，呈詳到臣。

臣謹會同巡撫登萊都察院右副都御史陳應元、監視登島司禮監管文書内官監太監今候代吕直、監護軍功今陞監視寧錦衛御馬監太監高起潛、巡按山東兼軍前監紀候京堂缺推用紀察御史謝三賓。看得孫光祖乃故防臣之内丁，劉元功又寄俸濟南衛之遼弁也。一爲該撫之親信，一受國家之世恩，胡爲乎身犯無將，甘從大逆？與張奉陽等或作孔、李之僞將，或爲陳、耿之逆員，殘破六城，陷圍兩郡。招、黄、平度，皆爲板蕩之區；北馬、東牟，悉是鴟張之地。慘行殺戮，流血成川，食盡刳封，積骸成阜。及其勢窮力竭，又夥從亂島應登之毛承禄，揚帆出海，窺伺東江，計遣陷賊回鄉之楊恩詔，狼虎莫踰其毒，犬豕不食其餘。若非當陣生擒，幾作吞舟漏網，宜加磔梟之法，用彰叛逆之誅。既經該道呈詳前來，理合具題，伏乞敕下該部覆議上請允日行，臣等遵奉正法施行。

以上輯自《潭溪朱氏宗譜》卷一《文集》，清道光乙巳年重修本。

題報殉節疏

朱大典金華人，巡撫都御史

爲仰遵明旨，通查殉節陣亡文武官員兵民之數，懇乞照例賜恤，以答忠魂，以作士氣，以厚風俗事。

崇禎六年五月二十日，據山東布、按二司會呈，職等蒙憲牌，仰司各查叛弁李九成等，自崇禎四年十二月發難，至六年二月蕩平。中間六城死事文武官員士庶，逐一查明實跡，親自訪勘的確，各具精節，火速造册報院具題。

内查新城縣知縣秦三輔，蒞任兩月餘，叛賊從齊東來，本官糾鄉紳寮屬士民力守，殺賊數十。崇禎四年十二月初七日，城陷殉難，體無完膚，家人從死者三人。衙役王可澤等二十餘人，訓導王協中義不受辱，赴井死。鄉官同知王象復率其子舉人王與夔守南門，用神鎗殺賊數十，城陷被執，駡賊不屈，以身翼父，死于亂刃。貢生王與慧守其父參將王象豐之柩，賊執之，延頸就戮，三刃而不入。主簿周焕爲賊所縛，其子儀賓周洪升代死而逸其父。舉人張儼然被創死。生員耿弘煒代父死。監生張胤揚，生員郝真素、畢問學、張蔚然、張熺然，童生王與瓚，俱不屈死。民韓福、焦茂才等三百二十七人，僕從侯有功等十七人，皆死之。烈婦新城縣民劉前徽妻郝氏，爲賊所劫，氏怒罵不絶口，賊摳其眼，罵愈厲，割乳斷舌，遂碎其屍。王與章妻郭氏，不屈罵賊，爲亂箭射死。典史王天民女，年十二歲，被擄脅從，女怒罵赴火死。以上皆殉節者也。

該臣會同監視太監吕直、高起潛，巡按山東監軍監察御史謝三賓，議照賞規。孔曰成仁，孟曰取義，死固若斯之重哉。故臣死忠，子死孝，婦女死節烈，生人之大義。城存與存，城亡與亡，有土者之責也。將死綏，士死其武之訓也。此天地所以常存，人心所以不死，綱常所以不墜，賴有此耳。顧自風俗日偷，人皆惜死而不惜名義，有土者惜死而不惜封疆，將士畏死而不畏簡書。皇上于逃官逋將凛凛置之三尺，懲創不爲不至矣。而臣以爲懲創莫妙於激勸，激勸莫先于恤死，故恤死非爲死者也，所以勸生也。

二□聖賢之鄉，而亂賊人人所必討，遇賊則必期死賊，不能死賊，則寧爲賊死，雖婦人女子、閭閻細人，何處不勉焉？况乎有討賊之責者，有進死無退生，而又有以死勤事、以身殉難者，死不同而死之一也。睢陽之骨，千古猶香；常山之頭，萬年不朽。營星夜殞，攊馬爲之悲鳴；婺彩宵沉，盩夫爲之落淚。嗟乎！春風碧血，誰悲原野之萇弘；夜月芳魂，空弔幽閨之杜宇。此皆曠典宜首及，而聖世所當亟褒者也。

荷蒙皇上軫念，屢□緼綸，准從敘録，以勵世維風。臣等敢不仰副宸衷，而量爲追敘。孚原任同知王象復等，均應褒恤，而與夔等四人尤應從優□異□也。焦茂才等、王可澤等、秦知縣家人三名、侯有功等，均應褒賞。王與章妻郭氏、劉前徽妻郝氏、王天民處女、黄鎮妻劉氏、妾馬氏、二女、副將王廷臣妻線氏、登州鄉官張瑶妻齊氏并二女、生員李長生妻范氏、黄縣生員杜希聖妻柳氏、裱匠張尚友二處女、棲霞生員李世茂妻孫氏同女、招遠生員單京翰妻王氏、平度民李素妻姜氏、青城生員霍四修妻成氏、邊天德女。右皆玉瑩本潔，蘭韻自□。數千年靈秀鍾來，鬱稱女士；三百載綱常砥出，烈□國貞。卓矣！笄黛丈夫，可愧鬚眉。妾婦內宜人郭氏，義不可犯，唾罵而死於攢箭，至飲鏃深不可拔。郝氏罵賊，至摳眼不輟，割乳不輟，斷舌而猶戟手，以致肢解，不亦身碎而名獨完乎？應照例旌表，以風世之丈夫而巾幗者。王象隋、王與慧，均應紀録，以需大用者也。伏乞敕下兵部，速行勘覆，照例贈恤施行。

康熙《新城縣志》卷十一，清康熙三十三年刊本。

請恤典疏

朱大典

臣聞忠孝節義者，臣子之大閑；激揚磨勵者，朝廷之懿典。蓋恤死所以勸生，録往所以風後。從古聖帝明王勵世磨鈍，舍是其道無由也。慨自流賊肆毒，於崇禎八年正月二十五日破廬江，其殺戮之慘，與夫闔城士民殉義而捐生者，未可枚舉。然或以知而未及覈，或以覈而未及詳，皆未敢以輕瀆天聽。其有大義揭於中天，壯烈昭於雲漢，臣節賴之以培，綱常賴之以植。

若廬江鄉官原任河南道監察御史歷陞江西參政盧謙者，更不可不急爲闡揚者也。身處孤城，勢當危急，傾資倡義，誓死圖存，捐軀報國之忱，早已定於此時矣。至醜類登陴，人民四散，猶然整冠危坐，正色厲詞，蹈刃之氣彌堅，結纓之勇不改，從容就義，顛沛靡渝。迹其秉憲不撓，立朝正色，生平節概，真有質神明而矢幽獨者。故雖倉卒患難之交，而定力有如是耳。

此一臣者，生無忝於科名，死無慚於往烈。傳之後世，足以光史册而耀琬琰；播之宇内，可以扶頽綱而作敵愾。聖世之貞臣，熙朝之遺烈，雖古昔所稱常山、睢陽，方之兹臣，未有過焉。今賊氛未靖，民志未堅，正藉皇上之鼓舞，風勵以神，好義之勸，優恤之典，當無靳者。盧謙外官三品，又原任御史，捐軀死節，皆有内外死事之例可援。伏乞敕下該部，照例施行。先經本官男具疏控籲，已蒙明旨下部議恤。然臣等忝任地方，不敢不據實上聞，以乞聖鑒之優異者也。

雍正《盧江縣志》卷十二上《藝文》，清雍正十年刻本。

題留疏稿己卯

欽差總督漕運、提督軍務、巡撫鳳陽等處地方兼理海防、户部右侍郎兼都察院右僉都御史臣朱大典謹題：爲議留賢令，以慰輿情，以安重地事。

據潁州兵備、左布政使李一鰲呈，爲調任官員事、蒙本部院憲牌前事。據蒙城縣知縣傅振鐸申稱，報調河南歸德府永城縣知縣等因，擬合申報。據此，看得蒙城爲陵寢門户，當此流氛未靖之時，正借該縣料理防守事務，似應酌留。爲此牌仰本道，即查傅知縣奉調永城，是否聽其調用。如應留任，作速酌議詳報，以憑具題。事關地方，無得遲誤等因到道。蒙此行間，本日即據鳳陽府呈詳，爲懇恩申請題留，免調賢良，保全殘邑，以固陵藩事。

據蒙城縣鄉官葛先美等、監生張紹懿等、生員楊鴻烈等、百姓蔣愛民等、商人張天祥等，連名呈稱：炤得鳳陽係二陵重地，蒙城係一隅藩籬。邇來寇躪年荒，民多逃亡，地概荒穢。若非循良如傅縣官者，釐剔蠹弊，撫摩瘡痍，邑且幾墟，誰爲保障？若爲根本之重地計，未可輕視蒙城；爲蒙城之地方計，正宜亟求良牧。有官如此，固蒙邑之父母，實陵寢之藩垣也。頃方乞恩，懇題免覲，蓋謂依戀慈膝，不能暫離，而士民已甚惶惶矣。

茲忽有調繁河南歸德府永城縣之報，且見縉紳已註姓名於永城，據報人稱係部疏調補也。合邑童叟驚惶號泣，皆欲以死扳轅，即傅縣官亦自悵愕，謂一片苦心，稍有頭緒，若遽調動，是棄前功，且憐我蒙，不忍割捨，相向欷歔，爲之泣下。爲此奔控，乞詳永城視蒙城地方，孰重？永城之民視蒙城之民，孰苦？移龍鄉之保障以補別邑，奪鴻澤之恩膏以慰來蘇。無論士民牽裾卧轍，不捨慈親，相時度地，寧釋良牧？哀懇准速申請題留，繫一邑之安危猶小，關二陵之保護匪輕矣等情，據此爲照。

蒙地一邑，攘接豫境，實爲陵寢藩垣，流氛震盪，數年于兹，勢誠岌岌矣。自有知縣傅振鐸練鄉勇，儲器械，製火藥，革耗羨，釐奸蠹，輯飛鴻，才運於德，武濟其文，誠一時之卓異，漢世之循良也。一聞調繁永城之命，闔邑士民所以有攀轅卧轍之思而不忍舍也。如謂永城之地重而需此令耶？則重莫重於陵寢之藩垣也。如謂永城之事繁而需此令耶？則兵馬之往來，糧糗之輸將，蒙邑較永又不啻繁而艱危且過之矣。合無垂念重苑良牧，俯從士民之請，特賜題留，仍舊供職永城，另銓賢能補任，庶輿情允協，而重地可保以無虞矣。

今據前情，相應申請，合候詳示，至日遵行等因，呈詳到道。轉詳間，又蒙本部院批，據鳳陽府呈詳同前事保留蒙城傅知縣免調緣由，蒙批仰潁州□速議具詳，以便具題繳。蒙此，該本道爲炤蒙城陵寢之門户也，北連宿、亳，南按潁、太，爲流氛之首衝。民自兵荒以後，非殺則逃，邑將成廢，湯沐之右，幾難守矣。

幸得知縣傅振鐸一清如水，百務畢興，革火耗，勤撫字，流移自歸，練鄉勇，製火器，寇賊却走，破壞之邑，漸成林棸。士民倚爲慈父，皇陵恃爲長城，方且爲地方得人慶者。乃本官正在整頓之日，而邸報忽有永城之調，萬姓惶惶，如失怙恃，擁門遮道，痛哭保留者，殆無虛日。此一官也，無論冰玉爲操，成一龔、黄，惠愛爲政，成一召、杜，且本官留，則備禦多方，逆寇難犯，足以鞏固鳳陽，其所庇賴者實大。若本官調，則撤去保障，寇必生心，何以護持陵寢，其所關係者實不小。其視永城無甚關係之地，緩急不啻百倍也。此官應留，有不待其言之畢者矣。若曰已調者不便保留，然而此地此官不比泛嘗，竊恐能官一去，而宿、亳、潁、太要隘之邑，一時無籌畫之吏，又孰能擔當一面乎？矧今死賊等自從陷房之後，復歸英山，漸漸向東，勢必窺我鳳屬。當此倥傯之頃，需此能官，尤爲喫緊者。懇乞垂念重地，速賜題留，危疆幸甚，皇陵幸甚。等因到臣。

該臣會同巡按淮揚等處監察御史張懋爵看得，朝廷有更調之舉，必其地彼重此輕，或彼邊此腹，或相去數百里而遥。若蒙之與永相去僅百餘里，均在腹中，雖云蒙瘠永饒，然蒙爲陵垣喉吭，有非永所可得而比者。蒙城知縣傅振鐸抵任以來，剿土防流，綢繆得計，陵垣幸得無恙。今忽移而之永，不幾爲祖宗發祥地，撤去一長城乎？

臣等極知陛下鄭重留賢，何敢妄干功令？第念陵寢關係綦重，臣若失今不言，倘後來者不勝其任，以致貽累重地，邇時責臣以不言，臣死不足贖。伏望陛下不靳留此一令，以貽根本之安，臣即干冒斧鉞，有餘榮已。爲此合詞具題，伏乞敕下該部，或另選新令以赴永城，或即以新選蒙城知縣填補永城，均聽該部議覆施行。

奉聖旨：『傅振鐸已奉旨調繁，不必議留。該部知道。』

傅振鐸輯：《築善堂文集·褒紀》卷之十，清順治刻本。

兵部題山東巡撫朱大典題行稿

昃字七百九十一號堂稿，寫訖有貼黄。

兵部署部事左侍郎臣楊等謹題：爲濱海雪雹異嘗，圍城兵士寒苦，謹議給布花以鼓士氣，并申攻取之約，以收萬全事。

職方清吏司案呈，奉本部送准户部咨，專理新餉。山東清吏司案呈，本月二十七日未時，奉本部送蒙御前發下紅本，該山東巡撫朱大典題前事内開：『竊自大兵圍登，臣拮据轉運糧數，已經奏報訖。續據監軍推官汪惟效册報，自九月初九日起，至十七日止，西路運過米豆六千五百五十八石三斗、草三萬六千七百五十束，南路運過米豆一萬二千九十三石五斗、草四萬九千四百束，嗣可無虞匱乏矣。臣思秋氣漸深，商飈迅發，慮環城兵士露處衝寒，在萊時即檄行所司，取辦綿花、布疋、椒薑等物，以禦風寒，又置買蕨箔稭草以蔽雨濕。去後越數日，而監視、監紀、監護諸臣亦前後文札移臣，計及此矣。九月十三日，臣單騎入黄，即欲赴登。會監視臣吕直從登回，傳言監護囑綏臣行，欲臣暫住黄，料理攻具而後進。十五夜，月色甚皎，甫至子刻，颶風突起，雷電交作，雨雹兼施，延至次早，雪霰霏微，咸謂此地此月，從來所未見者，此亦時令之一異也。臣不勝儆惕。前取花布等，洵爲及時之物矣。但登、萊二屬被賊蹂躪，人民流竄，市集久虛，前物須取辦於青州迤西州縣，往返動有千里，而夷漢丁所用尤在裘襖，雖中亦多有携帶者，不便異同。隨移銀二千五百兩與監護内臣，每丁給銀五錢，仍張示多召客商往就市賣，俟取花布到日，通營散給，計所費蓋亦不貲。近户部復題，昌、薊二鎮七、八、九月援兵坐糧，亦于東省支給，每月將及二萬。不知該鎮原有額設，置之何地，而令東省代償。夫亦謂東省題留數多，應此亦自不乏，而不知留餉原請其全，支用止獲其半也。臣念援兵寒苦，難以執吝，一面咨部另議，一面借動别項銀兩暫支。但「那借」二字，豈可爲常？司府州縣束于功令，各有司存，若不速補，原留全數。

臣雖疾呼而彼不應，將何以濟滅賊之勝算，而鼓三軍之敵愾乎？然臣更有請焉。叛賊逆天大罪，法在必誅，監護臣高起潛心切匡王，志存滅賊，軍前一應經畫周詳，同鎮將派撥兵丁，濬重濠，築堅塹，以大海爲界三而環圍分布，步兵畫地固守，馬兵遇警策應，縱横連絡，其堅如墉，其比如櫛。該監又復披甲横盾，晝夜驰巡，環轉不怠。賊數番衝突，俱被堵回，已爲入穴之鼠，薰灌繇我矣。但臣所憂不在城之不破，慮破城後兵士何知？衆所躭躭，在賊輜重，城門一開，誰肯處錞而居後者？勢必信地全虛，賊首或得乘間溷雜大衆而出，逋誅遺患，關係匪小。爲今之計，臣會同内外諸臣與主客鎮將約，取城之日，各營按兵均派，挑選精鋭，專備攻打之用。臣給與印信號布，縫綴衣表，方許入城。其無號擅入者，即行梟斬，且可與賊别識，不爲所溷。其餘擺列濠墻，守定信地，備賊衝逸。若賊首從某信地逃出，將卒俱請軍法從事。復城之日，攻兵與守兵公私賞賚，俱與均平分給。庶兵無他虞，賊無旁遁，此尤攻城吃緊之著也。伏懇天語申飭，務使百密萬全，當繫渠魁之頸，獻之闕下無難矣。伏祈敕下户、兵二部，速將請留全餉照數准其扣補，援兵月餉，仍舊該鎮領支，併杜兵競債，防賊奔逸，覆請嚴飭施行等因。』

崇禎五年九月二十七日，奉聖旨：『糧芻布花，已有諭旨，多運遍給，務令飽暖，踴躍用命。逆賊窮鋒狡計，原宜周防，况憑堅死守，攻取非可易視。務遵屢旨，協力鋭圖，萬全制勝。仍與監視鎮按等官申嚴軍律，不許將士爭競貪利，致有僨誤，違者分別參處正法。其錢糧印號等事，該部看議速奏。欽此欽遵。』案呈到部，擬合就行。爲此除錢糧已有成議，見在議覆外，其申飭給號攻城之令，事屬兵部，相應移咨，合咨兵部，煩爲查照，具覆施行等因到部，送司，案呈到部。看得叛賊困守孤城，食盡援絶，突圍則馬少步多，倀倀何之？泛海則棄長用短，舟中皆敵。我之布置已周，賊之進退無路，其成擒不難矣。所慮欲速而急于仰攻，少師不足以奮登，多師且受其砲擊。聞城頭之火礶，萬人敵甚多，賊惟恐我之不攻城耳。此時露處之軍，惟苦無衣，若布花皮襖，人人具給，更設處窩棚以避風雨，而持久困之，不出一兩月，賊必授首，似不必急急于攻城之下策也。若印號綴衣，別其出入，公其賞賚，此防混防囂之法，豫爲破城之日計，臨機善用，何不可也。既經率旨看議，相應覆請，伏候命下，遵奉施行。

崇禎五年九月二十八日，尚寶司卿管司事李繼貞、協贊司事員外郎華允誠、管理册庫員外郎胡鍾麟。

兵部爲濱海雪雹異嘗等事，該本部題云云等因。崇禎五年九月二十九日，本部署部事左侍郎楊等具題。十月初三日奉聖旨：『依議行。欽此欽遵。擬合就行，爲此一咨山東巡撫手本，登島太監、援島太監。合咨用手本。前去，煩照本部題奉欽依内事理，欽遵查照施行。一咨都察院，合咨貴院，煩爲轉行山東巡按御史，照依本部題奉欽依内事理，欽遵查照施行。一咨户部，合咨貴部，煩照本部題奉欽依内事理，欽遵查照施行。』

崇禎五年十月初六日，尚寶司卿管司事李繼貞、協贊司事員外郎華允誠、管理册庫員外郎胡鍾麟。

兵部題山東巡撫朱大典塘報行稿辰字二百十七號，有貼黄。

兵部尚書臣張等謹題：爲塘報事。

職方清吏司案呈，奉本部送准山東巡撫朱大典塘報。崇禎六年三月二十五日巳時，准東江總兵官黄龍報稱：三月十三日，據標下坐營都司李惟鸞禀稱，有本營原差千總王廷弼，於上年在長山雀兒嘴壞船，同副將龔正祥被擄，今出海來見，與孔有德起坐一處，並騎出入。但此人素負弓馬膂力，恐其真爲賊用，又添羽翼，乞本鎮寬罪招撫等情。該職即以手諭並免死牌示，密令人前去。

隨據廷弼回稱：小的見本鎮示諭，如見青天，即暗會押船官尹得旺，糾集原隨去兵王三位等四十餘名，搶賊開稍船一隻，内有紅巾賊兵四十餘名，設計拘收其器械弓箭，制伏在船，急往旅順投奔。當有賊船三隻夾追，小的等用火磚燒退，因風不便，今至燕島收泊，離旅順東一百三十里，乞早發兵接援。差兵王朝明等二名，投報到職，隨令坐營都司李惟鸞，差内丁守備金成功、把總吴可芳，帶兵二百餘名，招接去後。

十五日未時，據金成功禀稱：奉令到燕島，接得千總王廷弼等船上男婦并賊丁，盡令下船，從旱路押進旅順等情。職又慮旅順東之小平島，西之雙島，賊船灣泊，俱可登岸截路，隨再差左翼營把總李成科、右翼營把總范國棟等，連夜帶兵接援，行駐盈城聽候。至十七日辰時，據金成功等報稱：職等帶隨船男婦，行至鞍子山地方，遇叛兵當頭迎截，正在衝擊間，適把總李成科等接應兵至，兩頭夾擊，雖賊衆我寡，而我强賊弱，箭射鎗打死者無數，賊遂奔遁。隨斬級七十餘顆，得獲盔甲二十七頂副，撒袋十八副，弓二十張，隨帶原船男婦共二百餘名口。

本日進旅稟報到職。該職隨查王廷弼原帶去被擄兵丁，各令發營歸伍，其賊丁男婦，俱逐名過驗，另處散地安插。內查有職標下參將黄蜚，因前年帶兵援凌，遺妻張氏在登，今亦同船而至。職當發弓弦一條，勒令自縊，焚其屍於河北。蓋以被辱之婦，再不可令見家廟也。同日，又據中權營旗鼓遊擊李見稟稱：有原任都司石景選、原任中軍周可進弟周可明，俱在登爲叛所挾，蒙本鎮開招諭生門各人情願來投等情。該職復各諭以手書，示以朝廷好生德意。於同日，景選、可明各帶隨船家小男婦共二百餘名口來投，隨收其器械，并得沙船一隻。看得叛賊之出海也，逆則殺之，順則招之。職之事，無奈孔賊擁其多船，桀驁殊甚，職奉威靈德意，以肅天討，勢必盡殲凶渠而後已。

再照職於半月間招過叛丁男婦幼小不下四五千計，而旅順搶攘之餘，升米數錢，無從覓買。又鹽場内地方褊小，錯處非宜，各令於屯堡暫住，其間窮不堪命，或身帶錢而不得食者，枕屍相望，輾轉滿壑，職實無計以生全之，總皆若輩之自受其殃也。除一面整船遣將，務擒渠魁解報等因到院。據此，看得王廷弼、石景選、周可進等，俱原任東江將官也，爲賊脅而從逆，今皆通消息于島帥。該鎮持諭往招，各帶男婦不下二百餘口，歸旅者如歸市，逆賊黨與日孤。

據報鞍子山衝賊，斬首七十餘顆，所獲甲仗頗多，賊遂奔遁，伎倆可概見矣。該鎮拳拳以米粟爲言，除本院措米二千石發運外，報稱運道肅清，隨移會津撫偵探，酌議開運以接濟之，亦其時矣。今據前因，理合塘報。

又該本官爲塘報事，崇禎六年三月二十五日巳時，准東江總兵官黄龍報稱：該逆賊孔有德等於本月初九日自旅順敗遁，餘船俱退收小平島。孔有德與耿仲明、毛承禄等帶船三千餘號，盤踞雙島。職欲分船迎敵，恐勢分力寡，而雙島離鹽場不遠，尤爲掣尾後患。即行令坐營都司李惟鸞、中權營兼旗鼓遊擊李見、右翼營參將王良臣、後營都司尚可喜、旅順營都司樊化龍、守備金國用、汪懷等，各挑所部弓箭鎗手赴雙島屯扎，絶其薪水，並不許入屯搶掠。又令川湖營都司龍登雲、下管火器把總劉朝貴、田國明、甘禄、守備李天恩、黄有義、雷震乾、李良相等，携原獲賊船『天』字一號、大將軍滅虜砲十餘位，擺列雙岸上，往賊船衝打，夜伏晝擊去後。

本月十八日午時，據旅順都司樊化龍差役報稱：十七日夜，各營兵静伏坐，夜分擒獲上岸賊丁五十三名。次早又用砲擊碎其唬船一隻，見賊船上男婦幼小叫號不止，賊用紅旗一摇，各船齊拔纜往外，離岸稍遠。至辰時，俱開帆往小平島去訖。止有被我兵砲打壞稍船一隻，上載老弱幼小，在外洋欲行不行漂蕩等情到職。

據此，除將擒獲各丁另聽審處外，該職看得逆賊分船據泊雙島，一則衝我鹽場，爲肩背之患，再則阻扼我登津運船。而職佈兵於岸，並以所得大砲齊列衝擊，賊不得休息存站，遂東遁小平島矣。從此旅順西南一帶已經肅清，而運道無虞於梗阻。第小平島離旅順東七十里，賊猶欲藉食於屯，往來抄掠，少延餘息。當行坐營李惟鸞着把總李城科等帶兵據住海涯，使彼不得登岸。遣都司尚可喜、金聲桓、龍登雲統各營千把總聶國臣、金安、徐有亮等官兵，借天津守凍運船八隻，并新行收拾各營沙遼船共計三十七隻，載以大將軍滅虜等砲，尾後追剿。計以水陸夾攻，困之於小平島，而擒渠馘醜，或可日暮俟也。第以我船少而賊船多，萬一東遁而之各島，又費一番區畫矣等因到院。據此看得，逆賊始困于雙島，猶在旅之西，乃津運所必經之道，是我之要害，尚與賊共之。

今據逼困于小平島，在旅之東，我之津運通矣。雖虜抄掠屯堡，然島上窮屯，儲糧幾何，而能常飽數十艘之餓吻乎？且既分佈李惟鸞等據住海崖，使賊登岸不得，又遣尚可喜等駕三十七舟尾而追之，水陸夾攻，萬無遁理。如云萬一東遁而之各島，則該鎮亦當督船進逼，勿令其隨長逝之波而吹既燼之焰也。聞淮船已陸續到成山，可計日與登兵合艅協擊，彼失勢窮寇，將安逃乎？據差官口稱，島兵盼望皇賞，本院前已形之疏報，酌量鼓勵，是在兵部之代爲籲請，正收島人、滅殘賊之大機會也。今據前因，理合塘報等因到部，送司案呈到部。看得逆賊遁海，漂摇靡定，勢已日蹙，脅從諸衆，王廷弼、石景選等各帶男婦望島帥求生。惟廷弼既與孔賊起坐一處，並騎出入，則爲賊所親厚之人，與餘衆不同，或處或宥，當于事平後議之。

據報，三月十七日，鞍子山夾擊，斬級七十餘顆。十八日，雙島衝打，生擒賊丁五十三名，碎其唬船一隻，而陸續招過叛丁男婦幼子以四五千計。該鎮及各將李惟鸞、王良臣、金聲桓等可稱撫剿並行，水陸用命矣。應敕下東撫監按查明彙敘此報。截賊雙島，時日與周文郁報同，而未見『會同關寧』字面。然該鎮挑勁卒千人，令金聲桓等合力進剿，已見於寧撫報中。此時自應同心夾擊，進逼小平島，盡賊之日，並膺上賞。其淮船已到成山，東撫亦宜檄之前進。賊若東走，聯舟尾擊，自不難擒渠馘醜。旅西既已無賊，運道大通，則督糧前進爲第一喫緊，是又在津、寧兩撫加之意耳。既經各塘報前來，理合具本題知。

崇禎六年四月初一日，尚寶司卿管司事李繼貞、協贊司事郎中胡鍾麟、管理册庫員外郎王永祚。

兵部爲塘報事，該本部題云云等因。崇禎六年四月初三日，本部尚書張等具題。初四日奉聖旨：『據報賊勢窘困，淮兵已到，著即飛檄黄龍，聯合各師，奮鋭殲渠，佇膺懋賞，毋令狡遁，致隳前功。運道既通，著津、寧該撫速行督護接濟。本内有功員役，俟查明彙敘。王廷弼，事平另議。欽此欽遵。』擬合就行，爲此一咨津撫，合咨前去，煩照明旨内事理，即將應發島餉，選差的當員役，星速押運，逐程防護，毋得遲誤疏虞。一面飛檄黄鎮，聯絡津兵，協力鋭剿，仍將發糧日期確數，回文查考。一咨寧撫，合咨前去，煩照明旨内事理，即差撥官兵，加意防護，接濟島兵，毋得疏誤。一面飛檄黄鎮，會同周文郁各兵，刻期奮鋭，殲獲渠魁，並應懋賞，弗令狡遁。一咨東撫朱一手本、太監吕一司手本，謝合咨用手本。前去，煩照明旨内事理。飛檄黄鎮，聯合津、淮各兵，奮鋭殲渠，弗令狡遁。

報内有功官兵，分别首從，照例勘敘。據實彙題，以憑核覆。其王廷弼，姑俟事平，另行奏奪。一劄黄龍□□□□鎮，遵照明旨内事理□□□□□□□□□師，鼓勵各該將領同心協□□□□□□□奏功，以膺懋賞，毋得疏誤，致賊□□□□。

崇禎六年四月補初五日，尚寶司卿管司事李繼貞、協贊司事郎中胡鍾麟、管理册庫員外郎王永祚。

兵部題山東巡撫朱大典塘報行稿

（上缺）巡撫朱大典塘報：崇禎六年四月初二日，據登州監軍道右參議宋之儁報稱：據本道差官□平東劉應斗、郝英、路志賢塘報報稱，三月二十二日，旅順口各營船隻追至小平島，叛賊從小平島開船直抵金線島，我兵隨後水陸並進。至二十六日，賊遂登岸，被旅順右營將官王良臣、樊都司等率官兵向前迎敵，斬首級百餘顆，獲得難民男婦一百三十餘名口，遼僧九十餘名。賊見我兵勢重，即上船徑往長山島泊船。我兵追至廣鹿島，相離不遠，俱在海洋作營。又報得皮島沈副將撫鄉兵，連官兵三萬有餘，沿海布陣，日夜嚴守防禦。

又小報：高麗國兵馬沿海水陸防守甚嚴，料賊不能逃遁，南面海岸須要嚴防。東有高麗兵馬、皮島兵馬，西面我船大兵甚急追剿，恐逃復南岸寧海、文登等處，須該嚴防。二十七日，候太府黄總鎮閱旅順新城，驗王、樊二將公斬首級訖，各回衙門。二十八日，廣鹿島丁將官拿獲叛賊副將郝成功、陳光福，共斬首級三十顆，解黄總鎮。本日，總鎮請太府説衆兵糧米缺少，不能接濟。二十九日，黄總鎮差李都司解功往登，丁將官稱説叛賊勢敗，十分乏矣。同旅順兵船、周副將船，俱追長山島對敵。吴總鎮船隻俱在小平島灣泊，離長山島八百里，連日風不順，船難以前行。如再得我船夥在旅順三處兵船，擒獲叛賊孔、耿二人不難矣。

據此，又據本官報稱：三月二十九日，從長山島拿獲賊頭副將陳光福[二]，審明係前任毛總鎮大廳陳有時義男，賊内作首，領兵跟伊賊活拿二名，射死殺傷落海婦人數口，拿船六隻。汗通地名金龍寺，拿獲賊三名，内賊一名，剃頭假充僧人，審明來招，原使作奸細。黄總鎮會同衆太府傳兵在教場亂射，死後將頭梟示。曉諭衆賊，拿獲叛賊，候東島再獲首級，一齊議解等因到道。據此，除行福山、寧海、文登各海口等處嚴防外等情。

又據標下督陣遊擊王靖東報稱：職於本月二十四日，船至旅順，即會商黄總鎮，先催遊擊張士儀等唬船十隻進剿。職併吴副將等唐頭等船，暫泊小平島，候風順即刻前進。查叛賊俱往東去，見住長山等島，有關寧周總鎮併中軍參將馮有時等帶船五十隻，於本月十八日在雙島與賊對敵。二十二日，追賊見在廣鹿等島各處兵船約共一百五十餘隻等情到院。據此，看得賊勢窮蹙，節報東逃，本院日夜鰓鰓，惟投奴是慮。據登道差官朱平東等之報，自三月二十六日至二十九日，連有俘斬，併收獲男婦、遼僧約共三百餘名顆。時慮狡賊見我登、津、關、寧大兵俱集旅順，意我南路空虛，挺而南犯，誠未可知。計各鎮兵船倍浮于賊，麗營揚軍聲于沿海，皮島沈世魁糾合官鄉各鋭，復不下三萬餘人，似可以辦賊矣。江淮所發兵船二十九號，似應留堵寧、登，防賊豨突。倘或南泛，而我預備水犀，揚帆以待，一鼓成擒，亦一着也。如米糧軍需，前運已發，但可接濟，鱗次轉輸，必不致有稽誤。除即嚴檄沿海地方，倍加飭備，併俟淮兵至日，相機調度外，今據前因，理合塘報等因到部，送司案呈到部。看得津、寧、東、旅兵船尾賊而東者，已有百五十號，可以制賊死命矣。皮島有沈世魁先期防守，而麗國又復整兵以待，賊勢已窮，其回遁南岸，事不可知。江淮兵船，原聽東撫調度，茲議留堵寧、登，以備不虞，未爲無見，似應允從。凡淮海東南一帶，該撫道俱宜會哨嚴防，正不獨膠島、成山已也。若糧運一事，適接津撫鄭宗周揭帖，以運兼戰，經畫甚詳，此時已當聯絡並進，不至缺乏矣。既經塘報前來，理合具本題知。

崇禎六年四月初十日，尚寶司卿管司事李繼貞。

兵部爲塘報事，該本部題云云等因。崇禎六年四月十一日，本部尚書張等具題。十二日奉聖旨：『據報舟師屢捷，賊窮東遁，着諸將會同尾擊，立殲凶渠。其淮揚水師，准留寧、登堵截，併□海地方，俱着一體嚴備，不得玩弛，致有突犯。該部速行馳飭。欽此欽遵。』擬合就行，爲此一咨山東巡撫手本、登島太監。合咨用手本。前去，煩照本部題奉明旨內事理，即嚴飭鎮道將領，一體欽遵，查照施行。一司手本山東巡按。

崇禎六年四月日，尚寶司卿管司事李繼貞、協贊司事郎中胡鍾麟、管理册庫員外郎王永祚。

校勘記

〔一〕陳光福　原文作『陳光甫』，按前輯朱大典奏稿及《明史》諸傳皆作『陳光福』，據以改。

兵部題山東巡撫朱大典等會題殘稿

（上缺）中國則世世守，至今不失。各鎮水師實藉朝鮮之兵船以壯其膽。伏乞皇上頒一温詔，以獎其忠。奴即借船於鮮，彼亦有辭以謝之。如此，賊不至而百雉增色，萬一賊至而二梟可擒矣。臣謹會同山東巡撫等處地方督理營田提督軍務都察院右副都御史朱大典、登萊巡撫東江等處地方備兵援遼恢復金復海蓋贊理軍務兼管糧餉都察院右副都御史陳應元、山東巡按兼軍前監紀候京堂缺推用監察御史謝三賓，合詞具題，伏乞皇上敕下該部覆議速（中缺）聖旨：『該部看議速覆。欽此。』

又該登萊巡撫陳應元題同前事等因，崇禎六年八月十四日奉聖旨：『已有旨了，該部知道，欽此欽遵。』各到部送司案呈到部。看得旅順失守，而島上兵民自可收拾聯絡，以圖恢剿。臣部請立沈世魁爲大帥，奉有俞旨。今據塘報所稱，世魁布置防禦，頗有次第，無煩另議置將。惟是黄龍現存敕印，理宜給付世魁，以便號令調遣。撫臣陳應元當再確探該島近日情形，即飛舟交給，庶事權較重，人心帖服耳。至其宣諭朝鮮，業奉明旨，臣部已令程龍賫文前去，待其宣威効力，助順滅賊之後，特頒温詔，獎勵忠勤，亦聖恩之所不靳者也。其至于登州監軍道臣，現有兵備宋之儁可以兼攝，若另議銓補，令移住長山，俟島衆就緒，徐爲酌議可也。既經奉有明旨，看議速覆。（下缺）

以上『兵部題』行稿、殘稿，輯自中央研究院歷史語言研究所編：《明清史料甲編》第八本，商務印書館，1936年。

朱大典致黃龍信二通*

一

（副啓壹通，三月初七日，吳守備帶來）

通家侍生朱大典頓首拜，恭候台禧。台使遠來，知奴醜不敢逆顏行喙，駾而北，併取關寧、淮揚兵船，聯艅南下，殄此游魂，聞之不勝踴躍。隨草八行附復，使倚馬而早城已拔，并附以聞。十八日拔水城，歸芟舍，連接兩札教，一欲登艘數十運餉，併發兵爲護。一欲淮北、關寧戰艦。唯是此中舟不過十數艘，津舟到者止十一隻，罄括民舸漁艇，連日鏖戰，不無損傷。若關淮戰艦，迄今未至也。今二渠乘急攻時，駕小舠遁出，負固孤嶼，悉率從事，猶虞不能辦賊，况能及遠乎？水師落落，亦無可遣者，非孤來命也。此時麾下唯以安輯人心，固守島嶼爲要。餉金，先那貳萬應急，其壹萬，俟貴差官至，作二番運爲穩妥耳。併以殲渠，賞格附往通侯印，或懸以俟大將軍耳。馮復馳注，名具正楮左玉。

---

* 此二通信未署收信人名，按張藝曦教授考證，當爲黃龍，參見張藝曦：《内閣大庫檔案中兩封朱大典書信的考釋》，《古今論衡》第14期，2006年。

二

節次□移書牘，計達台照矣。毛承祿及僞副將諸賊，纍纍就縛，皆麾下忠肝義膽，鼓舞島人，用間設奇，同仇奮愾，或就擒于談笑，或俘獲于交鋒，真可以伸華夏之氣，而快中外之心矣。例應審取口供，具爰書以獻。所諭部符及長途防護，一如來諭，代爲料理，惟都門所屬望于軍前者，全在五渠。登萊之役，殲陳、李二賊于陣，今毛賊以間收，而孔、耿大憝猶然宵遁，傳聞已達北岸矣。倘有勾奴之跡，不但全局難收，恐滋責備之口。前承麾下大揭，謂布李將等于陸，遣尚將等于水，俾不得登岸，不致他逸，即據以轉報矣。如果投奴，將安諉乎？竊在同舟，鰓鰓焉念切冰兢計日來嚴旨麾下，業已領略，無俟不佞之煩聒乎？項祚臨督米回，先附去前餉壹萬兩，容再悉索貳萬兩，陸續運給也。諸惟心鑒不一，名具正楮左玉。

臺灣『中研院』歷史語言研究所藏《明清内閣檔案》。

附録一　主要傳記

明史·朱大典傳

朱大典，字延之，金華人。家世貧賤。大典始讀書，爲人豪邁。登萬曆四十四年進士，除章丘知縣。天啓二年擢兵科給事中。中官王體乾、魏忠賢等十二人及乳媪客氏，假保護功，蔭錦衣世襲，大典抗疏力諫。五年出爲福建副使，進右參政，以憂歸。

崇禎三年起故官，蒞山東，尋調天津。五年四月，李九成、孔有德圍萊州。山東巡撫徐從治中礮死，擢大典右僉都御史代之，詔駐青州，調度兵食。七月，登萊巡撫謝璉復陷於賊，總督劉宇烈被逮。乃罷總督及登萊巡撫不設，專任大典，督主、客兵數萬及關外勁旅四千八百餘人合剿之。以總兵金國奇將，率副將靳國臣、劉邦域，參將祖大弼、祖寬、張韜，遊擊柏永福及故總兵吴襄、襄子三桂等，以中官高起潛監護軍餉，抵德州。賊復犯平度，副將牟文綬、何維忠等救之，殺賊魁陳有時，維忠亦被殺。八月，巡按監軍御史謝三賓至昌邑，請斬王洪、劉國柱，詔逮治之。兵部尚書熊明遇亦坐主撫誤國，罷去。三賓復抗疏請絶口勿言撫事。

國奇等至昌邑，分三路。國奇等關外兵爲前鋒，鄧玘步兵繼之，從中路灰埠進。昌平總兵陳洪範，副將劉澤清、方登化，從南路平度進。參將王之富、王文緯等從北路海廟進。檄遊擊徐元亨等率萊陽師來會，以牟文綬守新河。諸軍皆携三日糧，盡抵新河東岸，亂流以濟。祖寬至沙河，有德迎戰。寬先進，國臣繼之，賊大敗，諸軍乘勝追至城下。賊夜半東遁，圍始解。守者疑賊誘，礮拒之。起潛遣中使入諭，闔城相慶。明日，南路兵始至。國奇等遂擊賊黄縣，斬首萬三千，俘八百，逃散及墜海死者數萬。

賊竄歸登州，國臣等築長圍守之。城三面距山，一面距海，墻三十里而遥，東西俱抵海。分番戍，賊不能出，發大礮，官軍多死傷。李九成出戰相當。十一月，九成搏戰，降者洩其謀。官軍合擊之，馘於陣，賊乃曉夜哭。賊渠魁五，九成、有德、有時、耿仲明、毛承禄也，及是殺其二。帝嘉解圍功，進大典右副都御史，將吏陞賞有差。是月，國奇卒，以襄代。攻圍既久，賊糧絶，恃水城可走，不降。及王之富、祖寬奪其水門外護墻，賊大懼。

六年二月中旬，有德先遁，載子女財帛出海。仲明以水城委副將王秉忠，已亦以單舸遁，官軍遂入大城。攻水城，未下。遊擊劉良佐獻轟城策，匿人永福寺中，穴城置火藥，發之，城崩，官軍入。賊退保蓬萊閣，大典招降，始釋甲，俘千餘人，獲秉忠及僞將七十五人，自縊及投海死者不可勝計，賊盡平。有德等走旅順，島帥黄龍邀擊，生擒其黨毛承禄、陳光福、蘇有功，斬李應元。惟有德、仲明逸去。乃獻承禄等於朝。磔之先一日，有功脱械走。帝震怒，斬監守官，刑部郎多獲罪。未幾被執，伏誅。叙功，進大典兵部右侍郎，世蔭錦衣百户，巡撫如故。

八年二月，流賊陷鳳陽，毁皇陵，總督楊一鵬被逮。詔大典總督漕運兼巡撫廬、鳳、淮、揚四郡，移鎮鳳陽。時江北州縣多陷。明年正月，賊圍滁州，連營百餘里，總兵祖寬大破之。大典會總理盧象昇追襲，復破之。急還兵遏賊衆於鳳陽，賊始退。十一年，賊復入江北，謀竄茶山。大典與安慶巡撫史可法提兵遏之，賊乃西遁。大典先坐失州縣，貶秩視事。是年四月以平賊踰期，再貶三秩。尋敘援剿及轉漕功，盡復其秩。

十三年，河南賊大入湖廣。大典遣將救援，屢有功，進左侍郎。明年六月命大典總督江北及河南、湖廣軍務，仍鎮鳳陽，專辦流賊，而以可法代督漕運。賊帥袁時中衆數萬，橫潁、亳間。大典率總兵劉良佐等擊破之，敘賚有差。大典有保障功，然不能持廉，屢爲給事中方士亮、御史鄭崑貞等所劾，詔削籍候勘。事未竟，而東陽許都事發。

許都者，諸生，負氣，憤縣令苛斂，作亂，圍金華。大典子萬化募健兒禦之，賊平而所募者不散。大典聞，急馳歸。知縣徐調元閲都兵籍有萬化名，遂言大典縱子交賊。巡按御史左光先聞於朝，得旨逮治，籍其家充餉，且令督賦給事中韓如愈趣之。

已而京師陷，福王立。有白其誣者，而大典亦自結於馬士英、阮大鋮，乃召爲兵部左侍郎。踰月，進尚書，總督上江軍務。左良玉興兵，命監黃得功軍禦之。福王奔太平，大典與大鋮入見舟中，誓力戰。得功死，王被擒，兩人遂走杭州。會潞王亦降，大典乃還鄉郡，據城固守。唐王聞，就加東閣大學士，督師浙東。踰年，城破，闔門死之。

《明史》卷二百七十六，中華書局，1974 年。

朱未孩先生傳

王崇炳

公諱大典，字延之，號未孩，金華潭溪人。年十五爲諸生，二十年不第，磨勵待時。萬曆乙卯科舉鄉薦，丙辰登進士。初任章丘令，政尚嚴明，民畏而懷之。鄒、滕間白蓮盗起，奉詔修城，一月而城成。擢兵科給事中，與魏大中等共疏劾魏忠賢。適福建有紅夷之亂，海寇劉香老、李桂等從旁竊發，當事者希忠賢意，使公備兵漳南。公與撫臣南居益，設計誘紅夷入内洋，殲之，盡剪餘寇。漳南平，忠賢勢益横，殺楊漣、左光斗，公歸隱金華山中。

崇禎改元，起爲天津兵備道。時朝廷殺毛文龍，遼將孔有德、耿仲明等調戍關門，行至吴橋，遂作亂，據登圍萊，七閲月不解。薊鎮巡撫劉宇烈奉命往勦，有德等陽受撫而陰伏甲兵，襲走宇烈，而防撫謝璉、萊守朱萬年、内臣徐得時、翟昇皆死焉。事聞，特詔公巡撫山東，居中調度，便宜從事。時崇禎之五年八月十四日也。

公首疏立持剿議，痛哭誓師，集關、寧、密、薊、昌、保主客兵數萬，敗賊於沙河，又殲於高望山。賊走保黄縣，遂乘勝引兵入萊，一由新城攻其右，一由招遠攻其左，一由棲霞攻其背，賊屍横四十餘里。有德等氣奪，乃僅帶殘騎奔登州。公具疏，亟請調江淮合水兵、津師、島帥，以截其歸路。然時不能用，使孔、耿二賊得揚帆而去，識者恨之。

董太史其昌爲文紀之曰：『有皇締造，鼎奠於燕。鞭箠使之，群醜帖然。文恬武熙，舞於爾嬉。扼婁逋討，醫閭陽夷。帝憫哀鴻，爰宅巾野。狼子猴冠，鷹揚不下。帨巾一呼，弄兵載塗。巖城忽摧，好音相砠。撫爲撫誤，虎來負嵎。遂分勁兵，窺萊之固。重圍七月，睢陽力竭。援師頓刃，要盟咄咄。無賁師貞，劍氣秋横。均少棄甘，如赴父兄。三方布陣，師和以信。雷霆所臨，莫敢不震。萊之士女，迎門笑語。于燦于樵，實獲我處。賊懼退保，勝兵疾掃。問諸水濱，亡命戎獠。額額東牟，有濯其邸。天子好生，倡亂是求。猰貐既翦，終禦魑魅。天網安逃，明滅不昧。東征之烈，皇有人傑。豐碑永垂，金甌無缺。』敘平東功，陞兵部右侍郎。長孫鈺〔一〕，世襲錦衣衛百户。

公疏辭，不允，仍命公固圉援鄰，巡撫山東。崇禎八年，流賊陷鳳陽，焚陵寢，詔磔淮撫楊一鵬〔二〕於市。而廷議淮爲南北之咽喉，漕運所由經，且二陵在焉，非得練達重臣如公者，不可勝此任。有旨，尋命公以户部右侍郎總督漕運，巡撫淮揚。十一月，會流賊鳳陽，公大破於壽州。十二月，賊轉攻滁州，公同盧象昇合十道兵往破之。至九年，賊又犯陵寢，公授計總兵楊御蕃迎擊，遁去。十年，賊首老回回等分掠江北等郡，公會諸路兵敗走之。

懷宗崩，公聞訃大慟，即散家財，募豪傑，日夜思起兵勤王。會左夢庚反，弘光帝陞兵部尚書，總督應安、上江等處，出駐蕪湖，遂令子萬化督師，大敗夢庚於荻港。方史可法守揚州，號『半壁長城』，可法死，南都遂不可守。公於是歸守金華，積穀繕兵，以爲恢復計。時誠意伯劉孔昭起兵處州，御史金聲起兵徽州，舊浙撫王鳴俊、永豐伯張鵬翼起兵衢州，而故兵部尚書張國維乃立魯王於紹興。

適唐王立福州，建號隆武，公遣長孫鈺〔三〕表賀。使臣劉中藻奉命，晉公文淵閣大學士，督師浙東，建行宮。大將軍貝勒兵臨金華，公在圍城中二月餘，惟以大義激守城者，故城崩即完之，殊有固志。夜五鼓，忽見城西南火起，知通遠門城陷，即令家人赴火藥局自焚死，實順治三年之七月十六云。先是，城未破時，門人祝石入見曰：『敵兵勢大，孤城無援，奈何？』公捋其鬚曰：『今老矣，吾受國厚恩，效死弗去，他何計焉？』

公父諱鳳，母申氏，配談氏。夫人生三子：長萬祚，早卒；次萬穎，殤；次萬化，被執不屈。孫：鉦〔四〕。萬祚出蔭錦衣衛百户，進表賀登極，卒於浦城。庶子二，城陷，不知所終。

外史氏曰：或者議公身爲大臣，遇事不可爲，舉家殉難可也，徒害數十萬生靈，何益如此，彼張巡、余闕諸公非乎？人生百年，必有一死，死矣，庶君臣大義亘古不磨。向微朱公，則偷生賣國之人接迹於世矣。余嘗與蘭溪徐騰語公事，騰因出其鄉人方登仁行狀，讀之至守城大略，蓋得公之老僕而脱於圍城者。余得倣其原文，參以所聞於師者，他日秉史筆者，庶有所採云。

王崇炳：《朱未孩先生傳》，《潭溪朱氏宗譜》卷一《文集》，清道光乙巳年重修本。王崇炳《金華徵獻略》卷三《忠義傳・朱大典》内容不及此文詳細。

校勘記

〔二〕〔三〕〔四〕 鉦　原文作『珏』，按全祖望《明文華殿大學士兵部尚書督師金華朱公事狀》及《潭溪朱氏宗譜》卷三《世系圖》，朱大典之孫皆作朱鉦，據以改。

〔三〕 鵬　原文作『鶴』，誤。

明文華殿大學士兵部尚書督師金華朱公事狀

全祖望

公名大典，字延之，一字未孩，浙之金華人也。世農家子，至其祖多，坐毆死族人，論罪抵償。公父鳳救之，遂傾身事吏，吏左右之，得脱。公父乃終身事吏，襲其業。公少補諸生，奇窮不以屑意，時時爲里中鳴不平事，與諸長吏相搘拄，長吏恨之，中以所行不端，幾斥。知蘭谿縣劉宇烈獨知之，曰：『此郎嶽嶽，非池中物。』力調護之，得免。成萬曆丙辰進士，知章丘縣，治最。天啓壬戌，入爲兵科給事中，轉工科，又轉兵科。逆奄用事，出爲福建副使，轉參議，以病去官。崇禎三年，起山東參政，備兵天津。

公身幹魁傑，視瞻不常，習騎射，喜談兵。山東適有登、萊之難，遂晉右僉都御史，巡撫山東。舊撫累以招賊被辱，公至，排群議用剿，集步騎徑前，賊衆走。公言賊勢窮，必入海，當伏兵海道以邀之。朝議未許，而賊已揚帆去。晉兵部侍郎兼副都御史，蔭一子。

八年，流賊焚中都，陵寢被禍。思宗哭於二祖列宗之廟，遣官祭慰，詔公以漕督兼淮撫。公撫東時，募得健卒千人，馬一千五百，爲麾下親軍。至是，許將之至盧、鳳，脩復園陵，以總兵楊御蕃隸焉。七月，賊十三營至靈寶，中州危急，上以淮北爲憂，詔公以兵二千三百，御蕃兵千五百，扼南畿要害，護祖陵。賊由上蔡入江北之太和。公與御史張任學居守，而遣列將朱子鳳援太和，楊振宗援蒙城，劉良佐援懷遠。振宗、良佐竟卻賊，而子鳳戰死，殺傷相當。

九年正月，總理盧公象昇大攻賊於滁州，公以其兵會之。賊破，走趨壽州，公以良佐等戰於蒙城，卻之。

是年冬，賊大舉入江，陪京纂嚴，詔公與總理王家楨合擊。次年正月，公遣良佐一戰於大安集，再戰於廬州，三戰於六安之茅墩；又遣監紀楊正苾等一戰於陶城鎮，再戰於沙河。四月，賊窺桐城。桐城非公分地，公以事急，遣良佐與協守總兵牟文綬救之，賊敗走。移兵援舒城，而分兵戍桐。當是時，制府殺賊者分三道：總理當一面，秦督當一面，總漕兼淮撫以護陵通運當一面。其餘撫臣，各守所轄，往來策應。其始也，總理爲盧公，秦督爲洪承疇，皆稱善殺賊。然二家部將如曹文詔、曹變蛟、祖大樂、祖寬皆健鬭，所向有功，而公軍惟劉良佐稍著勞績，其視曹、祖亦遠遜，公獨以身枝梧其間，指示方略，終其任，賊不再入中都，則其功也。

其後，盧公以勤王入，洪督與秦撫孫公傳庭繼之，皆忤樞府楊嗣昌，遭排笮，公則否，論者頗以此疑公。會公以淮北五縣失事，臺臣爭請易置。嗣昌曰：『誰可代者？』卒難其人而止。嗣昌自出督師，詔公以諸軍爲應兵。而公自行軍以來，頗不持小節，於公私囊橐無所戒。雖其後額餉多不至，賴前所入以給親軍，然謗大起，御史姜埰等言之，下法司勘問。

公本用世才，自以功過不相掩，一旦對刀筆吏簿録，且不保，乃請以家財募兵剿寇自效。當事亦多惜之者，請還其麾下親軍，使益治兵，以收後效，許之。公遂以麾下居京口，大集奇才劍客，軍器一切自具，治西洋火藥，幾三百餘筒。公子萬化亦任俠，召募東陽、義烏材武之士，以益公軍。方具疏待命，而許都之變作。公從京口馳歸，則都已破東陽、義烏、浦江三縣，進圍府治。時浙撫新任未至，巡按左光先在江上，推公主兵。公治兵於江干，鞭十人，貫三人耳，禡祭即行。光先犒之，進擊走都，紹興推官陳公子龍在軍，因舊識都，遂招降之。然使非公一創之力，則亦未肯遽就撫也。公未至時，萬化已以家丁禦賊有功。而同里給事中姜應甲素不喜公，知東陽縣徐調元亦挾舊隙，反誣萬化以交通有狀。於是公以縱子通賊再被劾，有詔逮治，議籍公家以助軍，會國變而止。論者以爲公先在行間，雖不能無過，顧棄瑕補垢，尚應在所洗拭，至於枌社急難，挺身赴鬬，而反因睚眦之隙，誣以逆黨，是則立功之士皆不能不解體者矣。

南中建國，吏部尚書徐公石麒再疏薦，不許。已而竟起爲兵部尚書，御史鄭瑜劾公，猶以前事故也。時阮大鋮掌戎政，公不能有所展，尋以左良玉至，出督靖南兵禦之，大鋮亦繼至，而南中亡。

公方與靖南議奉弘光入浙，靖南死，部將降，公遂以親軍歸，議與江上諸公奉迎監國。時則張公國維與公主金華，孫、熊兩公主紹興，錢公肅樂主寧波，浙東之兵首推此三府。監國以張公輔政，而公以閣銜建行臺督師。公欲以東師由江上取杭，西師由常山通廣信。而閩中詔至，張公與熊公議弗受詔，公與錢公謂宜受之，兩議各有所執。主弗受者，謂監國本非有争名號之心，然一返初服，則以藩王上表，勢多牽制，而閩師亦未必能協力。主受者，謂不宜先立異同以啓争端。其後卒主張公議，隆武聞，亦授公閣銜，公表謝。張公與公分地治兵，公轄金華、蘭谿、湯谿、浦江，張轄東陽、義烏、武義、永康，而方國安等以潰兵列江上，縱暴無狀，馬士英入其軍，人心岌岌。以故，公之兵卒未嘗過嚴州一步。國安以諸軍中公最强，又聞公家尚多財，謀襲取之，以兵至近郊大掠，遂攻金華，聲言索餉四萬以報士英之起公爲尚書，其悖如此。公力禦之。監國以令旨召國安再四，始解去。

公以江上事勢且不測，謀修宋公署爲行宮。迎監國駐其地。或曰：『江上一危，婺中得安枕耶？』乃止。而公亦祇嚴兵自守，不能復預進取計矣。國安卒首潰，欲執監國以降。監國航海，遂引王師攻金華。公殺招撫使，監守三月，外無蚍蜉蟻子之援，而部下士卒無叛心。御史傅巖，公姻家也，家在義烏爲强宗，請盡以子弟赴援，公泣而許之，夜縋而出。部將吴邦璿者，兵部尚書兑孫也，雄健有智略。公初罷淮撫歸，嘗以萬金託邦璿至京有所營，甫入京而國難作，邦璿以金歸，除行李所需外無缺者，公益重之，至是挈其家與城守，公倚之如左右手。有何武者，亦部將，出戰最力。於是國安以大礮攻城，城中亦以火藥禦之，烟焰大起，聲如雷。大兵雖失利，然日夜濟師，而城中人漸疲，紛投坑塹，城遂陷。公麾其愛妾、幼女及萬化妻章氏投井死，而急過邦璿。邦璿方與武語。公曰：『二將軍何語？』邦璿曰：『下官等皆應從明公死，然城中火藥尚多，不可資人，不如焚之，以爲吾輩死所。』公出袖中火繩示之，曰：『此固吾意。』乃共入庫中環坐，賓客僕從願從者皆從焉。公子萬化尚巷戰，力盡見執，有告者曰：『公子死矣。』公即命從者舉火，頃刻藥大發，如地震，王師反走辟易，多蹂踐死。火止，大索公不得，乃知在灰燼中。而傅巖亦死於義烏。邦璿妻傅氏亦死。公孫都督鈺以奉表入閩，亦死浦城。金華城中之民死者亦十九，而國安亦卒爲本朝所誅。

公開府十餘年，前則有阿附武陵之嫌，後則有由貴陽進用之誚，及其孤城抗命，闔門自盡，天下疑者始大白。

野史流傳所記公事多謬，吴農祥爲公傳亦然，如云公以四萬金與貴陽及專奉閩是也。農祥於公有戚屬，尚不可據，予故作事狀以正之。

全祖望：《鮚埼亭集外編》卷九，《全祖望集彙校集注》，上海古籍出版社，2000年。

附録二　朝廷誥封

刑部山東清吏司員外郎朱大典

惟明克允，爰資慈惠之師；何擇非人，必求忠信之士。國令既當夫更始，朝恩宜涣以惟新。爾刑部山東清吏司員外郎朱大典，載其潔清，雅有體望。選於造士，□溪生桃李之春風；俾作端師，璧水溥菁莪之化雨。朕多其文學，能飾爰書；取其引經，能決比律。而爾哀矜庶獄，明清單辭。祛戎蠹而世弁恩霑，清占役而周廬備肅。凡參大小將吏之獄，悉持輕重出入之平。方當報政之期，復際覃恩之慶。兹授爾爲奉訓大夫，錫之誥命。夫刑官古稱準人，而典獄惟作天牧。準以象平，牧以象生也。惟平惟生，而侀以成焉。萬事繫爾爲督繩，萬物藉爾爲陽春矣。勉兹令德，用邁相我國家，朕不止以三尺吏待爾也。欽哉！

張鼐：《寶日堂初集》卷之二十《誥敕》，明崇禎二年刻本。

福建承宣布政使司右參政朱大典祖父母誥命一道

奉天承運，皇帝制曰：

有部推始於《生民》，濬哲致頌於《長發》。以家揆國，合若符節。故士一命三命，以及於王父，爰表世德，不欲登枝而捐本也。爾朱多，乃福建承宣布政使司右參政大典之祖父，競業致孝，木訥近仁，推誠金石，爲開行義，髮膚不惜。菁羹檖飯，自劚青泥；艾席葭墻，旋鐮黃獨。被褐不求於聞達，采榮何問乎升沉。眷爾文孫，本於燕翼，締積百年而始，發源千里而不窮。藉予寵章，表斯潛德。是用贈爾爲中大夫、福建布政使司右參政。鹿門偕隱，宜書逸遺之名；鳳闕流恩，爰光耆舊之傳。

制曰：昔萊婦甘貧於高蹈，孺仲起嘯於令妻。蓬髮歷齒，敗絮傲其華軒；負薪飲水，著書埒於藏史。求之今日，而有其人，聿修厥德，以昭介福，史可書矣。爾趙氏，乃福建布政使司右參政朱大典之祖母，善事尊嫜，克相夫子，入無拊心之歎，出有解佩之益。而衡栖善卷，雲卧陸沉，蒸菌銅池，孕雛丹穴，椒聊蕃於盈匊，玉環兆其五公。惟此淑儀，宏其令緒，是用贈爾爲淑人。婺當姑蔑，尚懸如月之光；霞燦紫薇，無忝綿瓜之什。

制誥之寶

崇禎元年三月　日

福建承宣布政使司右參政朱大典父母誥命一道

奉天承運，皇帝制曰：

閩海越在南服，監司擁麾節控夷，其衝要而盤錯者，則莆中晉安之鑰爲最大。乃有文武爲憲，競絿克諧，其禀訓庭闈，紹聞弓冶，可遡而决也。贈爾文林郎、兵科給事中朱鳳，乃福建承宣布政使司右參政大典之父。大圭不琢，束帛戔真，履信思順以緯身，惟孝與友而崇德。朱公三聚，半資待火之求；梁鴻《五噫》，高抗賃春之隱。鍾奇嗣子，振美家聲。二魯頌其神明，五兵重其封駁。洎遷行省，作我价人。念兹明發之懷，宜有流根之澤，是用贈爾中大夫、福建布政使司右參政。嗚呼！日月其除，莫紓悲於風木；尊彝作考，尚釐祉於芬苾。

制曰：昔孝子之賦《蓼莪》也，出則銜恤，入則靡至，悼鮮民之不終養也。若夫榮名鵲起，天語洊褒，豈其匪莪伊蔚，然而罔極之思，履貴轉結，可無體乎？贈爾孺人申氏，乃福建承宣布政使司右參政朱大典之母，歡承萱背，惠洽棠枝，布荆克相於御窮，絺綌不辭於薄澣。課爾令子，登於禁庭，宣力四方，汝爲虎拜，萬年維翰，届兹湛露之沃，申其雲漢之章，用贈爾爲淑人。含霞貯景，靈寶已吐於名山；畫荻和熊，慈教宜銘於貞隨。

制誥之寶

崇禎元年三月　日

福建承宣布政使司右參政朱大典并妻誥命一道

奉天承運，皇帝制曰：

昔汲黯簿淮陽，願中郎禁闥，拾遺補過。張敞在膠東，以爲胸臆約結有奇，安施我國家内外一體，侍從之臣，出而价藩，屏翰之良，入而鄉寺。朕嗣歷服，欲一遵祖宗之法，以平人心，則瑣闥舊臣，鞅掌成績，固予所首釐也。

爾福建承宣布政使司右參政朱大典，抨觸權鋒，藴揚義烈，姻婭膴仕，叱其爛羊，纍臣釁鼓。嗟彼棄甲柄鑿不於趨媚，風波何暇於褰裳？虞詡東箭，寄愴青蠅；顧榮南金，脱縻紫橐。閩海萬里，於今三年，旬宣勞來之勤，拮据之晰，雖鼎鑊在側，而丹石不移。凶渠既殲，忠藎斯顯。爨桐激發，將登九奏之音；監車赭汗，方齊六閑之足，是用授爾階中大夫，錫之誥命。

嗚呼，爾昔在兵垣，羽檄旁午，凡所條畫，皆具訏謨。今東酋跳梁，牽於插污，雖雞栖終詘，而鴟張正雄。朕推晁錯之封事，録嚴尤之三策，豈令洞垣之方，懷其針艾？行且召爾，以佐我廟算之勝矣。

制曰：婦從其夫，糟糠鼎食，甘苦同之。然國有良臣，必有懿閫，以相其内政，而俾專其職業，故分榮之及，匪獨儷體，亦以讐勩也。爾福建承宣布政使司右參政朱大典妻封孺人談氏，瑶圃分華，波湘濯秀，花縣斯蔚，豹采梧垣，昌其鳳鳴，參我閩藩，益襄治績。南中橘柚，倍芬廉水之香；天末雁鴻，遥及高牙之氣。勤勞有典，宜室爲先，是用封爾爲淑人。白蘋無咏，徵書正迫於遴材；紫誥有輝，燕譽其昭於思媚。

誥命之寶

崇禎元年三月　日

漕運總督朱大典祖母誥命一道*

奉天承運，皇帝制曰：

水溯河源，山宗崧岱。惟發祥之有自，斯垂裕於無窮。既食象賢雲雨之勞，兼官特節；宜閟先代霜露之報，推分疏恩。爾已贈中大夫、福建承宣布政使司右參政朱多，乃總督漕運、提督軍務、巡撫鳳陽等處地方兼理海防、户部右侍郎兼都察院右僉都御史大典之祖父，璿玉藴珍，椒蘭比馥，以陳太丘之懿行，兼孔北海之深情。不工逢世之言，丹鉛蚤謝；每著《康時》之論，壇宇嘗存。大觀見天地之心，肥遯堅阿林之軸。置書勝置産，清譽過乎寶田；取娱無取，嚴罕譬寛於寧越。卜基誠子，不爲營田宅之謀；閉户知孫，果符設部伍之兆。是以硯歲不歉於繩武，菑雲稱慶於再傳。槎乃追源，圭堪測景。

自爾孫建牙千里，應當日綬簡之占，知爾之貽謨百年，啓奕世弓裘之美。兹用敢給新銜，贈爾爲通議大夫、户部右侍郎、都察院右僉都御史，錫之誥命。松楸藴景，固因流澤以鬱葱；棟幹支天，更籍培基於遠大。

* 標題爲整理者根據内容所擬。

制曰：伏龍敦静，必無凡鯉之隨；隱鵠推高，定有祥鸞之配。梁鴻不獨爲案舉，龐鹿詎僅以山棲。惟豐委而淡甘，自保世而滋大。爾已贈淑人趙氏，乃總督漕運提督軍務、巡撫鳳陽等處地方兼理海防、户部右侍郎兼都察院右僉都御史朱大典之祖母，蕙蘭爲佩，松柏是依。生平惟静好之耽，聲塵無耀；克相有晤言之樂，今古同期。弋獲無取乎來禽，稱觴喜介乎躋兕。實行篤於後進，善慶啓於一家。庭階呈鸑鷟之祥，孰開丹穴；逵路驟神駒之步，實溯洼源。今資乃孫克壯之全梱，肯忘阿母含飴之素訓。兹仍贈爾爲淑人。六珈翬御，既參寶宿之輝；三德並書，益燦金鋒之色。

誥命之寶

崇禎十二〔二〕年三月　日

校勘記

〔二〕十二　原文作『元』，按朱大典於崇禎八年方擢總督漕運、巡撫鳳陽等處、户部右侍郎兼都察院右僉都御史，崇禎元年尚爲天津兵備道。後兩道關於朱大典父母、朱大典及妻的誥命時間均在崇禎十二年。此道誥命時間當與之同，故改爲『十二』。

漕運總督朱大典父母誥命一道*

奉天承運，皇帝制曰：

仁人有後，報不爽於在天；賢者是師，道豈虞夫墜地？趨庭惟德聞之紹，纘緒亦慶澤之詒。不有寵膺，曷其顯祚。爾累贈中大夫、福建布政使司右參政朱鳳，乃總督漕運、提督軍務、巡撫鳳陽等處地方兼理海防、户部右侍郎兼都察院右僉都御史大典之父，性腴咀永，學古汲深。箴盈溢而凛書辭，匪猶貴乎全己；孰仁義而昭坊表，更罔慕乎立名。閭里敬其風儀，人倫奉爲冠冕。覽山川之可樂，遂締矢於澗盤；信几杖之當銘，乃怡情於圖史。是以撫懷楊雀而繞瑞絳虹，抱送徐麟而佩靈玉象。生同羊叔子，寧必在七月之環；教非韋長孺，寧止效一經之授。兹畀豐歧之重任，有方日奭之擁旄。念爾箕裘，章予綸綍。兹贈爾爲通議大夫、户部右侍郎兼都察院右僉都御史，改給誥命。幽人履坦，千秋取證□合揆；顯祖晉書，百禄寘膺於羡錫。

制曰：金範維肖，美德繼以喆人；木本難忘，勞臣念乎將母。顧勛庸已屹於鎮地，美報未慊於終天。推以簡極之恩，宜重駢蕃之錫。累贈淑人申氏，乃總督漕運、提督軍務、巡撫鳳陽等處地方兼理海防、户部右侍郎兼都察院右僉都御史朱大典之母。瞻星北燦，望月呈華，庚庚蚤叶於吉占，憲憲嘗依於令德。共式如

* 標題爲整理者根據内容所擬。

賓之則，威儀飭於几筵；尤著奉嫜之勤，形聲先於視聽。蓋明於理道，原爲笄縱之英；而葆其光華，即是簪纓之本。珠□夢史，預昭五色之文；嶽降生申，堪肅萬邦之慶。況經久昃於萱景，益當煥彩於芝題。兹仍贈爾爲淑人，改給誥命。芳儀雖遠，青名炫彤管於方來；寵賁重新，紫綍耀元扃於不夜。

誥命之寶

崇禎十二年　月　日

漕運總督朱大典并妻誥命一道*

奉天承運，皇帝制曰：

中臺寄重，杓指不遠三台；獨座威崇，督察正須萬里。矧龍飛即在鳳土，而鴻略允借虎鈐。是賴寶鉞之新猷，足宏玉儲之舊績。爾總督漕運、提督軍務、巡撫鳳陽等處地方兼理海防、户部右侍郎兼都察院右僉都御史朱大典，九德先茂循良，五院夙高封駁。栖楚叩墀之直，自昔所難；叔翰批敕之風，於今再睹。而且詰兵籌遠，助帷幄於禁垣；鳩士鼇叢，肅荒孱於起部。忠誠素揭於日月，進退益裕於風雲。自南甸旬宣，既已歷參名翰；及東郊秉鉞，隨能悉廓妖氛。今此流虹繞電之區，更籍犖石完甌之略。到日即敦虎旅，一時遠遁，搗群已安鍾簴九廟之靈，行娩斧鉞四國之烈。

* 標題爲整理者根據内容所擬。

蓋材長易以遠曁，居要可以馭煩。海波遥控以東藩，漕輓洊紓夫南顧。何言紀綱之任，於泉貨成岐；終信戎詰之勞，與度支並著。兹以新銜，授爾階通議大夫，錫之誥命。於戲，總形括勢，殲寇之良圖；節困均財，匡時之要務。裴令公淮蔡之捷，固秉憲節而定謨；鍾侍即幽顯共欽，由貳版曹而致譽。惟聯諸職如營衛，寧止坐鎮乎价藩？覗爾星辰，尚進履。

制曰：道得其朋，固無作而不應；德從其儷，亦無美而不昭。宫韻必致夫商隨，廷獻定縣夫壼助。矧元老懋兼總之績，而賢媛均昕夕之勞。爾總督漕運、提督軍務、巡撫鳳陽等處地方兼理海防、户部右侍郎兼都察院右僉都御史朱大典妻累封淑人談氏，呈英鳳德，作嬪鴻儀。元吉允協夫黄裳，委蛇共敦夫素緎。趣高程於斧鉞，人仰槐棘名卿；潔中饋於釜錡，並頌蘋蘩季女。馨香久孚至治，善氣隱動高牙。故維岳配位，臣則擬夫太華；而維瀆趨河，婦則象乎清濟。爰崇尹姞之婭，乃勵方召之勛。兹仍封爾爲淑人，改給誥命。象宜壘覗，時當增賁於九章；龍衮爲昭，日見倍綏於百福。

誥命

崇禎十二年　月　日之寶

以上六道誥命均輯自《潭溪朱氏宗譜》卷一《詔敕》，清道光己巳年重修本。

宣諭原任兵部左侍郎朱大典詔

爾股肱之重臣也，先在登萊，有恢復之功，厥酬不蔽；繼在淮上，漕運不絶，陵寢晏然，朕甚嘉之。比以聞卿晉陽興甲，須濡隕師，六飛蒙塵，兩京踵痛。而卿受事未久，衆志蚤乖，烈火之陷春冰，朕又何怪焉！聞卿陽烏之旅，尚有數千，而卿子萬化，亦毁家紓難，義不反面，是宗澤、陳亮家世駢起也。卿能糾合勁士，收功桑榆，從富陽出餘杭，度溧水，抵金陵之下，朕遣六師從之，□此□□，則卿爲朕大耿矣，彭伯通何足慕乎！東陽尚書張國維、永康知縣朱名世，皆有志識，體用兼備，卿幸附近就謀之，能則奏聞，不能不敢以勸。

黄道周：《黄漳浦集》卷八《詔》，清道光十年刻本。

附録三　序跋祭咏

大中丞朱公東征疏稿序

湯道衡

明興以來，垂三百年，海内乂安，生民老死不識兵革。間有夜郎稱雄，潢池盜弄，旋就擒滅，輒儼然麟閣雲臺之盛。歷稽《實録》所載，以文臣崛起，封拜彰彰在人耳目者，靖遠、新建二大勳其選已。

今聖主中興，孔、耿諸賊無端發難，逆我顔行，隳名都若振葉，割郡稱雄，倚海爲險，投身久逋天討，以萊城之孤注，環甲十重，攻圍八月，全齊震動，幾輔驛騷。天子赫然震怒，特簡大中丞朱公秉鉞視師。公聞命宵征，首疏立決剿撫，已與「登壇對隆中」語，隱然窺全豹矣。撫局既敗，天子徵其明效，傾心信向，假以便宜，不從中制。公乃撫膺誓士，慷慨流涕，聞者無不投袂立起。仍親環甲貫矢，率先諸將，刻期進師。質明而解圍之捷遂至。八月之困守何艱，三日之迅掃何速。識者謂成功之易，不在長驅之四路，而在誓士之數言者，士氣靡則百萬可摧，士氣振則一夫莫敵也。

復黄之後，賊猶負險，公督義旗軍於密山。方是時也，荒烟斗室，不赦風雨，熢火矢石，徹於几席之間，士卒枕戈露宿。而公撫循噢咻，人如挾纊，無不欲一當賊。公知其氣可用，乃鼓厲之，要以兵不空出，矢無虛發，一舉而旱城空，再攻而水城下，亦如三日解萊圍事。於是縛渠獻闕，開廩賑貧，收召遺黎，分遣戍卒，京觀巍然如山，歡聲殷然若雷，蓬萊閣下復見漢官威儀。善後既定，振旅還會城，文武將吏郊迎道左。公恂恂口不言功，惟集軍中疏牘，手一編付衡曰：『若其爲我較售之。』衡既以筆札事公左右，敢辭固陋，不一頌揚休美？

大都用兵之道，先戰勝于廟堂。古有羈縻之法，朝廷所以駕馭遠夷，非謂可施于腹心也。金甌全盛，而獨夫成割據之勢，即萬一鴟鴞革面，將安置之？故雖有宥過之令，未免懷疑懼之心，彼之自知勝於我之知彼也。公一言立決，如孫仲謀舉刀研案時，全勝之勢已成。第公所最難者，朝廷方以討賊屬公，而三命未申，尚方未授，運籌決策，多不能臂指如意。公惟推誠感動諸將，故人人有投石超距之雄，而忘墮指裂膚之慘。

往者兵法不兼吏事，不欲以方圓並畫分其神也。公既分身處密山，而全齊之事，纖息無不待命。方徵輸鱗集，民生日蹙，吏治易窳，公以全神攝之，閭里不聞追呼，墨吏望風解綬。且一時蓮氛餘孽，觀望思釁，欲起而應賊者，所在有人，固已一見於曹南，再見於東平，三見於泰安。一時道將奉公指授，應手芟夷，無復蘊崇之禍。若公有分身應之者。公方口裁軍務，目視箋簡，手授方略，身親行陣，下至戎器瑣瑣，亦必躬之。脂膠丹漆，無不精良；竹頭木屑，皆有經緯。人謂公宜何如瘁。及與下吏言，婉轉周詳，從容曲盡，又似未嘗有一事者。公之精神氣宇，上包百世，下包百世，固已全見於此牘中。蠢爾叛賊，何足煩底定哉！

蓋嘗綜国家用兵之成，案而論之，靖遠三入麓川，雖有斬獲，而孟養思機發卒未得要領。況麓川懸在天末，叛服不常，未爲實此禍遠務也。新建值宸濠之適勘事閩中，取道豐城，時已有伍文定、邢珣之兵，而散諜阻謀，濠墮其計，故能以旬日之間，牧疾雷之效，此奇着也。若夫堂堂正正，救生民于水火，收版籍於淪亡，敗衂之氣已隳而復振，負隅之寇方勁而旋披，收功無敵決萬全，則我公一人而外，未有見其儔匹也。即班之靖遠、新建，猶非異數帶礪，豈能重公？公實重帶礪耳。唐之復興也，睢陽以困守死，常山以罵賊亡，設無汾陽定鼎之勳，則數公亦與草木腐耳，誰與録之？今日之爲睢陽、常山者，俱荷殊旌，公邁汾陽而謙光彌甚，從征將佐亦能上體公意，雍容遜謝。則是牘也，以當兩階之干羽可耳。道衡書生，又孰從而揚厲之哉？

時崇禎癸酉年季夏月之吉，山東提督學政右參議兼僉事雲陽湯道衡拜手謹序。

奉賀大柱國即揆輔未翁朱老公祖榮壽序

吴光義

夫允文允武，入則相而出則將。秦御史大夫位上卿，任職者爲丞相。自漢以來，御史大夫皆爲三公，即今宰相之任。中丞爲臺主，即今之御史大夫。内則爲天子耳目風紀之司，執憲奉法，率其屬肅紀守法，以贊天子；而出則爲開府安壤，撫循文武之憲，所兼任也。稽古黄帝以四監，舜以五長，周率諸侯以十連，嗣是以後，名稱雜出。近以天下多事，諸道聚兵，增置之以總軍旅，專誅殺，甲兵、財賦、民俗無所不領，外任之重，莫之與京也。

我明以三陵重地，畿輔犄角，莫要於淮，控山阻海，爲南北襟喉。簡諸元寮有夙負風望峻整者，使持節行大將軍事，擁重兵以鎮之。乙亥之役，狐鼠群躁，萛藉陵宫，騷及餘壤，以致上方震驚，怒委事之不職，咨諏其人，擇其能膺是寄者。顧瞻東南，爰卜寶婺，謂石城方巖之下，有名世之氣焉。於是考方採望，跡册稽功，得元公未翁老公祖爲當世重，鼎足鎮此區，廷賀得人之慶，天子親命，錫之劍璽，趣駕臨淮。公仰承天命，而答以靖共，一登制府，執法中司，百寮敬服，逐盡掃積習而更張之，振衰起怠，勵志其勤。諸凡豐庾悴刃，習胆練智，而壯猷昭宣，沉謀觀變，任稱雄要矣。群盗之出没，不特不敢望督府之幟，即或越而趨疆，再奔鍾離，瞻先皇之寢，敢有一顧松耶柏耶，而不股慄者耶？折柳樊圃，狂夫瞿瞿，知公有所禦之矣。

昔程務挺爲安撫突厥善綏，士服其威愛，突厥不敢盗邊。今群盗憚公，非將令嚴明，士服威愛，奚能使群盗望風宵遁乎？目今簡書討逆，元戎四出，而寇且流注區夏，雖畏追捕，而處無嘗駐，抑以懼公静伺之，恐躡其後而搗其虚也。所謂北門鎖鑰，非準不可。秦、晉、豫、楚之區，爲寇傳舍，而淮當其衝，寧直北門鎖鑰乎？

公銜大君之命，保障東南，上慰先皇之靈，以安社稷，而下奠群生，賴有寧宇。夫活百人者壽，活千人者侯。即今令魚肉之民，脱刀俎而出湯火，寧止千百而已哉！曰『天壽平格』，曰『樂只君子，殿天子之邦，福禄攸同』，曰『其德不爽，壽考不忘』。惟能殿天子之邦，是以福禄攸同；惟其德不爽，是以壽考不忘也。故知公之所自召者，其來有莫可方者矣。夫危則出而思才，安則入而思量，安知所謂鷹揚者，不即所謂尚父者乎？對揚王休，彤弓之錫，尋且注目矣。夫秦藉長城千餘年，尚利賴之。余列在編氓，莫能罄其觴視，惟胥偕頌禱謳歌之衆，願公爲半壁長城，永爲恃藉焉而已。

時崇禎庚辰年仲冬月中浣吉旦，賜進士第、通議大夫、資治尹、北京兵部侍郎加俸一級、前欽差總督糧儲、南京户部右侍郎、欽差巡撫河南等處地方提督軍務兼理河道、都察院右副都御史、通家治生吴光義頓首拜撰。

英山縣知縣高在崙，廬江縣知縣劉思勝、通判趙興基，合肥縣知縣侯佐，無爲州知州唐文煃，屬下吏直隸廬州府知府劉彦，六安州知州朱謀赤、推官何綸，舒城縣知縣署無爲州同吴名鴻，巢縣知縣寧承勳，霍山縣知縣姚敬，同薰沐頓首百拜。

崇禎十一年歲次戊寅十二月二十六日之吉。

以上兩篇輯自《譚溪朱氏宗譜》卷一《文集》，清道光乙巳年重修本。

朱大中丞生祠記

卓發之

自昔恢帝道而化人，則張禮樂之教；奉天討以靖亂，則仗干戈之威。是以廢學見非，弭兵致誚。古之大臣，坐帷講論，隱几讀書，而弧矢即戎，鼓枹戡難，故化成天下，而威加海内耳。今四方寇盜群起，内訌之憂深于外，懼天子慨脩文之無濟于立武，方撫髀而思虎臣，乃有武足畏而文在兹。

如我大中丞未翁朱公者，四科之耆儒，七德之國寶也。向者登萊戍卒之叛，先後撫臣議撫不就，議剿爲賊所傷，牟破而掖圍，齊魯驛騷，舉朝震動。公駐師西南，因山設險，凡數閱月，而賊糧盡，自東北遁于海。淮陰置我軍于死地而後生，公置賊兵于生地而後死，一時掖解牟復，兵威大振，其籌略有軼倫者。今淮南告急，官兵挫衂，天子懷其夙威重望而移鎮焉。

公以元老壯猷，提兵禦侮，親冒矢石，大挫賊鋒。如謝玄之逼淝水而戰，風聲鶴唳，皆足卻敵陵寖，恃爲保障。此惟法天之道，而上下同意，故可與之死，與之生，而人不佹也。蓋公筮仕之初，即撫字陽丘，釜魚甑塵之萊蕪，賣劍買犢之渤海，已播聞朝宁矣。迨拜爲夕郎，而風裁特勁，侃侃立言，兼昭先之淑慎，與太初之鯁直。會璫豎力擠之，而左遷翠華赤嶼，則何述之雙鵲隨行，虞愿之雲中石見。再晉秩于瀛洲鉅鹿，則任丘可以名其城，子貢可以名其陂。乃閩之后，冀之先，借寇瑯琊，政蹟尤著。

古來軍荒相因，兵餉相倚，軍興旁午，遑遑遘飢饉之灾，餉匱則兵益匱，無已而議加賦，賦重則民益斃。于是仳離嘯呼，萑苻聚而蟊賊起，以成膏肓之疾，此英雄所坐困而不能炊無米者。公分巡兖東，捐秩金以贍飢民，問疾弔死而生聚之，此山賓所以救平陸也。運握奇陰符之謀，蒐卒練師，羸弁振竦，此子奇所以治阿。父率子，兄率弟，而家自爲衛也。于是寇賊斂跡，豪强束手，而囹圄一空。此華原以六駮食猛獸，而獄無爰書也。沂郯多汙萊地，公募兵爲農，以激河雜渭之法，貇草植穀，而成沃壤數百頃。此即墨所以辟田野而事耕戰也。迨撫魯之時，而鄒嶧薦飢，人心思亂，公力請停征，賑濟屯糧，有加派議，公抗疏得俞旨，寢其議。軍民皆鏤肌刻骨，萬户藉以安堵。詘怡堂之計，而爲徙薪之謀，此伏湛所以議徹膳，富弼所以發官廩也。公吏蹟所在，如隨車之雨，處處霮霴，而三蒞東魯，其間開止力田以濬其源，停征減税以節其委者，尤沾被優渥焉。是以韎韐作師，而士氣百倍，如怒蛙之欲立，猛虎之欲搏，窮不可濫而兵不可劫，皆繇其持身如璧玉，而字卒如赤子也。豈非詩書所稱允文允武，龍變虎發，蓄思不倦，以匡衛社稷者乎？

遡公之生也，鍾方岩雲横之英，禀龍門繡川之秀，神靈窟宅，鬱爲奇碩。昔者寶婺之瑞，篤生宗忠簡公，則有雷電之光燭其庭幃。長而澤施于萊子，則和氣流布，化被庶類。異日奏滅賊破虜之功，足爲忠簡後勁者，非公而誰？公所過負赫赫名，而去後復令人思東人之德公，而祠公如神明，有以也。乃紀其事，以竢國史采擇云。

卓發之：《漉籬集》卷十六，明崇禎傳經堂刻本。

重刻朱閣部奏疏序

王崇炳

曩時王師下金華，閣部未孩朱公以一旅之師，憑彈丸黑子之孤城，堅守不下，勢窮力竭，合家殉難。當時論者皆以公不知天命，鮮齒及焉。既而，今大學士太倉王公督學兩浙，訪公子孫不得，則祀其主於鄉賢，於是稍稍有稱公之忠者。迄今，史官作《明史》，聖祖仁皇帝御制序文，載公於《忠烈傳》，其所以表彰之者不遺餘力，而於恢復登萊之功尤詳。蓋國朝定鼎之初，人心未定，不齒及者，所以絶洛下頑民之思。而今之加意表彰者，所以作天下忠義之氣也。

方三孽之叛據山東也，憑海爲勢，旅拒王師，烽火之焰，接近京邑。天子命大臣往撫，陽順而陰襲之，京師爲之戒嚴。公以文學儒臣，駿發衿裾之列，膺推轂之任，部署諸將，各得其任，曾不數月，皆就撲滅。較之韓襄毅之破大藤峽、項襄毅之破石堡城，功不多讓。蓋封疆大臣，必誠與才合，乃能濟事。才而不誠，雖力能辦敵，而養寇要君之念生；誠而不才，雖捐身殉國，而臨機決戰之謀拙。有一於此，皆能僨事。

方公之在諫垣，魏璫初横，輒奮不顧身，飛章彈劾。至備兵漳南，又能擒滅海寇，忠悃謀略，固兼優矣，卒能驅策貔虎，指縱鵰鶚。於是群賊計窮，或駭汗流沫，逃死絶島，或横尸割首，獻捷京師，遂使潢池若洗，黔首以安。公既平山東，尋以户部左侍郎、總督漕運巡撫淮揚，流賊至，五戰皆破之。論者以爲李、張二賊流遍天下，南浙之所以不被兵者，則以張大司馬止庵撫蘇，而公撫淮也。世但知其守城死難之忠，詎知其平日之衛民生藩社稷者，其功固如是哉？昔韓通爲周死，宋祖加封中令；余闕爲元死，明祖爲之建廟。忠臣義士，其一腔精誠，塞天地，貫古今，固有易世而不可磨滅者也。

今皇上新登寶祚，表彰忠孝列公之行，以請謚崇祀，則禮臣之職也。搜求遺文，以備采録，則草野儒生之責也。公之文皆散逸無存，其族孫敘九得其奏疏，凡若干卷，皆平山東實録，而公之謨謀忠悃，所從見也，將重授堅木而屬予序。予序之既畢，喟然嘆曰：聞三孽據登時，其惡極矣。惟李九成伏誅，孔、耿皆積功分茅，土不再傳，而窮奇檮杌之性不可復改，仍受誅夷，迄無噍類。而公之忠亮漸著，始知螢火微光，不能永久，而列宿之明，歲久益耀。世之爲人臣者，亦可以知所法矣。

王崇炳：《學耨堂文集》卷二，清乾隆二十五年刻五十三年重訂本。

明少司馬朱未孩公平東疏稿序癸卯　張祖年

嗚呼，此明朱未孩公《平東疏稿》也。公爲萬曆丙辰進士，由章丘令遷兵科給事中，歷福建參議，回籍。崇禎四年，起山東參政，隨改巡撫。適寇據登萊，公則克之，晉秩少司馬。八年，賊陷鳳陽，又以巡撫總督漕運；十一月，賊逼鳳陽，公則破之；十二月，賊攻滁州，公則援之。九年，賊犯陵寢，公則擊之。十年，老回回等掠江北，公則攻之，尋被劾罷歸。會大兵臨婺，公則死之。

嗚呼死矣！孔曰成仁，亦死以成之也。孟曰取義，亦死以取之也。死顧不重哉？約稽汗簡，西山義士，首陽之餓死也。三閭大夫，汨羅之沉死也。武鄉侯之言『死而後已』，未死而誓以死也。藥葛羅之述令公已捐館，喜汾陽之或死也。王炎午之生祭文丞相，憂文山之或不死也。死顧不重哉？士人讀書事君致身，其分也。一旦國步顛連，輒曰天時人事不可爲矣。或含糊苟且，免死已耳；或抱頭竄伏，畏死已耳。嗚呼！天時人事，不可爲也，而後忠臣義士見焉，盡人委以不可爲而遂不爲，則凡保家全身得老死牖下者，其真既明且哲矣乎？吾不信也甚矣。死也，顧不重哉？

緬懷吾婺有明三百年間，其以死見者：王公禕之以奉使也而死，龔公泰之以靖難也而死，陸公震之以極諫也而死。迄今昭人耳目赫赫，若前日事。如公亦既家食有年，卒以忠義自奮，不惜合門以死，寧不堪追蹤三公芳躅哉。嗚呼！公亦蓋得所死矣。篤而論之，王之身羈絶域，不容不死也；陸之身繫囹圄，不能不死也；公之身守孤城，不得不死也；惟龔之死，早已訣別妻子，矢志必死，以從君于地下，爲不可及耳。要之，一腔忠義，各自不磨，方之不死者，又不可同年而語矣。

今讀公平東諸疏，凡賊寇情形，目灼心維，口談手畫，莫不悉中機宜，燭照窾要。竊窺公之殫思竭慮，固忠義結于中，而智識匝于外者，益可證公之死也。其見危授命之操，殆始終無有二心也。余方弱歲，侍立先王父傍，獲聞公死事，低徊久之。恭逢聖祖仁皇帝之二十有三年已蒙崇祀鄉賢，則公之以忠死也，亦已昭著于天下，而公誠得所死矣。悲哉！

公後無噍類矣。公之族孫諱夢白者，字曰汝久，宮墻選也，念公生平一腔忠義，無以昭示來兹，會余在郡七賢祠之役，手出此稿，謀仍雕板。挑燈卒業，見每册間悉有硃印『平東』二小字，可知原本不止是編，今所存者此耳。賢祠落成，太守延師課士，得與王鶴潭先生風雨聯牀。汝九請識首簡，爰尾鶴潭後而序之如此。

時雍正元年孟夏朔日，後學張祖年譔於賢祠前進之右室。

張祖年：《良貴堂文鈔》未分卷，清雍正刻本。

故少司馬未孩朱公入賢祠祭文

嗚呼！維公少禀河岳之正氣，長勵松柏之孤操。筮仕章丘，便稱獨立。使君晉秩垣中，不愧天挺人豪。適遘亂而起佐東藩，旋巡撫山左，猶利器而遇盤根，順風而破洪濤。賊披靡，狼奔豕逃，功存大社稷，名震乎中朝。及流寇猖獗，力守鳳陽，大展其勳勞，陵寢賴以無恙，北屏藉以堅牢。不幸皇都失守，乃退保乎危巢。若巡、遠之守睢陽，矢百死而無撓。雖成敗利鈍，命則歸之於天，而大節殆炳然其昭昭。闔門死難，真歲寒之後雕。孔曰成仁，孟曰取義，維公克與山斗而争高。勝朝養士三百年，公生無慚於食禄，而死則騎箕尾於九霄。仰遺烈，其可以廉頑起懦，而列之俎豆，洵萬載其不祧。嗚呼尚饗！

金華同知署金華府事常光裕遵奉，浙江學憲王掞主祭，金華縣學訓導沈麟趾謹撰。

大清康熙二十六年歲次丁卯冬月吉旦。

敕賜朱未孩公專謚烈愍原檄

《欽定勝朝殉節諸臣録》卷四《唐王殉節諸臣三十七人》:『東閣大學士兼兵部尚書朱大典,金華人。崇禎中,巡撫山東,平登州亂,鎮鳳陽,捍禦有功。福王時,命督江上軍。王被擒,走杭州,還守金華。踰年城破,闔門死之,賜謚烈愍。』

金華府正堂李　爲咨查事,嘉慶二十一年九月二十三日奉。

布政使司額　案驗,本年八月十六日奉。

巡撫部院楊　案驗,查接管卷内,嘉慶二十一年七月二十日,准禮部咨『開祠祭司案呈,本部現在纂修《則例》,所有各省名山大川禦災捍患諸神祠』云云等因,咨院行司到府。奉此,合亟轉飭。爲此仰縣官吏查照奉部咨行事理,速將境内名山大川禦災捍患諸神祠,古聖先賢名臣祠墓,春秋致祭,在于該縣何都何圖,于何年奏定,詳細□明,分别造册,限文到五日内辦齊送府,以憑彙核,轉請詳咨。其古聖先賢名臣祠墓,官爲防護者,仍照定例,年終造册詳送,均毋違延,速速行金邑。

嘉慶二十一年　月　日奉。

旨查飭烈愍公朱諱大典祠祭防護檄文

金華府金華縣爲請賜帑祭以表忠貞事。嘉慶二十一年十一月十五日，據卑縣紳士耆民等呈稱：

竊維褒祠有典，表揚夙荷于皇朝；賜發未行，薦享待將乎司土。若生等上祖敕贈烈愍公名大典者聰懷勝國，矢念孱君，孤城莫守，結遺憾於九京；殉主難辭，委飛灰於一爐。僉云忠矣，不亦烈哉！顧天鑒丹忱，斯功垂青史，是以龍章紀績，賜謚易名鳳詔書勳，命祠立祀生等上祖烈愍公與東陽忠敏公事俱合轍。

今奉金章國典，理應敬承。於是遵構祠宇，共薦馨香。惟是諭有享錫之文，而春秋乏帑頒之實。爰伸下悃，懇照憲行。俾得特隆牲獻，俎豆悉備於祊中；慰彼忠魂，精靈亦銜於地下。爲此公叩查例施行等情。

卑職當查前明故閣部朱大典公，係與東陽大司馬張國維公同時殉難名臣，既奉均有享錫之文，理當並邀帑頒之典。隨移查東邑前辦張國維公准賜帑祭原案，旋准抄移過縣。正在查核間，又據該紳士等呈報，現已遵建專祠，請即援例詳撥祭帑，並行頒賜匾額，以表忠貞等情。

據此，卑職復查得故閣部朱大典公，始以文章報國，繼以忠義成名。疏排權閹，威如鳴鳳朝陽；力挽危疆，踞若老熊當道。衛園陵則功施社稷，賑鴻雁則澤被生民。雖知天命之有歸，猶抱臣心之未死。彈丸喋血，在孤軍原如憾石當車；厝火焚身，蒙上諭稱『疾風勁草，迭邀祠祀之稽，應列春秋之典』。史閣部之宏褒，隆文可鑑；張忠敏之予祭，近案足憑。第前縣未詳，實後嗣莫據。茲該紳士等呈請賜祭前來，卑職念褒忠應列祀典，而賜祭有關帑項，理合據禀查詳，遵照《殉節録》事實，造具清册，備文詳候憲臺查核，轉俯恩准予撥款備祭，給賜匾額，用表忠貞，永光大典。

除詳撫、臬、督三院憲暨藩憲外，爲此備由另册具申，伏乞學巡照詳施行。今申送事册申各憲并府憲。

嘉慶二十二年　月　日　具呈

知縣景慶

雲飛，字龍耀

文繡，字汝三

鳳誥，字思鳳

立綱，字仲常

振寬，字思綱

汝寶

殿威，字仲言

文佐，字汝喜

永清

國英

連位

以潤

備酌，會同祠理族長始議建祠請祭

綸，字仲彝

青葉王昌倫擬草

禮房倪廷傑辦詳

徐臯憲據詳請建烈愍公祠檄

該本署司看得，前明東閣大學士朱烈愍公，志切匡扶，運逢興革。撫軍齊魯，績著旂常，移鎮濠梁，功成捍禦。迨督師江上，猶勤汗馬之勞；堅守城中，不避孤軍之險。闔門殉節，盡一家忠孝之心；聖代褒扦，立萬世人臣之則。既沐殊恩之矜憫，允宜崇報以馨香。

茲據該府縣以後裔建立專祠，請照東陽張忠敏公之例，撥款祭祀，並請頒給匾額前來。本署司核查東陽張忠敏公，前於嘉慶五年經前司議詳，每祭在於司庫備公節省忝祭項下給銀三兩，由縣請給辦祭。嗣因備公款奉部酌删，將前項祭銀裁除，飭令該縣捐辦在案。今金華朱烈愍公事同一律，應請飭縣每祭捐給銀三兩，春秋官爲致祭，並請憲臺頒給匾額詩章，以表忠貞。是否允協，擬合核議詳覆，並將抄案册呈送，伏候憲臺察核示遵。所有事實册，先經該縣詳送在案，合併聲名除呈。

嘉慶二十三年六月初七日，奉巡撫部院楊　批前署司呈詳金華縣朱烈愍公專祠請官爲致祭緣由，奉批：『如詳。設立專祠，每歲由縣捐銀，春秋官爲致祭，仍候給發匾額，以表忠貞。並候督撫部堂院批示録報。繳抄案册存。』

又奉總督部堂董　批：『仰候撫學部院批示遵行。繳册存，奉此。』查此案，前奉督學部院李　批：『候給匾額及詩，另行檄發。繳奉札發詩章到司，均經轉飭在案。茲奉前因，合并飭遵等因到府。奉此。』查此案，前奉藩憲抄看飭知到府，業已轉行飭遵在案。茲奉前因，合并轉飭。爲此，仰縣官吏即便遵照先今奉到憲批事理，將朱烈愍公專祠，每于春秋由縣捐銀給辦祭品，官爲致祭，照例按季造册報查，並傳諭該後裔一體知照。

朱烈愍公祠宇落成詩以紀之

李宗昉

貂璫祠宇遍八垠，國脉已斷非甲申。堂堂烈愍衛社稷，志士氣節皆爲伸。遼東健兒獨奏調，吴橋亂卒驚疑神。鳳泗園陵足呵護，拊循江北迴陽春。豈知天逵冰六月，馬阮奇居擁戴策。江山半壁儘酣歌，君臣一走都倉卒。公知國爾忘身家，揮戈迴日真力竭。心事原同文信國，捍禦旋傷入閩粤。幽蘭遺燼付劫灰，青燐化碧寧埋没。吁嗟人生誰不死，忠孝垂名有如此。煌煌祀典勵千秋，金華山高應並峙。燕子春燈笑曲終，梅花香浸邗溝水。王氣全收鍾阜黯，南渡西湖安可比。望帝魂歸瘴雨多，桂林留守稱知己。

時嘉慶戊寅八月望前八日，山陽李宗昉撰。

新建朱烈愍公祠堂記

曹開泰

伏讀《殉節録》一编，乾隆歲丙申，詔許明季死事諸臣，俱得詳核，實冠以原官，錫之新謚，并其後裔，願於祠墓刊石立碑者聽。於是吾邑閣部朱公，得謚『烈愍』。越戊寅，子孫更立專祠，以肅祼薦。此聖朝曠蕩之典，古今僅聞，而亦忠魂毅魄所感激於地下者也。

惟公以慷慨磊落之才，中年釋褐，首劾奄黨，批鱗不顧，此李膺、陳蕃之餘風也。其後備兵漳南，則平紅夷之亂；巡撫山東，則平孔有德、耿仲明之亂。此即馮異之殲赤眉，朱雋之走黄巾，無以異也。況乎固護寢園，淮陽廬鳳之間，蟻賊迭至，而橋山之弓劍無恙，灞陵之松柏依然，誰之功歟？乃竟以積毁銷骨，削籍歸田。伏波則薏苡被讒，陳湯則多賂見斥，不亦大可惜歟？且公待罪之年，正明社坵墟之日也。銅駝卧矣，離黍歌矣，温、周遺禍，一至於此！公於是雪涕勤王，毁家紓難，方期揮魯陽之戈，落日可挽，而江左一隅，日爲玉樹後庭之樂。馬、阮柄政，君臣奔亡，悲矣！魯王既航海無成，唐王方建號隆武，公乃開府金華，厲甲兵，嚴捍禦，一切游言，拒絶勿聽。當是時，豈不知一城斗大難，抗百萬貔虎之師，洪爐燎毛，詎有倖哉！然而爲褚淵生，不如爲袁粲死，公之志也。

孔曰成仁，孟曰取義，又文山所自信也。迨至王師壓境，屋瓦皆飛，力竭勢危，士無叛志，而公已闔門一炬，與國俱亡。以此言『烈』，烈何如哉？以此言『愍』，誠足愍矣。

祠建於東鄉之梓里，高甍巨桷，爲室六楹，門廡庖湢稱是。中三楹奉公祀，旁祔同難諸公。後三楹祀公闔室栗主。鳩工于嘉慶二十三年月日，落成于二十四年月日。修祭典，子姓屬一言以文麗牲之碑。嗟乎！公之英姿偉略，國史書之。公之精靈，方且薄三光而塞兩儀，豈待言而後著哉？顧輯留侯之廟，樹梁公之碑，百世以下，猶生興感，矧以忠藎如公，而桑梓近地，祀事未隆，則上無以承式閭封墓之恩，下無以爲立懦廉頑之藉。然則瞻榱桷而在三之義明，撫几筵而漓薄之風革，胥于是乎在潭溪鄉，庶幾比烈於合淝里乎？平居景仰芳躅，每睾然者久之，喜是役之爲一邑光也。因謹記其大端。至世系官階、遺聞軼事，則詳于吾友韓淞雲所作《事狀》，兹不贅。

附祀諸公：監軍江西道御史傅公巖、都督嚴公萬齡、參將杜公學伸、邑令李公汝斌、訓導潘公大成，公西席武進舉人鄭公邠，例得書董其事者，餘附書于碑陰。

嘉慶建元之二十四年三月望後一日，邑後學曹開泰頓首拜撰。

建造朱烈愍公祠記

宋宏釗

嘗考《祭法》，法施民死勤事勞定國，能禦災捍患者，悉垂祀典。而于其地之名山大川，忠義節烈，尤兢兢于春秋肸蠁，以崇答報之忱，禮至重也。我婺前明朱烈愍公，生於明之末造，甲科釋褐，令章丘，內擢兵科給事中，出備兵漳南，洊卿貳，頒節鉞南都，晉兵部尚書，加官保，爲東閣大學士。

綜考生平，疏劾魏璫，直聲震朝右。循拊登萊，破孔、耿之逆，鎮鳳陽，賊不敢窺；圍松柏，流寇擾荆襄，無騎敢踰淮。氣節勳名，固已炳旂常而芬竹帛。奈天不欲公爲名世臣，未幾，明政不綱，京師旋陷，號哭勤王，事已無濟，退守金華，王師壓城，頓刃兩月，迨紅衣一燼，闔門殉國，誠聖諭所爲『疾風勁草，無慚臣節』者。其時在順治三年七月。越康熙廿六年，督學王公疏其忠烈，奉旨准入郡鄉賢祠。公固已俎豆梓桑，迨至乾隆四十一年，復蒙恩旨，鑑公忠貞，與以易名之典，賜謚『烈愍』，並許其本地建祠。聖度如天，公亦可以瞑目泉壤矣。

顧當炮震城裂時，無人於劫灰中收拾其餘燼，馬鬣闕如，論者惜之。我皇上御極之元年，詔直省有司省視其地之忠孝節義祠墓。公之裔孫等，倣古《招魂》，附葬公于西湖上墩之源，華表巍然。是公有祠以妥靈憑，有墓以依魂魄，所以酬公者，可云至也。

惟是奉有建祠之旨，而未奉春秋帑祭，具呈籲于請地方當道，已蒙大憲轉請公之裔孫，倡首建公祠於大宗祠之傍。公族固蕃衍，欣然合輸經費，鳩工庀材，興工於嘉慶二十二年春月，於二十四年而告竣。塗蒧丹艧，松桷楹筵，煥然維新。而公儼乎在堂，耿耿精靈，宛然愾聞僾見，于以薦溪毛而隆牲獻，共食報，豈有艾耶？茲以其裔孫之請，不敢以言之不文固辭，謹臚其巔末而爲之記。

時嘉慶二十三年歲次戊寅春二月之吉，後學宋宏釗拜撰。

以上輯自《潭溪朱氏宗譜》卷一《文集》，清道光乙巳年重修本。

朱大典『是岸』隸書題刻吳廷康跋

吳廷康

昔聞朱烈愍公於崇禎十年巡撫廬、鳳時，曾遣總兵牟文綬等往援桐城之警。復與安慶巡撫史閣部交遏之，張獻忠乃西遁，其有功於江北者屢矣。余來金華，曾訪公遺像，刊於忠烈祠。閱十八年，復於郡西功德龕獨得公書『是岸』横額，重摹上石，嵌於公像之次，俾登斯堂者，知公功業之外，翰墨更優，足登道岸，以式人譜。爰屬東陽張振珂、金華尹兆蕃、周潤共爲監刻，以識嚮往焉。咸豐十年秋八月朔，桐城後學吳廷康謹跋。

案公讀書長山白沙鄉之清泉里，有破浪軒。其《咏桔槔》詩至今傳誦，以儀其人。故當時蘭谿令劉公宇烈獨奇其才，以爲非池中物也。然公於文章氣節之餘，精於篆隸之學。今觀萬曆戊午開天皇門，及崇禎十年題趙餘不去思碑，皆公所書篆額。天柱龕有隸書『是浄土』三字，鳳毛麟角，洵勝國之人鑒也。因并書以識之。廷康再記。

皇清賜謚烈愍明督師太子太保東閣大學士兵部尚書未孩朱公之遺像碑朱榮跋

朱榮

婺郡素多忠義之臣，而明季殉節諸賢，尤以烈愍朱公爲冠。其大節之載在史乘者固已炳若日星。獨慨其後裔無存，其遺像未易覯也。壬寅春，永康丞吴君廷康語榮曰：『廷康奉檄來郡，嘗道經下谿灘村，謁烈愍祠，求公遺書，僅存疏稿數篇於譜牒，而詢其遺像，則族人猶世守焉。謹借觀奉至郡城，屬友人山陰李玉如摹之，思鐫石置公祠中，俾瞻仰者易於激勸，而慮同志之鮮有其人。』榮應之曰：『如君言，樂任斯舉者，其尹明經泉華，其爲人慷慨慕義。道光辛巳歲，嘗獨力重建忠烈祠於縣學之右。祠故有烈愍栗主，若鐫像置其中，地鄰黌舍，歲時瞻禮者尤多。其裨益於勸忠之道，良非淺鮮。』吴君曰：『然。』即商之尹君。尹君果欣然任之，今年夏，既伐石庀工，爰屬榮記其事。

榮惟聖朝表彰勝國忠義之臣，賜謚建祠，以昭激勸典至備矣。而鄉之人尤願睹其儀容，以慰謌泫之懷而興嚮往之志。榮既幸烈愍遺像世守弗失，凛然如生。而尤重二君之相與以成斯舉，下以表盡臣之遺範，即上以佐勸忠之盛典者也。故樂爲之記。

道光癸卯仲夏，金華縣訓導秀水朱榮記，直署浦江縣知縣、永康縣縣丞、咨補湖州府長興縣、夾浦縣丞桐城吴廷康書。

道光癸卯刻朱大典遺像碑陰，原碑現藏於金華八詠樓碑廊。

朱大典　鮑瑞駿

海上威名照鼎鐘，如何權貴事彌縫？論功雖免豐財累，比匪終貽反咥凶。三府防江喧虎旅，兩淮轉粟埽狼烽。全家可奈成煨燼，那見援兵挫敵鋒？

鮑瑞駿：《桐華舸明季詠史詩鈔・朱大典》，清同治光緒間遞刻本。

朱大典履歷及從祀過程*

萬曆乙卯，登賢書，丙辰擢進士；

初任山東濟南府章丘縣知縣；

二任内擢兵科給事中；

三任本省布政使司右參政；

* 標題爲整理者根據内容所擬。

四任户部右侍郎，出督漕運，巡撫鳳陽；
五任山東布政使司右參政；
六任山東布政使司天津道右參政；
七任都察院右僉都御史，巡撫山東；
八任都察院右副都御史，照舊巡撫山東；
九任總督江北河南湖廣軍務，加太子太保、東閣大學士、兵部尚書。
康熙二十六年，奉旨崇祀鄉賢祠；
乾隆四十一年，賜謚烈愍，崇祀忠烈祠；
嘉慶二十一年，奉旨建立專祠，春秋致祭。
《潭溪朱氏宗譜》卷一《詔敕》，清道光乙巳年重修本。